CB139720

QUARTOS *fechados*

QUARTOS *fechados*

CARE SANTOS

Tradução de
Luís Carlos Cabral

EDITORA RECORD
RIO DE JANEIRO • SÃO PAULO
2014

CIP-BRASIL. CATALOGAÇÃO NA FONTE
SINDICATO NACIONAL DOS EDITORES DE LIVROS, RJ

Santos, Care, 1970-
S234q Quartos fechados/Care Santos; tradução de Luís Carlos Moreira Cabral. - Rio de Janeiro: Record, 2014.

Tradução de: Habitaciones cerradas
ISBN 978-85-01-09988-4

1. Ficção espanhola. I. Cabral, Luís Carlos Moreira. II. Título.

13-0528 CDD: 863
CDU: 821.134.2-3

Título original:
Habitaciones cerradas

Copyright © Care Santos, 2011

Direitos de publicação adquiridos mediante acordo com Sandra Bruna Agencia Literaria, SL.

Texto revisado segundo o novo Acordo Ortográfico da Língua Portuguesa.

Todos os direitos reservados. Proibida a reprodução, no todo ou em parte, através de quaisquer meios. Os direitos morais da autora foram assegurados.

Editoração eletrônica: Abreu's System

Direitos exclusivos de publicação em língua portuguesa somente para o Brasil adquiridos pela
EDITORA RECORD LTDA.
Rua Argentina, 171 – Rio de Janeiro, RJ – 20921-380 – Tel.: 2585-2000,
que se reserva a propriedade literária desta tradução.

Impresso no Brasil

ISBN 978-85-01-09988-4

EDITORA AFILIADA

Seja um leitor preferencial Record.
Cadastre-se e receba informações sobre nossos lançamentos e nossas promoções.

Atendimento e venda direta ao leitor:
mdireto@record.com.br ou (21) 2585-2002.

Para os filhos, os netos e os bisnetos
de meus filhos, que não saberão quem fui.

Prometa isto:
quando tiver morrido
haverá quem me convoque.
EMILY DICKINSON

O tempo: o único tema.
YASMINA REZA

Teresa ausente, 1936

Afresco, 300 x 197cm

Atualmente, inacessível ao público

Teresa Brusés foi a grande obsessão e — dizem — também a grande desgraça da vida do pintor Amadeo Lax. Dos 37 retratos que fez dela, apenas um terço foi datado ao longo dos oito anos de sua convivência matrimonial. O mais significativo, considerado a obra-prima do autor, foi este afresco de grandes dimensões feito durante as obras de restauração do pátio da casa da família e datado de 1936 (provavelmente no início do verão). A técnica empregada, conhecida como "afresco a seco", consistia em pintar com cores diluídas em água sobre uma camada de argamassa ainda úmida, e Lax a usou aqui pela primeira e — curiosamente — última vez. A obra mostra a modelo da cintura para cima, com o corpo inclinado e o rosto quase de perfil. Ela olha para algum ponto fora do quadro, com certo ar de desassossego ou de alienação. Tudo isso é sublinhado pela gama cromática usada — predominam os escuros: azuis, negros, ocres, anis... — e pelo traço grosseiro, talvez descuidado, com que foram resolvidos alguns detalhes, como os cabelos ou as mãos. Trata-se de uma curiosidade na obra de um pintor meticuloso, que sempre se preocupou com o contorno e com o traço e que, nesta ocasião, revela uma proximidade com os expressionistas inédita em sua trajetória. Naturalmente, escreveu-se muito a respeito do estilo desta obra, que a maioria dos especialistas atribui ao momento crítico em que foi concebida: logo após a modelo ter abandonado o pintor por outro homem. Lamentavelmente, o afresco não é exibido ao público, pois está no interior da antiga residência do artista, cujo projeto museológico está há vários anos esperando pelo beneplácito das instituições, entre as quais o governo autônomo, a quem Lax nomeou herdeiro da casa e de sua obra.

Joias da arte catalã,
Edições Pampalluga, Malgrat de Mar, 1987

De: Silvana Gentile
Data: 8 de fevereiro de 2010
Para: Violeta Lax
Assunto: Assunto importante

Não nos conhecemos. Meu nome é Silvana e moro com minha família em Nesso, uma pequena aldeia perto do lago de Como, no norte da Itália. Escrevo a pedido de minha mãe, que deseja lhe enviar uma carta. A senhorita poderia fazer a gentileza de nos informar seu endereço postal?

Aguardo a resposta. Saudações cordiais,

Silvana

Nesso (Itália), 10 de fevereiro de 2010

Prezada senhorita Lax,

A senhorita poderá pensar que esta carta chega de outro mundo. Desculpe-me por não a enviar através dessa via diabolicamente rápida que as máquinas colocaram a nossa disposição, mas sou daquelas que ainda acreditam que as letras manuscritas contêm muito mais que uma mensagem: a pulsação da mão que as escreve, a umidade da lágrima que as acompanha e talvez o tremor da emoção que as justifica. A senhorita poderá pensar que quem lhe escreve é uma adversária da modernidade, ou isso que chamam de pessoa afeita às tradições, e sem dúvida terá acertado. Deve ser este lugar onde nasci e de onde poucas vezes saí que me faz persistir no equívoco de que o mundo é lento e plácido. E, na minha idade, na verdade, prefiro continuar equivocada. Só acrescento a este preâmbulo meu agradecimento a sua generosidade. Se lhe serve de consolo por ter fornecido seus dados postais a uma desconhecida, confesso que me teria sido muito difícil lhe contar qualquer coisa me valendo dessas horrorosas teclas de plástico.

O assunto que me leva a escrever irá lhe parecer, a princípio, alheio a seu interesse: minha mãe morreu há poucas semanas. Espero ter a oportunidade de lhe dizer como ela era e o quanto amava este lugar, ao qual chegou quando era pouco mais que uma menina. Sua ausência nos deixou em um estado de desolação que nada consegue acalmar. Só, talvez, cumprir seus últimos desejos, embora estes sejam para nós — para minha filha e para mim — tão surpreendentes como, suponho, serão para a senhorita.

Embora a princípio não entendêssemos o motivo, minha mãe a nomeou em seu testamento. Essa cláusula não foi a única que nos deixou estupefatas. É por isso que precisamos — eu, pelo menos — de um tempo, breve, para cotejar dados e nos assegurar de que tudo aquilo que no começo consideramos como fantasias de uma mente cansada de viver era, na realidade, a base de nossa história familiar e — suspeito — também da sua.

Tudo isso, como compreenderá, requer algumas horas de conversa. Existem coisas que precisam ser tratadas pessoalmente, diante de comida e com uma bela paisagem ao fundo. Desculpe, por favor, a brevidade de minhas palavras. Não posso me estender em uma carta. Nem sequer em uma verdadeira, como esta.

Dessa forma, Violeta, neste papel viaja meu convite formal para que venha nos visitar. Nossa casa é um pequeno remanso pacífico com vista para um dos lugares mais idílicos do mundo. A senhorita pode ficar aqui o tempo que quiser, mais do que nos ocupem os assuntos que precisamos tratar. Se as informações que possuo a seu respeito são corretas, minha filha, Silvana, tem aproximadamente sua idade. Agora ela administra nosso pequeno hotel, onde, conforme me consta, há um quarto reservado para a senhorita. Só precisa nos indicar o dia de sua chegada e nos encarregaremos de buscá-la pessoalmente.

Tenha a certeza de que a trataremos como um membro da família.

Com a esperança de que tal coisa aconteça logo, meus cumprimentos com afeto,

FIORELLA OTRANTE

De: Violeta Lax
Data: 1º de março de 2010
Para: Arcadio Pérez
Assunto: Viagem à Europa

Querido Arcadio,

Decidi, finalmente, viajar para a Europa. Drina, minha assistente, está tentando conseguir para mim uma passagem para a próxima semana. Me diz quantos dias acha conveniente que eu fique, para poder planejar direito minha estadia. Você sabe que o que mais me interessa é ver o afresco de Teresa antes de ele ser retirado da parede do velho pátio, mas vou acompanhar você — na qualidade de especialista, herdeira ou amiga (o que for melhor) — a essas terríveis reuniões de que me falou. Só não posso deixar de comentar com você que políticos me deixam doente.

Além disso, também estou querendo ir à Itália. Minha intenção inicial era ir para lá primeiro e depois dar um pulo em Barcelona, mas hoje de manhã lembrei de repente que as obras de restauração devem estar prestes a começar e eu não gostaria de perder por nada nesse mundo uma última oportunidade de ver a obra máxima do meu avô em seu local original. Especialmente por se tratar de uma obra sobre a qual falei, escrevi e pontifiquei durante anos.

Resumindo: aguardo notícias.

Beijos,

Vio

P.S.: Naturalmente, se você me convidar para beber um vinho, prometo contar as estranhas circunstâncias em que uma misteriosa dama do século XIX me convidou para visitá-la no lago de Como. Juro que não é brincadeira. E estou pensando em ir. Daniel falou que estou louca. Ah, ele está mandando abraços. Ultimamente anda tão ocupado com seu romance que não tem nem tempo para a família.

De: Drina Walden
Data: 1º de março de 2010
Para: Violeta Lax
Assunto: Europa

Estou anexando todas as informações a respeito dos voos europeus que você me pediu: Chicago-Barcelona e Barcelona-Orio al Serio (Bérgamo/Milão). Verifiquei que esse aeroporto é o mais próximo do lago de Como, que é aonde você quer ir, não é mesmo? Você precisa me dizer se prefere fazer um pouco de turismo em Milão ou se está bem assim. Também preciso saber quando vai voltar e de onde.

Eu sei que você detesta essas coisas, mas preciso fazer uma pergunta. Não no papel de assistente, agora, mas como amiga. Afinal de contas, sou sua amiga desde muito antes de ser sua assistente.

Ai, Vio, você tem certeza de que essa viagem não é, na verdade, uma fuga? Não sei... Você resolveu tudo tão depressa, em um momento tão estranho... Não entendo por que está querendo ir justamente agora, quando o Art Institute está prestes a inaugurar a SUA exposição dos retratistas! E o que você me falou na sua mensagem me deixou ainda mais confusa: "Fazer as pazes com uma parte do meu passado que deixei escapar"? Não consigo imaginar o que pode ser tão importante para você a ponto de levá-la a desistir do prazer de proferir um discurso diante de todos os chefes no dia da abertura. Sei que você diz que isso é apenas circunstancial e que, na verdade, os motivos que a levam à Europa são muitos, começando pelo afresco de Teresa, mas não consigo entender as coisas com clareza.

Talvez eu esteja me excedendo até mesmo no papel de amiga, mas suspeito que tudo isso tenha mais a ver com a crise de que me falou outro dia. O trabalho de Daniel, a dúvida em sua relação conjugal, as obrigações que agora as crianças impõem... Tudo isso vai passar, querida. Ou então você irá se adaptar. Acontece com todo mundo. É apenas uma questão de tempo para começar a ver tudo de outra maneira. Resumindo: eu só queria dizer que estou muito preocupada. Estou com a impressão de que tem muitas coisas acontecendo com você ao mesmo tempo e não entendo nenhuma delas.

Promete que você vai se cuidar muito bem? E que vai contar comigo, sempre que precisar, para algo além de administrar sua agenda?

I

— Um dia vou contar tudo o que está em minha memória, e os mortos vão se erguer de seus túmulos — sussurrou Concha a sua querida Aurora certa vez.

A vida não deu a ela muitas oportunidades de falar longa e abertamente. Mas talvez este fosse apenas um dos motivos por que Concha nunca havia contado a ninguém tudo de que se lembrava.

Nunca contou, por exemplo, que em 24 de dezembro de 1932, um sábado, a senhora Maria del Roser Golorons, viúva de Lax, depois de assistir à missa das nove na Igreja de Belén, passou quase o dia inteiro visitando os Grandes Almacenes El Siglo. Ela ficou muito tempo na seção de roupas brancas para crianças do segundo andar, onde comprou um enxoval completo para seu primeiro neto, que deveria nascer em meados da primavera: fraldas de tecido russo, mantas festonadas, camisas de cambraia e de fio da Holanda e até meia dúzia de anáguas de percal com bordados e babados à inglesa (para o caso de o neto ser neta). Na seção de brinquedos, escolheu um cachorro de borracha muito vistoso, um cavalo de papelão e uma carruagem de latão com seus cavalinhos trotando. Depois visitou a seção de cestaria para comprar um andador, uma manta acolchoada enfeitada com borlas de lã e um berço com dossel, feito de vime, mas custava tanto quanto um da melhor madeira. O desejo da senhora de abastecer o primeiro filho de seu primogênito Amadeo e de sua querida Teresa era evidenciado pelo volume de suas compras.

— As crianças de hoje são muito mais complicadas que as de outrora. Elas precisam de mais coisas — dizia para justificar as compras.

Antes de continuar, a senhora parou diante de uma casa de boneca de dois andares que custava 10 pesetas. Por um momento, Concha temeu que aquela visão fosse lhe trazer as piores recordações de sua infeliz Violeta, mas se surpreendeu de novo ao ouvir:

— Este é o meu presente de Natal para sua filha. Acha que ela vai gostar?

Uma senhorita vestida com o elegante uniforme preto das vendedoras do estabelecimento sorria para as duas damas do outro lado de um balcão de madeira.

Concha aproximou os lábios do ouvido de dona Maria del Roser e, com toda discrição, falou:

— Eu não tenho filhos, senhora. Deve estar se referindo a Laia, a filha de Vicenta, a cozinheira.

— Exatamente! Aquela menina tão bonita com olhos tão vivazes! — A senhora pareceu se entusiasmar, porém, de repente, se aborreceu. — Não, não é uma boa ideia. Acho que aquela menina não se interessa mais por casinha de bonecas.

— Ela tem 12 anos — observou Concha —, e nunca teve uma. Acho que ela vai gostar.

— Não, não, não. — A senhora afastou a ideia como se fosse muito incômoda e começou a andar, esquecendo a casa em miniatura.

Na seção de panelas, ela pediu a sua fiel acompanhante que escolhesse o que comprar. Esse era, de certo modo, seu papel, o motivo de sua presença naquele lugar. Aos olhos da senhora, Concha era uma espécie de assessora onisciente, vaticinadora de necessidades e até de catástrofes que poderiam ser remediadas com algumas aquisições. Na verdade, era Teresa, a nova senhora da casa, quem insistia para Concha não deixar sua sogra sozinha nem por um segundo. Ela não apenas a acompanhava e assistia — a saúde dela já era delicada —, mas também velava para que a avançada demência da matriarca não desse desgostos à família.

Diante de um vendedor solícito que lhe mostrava panelas e caçarolas com o mesmo ar de orgulho que teria se exibisse sedas e organdis, a senhora Maria del Roser achinesava os olhos, chamava Concha com um gesto e dizia:

— Escolha você, que é autoridade nesse assunto.

Nunca se soube se aquela ignorância era verdadeira ou fingida, embora Concha sempre tivesse suspeitado que a senhora soubesse mais da administração de uma casa do que estivera disposta a reconhecer ao longo da vida e que seu disfarce sempre havia sido mais um fruto da falta de interesse que de incapacidade. A doença dela não afastou nenhuma dessas dúvidas.

Naquela tarde, examinando uma frigideira cujo fundo lhe devolvia uma caricatura de si mesma, perguntou:

— Vamos precisar de pelo menos uma dúzia destas, não é verdade, Conchita?

Sem saber como, a empregada conseguiu que só comprassem duas. A senhora também cismou com duas panelas e quatro caçarolas de vários tamanhos, todas de ferro e esmalte azul, da melhor qualidade. Na verdade, não precisavam de nada daquilo e nas cozinhas sobravam utensílios, mas a senhora Maria del Roser não compreendia como era possível sair do El Siglo sem ter gastado pelo menos 10 pesetas na seção de panelas do térreo.

— Gosto mais de panelas que de joias — costumava dizer, risonha, quando ainda estava em posse de suas faculdades mentais.

Naquele dia, a senhora Maria del Roser enfiou na cabeça que a casa precisava muito de uma cristaleira de cristal finíssimo que custava mais de 100 pesetas e a acrescentou ao pedido sem pestanejar, pouco antes de entrar na seção de moda feminina para fazer a última prova da roupa de festa que havia encomendado, e adicionou à conta meia dúzia de anáguas de cambraia e dois espartilhos de tecido bordado. Maria del Roser Golorons tinha uma personalidade muito forte para ser escrava de alguma coisa, mesmo da moda, e durante toda a vida se vestira seguindo um critério regido pela limpeza, pelo conforto e pelo uso adequado das cores, no entanto, justamente quando se aproximava de seu último ato, passou a dar atenção às anáguas e às saias longas que varriam as calçadas.

— Uma mulher elegante só deve exibir as pontas dos sapatos — sentenciava, diante do olhar desesperado da modista, que havia acabado de lhe mostrar alguns desenhos da última moda parisiense: casacos com uma única manga que a senhora achou estranhíssimos, assim como o nome que a moça lhes dava, "assimétricos". — Esses franceses não sabem mais o que inventar para nos engambelar — comentou, passando a outro produto.

Concha a seguia pelo estabelecimento apinhado de gente, feliz como uma criança. Desde o ano em que Violeta morreu, não voltara a ver a senhora tão entusiasmada com os preparativos natalinos. Sem dúvida, o nascimento de seu neto, que estava próximo, tinha muito a ver com esse bom humor. Graças a isso, a casa lembrava um pouco os outros tempos, aqueles em que o silêncio ainda não havia chegado para ficar.

Depois das compras, a senhora Maria del Roser quis recuperar um pouco as forças na cafeteria. Acomodou-se em uma das poltronas, pediu a Concha que fosse buscar uma revista de moda na sala de leitura — "mas que não seja francesa", observou — e pediu um copo d'água gelada e uma porção de croquetes. Também disse que queria ver o proprietário do estabelecimento, a quem desejava cumprimentar, como sempre fazia quando visitava a casa.

— Sente-se, Conchita, não me deixe nervosa — disse, apontando outra cadeira.

Dom Octavio Conde apareceu enquanto ela saboreava o segundo croquete, tão pontual e sedutor como sempre.

— A família está bem? — perguntou ele, inclinando-se para beijar a mão de sua querida Maria del Roser.

— Veja o senhor que fatalidade — comentou ela —, acabo de saber que Conchita não tem filhos.

— Na minha idade, seria mais adequado ter netos — brincou a empregada, que conhecia dom Octavio desde que ele era menino. E, sussurrando no ouvido da patroa, acrescentou: — É Octavio. Ele vai achar estranho a senhora o chamar de senhor.

Octavio sorria, compreensivo, embora houvesse certa inquietação ou talvez tristeza na maneira como franzia os lábios ao olhar a mãe de seu melhor amigo.

— Conchita é um pouco mãe de todos nós — interveio. — E vai ser também da terceira geração, que já está a caminho.

— É verdade, é verdade — respondeu Maria del Roser, com o olhar perdido, antes de voltar a si de repente. — Como você sabe?

Octavio meio que estremeceu. Foi uma reação quase imperceptível, que apenas olhos habituados a observar, como os de Conchita, poderiam perceber.

— Porque seu filho e eu somos amigos desde o colégio. Nos conhecemos no internato dos jesuítas de Sarrià. Sabe-se — tentou rir, mas seu riso saiu forçado — que as penúrias da vida de quartel forjam grandes amizades.

— Ah, sim, o internato. — Maria del Roser revirou os olhos e cruzou os pés sob a saia, ficando em uma posição confortável. — Como eu gostava de visitá-los aos domingos! — suspirou, nostálgica.

— Nós também gostávamos dos domingos — continuou Octavio —, mas temo que por outros motivos: quando as famílias estavam presentes, os padres se tornavam seres humanos. Como sentimos inveja de Amadeo quando se livrou deles! Sempre foi mais inteligente que todos nós. E continua sendo, sem dúvida.

Querendo se livrar depressa de um assunto que era espinhoso, a senhora mudou o rumo da conversa. Ela não gostava de falar da época em que seu filho fora aluno dos jesuítas de Sarrià.

— Inteligente, sim — sussurrou Maria del Roser, mordiscando um croquete —, pena que tenha se tornado tão intratável, não é mesmo? Do que estávamos falando? Ah, sim. O senhor vai passar as festas com sua família?

— Receio que não — respondeu Octavio, esfregando as mãos em um gesto de nervosismo que parecia estranho nele. — Amanhã mesmo parto para Nova York, onde vou cuidar dos meus próprios negócios.

Maria del Roser arregalou os olhos de tal maneira que sua testa se enrugou como um acordeão. Mais surpresa ainda ficou Concha.

— Nova York? Por muito tempo? — perguntou a empregada.

— Não tenho como saber, tudo vai depender de como as coisas andarem. — E, mudando bruscamente de assunto, Octavio improvisou uma desculpa. — Foi um grande prazer vê-la, senhora. Peço desculpas, mas ainda tenho muito a fazer.

— Claro, claro, nós compreendemos — declarou Concha.

Maria del Roser não reagiu à surpreendente notícia que tinha acabado de receber.

— Diga a seus pais que mandei lembranças — continuou, seguindo a ordem lógica das despedidas que estava programada em sua cabeça desde sempre. — Voltarei a vê-lo depois das festas, quando viermos comprar o enxoval do bebê. Ele vai nascer em... Conchita, meu neto é esperado para quando?

— Maio, senhora.

— A pobrezinha da minha nora já teve um aborto, sabe? Mas desta vez tudo está indo bem, graças a Deus.

Conchita começava a ficar incomodada com aquelas intimidades. Octavio Conde também não parecia se sentir à vontade com a conversa. Querendo ir embora, beijou a mão da senhora, inclinou a cabeça para Conchita e, antes de sair da cafeteria, indicou ao garçom que as duas damas eram suas convidadas.

Mal havia desaparecido quando uma séria contrariedade tomou conta do rosto de Maria del Roser.

— Não nos lembramos de lhe perguntar se sua mulher está melhor. Como somos grosseiras.

— Dom Octavio é solteiro, senhora. Certamente a senhora está se referindo à dona Cecilia Gómez del Olmo, que era a mãe dele — corrigiu Conchita, com prudência, enquanto a senhora lhe dava razão balançando a cabeça. — Ela morreu há anos, pobrezinha.

— É mesmo? E seu marido voltou a se casar?

— Não, senhora. Dom Eduardo Conde sempre foi fiel à memória da falecida. Até sua morte, também há muito tempo.

Dona Maria del Roser franziu o cenho.

— Ora, Conchita, estamos começando a nos confundir.

Elas deram alguns passos, mas, antes de chegar ao elevador, a senhora parou de novo. Um funcionário vestido com libré carmesim abriu a porta para que entrassem.

— Como disseram que meu neto vai se chamar, Conchita? Nunca me lembro — perguntou a senhora, arrastando sua saia dentro do elevador.

— Modesto, senhora. Isso supondo que seja um menino. E, se for menina, ainda não se sabe — respondeu, com medo.

Medo da dor adormecida que a qualquer momento pode despertar.

— Eu gostaria que fosse Violeta — opinou a matriarca. — Deveria haver outra Violeta na família o quanto antes.

A dor estava adormecida, constatou a empregada, calma.

— Olhe, querem dar ao meu neto um nome de ascensorista...! — disparou Maria del Roser, alheia ao empregado que estava diante dela. — E você sabe por que escolheram um nome tão horrível? Existem tantos santos...

— Em homenagem ao pintor que foi professor de seu filho, senhora.

Elas tiveram aquele mesmo diálogo uma dúzia de vezes. Mas a repetição não incomodava nenhuma das duas.

— Ah, sim, é verdade. Meu filho pinta. E acho que não de todo mal.

— Claro que não, senhora. Ele faz muito sucesso. É muito respeitado — retrucou Conchita, com orgulho maternal.

Essa conversa estava acontecendo ao lado de um grande painel publicitário que ocupava quase toda a parede lateral do elevador. Nele se via uma jovem dama vestida em roupa de gala. Em um canto se destacava o nome do artista com um grosseiro traço negro: Amadeo Lax. O quadro tinha o papel de chamar a atenção dos clientes, assim como havia feito quando servira de cartaz publicitário dos armazéns, 12 anos atrás.

— Você não acha que Octavio estava estranho hoje? Nem parecia que era ele — comentou de repente Maria del Roser.

Conchita tivera a mesma impressão, mas atribuiu aquilo ao nervosismo diante da viagem que havia acabado de anunciar.

— Se meu filho tivesse se empenhado da mesma maneira em dirigir as fábricas do pai e do avô, agora não estaríamos pobres — disse a senhora, antes de exclamar, enérgica: — Nós vamos descer aqui, meu jovem! Saia da frente!

Conchita saiu do elevador ruborizada até as orelhas. A senhora caminhava como se nada tivesse acontecido, pressionada por alguma urgência que só existia em sua cabeça.

— A senhora não é pobre — apressou-se a responder Conchita quando se afastou o suficiente do ascensorista. — Só é um pouco menos rica que antes.

— Antes de quê? — Várias rugas delicadas, paralelas, surgiram na testa da senhora.

— Da crise. Dizem que afeta todo mundo, não só os barceloneses. Alguns mais, outros menos, mas todos perderam alguma coisa.

— Não, Conchita, não se deixe enganar. Quem é rico de verdade quase nunca perde alguma coisa. Bem, talvez uma única coisa: sua desenvoltura, porque com tantos anarquistas à solta é preciso dissimular. Você conhece algum anarquista?

— Não, senhora, nenhum.

— Melhor. Continue assim. Os anarquistas se enfiam nas casas e roubam os tapetes. Depois, queimam tudo. Mas primeiro os tapetes. Eles adoram tapetes. — Sobressaltou-se outra vez. — Mas o que estamos fazendo aqui conversando à toa? Precisamos voltar para casa, Conchita. Compramos tudo de que precisávamos? Pense bem.

— Sim, senhora.

— Tem certeza de que não está faltando nada? Alguma panela para o almoço de amanhã, talvez?

— Não, senhora. Temos panelas suficientes.

— Tem certeza?

— Absoluta, senhora.

— Bem, então não sei o que estamos fazendo aqui.

Com o passo um pouco cansado, porém tão elegante como sempre, a senhora Maria del Roser seguiu para as Ramblas. Julián esperava a alguns metros, ao volante do Renault. Quando viu as mulheres saindo, desceu depressa do carro, abriu a porta traseira e ofereceu o braço à matriarca para ajudá-la a subir. Então repetiu o gesto com Concha, mas com menos entusiasmo. Ambas se apoiaram no braço do motorista antigo com mais ênfase do que a cortesia permite. Para duas mulheres com mais de seis décadas de vida, não era fácil se aboletar naquele traste moderno, menos ainda quando seu único suporte era um chofer que beirava os 70 anos.

A senhora ocupou, enfim, seu lugar, arquejando. Concha a seguiu e Julián suspirou, talvez aliviado pelo fato de que a operação de embarque tivesse transcorrido sem maiores problemas, e voltou a seu posto atrás do volante.

Quando o motor começou a roncar, a senhora falou, dando uma última olhada nas portas iluminadas dos armazéns:

— Aqueles croquetes não me caíram bem, Conchita. Tenho uma coisa aqui...

Ela apontava para o estômago, comprimido pelo espartilho.

— Vamos para casa, Felipe — determinou. — Não é hora de duas damas decentes ficarem andando pelas ruas.

O velho chofer não se ofendia quando a senhora esquecia seu nome. Na verdade, sentia-se muito honrado por ela se referir a ele usando o nome de seu pai, que passara a vida no banco da carruagem do primeiro senhor Lax, sempre atento e silencioso, como deve fazer qualquer bom empregado. Julián o havia idolatrado em vida tanto quanto se recordava dele depois da morte, e ultimamente agradecia que a senhora o revivesse com sua memória distraída.

Sobre a marquise da entrada principal dos armazéns, uma família de marionetes infantis anunciava o Natal. As vitrines refulgiam. Na maior, um trem elétrico com os vagões carregados de pacotes minúsculos dava voltas sem descanso. As Ramblas eram um incessante ir e vir de pessoas atarefadas. Ouvia-se cantar, muito perto, uma canção natalina. Pelas grandes portas giratórias, não parava de entrar e sair gente.

O Renault desceu a avenida mais popular da cidade em direção ao mar. A senhora entrefechava os olhos. Concha se deixava balançar pela alegria da festa, pelo último brilho de sol no dia gelado, pela animação das ruas. A bela ornamentação da fachada da Compañía de Tabacos de Filipinas chamou sua atenção, e ela se benzeu ao passar pela paróquia de Belén, onde já estivera na primeira hora daquele mesmo dia realizando sua obrigatória visita anual, como tantos barceloneses. Concha avistou as bancas dos floristas a distância e sentiu um pouco de nostalgia da época em que nenhum motor incomodava as flores com suas tosses. Teria parado, com prazer, para comprar um buquê de margaridas brancas, as favoritas de dona Maria del Roser, porém estavam com pressa e não deviam se desviar.

Ao chegar à altura da rua Portaferrisa, o carro deu a volta para pegar o outro lado, contornando o Palácio Moja, que estava com as janelas abertas, como se alguém tivesse decidido ventilar os nobres aposentos. Alguns transeuntes perceberam, assim como Concha, e olhavam com curiosidade as pinturas e os medalhões do teto, interrompendo seu passeio. Uma curva despertou a senhora de seus sonhos.

— Você percebeu se prepararam a mula de reserva? — perguntou. — Não quero perder mais tempo.

— Esses carros modernos não precisam de mulas, senhora. O motor faz tudo sozinho.

O automóvel havia sido um capricho do senhor Rodolfo. Mandou que o comprassem na França, quase três décadas atrás, incentivado por um anúncio que oferecia um "Renault 14 HP, com elegante carroceria limusine-torpedo". Nenhum espírito superior teria conseguido resistir à semelhante descrição. Foi um dos primeiros automóveis da cidade — placa número quatro — e tão festejado que, no início, os transeuntes o aplaudiam quando passava.

— Você não se fie e veja se a mula está aí... — retrucou a senhora, antes de abaixar a cabeça sobre o peito e adormecer de novo, profundamente.

Naquele que outrora havia sido o teatro Coliseu, era anunciado para a noite de Natal a sessão de gala de um filme de Harold Lloyd. Algumas pessoas esperavam ao lado da bilheteria; apenas alguns metros depois, dois cavalheiros conversavam gesticulando e falando alto. Concha suspirou, irritada: tanto entusiasmo só podia ser provocado pelo espírito catalão ou pela crise econômica. Como teve a impressão de que se expressavam nesse doce e rico idioma que tanto vale para proclamar repúblicas como para vender melões, inclinou-se pela primeira hipótese.

Chegaram a seu destino muito depois de passada a hora do almoço. Em outros tempos, esse comportamento da senhora teria sido inimaginável. Os horários, cumpridos com meticulosa exatidão, sempre foram a engrenagem que garantia o bom funcionamento da casa dos Lax. Tomavam o café da manhã às oito e quinze, passeavam entre meio-dia e uma e meia, almoçavam às duas em ponto, rezavam o terço às sete — às quartas-feiras, quinze minutos mais tarde — e jantavam em seguida, sem alteração possível. Às quartas a senhora promovia reuniões na biblioteca, às quintas recebia e aos domingos todos iam à missa de meio-dia da Paróquia da Concepción, cujo pároco — o padre dom Eudaldo — costumava almoçar depois com a família. E assim, invariavelmente, uma semana após a outra, até o Natal, a Semana Santa ou as férias de verão alterarem a rotina.

Naquele 24 de dezembro de 1932, a senhora pediu que lhe servissem um chá em seu quarto e se retirou sem falar com ninguém. Seu filho, que a esperara sentado à mesa — as costas muito retas contra o respaldo acolchoado —, começou a comer, cansado de ver sua sopa esfriar e, naturalmente, ficou muito irritado. Teresa, a nora, tentou desculpar a senhora Maria del Roser usando como argumento sua doença. O almoço do casal acabou sendo, e não apenas por isso, opaco e triste. E silencioso.

À tarde, dois rapazes dos grandes armazéns trouxeram as compras, embaladas com esmero. Os empregados as acomodaram ao lado da despensa, à espera de instruções. A cozinha era um formigueiro de preparativos para o almoço do dia seguinte. Isso porque a ceia de Natal não era um hábito da família: tudo era reservado para o almoço natalino.

A senhora Maria del Roser não saiu de seus aposentos durante a tarde inteira. À noite, chamou Antonia para ajudá-la a se enfiar na cama. A mulher, que tinha chegado a casa apenas cinco anos antes, acompanhando Teresa, saiu do quarto com o rosto transtornado pelo espanto, dizendo que jamais havia visto a senhora tão descomposta nem com tantas ideias absurdas.

— Vou ficar louca se escutá-la falando mais um minuto — acrescentou.

Teresa cuidou de tudo. Desculpou sua camareira e ela mesma ocupou seu lugar, solícita, doce. Entrou no quarto da sogra como teria feito um médico em uma situação de urgência. Pouco tempo depois, saiu e perguntou por Conchita. Suas mãos e sua voz tremiam quando lhe disse:

— Concha, pelo amor de Deus, você sabe onde guardam a chave do quarto de Violeta?

— Ah, não, senhora. Foi dada por perdida há alguns anos, no dia em que... — interrompeu-se, pensando de novo na dor adormecida, que nenhuma palavra pronunciada em voz alta deveria despertar. Continuou: — Sua sogra a usou para trancar a porta a sete chaves. Depois desse dia, não voltei a vê-la.

Essas palavras não desanimaram Teresa.

— Ela deve tê-la guardado. Está convencida de que a chave está debaixo da cama e não faz nada além de insistir que procurem por ela. A senhora diz que quer segurá-la — explicou Teresa. — E eu a atendi, procurei, mas lá não há nada. Nem sequer poeira.

— A senhora sabe tão bem quanto eu que ela fica descontrolada. E a senhora não devia se agachar assim. — Concha apontou com os olhos o ventre de Teresa, ainda pouco inchado.

— É mais que um descontrole, Conchita. Eu nunca a havia visto tão mal. Ela acaba de me pedir para chamar seu filho Juan. Diz que quer vê-lo antes de morrer. Estou muito assustada. Você sabe se Amadeo já está em casa?

Concha negou com a cabeça. Tinha visto Amadeo sair um pouco antes, sem chofer, ao volante do Rolls-Royce. E, naturalmente, ninguém sabia quando pensava em voltar. Como sempre.

— Você precisa me ajudar, Concha.

— Acha que a senhora Maria del Roser está pensando em entrar no quarto de Violeta? — atreveu-se a perguntar Concha. — Fico aterrorizada só de pensar. Seria péssimo para ela. Lembre que tudo está exatamente como ela o deixou.

Teresa tinha um olhar triste. Debaixo de seus olhos se desenhava um par de bolsas azuladas. Ela levava as mãos ao ventre e arqueava as costas. Estava esgotada.

— Temos de encontrar essa chave — disse —, ou a senhora não vai conseguir dormir a noite inteira. Tem de estar em algum lugar.

Teresa organizou uma verdadeira brigada de criados e a mandou procurar o pequenino pedaço de ferro. A chave ainda não havia aparecido quando o senhor chegou, às nove e quinze, tão elegante e frio como sempre. Deu uma olhada desinteressada, chamou Conchita e pediu que lhe servissem o jantar em seu estúdio. Em seguida, tropeçou na moldura, muito baixa, da escada de mármore e embaralhou as pernas antes de começar a subir. Ninguém se alterou. Nem ele.

Ao saber que o marido estava em casa, Teresa subiu ao estúdio para lhe contar o que estava acontecendo e pedir sua autorização para chamar seu irmão. Ela desceu poucos segundos depois, com os olhos cheios de lágrimas. Conchita esperava, inquieta, ao pé da escada.

— Fomos autorizadas a chamar Juan?

Teresa negou com a cabeça.

— Era o que eu temia — murmurou a velha empregada, com expressão contrariada.

Cerca de meia hora depois, a jovem Laia — que logo se cansara de procurar e fora enviada por sua mãe à cozinha — subia a escada do sótão equilibrando uma bandeja repleta de alimentos.

A nora continuou procurando a chave, insensível à indiferença do marido e ao desânimo. Concha suplicou várias vezes que fosse se deitar, prometeu que elas continuariam procurando, mas mesmo assim Teresa não quis ouvi-la.

— A senhora não deveria se esforçar tanto — recomendou Conchita, cravando de novo os olhos no ventre da jovem senhora. — Eu não me perdoaria caso se repetisse aquilo que aconteceu na primavera passada.

— Não vai acontecer nada comigo. — Teresa sorriu, doce. — Já estou de quatro meses. O doutor me disse que tudo está correndo bem.

Fazia tempo que Teresa aprendera a fazer da tenacidade sua melhor arma.

A chave apareceu, finalmente, por volta das onze, dentro da escrivaninha que a senhora tinha em sua antessala, que fazia as vezes de uma salinha privada. Os dedos de Teresa a resgataram de lá, triunfais, e a ofereceram a sua sogra, que a agarrou junto da mão que a entregava.

— Fique aqui mais um pouco, Teresa — ordenou —, e mande todos embora.

A reunião durou cerca de cinquenta minutos. Quando Teresa atravessou a porta do quarto de dona Maria del Roser de novo, tinha os olhos avermelhados e as faces muito pálidas. Ela se deitou sem jantar. No dia seguinte, o chá e as tortas suíças que Concha deixara na mesa de sua sala ainda estavam intactos.

A noite transcorreu em um silêncio absoluto. Nem sequer o sereno passou diante do grande portão da casa. É possível que fosse o imenso silêncio que, como dizem, precede os grandes cataclismos.

Nas horas seguintes, que já eram as do Natal de 1932, ocorreram três coisas terríveis: os Grandes Almacenes El Siglo sofreram um incêndio, a senhora Maria del Roser Golorons morreu em sua cama, e Amadeo Lax passou pela primeira vez parte da noite no quarto de Laia, a filha da cozinheira, de 12 anos.

TERÇA-FEIRA, 27 DE DEZEMBRO DE 1932 LA VANGUARDIA 7

NOTÍCIAS LOCAIS

Foi levado ontem de manhã ao cemitério o corpo da senhora Maria del Roser Golorons, viúva do construtor e industrial dom Rodolfo Lax e única herdeira das ricas manufaturas têxteis de mesmo nome com sede na cidade vizinha de Mataró. Todos aqueles que usufruíram da amizade e da convivência com a virtuosa dama — ou sua família — e até muitos que, sem tê-la conhecido pessoalmente, ouviram falar das qualidades de seu caráter, prestaram uma última homenagem a sua memória: alguns acompanhando o cadáver até o sepultamento em solo sagrado e outros contemplando a passagem do cortejo fúnebre e abençoando, com suas orações, a alma da infeliz.

Às dez da manhã, diante da porta da casa da passagem Domingo onde, na madrugada do Natal, aconteceu a tragédia, formou-se a comitiva, na seguinte ordem: os membros do orfeão da Paróquia da Concepción com a cruz alçada; uma numerosa representação do Instituto Obrero de San Andrés com seu estandarte; muitos funcionários das Indústrias Lax segurando tochas acesas e levando no braço direito fitas negras em sinal de luto; os músicos da capela musical da Concepción e quarenta coroinhas também com tochas escoltando o ataúde, que foi carregado nos ombros por alguns empregados das firmas mencionadas. O clero paroquial precedia o féretro.

Atrás da carruagem com os restos da infeliz dama, puxada por seis cavalos negros, ricamente guarnecidos, iam todos os homens da família presentes em Barcelona e aqueles seres queridos que, vencendo a dor com um esforço supremo, quiseram acompanhar seus restos até devolvê-los à terra. Assim, acompanhados pelo pároco da Concepción, padre Eudaldo, seguiam o caixão o filho da falecida senhora, o prodigioso pintor senhor dom Amadeo Lax Golorons; seu irmão, o sacerdote jesuíta Juan Lax, e, ao lado deles, quebrando a tradição que obriga as mulheres a permanecerem em segundo plano nos sepultamentos, dona Teresa Brusés de Lax, nora da falecida. O restante da comitiva não apresentou outras surpresas: o médico da família, doutor Gambús, o procurador, senhor Trescents, e outros amigos e pessoas próximas, até se formar um cortejo com mais de mil pessoas. À frente das exéquias também estava o vereador senhor Bremón, representando o prefeito.

É impossível mencionar todos os nomes daqueles que formavam o numeroso séquito. Nele vimos os senhores Conde Gómez del Olmo (dom Octavio, dom Javier, dom Dionisio e dom Ricardo); Sotolongo; Rosillo, marquês de Santa Isabel; Boada, Albert Despujol, Bassegoda, Seguí, Plandolit, Samà, Güell e Giró; também o senhor Morcillo, da União Municipal de Associações da Propriedade Urbana; o doutor Bach, da Câmara Oficial da Propriedade Urbana; o presidente da Concepción, senhor Serracanta; o senhor Francisco Carreras Candi, presidente da Real Academia de Buenas Letras; o senhor Duran y Ventosa, ex-senador; e muitos outros que lamentamos não recordar.

Os nomes anteriores foram citados de memória, e suplicamos aos ausentes que nos perdoem a omissão involuntária.

Atrás do cortejo, iam a carroça da Casa de la Caridad, o carro de apoio e três carros repletos de coroas. Eram muitas as coroas de flores oferecidas como última homenagem por membros da família, pessoas próximas e amigas da finada. Uma delas era uma recordação dos empregados das Indústrias Lax e possuía a seguinte dedicatória: "À nossa generosa dona Maria del Roser, que nos amou como uma mãe." A maior, enviada pela Sociedade Espírita del Vallés, exibia esta outra: "A nossa amiga e mestra, de seus desolados companheiros."

Através do Paseo de Gracia e do lado esquerdo da rua Aragón, a comitiva se dirigiu à Paróquia da Imaculada Concepción, onde a comunidade entoou um solene responsório acompanhado pelos músicos da capela. Depois, o cortejo marchou na mesma ordem até o cruzamento do Paseo de Gracia com a Gran Vía, lugar escolhido para a despedida das exéquias. Este ato solene de respeito e consideração durou muito tempo. Os dois irmãos Lax apertaram as mãos daqueles que os acompanhavam e lhes dirigiram frases de agradecimento.

Umas trezentas pessoas não se despediram, mas se conduziram, ocupando mais de uma centena de carruagens, até o cemitério do Este, onde o corpo de dona Maria del Roser recebeu uma sepultura cristã no panteão familiar, ao lado de sua infeliz filha Violeta, morta de terrível doença quando ainda estava no auge da vida. Para a ocasião, foi mandado talhar em mármore um anjo dolente, que foi colocado na cúpula do panteão. Antes foram rezadas as preces habituais, seguidas de um poema que a nora da falecida quis declamar em sua memória. Ao longo de todo o Paseo de Gracia e nas ruas por onde passou o cortejo, acumulou-se uma imensa multidão que contemplou a passagem do féretro descobrindo-se comovida ao mesmo tempo que balbuciava uma oração.

A dor que aflige os senhores Lax pôde encontrar algum alívio e consolo no caráter sincero e solene da manifestação geral de tristeza que Barcelona presenciou ontem. Todos que usufruímos da amizade da família a acompanhamos de coração em seu sofrimento. Essa desgraça irreparável estreitou ainda mais os laços de carinho e de apreço que os Lax souberam conquistar em todas as classes sociais de Barcelona, desde a mais aristocrática à mais humilde.

Em todos os corações, haverá sempre uma recordação à boa memória daquela dama, tão virtuosa quanto infeliz, e todos os lábios católicos pronunciarão uma oração ao relembrá-la. Que a finada descanse em paz e toda sua família receba mais uma vez nossos sinceros pêsames por seu falecimento.

II

Concha guardou por muitos anos o artigo de *La Vanguardia* que falava do enterro da senhora. Quando o relia, era como se voltasse a estar lá, no meio daquela multidão agradecida que aclamava, cercada por aquelas damas distintas que diziam conservar de dona Maria del Roser uma recordação antiga de lutas silenciosas e revoluções incompreendidas que mal se atreviam a confessar em voz alta.

Não teria faltado por nada deste mundo. Devia tudo àquela boa mulher que os havia deixado para sempre. Derramou lágrimas, caminhando no passo da comitiva, sem se aproximar do caixão, tão bem-protegido. E não apenas pelo "nunca mais" impossível de digerir, mas também porque tinha a certeza de que, para a senhora, aquele enterro teria sido uma espécie de derrota: ela jamais aprovaria aquela pompa e aquele ritual que outros providenciaram. "No fim, às mulheres nos cabe ceder sempre", disse Concha para si mesma, relembrando as firmes ideias de Maria del Roser, que tanta influência exercera sobre ela. Ao ver a multidão se afastar pela rua Aragón, sentiu que também ia embora uma parte muito importante de sua existência. Sem a senhora, nada voltaria a ser como antes.

Durante toda a sua vida, Concha guardou a coleção de recortes em sua mesinha de cabeceira, dentro de uma caixa de latão. O recipiente estava serigrafado com desenhos de crianças brincando e comportara biscoitos. Por isso, durante muitos anos, a nostalgia daquelas recordações esteve acompanhada de um agradável aroma de canela.

No fundo, debaixo dos recortes, ela guardava um velho catálogo dos armazéns El Siglo, correspondente à temporada de inverno 1899-1900. Oitenta páginas estampadas com desenhos de produtos de todo tipo, desde móveis até rendas. Nas explicações que acompanhavam cada desenho —

"Lençóis de seda, tipo fino, com apliques feitos à mão, para cama de freira, camareira ou casal" —, havia aprendido a ler aos 20 anos, graças a sua tenacidade e ao empenho da senhora Maria del Roser, que era uma boa pessoa. Ao lembrar-se dela, diria muitas vezes:

— Senti sua morte como a de uma segunda mãe.

Concha Martínez Cruces começou a trabalhar na casa em março de 1889, graças a uma prima sua, mais velha, que era criada da residência de um Bassegoda.

— Os Lax estão procurando uma ama de leite, e eu posso lhes dar boas referências de você — disse-lhe. — Pelo menos você vai tirar proveito de sua desgraça.

No dia seguinte, durante a entrevista, Concha mal pronunciou palavra.

— Não se comporte como uma caipira — aconselhou a prima. — Abaixe os olhos, não faça ruídos feios e só fale quando fizerem perguntas, sempre acrescentando a sua resposta "senhora" ou "senhor". Entendeu?

Naquela época, os Lax ainda não haviam se mudado para a mansão da passagem Domingo. Eles viviam na cidade velha, em uma via estreita e senhorial que os novos planos urbanísticos apagaram do mapa, chamada rua Mercaders. Era uma casa menor, mas igualmente impressionante para alguém de baixa condição social. A senhora Maria del Roser as recebeu na sala do piano, sentada de lado em uma poltrona de veludo bordô. Sua expressão era doce, tinha gestos delicados que jamais caíam no maneirismo e uma espécie de distinção natural que Concha achou muito curiosa. Aquela mulher não ostentava joias nem fazia alarde de sua riqueza. Ela se vestia com uma elegância simples, mais ou menos à margem da moda, prendia os cabelos em um coque sobre a nuca e tratava as pessoas com uma rara amabilidade, inclusive com certa confiança. No entanto, nada disso rebaixava um milímetro de sua distinção, que continuava evidente, como se se tratasse de um traço a mais de seu caráter.

— Você prefere ser chamada de Concha ou de Conchita? — foi sua primeira pergunta.

— Tanto faz.

A prima lhe deu a primeira cotovelada.

— Pode chamá-la como mais lhe agradar, senhora — respondeu por Concha.

— Nesse caso, vou chamá-la de Conchita. Desde que não se importe, é claro.

A interessada negou com a cabeça.

Outra cotovelada.

— Ela não se importa, senhora. Como for mais agradável para a senhora — interveio a prima, aflita.

— Qual é sua idade, Conchita?

— Dezenove anos, senhora.

Concha achou que sua voz não queria soar naquele lugar, como se as paredes cobertas de livros a tivessem engolido.

— Ela vai fazer 20 anos daqui a quatro meses, senhora — acrescentou a prima.

— De onde você é?

— De Estopiñán, fica na província de Huesca.

— Está aqui há muito tempo?

— Vinte e três dias, senhora.

— E gosta de Barcelona?

Concha não sabia o que responder. Nem queria ficar calada.

— É muito grande — declarou. A senhora sorriu. O olhar colérico da prima a animou a acrescentar algo. — Mal tive tempo de ver alguma coisa, senhora.

— Você acha que seu leite é bom, Conchita?

— Sim, senhora.

— É sua a criança que está criando?

Concha sentiu que um nó apertava sua garganta. Se começasse a chorar, pensou, sua prima ficaria muito aborrecida, então tentou se conter.

— Não estou criando nenhuma criança, senhora.

Maria del Roser Golorons a fitou com estranheza. Pela primeira vez, Concha se alegrou por sua prima ter auxiliado com a resposta.

— O filho de Conchita morreu, senhora, por desgraça. De febre.

A senhora se mexeu na poltrona, franziu a testa.

— E isso foi há quanto tempo?

— Três dias — continuou a prima. — Foi enterrado ontem.

Então aquela dama refinada fez algo que Concha achou muito inusitado, até mesmo incômodo: seus olhos se encheram de lágrimas. Surpreendeu-a muito constatar que chorava, da mesma maneira ela. Até esse momento, sempre acreditara que as pessoas finas não faziam esse tipo de coisa. Então a senhora se levantou, aproximou-se de Concha e segurou suas mãos como se fosse sua filha.

— Pobrezinha — murmurou —, e ainda lhe restam forças para procurar trabalho, depois dessa desgraça?

— Não tenho outro remédio, senhora.

A anfitriã a abraçou. Concha estava tão surpresa que ficou quieta como uma tonta, rígida. Fazia muito tempo que ninguém a abraçava. Do interior daquela carícia de lã quente e cheirosa, ouviu sua prima dizer:

— Conchita é uma pessoa muito boa, a senhora logo verá. E seu filho foi concebido de maneira decente, sob a bênção do matrimônio. Mas a desafortunada perdeu o marido no ano passado.

Foi a gota que fez o copo transbordar. De repente, Concha sentiu que já não tinha forças e começou a chorar. Só se consolou quando a senhora agarrou seu queixo, enxugou as lágrimas de suas faces e disse:

— Pode ficar hoje mesmo, se quiser. Meu filho precisa de alguém como você, jovem, forte e de bom coração. Preciso que salve a vida dele por mim, porque eu não posso lhe dar nada.

— Vou tentar, senhora.

— Eu, em troca, farei o possível para você se esquecer de que só está aqui porque, como disse, não tem outro remédio.

Fez-se silêncio. Os olhares se cruzaram. Uma cumplicidade inaudita selou entre as duas um pacto sem palavras.

— Espere. Quero que o conheça agora mesmo — disse a senhora, saindo para buscar o pequeno Amadeo, que tinha então 7 meses de vida.

Seus passos sapatearam pelo corredor, fortes, decididos. Voltou em instantes, sorrindo, com Amadeo nos braços, e pediu a Conchita que o alimentasse pela primeira vez. A garota recém-chegada pegou o menino com o cuidado que sempre teve com o próprio filho, sentou-se em um tamborete e procurou seu seio direito sob a roupa gasta. A senhora e a prima, que continuava esperando que pusesse tudo a perder, olhavam-na fixamente.

Amadeo era uma criança esquálida de pele amarelada, que, apesar da posição social de sua família, inspirou em sua nova ama de leite uma compaixão imediata. Talvez porque tenha se agarrado a seu mamilo na primeira tentativa e sugado com ânsia, com desespero, exatamente da mesma maneira que haveria de fazer tudo ao longo de toda a sua vida.

— Bendita seja, Conchita — declarou dona Maria del Roser, à beira das lágrimas, antes de perguntar: — E você, filhinha? Quer comer alguma coisa?

Embora não tivesse revelado a ninguém, há quatro dias Concha não comia nada. Estava nos ossos. Até ela mesma se perguntava como aquele seu corpo tão devastado era capaz de alimentar outro ser humano. Assentiu com timidez.

A senhora chamou a camareira:

— Diga a Eutimia para subir um momento, faça o favor — ordenou.

Eutimia era uma mulher de 40 e tantos anos, baixinha, bem-nutrida, rude, linguaruda e simpática apenas quando lhe interessava. Suas bochechas coradas e sua pele naturalmente bronzeada denunciavam suas origens rurais. Cheirava a feno e a lavanda. Ela dava ordens com a naturalidade e a coragem de um capitão de navio. E seu papel na casa não era muito diferente do de um velho lobo do mar em sua embarcação: trabalhava como governanta há mais de duas décadas e conhecia o segredo das pedras e dos moradores de maneira tão detalhada como sua patroa jamais conheceria. Sua jurisdição começava na porta da cozinha e se estendia por toda a área de serviço, onde também trabalhava como chefe de pessoal e até como administradora — pois era Eutimia quem prestava contas semanalmente dos gastos da casa a dom Rodolfo, e a ninguém escapava que a ela e só a ela os senhores dispensavam as formalidades —, e sua influência parecia se estender muito além do cargo que ocupava e, por isso, recebia até três vezes mais que qualquer outra criada.

Eutimia era viúva. Diziam que seu marido fora devorado por lobos em sua aldeia natal, embora ninguém nunca tivesse conseguido saber se isso era verdade ou uma maledicência inventada pelos outros criados para passar o tempo nas longas noites de inverno. Se isso aconteceu, foi quando ela ainda vivia perto do rio Negro, em um lugar chamado Sierra de la Culebra, cuja simples menção assustava os mais jovens, Concha inclusive. Diziam também que ela guardava alguns fios do bigode do falecido marido dentro de um medalhão que jamais tirava, nem sequer para dormir. Esses fios eram para Eutimia, pelo visto, um amuleto infalível, e era graças a eles que possuía aquela energia de fera selvagem.

— Eutimia, eu lhe apresento Conchita — anunciou a senhora. — É a nova ama de leite do nosso pequeno Amadeo.

A governanta estava usando um avental branco que parecia recém-passado, os cabelos castanhos recolhidos em um coque e sobre a cabeça uma touca tão imaculada quanto o restante de sua indumentária. Dirigiu à esquálida recém-chegada uma breve inclinação de cabeça, a qual Concha respondeu muito tarde. O olhar da governanta lhe pareceu, já naquele primeiro encontro, de reprovação.

A senhora lhe deu instruções com voz doce.

— Eu lhe peço que cuide pessoalmente do jantar de Conchita. Quero que ela se alimente direito. E quero que Rosalía tire suas medidas para fazer o uniforme dela. E mande preparar um dos quartos.

— Sim, senhora — respondeu Eutimia, com uma nova inclinação de cabeça. — Me permito lhe recordar que os dois únicos quartos livres estão sujos e cheios de tralha.

A senhora não pareceu consternada.

— Nesse caso, mande limpá-los. E terá de procurar um lugar para acomodá-la enquanto isso.

— No quarto de Carmela, a nova criada, há uma cama vazia — informou a eficiente capitã.

— É isso. Que dividam o quarto. Será só por uma noite ou duas, enquanto preparam o outro cômodo. O problema está resolvido!

— Tudo bem, senhora. Tem alguma preferência em relação a qual dos dois quartos vazios poderia ser...?

— Ai, Eutimia, não me obrigue a pensar nisso — interrompeu a senhora. — Deixe Conchita escolher. Ela certamente terá seus próprios critérios. Embora, agora, o mais importante seja alimentá-la. Por favor, não vamos demorar mais. Essa garota precisa comer.

— Sim, senhora. Vou pedir a Juanita que se apresse.

Eutimia foi embora esbanjando sua habitual energia, e a senhora dirigiu outro olhar entusiasmado a Concha.

— Você acha que se sentirá à vontade aqui com a gente? — perguntou.

Concha assentiu, de novo torturada pelas lágrimas.

— Então não temos mais nada a dizer. Eutimia irá lhe explicar as normas da casa. Vai ficar agora mesmo conosco? Ora, como sou tonta, você terá de pegar suas coisas, despedir-se dos seus... Desculpe, sou muito impaciente. Diga-me quando poderá ser. Mas que seja logo, por favor. Estamos precisando tanto de você...

As coisas de Concha se limitavam ao que estava usando e a uma pesada carga de tristeza e azar. Não tinha ninguém de quem se despedir nem ninguém a quem dar a notícia de sua partida, a não ser a prima, que a olhava agora com uma mistura de orgulho e estranheza.

— Posso ficar agora mesmo — balbuciou.

— Bendita seja! — A senhora exibia tamanha felicidade que conseguia desconcertar as duas primas com seu entusiasmo. — Vou dar as ordens cabíveis. Você pode ir, não se preocupe com nada.

Dito isso, deu por terminada a conversa — como sempre, quando lhe pareceu oportuno — e saiu da sala.

Concha se sentiu feliz ali desde o primeiro dia. Dona Maria del Roser a tratou, desde as primeiras 24 horas de sua presença na família, melhor do que a vida jamais o fizera. E não apenas porque a alimentou, proporcionou-lhe um teto e um lugar seco e quente onde dormir, mas porque, de algum modo, aquela vida estava tão distante de tudo o que a garota conhecera até então que a todo instante tinha a impressão de estar dentro de uma dessas histórias maravilhosas que ouvia quando era menina. Uma vida de romance, assim lhe pareceram as primeiras semanas na casa dos Lax. Então, pouco a pouco, foi entendendo tudo, a família, as estranhezas de alguns de seus membros e, naturalmente, as necessidades de Amadeo, a quem amou como se fosse o próprio filho, talvez necessitada de fazer algo com aquele amor imenso que havia ficado vazio da noite para o dia.

A maior dificuldade foi se habituar à presença de certos moradores da casa que pareciam espectros. Eles surgiam de repente em algum umbral, ou no meio do corredor, sem fazer barulho e, como se tivessem surgido do ar, ficavam olhando para ela com expressão ausente e em seguida evaporavam de novo, em um silêncio triste e solitário. Concha entendeu que eram obstáculos de outros tempos, seres em retirada, a quem qualquer indício de renovação, como os criados jovens ou as crianças, devia parecer tão inquietante quanto eles mesmos eram aos mortais comuns.

— Os espectros sentem curiosidade pelo novo, mas também o temem. Por isso rondam os berços, porém nunca se aproximam muito. — Ela ouvira dizer quando era pequena, em sua aldeia.

Uma anciã enfraquecida ocupava, no segundo andar, um quarto tão pequeno que parecia um guarda-roupa. As atividades da mulher eram tão discretas e ela saía tão pouco daqueles seus domínios que frequentemente todo mundo da casa se esquecia de que continuava vivendo ali. Morreu quando Concha estava trabalhando na casa há apenas alguns meses e foi enterrada com uma frugalidade de cerimônias que a levou a pensar em uma tia-avó ou em alguém ainda mais distante. Ninguém nunca lhe esclareceu o grau de parentesco da falecida. Compartilhando a parede, viviam duas tias solteiras que teriam parecido gêmeas se não tivessem nascido com mais de 15 anos de diferença. Uma se chamava Roberta, e a outra Concha nunca soube o nome, porque todos a chamavam de Mimí. Apesar da semelhança de suas feições, Roberta e Mimí não podiam ser mais diferentes. A primeira era austera, tinha sobrancelhas grossas e voz grave, com o mesmo comportamento de um general de sapadores. A irmã mais nova, por sua vez, ficara presa em uma espécie de adolescência eterna, em um romantismo insatisfeito, e passava o dia suspirando, olhando ao longe e fazendo bordados com bastidor. Só Mimí sobreviveu o suficiente para se mudar para a nova casa, onde ocupou por pouco tempo um quarto do terceiro andar. Morreu com tamanha discrição que alguns duvidaram de que tivesse falecido. Muitos anos após sua morte, algumas pessoas ainda a ouviam suspirar em sua alcova pelas oportunidades perdidas.

A ama de leite procurava não pensar muito em todas essas almas envelhecidas. Não era difícil para ela: os jovens têm aversão aos velhos. Naquela época, Conchita só vivia para Amadeo, a quem logo começou a ver como um filho que a vida lhe emprestara em desagravo por ter roubado tanto dela. Quando Juan nasceu, ela se ofereceu para criá-lo, pois acreditava ter leite suficiente para os dois, mas a senhora afastou a ideia com doçura: desta vez poderia fazê-lo ela mesma. Concha ficou feliz com aquela circunstância, que lhe permitiu inverter os papéis durante um breve tempo; ela passou a doutrinar sua senhora a respeito dos segredos da amamentação, na qual era uma perfeita mestra. Ao mesmo tempo, Maria del Roser Golorons valorizou ainda mais o trabalho de sua fiel Conchita, e entre elas se desenvolveram laços que nenhuma das duas teria suspeitado: os laços das coisas verdadeiras que existem à margem do dinheiro ou das classes sociais.

Naturalmente, na casa havia quem não conseguisse suportar a nova ordem das coisas. Eutimia, por exemplo.

— Ela parece muda, mas acho que é uma víbora. Vamos esperar que, além da voz, não lhe falte nada. Nesta casa, não há lugar para os sem-vergonha.

Eutimia falava a respeito de Concha com o restante dos criados sem se importar que ela estivesse presente. Fazia-o quando a senhora não estava ouvindo, e enquanto cuidava de seus afazeres, e também quando se sentava à grande mesa da cozinha, sempre coberta com uma toalha impoluta, e começava a jogar cartas consigo mesma. Concha ouvia nitidamente seus comentários, claro, mas nunca se atreveu a dizer nada. Havia algo violento na governanta que a acovardava. Durante os primeiros meses na casa dos Lax, a única pessoa que lhe inspirou medo e por quem chegou a se sentir maltratada foi Eutimia.

A governanta tinha razão a respeito de seu silêncio. Desde que se levantava até a hora de deitar, a ama de leite mal dizia palavra. Outros falavam em seu lugar, ou era isso que achava, e ela os ouvia procurando não perder nenhum detalhe. A maior parte dos habitantes da casa a ignorava por completo. A mudez era sua única defesa diante do desconhecido.

Não era de admirar que não lhe dessem muita atenção: afinal de contas, Concha passava o dia sem ver ninguém, salvo Amadeo e, de vez em quando, a senhora. Suas obrigações eram diferentes das dos demais, assim como seus horários de trabalho. Ela perambulava com absoluta liberdade por alguns lugares da casa onde o restante dos serviçais mal colocava os pés. Comia melhor que todos eles e de acordo com os próprios horários. Recebia um tratamento preferencial, como cabia à pessoa em cujas mãos estava a vida do primogênito da família. Soube mais tarde que algumas amas de leite exigiam esses privilégios antes de ser contratadas na casa, mas Concha recebeu tudo sem esforço, como um presente que não acreditava merecer, e, embora sempre mantivesse a consciência de que nada daquilo tudo lhe pertencia e não pertenceria jamais, soube aproveitar.

Eutimia não conseguia suportar que aquela pirralha tivesse privilégios que ela nunca havia gozado. A inveja a corroía.

— Fique sabendo, sua manhosa, que, assim que eu souber que seu leite secou, cortarei suas tetas com uma faca de açougueiro.

Sua resposta foi seu primeiro silêncio.

Jamais ocorrera a Concha enganar ninguém. Muito menos a senhora, a única pessoa bondosa que havia conhecido em muito tempo. Da mesma maneira, a possibilidade de prejudicar Amadeo abria um poço de angústia em seu peito.

A princípio, seu tempo transcorria em uma espécie de bolha de paz. Alguns dias ela se deixava ver pela cozinha na hora do almoço ou talvez um pouco mais à tarde, quando o bebê lhe dava algum descanso. Só à noite descia a escada que levava ao porão, onde seu quarto ficou logo pronto. Mas Concha não fazia isso sozinha. Foi devido a uma decisão da senhora, tomada a altas horas de uma madrugada em que Amadeo chorou e chorou até esgotar sua paciência. Maria del Roser bateu em sua porta de camisola e lhe suplicou que cuidasse do pequeno ou ia ficar louca. A partir desse momento e ao longo de quatro anos, Amadeo compartilhou com Concha e o restante dos serviçais as noites no porão.

Durante o dia, os dois, ama de leite e primogênito, instalavam-se no que era denominado "quarto de brinquedos": um aposento do andar de cima, mais estreito que o desejável, que em outras épocas havia sido a salinha de visitas de uma bisavó cuja contribuição à família consistira em deixar tudo debruado com rendas ou coberto com tapetes de crochê. O lugar era ensolarado no inverno, protegido no verão e decorado com pomposas molduras que não vinham ao caso. Entre esses dois mundos, o mau gosto da salinha e a austeridade do quarto de empregada, transcorreram os primeiros anos da vida de Amadeo, exatamente até que se mudaram para a nova casa e Maria del Roser decidiu que era necessário realizar algumas alterações.

Mas nesses dias de que estamos falando, Amadeo ainda era filho único e Conchita se sentia orgulhosa de em apenas um mês ter engordado 5 quilos. Sua figura raquítica também havia ganhado carnes e apresentava um aspecto mais saudável e mais de acordo com sua idade. No rosto de dona Maria del Roser, a preocupação dera lugar a um sorriso de felicidade.

— Você é nosso anjo, Conchita! Um presente do céu!

Sim, as desavenças das outras criadas não a preocupavam. Seu território era aquele quarto do andar de cima que a princípio foi uma espécie de bálsamo para suas feridas. Pela manhã, quando Concha amamentava o bebê, Carmela lhe trazia o desjejum em uma bandeja. Ovos, uma rosca de massa branca recém-preparada, às vezes um pouco de presunto ou de requeijão, uma fruta e leite. Na primeira vez que viu aqueles manjares e entendeu que eram para ela, não conseguiu evitar o choro e logo se sentiu ridícula: uma pessoa que havia experimentado tantas tristezas chorava por um pouco de comida? A vida dos ricos havia tornado a sua tão mais suave em poucos dias? Por ora, estava proibida de beber chicória — o café era reservado aos senhores —, porque se dizia que amargava o leite, da mesma maneira que o chá, os aspargos, o vinagre e outros alimentos. Porém, mesmo sem eles, sua dieta era um luxo que jamais conhecera.

Após tomar o café da manhã, ela escolhia um conjunto a seu gosto entre os muitos que havia no guarda-roupa e preparava sem pressa o bebê para o passeio diário. Dona Maria del Roser confiou logo em seu critério e nunca interveio nesses cuidados, que para Concha eram o melhor do dia. Depois se vestia, preocupando-se com os detalhes: o uniforme azul-escuro, o avental branquíssimo, a touca engomada, os sapatos engraxados e uma medalha de ouro da Virgem de Montserrat que a senhora lhe dera de presente em seu aniversário. Assim arrumada, colocava o menino no carrinho e iam passear.

Percorriam as ruas Riera Alta e Ferran lentamente, cumprimentando as outras babás — rapidamente ficou conhecendo de vista a maioria —, desfrutando o calor daquele ar com odor do mar e sem parar de sorrir. Um pouco mais tarde apareciam as jovens em idade para se casar, algumas acompanhadas por suas mães e outras por amas-secas ou tutoras, entre o rangido de sedas, tarlatanas e tafetás de suas roupas de passeio. A simplicidade de algumas brilhava ao lado da excessiva ostentação de outras, e todo homem que procurasse poderia encontrar naquela exposição algo que o satisfizesse. Por volta de uma hora, as damas abandonavam suas casas a bordo de suas carruagens, acompanhadas de cocheiro e lacaio, e alguns senhores também se deixavam ver, a cavalo ou — os mais modernos — de bicicleta.

Todo o percurso se transformava em um desfile de sedução e elegância, em um constante vai e vem de cartolas, em um rápido agitar de luvas de pele da Rússia e em um rosário de parabéns para toda a família. Como todas essas coisas não brilhavam em demasia nas ruas estreitas da cidade velha, os senhores mais abastados viviam pensando aonde poderiam ir para poderem ser vistos melhor.

No entanto, os discretos sorrisos femininos eram guardados com dissimulação para uma ocasião mais propícia, e alguns rapazes voltavam de seu passeio com o espírito tomado pela angústia. Outros, talvez jovens de boa família atrás de belezas a quem cortejar, interpretavam como um gesto malpercebido irrefutável e se deixavam levar pela euforia dos vitoriosos. Outros ficavam escandalizados quando a carruagem onde estivesse uma mulher interessada em algum jovem herdeiro passava e ela se atrevia a encarar aqueles que a criticavam, porém ficavam mudos ao contemplar a beleza dela; beleza que, conforme diziam, igualava-se a sua vulgaridade.

Todos esses cuidados perturbavam o meio-dia com uma pompa que mantinha algumas pessoas ocupadas, inclusive a multidão descalça, de calças amarradas com pedaços de corda, rostos pálidos de fome e caras sujas de carvão, que todos os dias se agrupava às margens do passeio para ver os ricos de perto.

Conchita carregava seu menino de 11 quilos, sua medalha de ouro e seu sorriso verdadeiro. Nunca até então se importara tão pouco com o passar do tempo nem havia sido tão feliz.

Quando olhava para Amadeo, já naquela época intuía de alguma maneira o que o destino lhes apresentava. As circunstâncias lhe deram a honra de ser testemunha de outra vida. E também conselheira, testa de ferro e talvez a única pessoa capaz de amar o mais velho dos irmãos Lax depois de saber tudo a seu respeito. Concha não conseguia se opor a isso. Amadeo seria sempre sua criança, e ambos o sabiam. Um menino vulnerável, irascível, brilhante... Sempre diferente, sempre alheio aos demais, quando não em franca oposição a eles. Sempre incompreendido. Pretensa ou inevitavelmente só.

Amadeo lhe correspondeu, a sua maneira. Ele verteu lágrimas após a morte de Concha. Foi a única das mulheres de sua vida por quem chorou. Alguns anos antes, a usara como modelo de um de seus primeiros retratos, que intitulou *O anjo da infância*. O quadro foi sua única maneira de fazê-la saber como tinha sido importante para ele.

Quase ninguém pôde comparecer ao enterro do anjo da infância. Seu menino difícil, já transformado em um homem repleto de caprichos, estava muito distante dali. Não houve discursos nem cantos no funeral, como ela sonhara tantas vezes, nem seu Amadeo pronunciou palavra alguma. Foi uma cerimônia rápida, quase secreta, que teve como música de fundo algumas explosões distantes. Apenas duas pessoas acompanharam o corpo da babá a sua última morada: Aurora e Higino. Ela tinha a triste honra de ser a última camareira a prestar serviço na casa dos Lax. Ele, de certo modo, salvara tudo. Ambos verteram lágrimas verdadeiras.

A cena que é modelada com traços grosseiros, o enterro de Concha, ocorreu em 24 de julho de 1941; e, naquela época, os novos tempos haviam desfeito quase por completo o mundo ao qual um dia a família Lax pertencera. O nome de Amadeo, famoso em um mundo que não se impressionava mais com nada, era tudo que restava daqueles tempos melhores. A casa continuava de pé e eles a defendiam, mas à noite, nos quartos, reinava um silêncio assustador. O silêncio que os ausentes deixam quando ainda há quem pense neles o tempo inteiro.

O tempo avançara, impassível, e o pior era que pensava continuar o fazendo.

Mas, da mesma maneira que a vida pode nos surpreender com um desenlace abrupto, algumas vezes também nos dá uma nova oportunidade. Um renascimento.

Silêncio. Range um portão. Alguém atravessa o austero umbral da entrada, observa com olhos surpresos, atreve-se a deixar uma pegada na poeira que cobre o mármore do vestíbulo.

Entra em segredo. Avança.

Sempre que algo assim acontece, as pedras e os fantasmas ficam alvoroçados.

***O anjo da infância*, 1905**

Óleo sobre tela, 75 x 40cm

Barcelona, MNAC, Coleção Amadeo Lax

Concha Martínez Cruces (1870-1941) foi trabalhar na casa dos Lax como ama de leite do pintor quando este tinha poucas semanas de vida e ela mal havia chegado aos 20 anos. Permaneceu ligada à família, à qual serviu também como babá, criada, dama de companhia de dona Maria del Roser de Lax — a mãe do artista — e de novo babá, cuidando do único filho do pintor até a explosão da Guerra Civil e o posterior exílio da criança na França. Ela morreu de pneumonia em 1941. Foi um personagem amado por várias gerações e, sem dúvida, mais importante do que este único retrato leva a crer.

Trata-se de uma obra de sua juventude: Amadeo Lax pintou o quadro quando tinha apenas 15 anos. É também um de seus primeiros retratos familiares, que tanta importância iriam adquirir em sua produção durante os anos que se seguiram. Já são percebidos interesses que se desenvolveriam muito depressa: a luminosidade, combinada com a sucessão de cores claras e com motivos vegetais ao fundo — entre os quais se destacam vivamente os gerânios e as hortênsias —, a expressão despreocupada da modelo e o caráter cotidiano da cena, que mostra a mulher servindo bebidas em quatro delicados copos de cristal.

O título aparece escrito pelo próprio punho do escritor na parte posterior da tela.

Como curiosidade, o pátio do quadro pertencia à casa da família do pintor e foi reformado alguns anos mais tarde, no verão de 1936: o solo foi coberto com parquete, as paredes foram decoradas com mosaicos no estilo art déco e o muro do fundo, as plantas e as flores deram lugar ao afresco *Teresa ausente*, considerado por muitos a obra-prima do artista.

Amadeo Lax retratista (catálogo da exposição)
Museu Thyssen-Bornemisza, Madri, 2002

III

Violeta não chega sozinha.

Dois cavalheiros a acompanham. O primeiro, jovem, com blazer azul e gravata listrada, tem o ar um pouco carnavalesco do jovenzinho que não se acostumou ainda a se vestir como um homem. É o portador das chaves. Durante a visita, ele se manterá em segundo plano e só quebrará o silêncio para demonstrar sua ingenuidade.

O outro é um homem de compleição delgada, costas encurvadas, cabelos abundantes e grisalhos que não denunciam de maneira alguma seus quase 60 anos e olhos ocultos atrás de grossas lentes de óculos com armação de tartaruga. Chama-se Arcadio Pérez e parece um ser esmagado por alguma circunstância inevitável, embora risonho e de gestos enérgicos. Usa uma camisa branca de um número maior que o seu, uma velha japona de lã, calças caqui, cinto de couro com fivela metálica e mocassins com borlas. Diferente dos outros, conhece o lugar há muito tempo. Parece satisfeito com seu papel de cicerone.

— Me disseram que era um lugar extraordinário — comenta o jovenzinho, observando ao pé da marmórea escada principal. — Você vai dizer aonde temos que ir, Arcadio.

Violeta também se deteve. Ela olha para cima. Nega com a cabeça, desgostosa. Adota uma expressão de inequívoca elegância apesar de se vestir com simplicidade, quase com descuido: jeans, blusa amarela, botinhas, casaco preto de couro. Sua pele pálida contrasta com seus cabelos quase curtos negríssimos, um pouco alvoroçados. Tem lábios finos, os olhos um pouco rasgados, o nariz retilíneo e as maçãs do rosto proeminentes. Suas feições não precisam ser ressaltadas pela maquiagem. Não é uma mulher linda, mas tem um ar de simpatia adorável, de otimismo natural, que a torna atraente. Embora o que esteja vendo não lhe permita demonstrá-lo.

Pela maneira de se movimentar, sua presença invoca imediatamente certos antepassados. Ela possui aquele ar distinto que sempre caracterizou o avô Amadeo, embora nela a distinção não se confunda com a soberba. A expressão do rosto, o brilho dos olhos, a delicadeza dos gestos e a palidez da pele são de Teresa, embora ninguém queira nem possa sabê-lo. Há também nela uma sombra dos traços de Maria del Roser, e sua aparente fragilidade evoca de imediato outra Violeta, sua precursora, a infeliz menina morta com os bolsos cheios de futuro. Não é uma mulher quem chegou, mas uma herança da família.

É preciso dizer que os três visitantes que chegaram juntos procedem de mundos bastante diferentes e que o vestíbulo de mármore é uma espécie de ponto de interseção.

— Tome cuidado, tem muita sujeira — adverte Arcadio a Violeta.

— Como é possível? — pergunta ela em um sussurro, atônita, arregalando os olhos para tudo o que há ao seu redor, sem parar de negar com a cabeça.

— Já disse a você que está tudo muito abandonado. O que fizeram com esse lugar é uma pena. Ou melhor, o que não fizeram.

O jovem parece incomodado. Ele está aqui como representante da mesma instância que é acusada do abandono e, embora não tivesse nascido quando a poeira começou a se acumular no casarão, não pode evitar uma sensação de desconforto. Mas seus acompanhantes não se referem a ele, claro. Já se esqueceram de sua presença há alguns minutos.

Sem tocar os empoeirados motivos vegetais da balaustrada, Violeta coloca um pé no primeiro degrau.

— Estou querendo ver o afresco — confessa, começando a subir.

Violeta marca o passo, que não é rápido. Precisa prestar atenção nos detalhes, fica horrorizada diante do estado de tudo. Seu espanto, no entanto, não tem nada de pessoal, ou quase nada. Esteve aqui apenas uma vez, muito pequena, pelas mãos de Modesto, seu pai. Ela se lembra do portão e da escada, da seriedade de uma criada chorosa, da luz filtrada pelos magníficos vitrais coloridos do primeiro andar, do solene ataúde diante da lareira esculpida e, em seu interior, como se estivesse dormindo, de seu avô Amadeo, um homem que não chegou a conhecer.

Trinta e seis anos depois, Violeta repete aquele percurso. O portão, a escada, o corredor com mosaico e teto trabalhado — os detalhes e as dimensões verdadeiras são novos para Violeta, e a impressionam tanto como então —, o salão principal, a lareira imponente, as portas envidraçadas do velho pátio...

Violeta está chegando ao coração de sua lembrança mais antiga. Ela se detém mais ou menos no lugar onde esteve o caixão de Amadeo Lax. Olha em volta com uma expressão consternada. É Arcadio quem diz:

— Como isso deve ter sido nos bons tempos, não é mesmo?

Violeta se abstém de fazer comentários e continua caminhando. Ela empurra a porta que dá acesso ao velho pátio. Os vitrais intactos escondem seus brilhos de outros tempos debaixo de uma película de poeira cinzenta. Adentra o espaço com os olhos fixos na parede do fundo, de onde a expressão ambígua de Teresa lhe dá estranhas boas-vindas. O afresco resplandece, apesar de seu estado lamentável. Ainda é uma obra impressionante, que corta a respiração. Pintado em tons escuros, com grossas pinceladas raivosas, a figura feminina domina por completo o espaço. Violeta não se lembrava dela da outra vez. Pergunta-se se uma obra como essa pode passar diante dos olhos de uma menina e não deixar nenhuma marca. Ou talvez fossem as circunstâncias: uma vez prestadas aquelas breves homenagens ao cadáver de seu avô, Modesto e ela saíram da casa como se ambos tivessem pressa de abandoná-la. Violeta não pode olhá-lo sem sentir, agora sim, uma grande emoção: afinal, a mulher do retrato foi sua avó. Uma avó ausente, como reza o título, desconhecida, a respeito de quem ela jamais perguntou nada, de quem jamais lhe contaram maiores detalhes, sobre a qual caiu um desejado manto de esquecimento.

Violeta não diz nada. Seu silêncio fala por ela. E o brilho de seus olhos, que têm algo em comum com os do retrato que observam.

Arcadio a segue como um guarda-costas, também olhando para Teresa.

— Fico feliz por ter conseguido vir — diz ele.

— Não foi fácil me decidir. Estive prestes a cancelar a viagem. Amanhã vai ser inaugurada a exposição dos retratistas no Art Institute. Você sabe que é o resultado de um esforço pessoal e que batalhei muito. Tudo acabou correndo bem, mas vou perder as felicitações e as honrarias.

Faz-se um silêncio compartilhado. As últimas vezes que conversaram foram sobre essa exposição, na qual Amadeo Lax também estará presente, é claro, graças a um empréstimo do Museu Nacional d'Art de Catalunya e ao de um colecionador particular.

— Mas, pensando bem, prefiro estar aqui. — Violeta sorri.

O tom grave é interrompido pela aproximação do jovem funcionário. Assim que atravessa o umbral da porta envidraçada, ele exclama:

— Nossa!

Pergunta, com ingenuidade:

— E isso?

Ninguém responde. Violeta está pensativa. Tem a atitude reverencial inspirada pelas obras-primas.

O jovem insiste:

— Isso pertence à Generalitat ou à família?

A pergunta faz Violeta retroceder alguns anos, ao momento em que as disputas pela herança do pintor começaram.

— Infelizmente, à Generalitat — responde Arcadio, que sempre foi muito honesto ao lidar com as instituições. Ou talvez não tivesse a coragem necessária.

No entanto, ele defendeu os interesses de Lax como nenhum de seus legítimos herdeiros teria feito. Quando Violeta chegou em Barcelona, ainda estudante, a casa estava fechada a sete chaves e ela, muito ocupada com outras coisas. Não dava a menor importância às reivindicações em que andavam envolvidos os advogados da família e os do governo autônomo, apesar de que naquela época Arcadio já a mantivesse a par. Ao ser feito o único acordo possível, ela já morava nos Estados Unidos, e Arcadio era o único interlocutor com as instituições. Por indolência ou por comodismo, todos acharam que aquela solução teria agradado o próprio pintor. Arcadio e Violeta se mantiveram em contato e até se viram algumas vezes, sempre em Chicago, alimentando uma amizade cimentada na mútua admiração por Amadeo Lax.

— Bem, uma pintura não pode resistir eternamente, eu suponho — murmura Violeta.

Durante o longo silêncio, o jovem fica pensando em outra pergunta que não formula. A conversa entre Arcadio e Violeta, em um tom íntimo demais para sua timidez, acaba se impondo:

— Era sua última oportunidade, Vio.

— Por isso mesmo agradeço tanto a você por ter me envolvido nisso. Eu teria me arrependido muito se não tivesse vindo.

— Alguém da família precisava estar aqui. Mesmo que fosse apenas para ser contrariada.

— Você é como alguém da família.

Arcadio abaixou a voz, dando a entender que falaria com mais liberdade se nenhum representante institucional estivesse presente.

Durante alguns segundos, os três ficam em um silêncio ansioso.

O jovem consegue aproveitar a oportunidade.

— É de Amadeo Lax? — pergunta, apontando com os olhos a obra da parede.

— Sua melhor obra — declara Arcadio.

— E o que ela faz aqui?

— Isso você deveria perguntar aos seus superiores — suspira o administrador.

— Ah, perdão — desculpa-se o rapaz, acusando o golpe no ato.

— Seu olhar continua provocando medo. É tão desolador... — comenta Violeta, que na verdade não fala com ninguém, mas com ela mesma. Para ela, sua avó Teresa nunca esteve mais presente que neste instante.

Arcadio esboça o início de um sorriso.

— Eu também acho. Já contei a você que na primeira vez que pisei nesta casa seu avô me recebeu aqui, no gabinete? Sua poltrona estava desse lado — aponta um ponto do assoalho —, de costas para o mural. Eu sentei em uma cadeira que ficava ali, perto da porta. Durante toda a entrevista, fiquei achando que Teresa nos vigiava.

Em geral, a memória dos seres humanos é breve e inexata. Nesta ocasião, no entanto, as recordações de Arcadio acertaram em cheio.

Na primeira vez em que esteve aqui, Arcadio Pérez era um estudante de belas-artes com absurdas pretensões de ser um pintor cubista e uma admiração desmedida por Amadeo Lax. O artista, próximo ao fim, era uma massa disforme de pele translúcida e ossos vítreos que não saía mais de casa. Para conseguir entrar, Arcadio esgrimiu a desculpa de uma entrevista para um jornal acadêmico e deve ter encontrado Lax em um bom dia, pois o pintor aceitou recebê-lo. Naquela época — no ano de 1972 —, o artista tolerava menos do que nunca a invasão de seu espaço por forasteiros e não tinha humor para conversar sobre arte ou qualquer outra coisa. Deixara de pintar havia mais de dez anos.

Arcadio trazia uma caixa de bombons da Casa Foix e duas dúzias de perguntas, que teve a coragem de formular, uma após a outra, da cadeira onde se sentou com os joelhos grudados. O dono da casa achou o questionário interessante e respondeu com complacência, sentindo uma simpatia instantânea pelo jovem jornalista. O motivo de semelhante milagre é tão velho como as fraquezas humanas: nada melhor para despertar um artista de quem ninguém se lembra mais que um admirador que conserva a ingenuidade e a memória intactas. Em Arcadio se percebia tudo sincero no ato, não havia impostação em sua voz nem um sinal de malícia em seus comentários, e sim uma admiração absoluta e evidente. Era uma pessoa de alma pura.

Após a entrevista, o velho monumento o guiou em um percurso pelos andares superiores, vazios e escuros, que cheiravam a esquecimento e neblina. Foi naquelas invejáveis circunstâncias que Arcadio teve o privilégio de perambular pelo melhor museu que pode ser oferecido a um curioso: o da decadência de uma existência humana.

Mal restavam vestígios da vida de outros tempos. Percebiam-se as marcas de antigas cinzas na grande lareira do salão. Os aposentos do andar superior dormiam um sono de esquecimento e tédio e seria possível dizer que sentiam falta das mulheres que os habitaram: Maria del Roser, a primeira Violeta, Teresa, Conchita... Dos ausentes, nos aposentos só restavam objetos órfãos: um gorro destripado que ainda conservava uma surrada borla de lã; uma escova com o cabo quebrado; as contas de um rosário, que rodavam como seres vivos sobre o chão de madeira...

As portas estavam abertas, e não havia nada a esconder. A casa se assemelhava a um grande túmulo vazio. Apenas o pátio reformado e a água-furtada conservavam algum sopro de vida.

Amadeo Lax apertava o braço do jovem discípulo e parava diante dos próprios quadros, que ocupavam todas as paredes, sem muita ordem nem critério, para comentá-los com a altivez de criador, regozijando-se das próprias audácias pictóricas, com uma vaidade anedótica, esperando a reação de seu impressionável pupilo.

— Você conhece Ramon Casas? — perguntava.

— Sim, sim, claro que sim.

— Ele ficou encantado com este óleo. Creio que tenha tentado imitá-lo em alguma de suas últimas obras, embora agora não me lembre qual. Bem, ele falou que era uma homenagem, claro.

Ou, diante de um de seus retratos familiares:

— Não é como se eu tivesse adivinhado o pensamento da modelo? Seja sincero.

Arcadio conseguiu dizer o que Lax desejava ouvir e ao mesmo tempo ser sincero. Esse dom lhe abriu as portas do último reduto do pintor: a água-furtada. Um espaço caótico repleto de objetos e telas no qual quase ninguém, além de Lax, jamais havia entrado.

Foi ali que Arcadio viu pela primeira vez aquele único e perturbador nu feminino da coleção. Ele ficou chocado desde o começo, pela temática surpreendente e por sua forma rústica. Representava uma mulher muito jovem, sentada com as pernas abertas em uma poltrona solene, olhando fixamente para o espectador. A vulva — apenas duas pinceladas escuras — brilhava como uma ferida recém-aberta. Tinha o título de *Il falso ricordo*.

— Eu pensava em queimá-lo antes de morrer — comentou Lax

— Por quê? — perguntou em um arroubo o aprendiz.

— Porque não importa a ninguém.

Continuaram caminhando.

— E mudou de opinião?

— Melhor que isso: eu o vendi. A um colecionador particular. Um barão holandês, suíço, húngaro, não me lembro direito; um grande sujeito. Ele me disse que pensa em instalá-lo em sua casa de Londres. Perfeito, porque não quero vê-lo exposto em um museu e o dinheiro virá em boa hora.

Arcadio não fez outras perguntas. Apenas um comentário:

— Eu achava que o nu não interessava ao senhor. Como tema, quero dizer.

Lax não respondeu. Ele emitia sons guturais como o dos bueiros quando entopem.

Voltaram pelo mesmo caminho e chegaram ao retrato de Teresa, no velho pátio. Quando estavam de novo no gabinete, sentados cada um em seu lugar, Lax sussurrou:

— A única maneira de reter uma mulher é pintá-la.

Pouco a pouco, as visitas de Arcadio a seu admirado pintor se tornaram um hábito. A princípio, ele se amparava em alguma desculpa — mostrar-lhe a própria obra duvidosa, pedir conselhos profissionais, levar um exemplar da publicação onde a entrevista havia acabado de sair ou, simplesmente, perguntar por sua saúde —, até que não precisou mais de motivos para atravessar as portas além da sincera cumplicidade que surgia entre os dois. Arcadio era, além do mais, uma companhia perfeita para o velho Lax. Atento como um enfermeiro domiciliar, adulador como o admirador que era, detalhista como um filho. E discreto. Não apenas em relação ao que via, como também ao que permanecia oculto. Jamais lhe perguntou, por exemplo, sobre a ausência de familiares. Atribuía tudo à excêntrica vida do artista. Não metia o nariz onde não era chamado. Resumindo, reunia em uma única pessoa tudo de que Lax precisava para se despedir do mundo acreditando que ainda era a pessoa que deixara de ser muito tempo atrás. Também respeitava seus hábitos.

Com o passar dos anos e a solidão, Lax tinha se tornado uma pessoa sem horários, que vivia segundo os ditames de curiosas manias. Ouvir rádio era uma delas. Acordava na mesma hora que Carlos Herrera, e o ouvia com interesse profissional, sem fazer mais nada, até que o programa terminasse. Frequentemente, à tarde, comentava com Arcadio o que os participantes disseram, como se o diálogo tivesse ocorrido em sua própria casa. E, naturalmente, nunca duvidava de nada do que Herrera dizia ou pensava. Inclusive o citava com frequência — "Como diz Carlos Herrera..." —, sobretudo ao falar de política, um terreno no qual se sentia irmão de seu admirado jornalista. À tarde, alternava o sono com os planos. Só se entregava à nostalgia para falar de arte. Esbanjava emoção ao mencionar Modest Urgell, a quem só vira meia dúzia de vezes em sua vida, mas que sempre havia considerado seu mestre, e também Romà Ribera e Francesc Masriera, cujo êxito e popularidade em nada eram comparáveis aos seus, porém ele continuava vendo como se fossem enormes.

Lax não demorou a propor ao senhor Pérez — era assim que o chamava — que fosse seu secretário pessoal. Havia muito a ultimar, e o tempo o pressionava. Durante meses, trabalharam juntos no projeto de um museu sonhado que nunca haveria de se realizar. Depois, o tempo se esgotou.

O velório do artista serviu para que Arcadio e Modesto conversassem pela primeira vez. Violeta segurava a mão de seu pai, embora não consiga ter nenhuma lembrança daquilo, pois tinha apenas 4 anos. Também não guarda na memória as diferentes personalidades que lotaram o salão da lareira nem os discursos pronunciados e menos ainda o momento em que o corpo de Lax atravessou os portões da entrada pela última vez. Não restava o menor rastro, por aqueles dias, dos pomposos funerais que tanto adornaram a despedida de seus ancestrais. O de Amadeo foi um enterro triste, burocrático. A maioria dos presentes só esteve ali para aparecer nas fotografias publicadas no dia seguinte pela imprensa. Nas conversas sussurradas se falava de qualquer coisa, sem muito respeito pelo morto, e apenas uns poucos faziam referência ao seu testamento, tão extravagante quanto todo o resto. Um homem morre como viveu: Lax deixou os seus indiferentes, inclusive após fazer a travessia, quando suas últimas vontades foram conhecidas. A seu filho único, Modesto, deixou apenas os restos do naufrágio das empresas familiares e minguadas contas bancárias. Não restara quase nada da grande fortuna dos Lax; o que não havia sido arruinado fora roubado ou perdido durante a Guerra Civil. A Arcadio, coube uma pequena quantia em dinheiro. À pequena Violeta, o apartamento da Rambla de Catalunya, em pleno centro da cidade.

Em relação a sua obra, Amadeo Lax tinha clareza há muito tempo: sua coleção particular, formada por quadros, estudos e esboços, foi legada inteiramente à Generalitat, assim como a casa e tudo o que havia nela, sob a condição de ser aberto ali um museu dedicado a ele. Não deixou nada ao acaso. Incluiu no testamento uma página com recomendações a respeito do futuro museu, nomeou Arcadio testamenteiro e destinou todo o dinheiro que lhe restava aos cofres do governo autônomo para que ninguém colocasse seu sonho em risco.

Ele não contava com a falta de memória dos políticos quando se trata de cumprir promessas.

E isso apesar de seu representante ter se mostrado disposto a lutar por seu desejo com todas as forças. Ele chegou até a reunir alguns milhares de assinaturas a favor do projeto, mas também em vão. Várias vezes, Arcadio deu de cara com truques da administração. Logo encontrou fechadas as portas daqueles políticos, os mesmos que tantas palavras usaram no funeral do pintor, e teve início aquela guerra silenciosa de corredores, telefonemas, reclamações e memorandos. Os burocratas prontamente encontraram desculpas que pudessem esgrimir para adiar o projeto, colocaram os quadros a salvo nos porões de outros museus e fecharam a casa, sempre prometendo obras futuras que nunca começaram. Sua estratégia foi nunca dizer um não definitivo. Nunca disseram que o projeto do Museu Amadeo Lax fora descartado, embora seus atos sempre dessem a entender que sim.

Então, sacaram um disparatado projeto de Biblioteca Provincial que os manteve ocupados outras duas décadas. Embora, afinal de contas, não fosse tão absurdo: é essa a obra que hoje reúne os três visitantes neste lugar. E logo chegará uma quarta pessoa, com muito trabalho a fazer.

Hoje, pelo menos, brilha ao lado do portão principal uma placa dourada. Colocaram-na ali para acalmar as vozes incômodas de alguns, no ano em que foram completados cem anos do nascimento de Amadeo Lax. Para inaugurar a placa, limparam o vestíbulo e a escada, e foi oferecido um coquetel a pessoas que nada sabiam do que acontecera aqui um dia. Durante a rodada de discursos, a palavra foi concedida a Arcadio. Nem Modesto nem Violeta compareceram.

A homenagem, encabeçada por um símbolo oficial, diz o seguinte:

NESTA CASA NASCEU E VIVEU
ATÉ O FIM DE SEUS DIAS
O PINTOR AMADEO LAX
(1889-1974),
RENOVADOR DAS ARTES PLÁSTICAS.
A GENERALITAT DA CATALUNHA
PRESTA HOMENAGEM A SUA MEMÓRIA.

Que texto pobre para resumir toda uma vida.

Mas valeria a pena acrescentar algo? Não. O que na verdade vale a pena espantaria os visitantes.

TERESA MAIS AUSENTE QUE NUNCA

A associação municipal Amigos do Museu Amadeo Lax reúne 6 mil assinaturas para pedir à Generalitat que cumpra a promessa dada ao artista

Adela Farré

Um ano antes de sua morte, o pintor Amadeo Lax (Barcelona, 1889-1974) se reuniu com representantes do governo autônomo e assinou um acordo para ceder sua casa — situada na passagem Domingo, ao lado do Paseo de Gracia, no centro — e quase toda a sua obra em troca da criação de um museu monotemático sobre sua figura. Para facilitar a realização deste objetivo, o artista também contribuiu com 40 milhões de pesetas que deveriam ser usadas nas obras de renovação. Como inventariante, designou o bacharel em belas-artes e seu ex-assistente pessoal, Arcadio Pérez, com o propósito de velar pelo cumprimento de suas vontades.

Nestes 13 anos, a Generalitat demonstrou não possuir boa memória. O sonho de Lax nunca foi realizado. A coleção — formada por cerca de duzentas obras, entre óleos, estudos e esboços — foi repartida entre o Museu Nacional d'Art de Catalunya (MNAC) e vários museus provincianos, embora só uma pequena parte tenha ficado exposta ao público de forma permanente. Cansado de tamanha negligência, há quatro anos Arcadio Pérez decidiu criar uma associação civil chamada Amigos do Museu Amadeo Lax, com o objetivo de manter viva a memória do mencionado acordo e relembrar às instituições de nossa cidade "o reiterado descumprimento da palavra dada àquele que foi um dos maiores representantes de nossa cultura em todo o mundo".

Neste período, Pérez, em nome da associação que representa, não se cansou de denunciar o estado lamentável do velho palacete familiar, no qual não foram realizadas obras de manutenção de nenhuma espécie desde que, em 1974, seu legítimo proprietário faleceu. "Consta que o andar nobre foi usado para banquetes e recepções institucionais, algo que não poderia estar mais distante do claro propósito de Amadeo Lax em seus últimos desejos. Para não mencionar que, em algum momento, se falou em demoli-lo, o que seria, definitivamente, uma aberração e um ato de insensibilidade artística."

A casa da família Lax, de estilo modernista, é considerada, desde 1980, um monumento histórico. Trata-se de uma construção projetada em 1899 pelo arquiteto Josep Lluís Ayranch, com quatro andares e porão, o que significaria uma área de exposição de mais de 3 mil metros quadrados. Foi construída por Rodolfo Lax, pai do pintor, considerado um dos principais responsáveis pelo desenvolvimento de Barcelona no último terço do século XIX. Ao valor inegável de tudo o que acabamos de mencionar se soma, segundo Arcadio Pérez, "a riqueza dos elementos decorativos da casa, obra do mesmo arquiteto e de sua equipe de colaboradores, entre os quais ocupam um lugar de destaque a senhorial escada decorada com motivos vegetais, a lareira esculpida e o pátio coberto original, que em 1936 foi reconvertido em um aposento coroado por uma cúpula de cristal". A joia da coroa é uma pintura mural de grandes dimensões feita pelo próprio Lax, talvez por ocasião da mencionada reforma, situada sob a citada cúpula.

O mural, considerado por muitos a obra-prima de seu autor, é intitulado *Teresa ausente* e representa a jovem esposa do artista, Teresa Brusés — filha de dom Casimiro Brusés, um rico industrial barcelonês, famoso por seus negócios americanos —, em uma atitude que Pérez não hesita em classificar como "inquietante". Mas o melhor é a história que a pintura nos relata em silêncio: o desespero de um homem que havia acabado de perder o amor de sua vida de uma forma cruel e dolorosa. Quem conta é aquele que foi durante cinco anos secretário pessoal do pintor: "Lax começou a pintar o afresco nos dias, talvez horas, depois da partida de Teresa. Aparentemente, a jovem abandonou marido e filho para fugir com o amante, o mais velho dos irmãos Conde, proprietários dos históricos Grandes Almacenes El Siglo, que havia se estabelecido em Nova York pouco antes. O marido abandonado, um homem exemplar em todos os sentidos, depositou seu desespero a pinceladas em um muro recém-caiado. Como resultado, surgiu uma das obras mais perturbadoras da pintura espanhola do século XX."

É uma história que fascinou críticos de arte e estudiosos durante anos, embora, infelizmente, tenha permanecido oculta dos olhos do público em geral. Agora o abandono do afresco parece lhe conferir um novo protagonismo. Poderíamos dizer — e a comparação tem algo de metáfora — que Teresa, a do quadro, está mais ausente do que nunca. Não obstante, Arcadio

Pérez continua confiante. Tem a esperança de que as 6 mil assinaturas recolhidas para exigir a recuperação do edifício e a devolução da obra de Lax a sua localização original sirvam para alguma coisa. A suas demandas foram somados os dois herdeiros legítimos — e diretos — do pintor: seu filho, o professor da Universidade de Avignon, Modesto Lax, e sua única neta, Violeta Lax, diretora do Art Institute of Chicago, na cidade norte-americana, que sempre se mantiveram em um discreto segundo plano e com quem Pérez afirma manter "uma grande amizade a distância".

IV

Voltemos ao velho pátio, onde, alheia a tudo, Violeta se aproxima da parede. Um telefone celular toca. O jovem funcionário atende. Troca três frases, dá instruções. Ao final, resume:

— Está lá fora. Vou buscá-lo.

E desaparece escada abaixo, assustando a poeira há tanto tempo adormecida nos degraus.

— Essa gente me tira do sério — sussurra Arcadio.

Violeta concorda, assentindo sutilmente com a cabeça. Entrefecha os olhos para observar Teresa.

— Está menos danificado do que eu temia.

— A cobertura que seu avô construiu aqui é muito resistente. Não há o menor sinal de umidade, é incrível. — Arcadio sorri. — Ele sentia muito orgulho dessas obras. Vivia falando delas.

— Mas eu preferia ter conhecido o pátio original, o que aparece naquele quadro de Concha. Você se lembra dele?

— É claro que sim.

Violeta falou de Concha como se tivesse cuidado dela. Em parte é verdade, embora a única coisa que conheça dela é a expressão congelada de seu retrato. Não tem como saber que Concha esteve aqui uma vez, no pátio reformado. Uma única vez, quando este lugar já era outro. Aquela que havia sido a ama de leite da família, mais amiga que empregada da senhora Maria del Roser, anjo da infância, tinha então 71 anos. Ela ainda arrastava as longas saias, varrendo com seus babados a sujeira do chão. Seus cabelos estavam presos em um coque. Suas formas eram suaves e protuberantes. Concha cobria os ombros com um xale fino. Abriu a porta envidraçada e ficou parada no umbral, contemplando. E ali mesmo, sem se atrever a dar mais um passo, chorou como uma criança. Depois fechou a porta, enxugou os olhos e saiu.

O silêncio de Violeta evoca agora o de Concha. O olhar de sua avó tem algo de perturbador que ela não consegue explicar.

— O que aconteceu com os móveis? E os livros? — pergunta ela de repente.

— Não restava quase nada do que havia antes da guerra. Desconfio que os originais não sobreviveram aos saques. O restante, quem sabe... É possível que esses idiotas tenham jogado tudo no lixo sem ao menos olhar do que se tratava. Talvez eu devesse ter insistido mais, mas me cansei de avisá-los sobre o valor de algumas coisas. Você sabe que com eles tudo é sempre muito difícil. Não sei nada a respeito dos livros. Não me lembro de ter entrado na biblioteca nas vezes em que estive aqui, quando seu avô ainda estava vivo.

— E deixar o mural onde está foi ideia sua?

— Devo reconhecer que sim. Um dos peritos queria deixar Teresa dominando a futura sala de leitura. Pretendiam colocar o afresco na parede, mas fui categoricamente contra. Disse a eles que a única maneira de evitar que as obras o destruíssem era retirá-lo e colocá-lo em outro suporte. Até hoje, não sei como me ouviram. Devo tê-los surpreendido em um momento de distração.

— Pelo menos a futura biblioteca vai conservar alguma coisa do meu avô. É o mínimo que podiam fazer.

Arcadio assente lentamente. Ele parece cansado. A batalha institucional na qual investiu 36 anos acabou minando seu ânimo. É preciso reconhecer que Amadeo Lax não se enganou ao escolhê-lo. Outra pessoa teria jogado a toalha muito antes.

— Você conhece o restaurador? — quer saber Violeta.

Como se essas palavras tivessem convocado quem faltava, nesse instante aparece no alto da escada o jovem funcionário carregando uma trouxa de pano grosseiro e um par de baldes. O homem que o acompanha veste um macacão branco estampado com manchas multicoloridas e tem um ar um pouco carrancudo. Cumprimenta Arcadio com familiaridade e aperta a mão de Violeta. Depois se aproxima do mural e avalia os danos com atenção. De vez em quando, emite um veredicto misterioso:

— Essa área está um pouco pior. — Ou acariciando a parede: — Aqui parece mais irregular.

Os outros o observam com o silêncio dos humildes e dos ignorantes (a cada qual o seu).

Depois de tão breve diagnóstico, o restaurador começa a trabalhar sem perder tempo. Os dois homens o ajudam a trazer o material e o observam enquanto tira da bolsa tudo o que é necessário. Em seguida, o homem pergunta onde pode pegar água para preparar a cola, e o funcionário olha para Arcadio à procura de uma solução que, como tantas coisas, não havia previsto.

— Há um poço lá embaixo, na área de serviço — responde Arcadio. — Me dê um balde. Vou enchê-lo.

Nem Violeta nem Arcadio querem vigiar o trabalho de ninguém. Deixam-no preparando a cola e pedem desculpas.

— Eu tenho coisas a fazer — diz Violeta.

O único que fica é o jovem funcionário, não se sabe se por obrigação ou por interesse.

— Hoje vou espalhar a cola — explica o restaurador. — Em quatro dias, se o linho cru estiver seco, poderemos retirá-la.

Violeta e Arcadio descem a escada. Só quando estão à porta, ela lhe pergunta se o restaurador trabalha bem.

— É de minha inteira confiança. Não se preocupe.

— Fico feliz — conclui. — Não merecemos ter mais decepções.

Il falso ricordo, 1962

Óleo sobre tela, 280 x 255cm

Museu Thyssen-Bornemisza, coleção permanente, Madri

A primeira incógnita que esta obra apresenta deriva do título. O observador forçosamente se pergunta qual é a falsa recordação. A modelo? A abrupta e transbordante sensualidade? A juventude? Não se sabe quem posou para este retrato nem que relação tinha com seu autor. O relevante da obra é que nela Lax abordou pela primeira e última vez seu grande tabu: o nu feminino. Isso transforma este retrato em uma verdadeira raridade, que o artista talvez tivesse pintado para si mesmo ou para a mulher em questão. O segundo barão Thyssen a comprou diretamente do artista, em 1972, com a pretensão de instalá-lo em sua residência londrina. Lá permaneceu até 1988, quando passou a fazer parte do acervo permanente da sede madrilena do Museu Thyssen-Bornemisza, que perpetua o nome do colecionador.

Na execução da obra se destaca o uso da luz, que ressalta a figura feminina, recordando os nus idealizados dos românticos alemães, e a força da expressão do rosto da modelo, que representa uma viva imagem do desejo sexual. Como curiosidade notável, o pintor situa seu impudente *ricordo* sobre a mesma poltrona régia em que Velázquez retratou o papa Inocêncio X (talvez quisesse sublinhar com este jogo metapictórico o caráter da personagem ou a intenção do olhar, talvez pretendesse prestar uma homenagem ao mestre do barroco espanhol que tanto o influenciara ou, quem sabe, fazer uma velada crítica ao clero: tudo isso não passa de especulação). Um crítico contemporâneo observou que o título faz alusão, precisamente, a esse diálogo metapictórico, como se para a lembrança criadora do artista os retratos clássicos sempre fossem passíveis de reinterpretações. Não existe, de nenhuma maneira, uma teoria unânime, e Amadeo Lax, infelizmente, morreu sem revelar por escrito suas intenções estéticas.

O Museu Thyssen-Bornemisza de bolso.
Visita às melhores obras da coleção particular de Heini Thyssen,
Edições do Museu, Madri, 2002

V

Entre as melhores famílias que saíam para passear todos os dias pela cidade naqueles últimos anos do século XIX, havia uma que concentrava as admirações e invejas: a que exibia o sobrenome dos senhores de Brusés. Ele, dom Casimiro, era um rico comerciante de tecidos estampados que muito raramente se deixava ver em frivolidades sociais. Suas viagens constantes eram uma perfeita desculpa para se manter afastado da agitação das pessoas e, quando ficava em casa, seu desejo de se isolar era tamanho que ele se afastava de qualquer maneira. Comentava-se que apenas na leitura do jornal demorava, todos os dias, mais de três horas. Naturalmente, o jornal era *El Diario de Barcelona*, o que melhor atendia às necessidades dos empresários da cidade, que faziam de sua leitura diária um exercício profissional minucioso.

Sua senhora, dona Silvia Bessa de Brusés, era uma dama formal, muito caseira, excelente paroquiana, bastante generosa em suas obras de caridade, cuja vida transcorria tão das portas para dentro que por nada desperdiçaria a única oportunidade decente de sair que os costumes da época lhe ofereciam. Por isso tinha o hábito de passear. Sua reputação era tão alta e seus passeios tão pontuais que, ao ver sua carruagem, não havia cavalheiro que não afrouxasse o passo para saudá-la com reverências, pouco antes de perguntar pelo marido ausente.

Dona Silvia não devia ter mais de 30 anos, porém era tão rigorosa em seus hábitos e tão severa em seus julgamentos que envelhecera antes do tempo. Maltratava os serviçais, deitava-se sempre antes das nove e se orgulhava de levar uma vida de recolhimento e silêncio, alheia a qualquer frivolidade. Sua única leitura era a Bíblia e suas únicas companhias uma tia solteirona ainda mais amarga que ela e alguns filhos aos quais só dirigia a palavra para repreendê-los. Diziam as más-línguas que as criadas se suicidavam e que uma de suas cozinheiras, não conseguindo suportar mais as humilhações recebidas, enfiara a cabeça em uma panela de *escudella* fervendo. Não faltava quem, indo mais longe ainda, relacionasse entre suas vítimas seu santo marido, um senhor baixinho e bonachão como um pãozinho de leite, que antes de se casar com semelhante inquisidora jamais tivera a ideia de abrir negócios além-mar. Comentavam que não eram os assuntos comerciais que mantinham o homem tão longe de casa, mas o pânico de tropeçar, ao voltar, com os olhos de gelo de sua mulher. E acrescentavam que dom Casimiro tinha em Cuba todo um exército de concubinas alegres e decotadas que cheirava a café e cana-de-açúcar e lhe permitia realizar todos os caprichos que um homem malcasado podia desejar.

No entanto, era raro um regresso do marido do qual não surgisse um novo descendente, e essa infalibilidade e constância do casal eram também admiradas por toda a cidade. À força de idas e vindas, antes que as colônias americanas fossem perdidas, os Brusés despejaram no mundo um total de cinco filhos, dos quais três sobreviveram. E, já com a guerra perdida, com novas plantações estabelecidas em outros países e com o envolvimento do ambicioso senhor em um negócio de navegação com os Estados Unidos e outro de lãs com a Argentina, Brusés continuou voltando de vez em quando e fecundando, pontualmente, sua legítima, que pariu outros seis descendentes, dois dos quais não completaram o primeiro ano de vida.

— A expressão azeda da pobrezinha é consequência de tanto parir — dizia Eutimia, convencida.

A última foi Teresa. Ela nasceu em um dia regido pela desgraça: 10 de maio de 1907, curiosamente o mesmo em que chegou ao mundo o primogênito do jovem rei da Espanha, a quem deram um rosário de nomes horríveis que acabava com Alfonso, também o de seu pai. Teresa e o pequeno Bourbon teriam em comum o estigma trágico que marcou suas vidas. Mais de um monarquista saberia apreciá-lo, mas na casa dos Lax a monarquia não provocava exaltações, salvo entre algumas criadas.

As desgraças do primogênito de Alfonso XIII, Alfonso de Bourbon y Battenberg, são bastante conhecidas: vítima de hemofilia, passou mais da metade da vida na cama, suportando dores terríveis ou submetido a tratamentos que mais cedo ou mais tarde acabavam chegando ao conhecimento público. As de Teresa, por sua vez, aconteceram discretamente. Dois dias após trazê-la ao mundo, sua mãe morreu de complicações pós-parto. Dom Casimiro estava, como sempre, em suas plantações americanas e foi avisado através de uma carta de dona Matilde, a tia beata e amargurada que ficou encarregada de cuidar das crianças. Quando o homem ficou sabendo da triste notícia e conseguiu voltar para casa, já haviam se passado mais de seis meses e a tia estava tão assenhoreada das propriedades de sua querida sobrinha que o pobre milionário não encontrou uma fresta por onde se enfiar. A casa cheirava a igreja, as crianças pareciam coroinhas melancólicos, a tia se dava ares de beata de gesso, e os serviçais guardavam um voto de silêncio imperturbável. Habituado à liberdade com cheiro de rum e café e às coxas das mulatas de 20 anos, dom Casimiro não conseguiu suportar aquilo nem uma semana. A tia beata, muito conhecedora das fraquezas de espírito do viúvo de sua sobrinha, aproveitou para ameaçá-lo de abandonar a casa se seu trabalho não fosse compensado. Para fugir, o milionário, que sempre fora um molengão, cedeu às ameaças da cobiçosa velha e se casou com ela em uma cerimônia que manteve em segredo por vergonha. Terminados os trâmites, beijou seus filhos em ordem cronológica e embarcou no navio *Príncipe de Asturias* rumo à Argentina.

Ele devia ter se dado conta de que o nome do navio era um mau augúrio, embora nenhum de seus 1.900 passageiros tivesse desconfiado. Mais de duas semanas após deixar o porto de Barcelona, enquanto navegava na altura da costa do Brasil, o transatlântico bateu em um recife invisível e afundou em menos de dez minutos. Ao menos foi o que disseram, em versões não de todo coincidentes, os 150 sobreviventes. De modo que os sete irmãos Brusés, de idades que iam dos 6 meses aos 16 anos, ficaram órfãos de pai e mãe e entregues aos cuidados de uma madrasta com 75 outonos completos.

O inferno das pobres crianças durou uma década inteira, que foi o que a velha demorou a morrer. Nesses tempos, a segunda senhora Brusés teve tempo de frustrar vocações, arruinar matrimônios, aguar ilusões, deserdar vários de seus enteados e afastar de casa todos que se opusessem a seus planos. Como consequência, os irmãos ficaram imersos em uma diáspora sem retorno, depois de conseguir colocar as mãos na parte da herança de seu pai que lhes cabia. Nenhum deles deu continuidade ao negócio familiar, que primeiro deixou de produzir lucros substanciais e mais tarde caiu em ruína absoluta. A tia Matilde também frustrou aquela tradição, tão barcelonesa, do negócio fundado pelo pai, desenvolvido pelo filho e arruinado pelo neto.

Com esse interminável preâmbulo, não é de estranhar que os irmãos se vissem forçados a dissimular a alegria que sentiram com a passagem da madrasta. O pároco teve, inclusive, que acalmar a urgência deles em enterrá-la, explicando-lhes que Deus precisava de um tempo para receber em seu seio, tal e como merecia, uma de suas filhas mais fiéis.

Enterrada, finalmente, a devota odiosa, veio uma temporada de inquieta dissimulação. O falatório se iniciou quando, sem respeitar o luto, os dois irmãos mais velhos se casaram com duas jovens de famílias conhecidas, instalaram-se no velho lar e começaram a organizar festas ao mesmo tempo que cuidavam da educação dos quatro menores.

— Um exemplo ruim para jovens honradas... — diziam os linguarudos.

Como geralmente acontece após um inverno excessivamente longo e frio, o despertar da nova estação, no ambiente familiar, foi uma explosão. Os irmãos, ansiosos por levar uma vida boa, relaxaram seus hábitos, mudaram de costureira, contrataram novos empregados, redecoraram todos os quartos, promoveram bailes, concertos, espetáculos, coquetéis e se esforçaram tanto em abolir as normas do velho regime que por pouco não levaram as mais jovens moças em idade para casar, Teresa entre elas, a perder a honra. O nome dos Brusés despertava tanto curiosidade quanto inveja. O Cadillac da família, conduzido por um motorista de libré, era visto com frequência à porta dos melhores restaurantes, como o Justin ou o Maison Doreé. A terceira irmã, a quem todos chamavam de Tatín — embora, na verdade, tenha sido batizada como María Auxiliadora —, frequentava tertúlias artísticas, vestia-se em Paris, era amiga íntima de Alfonso XIII e não manifestava a menor intenção de se casar. Sua contribuição às festas familiares foi a de lhes dar um toque de distinção: conseguiu fazer com que Carlos Gardel, Igor Stravinsky e não se sabe quantos outros artistas se apresentassem nos repintados pavilhões do jardim e que uma plateia de amigos muito seletos, entre os quais estavam o general Primo de Rivera e o próprio rei, os aplaudissem abrigados entre as folhas dos rododendros.

Foram, também, protagonistas de brilho insuperável, embora fugaz, do espetáculo diário protagonizado pela alta sociedade, que na época havia se transferido da rua Riera Alta ao novo Paseo de Gracia. Diante das solteiras da família — com a exceção de Tatín —, os jovens pretendentes se eriçavam de inquietação só de pensar que aquelas belas moças de cachos dourados e pele de porcelana tinham em suas veias o sangue da déspota dona Silvia, de quem tanto e com tanto horror ouviram seus pais falar. Um pouco *in extremis*, tentando evitar o escândalo ao qual a vida dissoluta poderia arrastá-las, as quatro irmãs menores — aquelas nascidas no triste período pós-colonial — se casaram jovens, e, ao mesmo tempo que acabaram com falsos rumores e falatórios envenenados, concederam uma merecida liberdade àqueles que com mais amor do que cabeça cuidaram delas nos últimos tempos.

É preciso salientar, no entanto, que Amadeo não conheceu Teresa em um dos passeios da sociedade elegante nem em uma daquelas festas que renderam tanto para a família. Amadeo Lax detestava as diversões barulhentas e se orgulhava de jamais ter dançado. Ele conheceu a jovem muito antes, em sua própria casa, naquele que todos consideraram o canto do cisne da madrasta, pelo menos no que se referia a gastos. Amadeo foi o primeiro a se surpreender quando, no começo de 1919, foi chamado para pintar todos os membros da família Brusés. A temida general já digerira a despesa inerente à contratação de um retratista, e fiel a seu slogan "quando fizer, faça-o bem", chamou o mais requisitado da cidade, embora a própria fidelidade a si mesma a tivesse levado também a negociar o preço até o último minuto.

Dona Matilde foi a primeira a posar, com os cabelos pintados e muito curtos, enfeitada com as joias que costumava exibir nas noites de estreia do Liceo. Foi terminar o retrato e começar a morrer, como um Dorian Gray virginal e apostólico. Em seguida os irmãos, do maior ao menor. Os homens posaram de fraque. Tatín, com uma roupa escura, parecia estar de luto. Luisa, María e Silvita, de longo. A última precisou pedir emprestada uma saia azul-marinho a uma irmã, disfarçando-se da jovenzinha que ainda não era.

Teresa tinha 11 anos, mas aparentava menos. Na pintura de Lax, ela está de vestido curto, exibindo os joelhos. As poses duraram quatro dias. Ao longo desse tempo, Teresa observou o pintor tanto quanto ele a contemplou. Ficou fascinada com sua elegância, seu ar taciturno e sua idade inalcançável (Lax roçava então os 30), acreditou ter visto um segredo escondido no fundo de seus olhos e prometeu a si mesma não descansar até descobri-lo.

Quando Amadeo Lax saiu da casa dos Brusés, deixou finalizado o primeiro dos 37 retratos de Teresa e a jovem modelo doente de amor por ele.

A menina Teresa Brusés, 1919

Óleo sobre tela, 180 x 70cm
Barcelona, MNAC, Coleção Amadeo Lax

Este retrato pertence à primeira fase de Lax como retratista da alta sociedade de Barcelona. Foi encomendado pela madrasta e tia da modelo, e se acredita que foi nessa sessão que o artista conheceu aquela que, nove anos mais tarde, se tornaria sua esposa. É também, portanto, o primeiro da série de 37 retratos de Teresa Brusés que Lax faria ao longo da vida.

Destaca-se a luminosa paleta de cores — o azul da roupa de Teresa ou os ocres dos cabelos loiros —, combinando com a expressividade do rosto, no qual o artista captou a psicologia de uma jovem inquieta e doce mas também muito interessada pela leitura e pelos estudos. A importância que estas atividades tinham para a caçula dos irmãos Brusés está aqui refletida no livro que ela sustenta em seu colo. Não seria essa a única ocasião em que Lax mesclaria o gosto de Teresa pela leitura em uma de suas telas. A flor nos cabelos simboliza a feminilidade, e o gato que dorme em seu colo, o mundo infantil que a modelo ainda não tinha abandonado de todo. Costuma-se ressaltar que tanto os livros como os gatos acompanham, com frequência, a principal musa do pintor em suas poses. Além disso, no decorrer dos anos, experimentariam certa evolução que foi, algumas vezes, objeto de estudo.

Amadeo Lax retratista (catálogo da exposição)
Museu Thyssen-Bornemisza, Madri, 2002

VI

Um bom ouvido seria capaz de apreciar o som das telas de linho cru que o restaurador fixou com cola no retrato ausente de Teresa. Elas secam lentamente, alheias ao papel que desempenhavam, mas em harmonia com o entorno. Na verdade, o tempo nunca teve pressa no pátio da casa dos Lax.

As obras da mansão, o sonho que o senhor Rodolfo conseguira realizar, duraram cerca de sete anos, o último dos quais fora marcado para a família pela ameaça constante da mudança. Aqueles que viram a nova casa diziam maravilhas a seu respeito. Eutimia, que estivera ali duas vezes, falou aos outros criados que mais que uma casa parecia um palácio, com os quatro andares, as janelas abertas para a rua e a região nobre muito bem ornamentada, a qual não faltava nenhum detalhe. Para não falar da escada, cuja exuberância a fazia revirar os olhos e a deixava sem palavras, a ponto de levar as mãos ao peito e tocar o medalhão com o bigode do marido toda vez que a lembrança dos marmóreos pâmpanos e cachos de uvas pareciam deixá-la sem ar.

A área de serviço, continuava relatando Eutimia, era dividida entre o andar térreo e o porão, onde se tivera o cuidado de que nenhum quarto fosse muito estreito e que todos — "to-dos", enfatizava — dispusessem de uma janelinha de ventilação pela qual — daquelas que davam para a rua — era possível espiar os pés dos transeuntes. Havia duas cozinhas, as duas distantes da sala de jantar, para evitar que os odores incomodassem, mas arejadas, espaçosas e providas de um moderno monta-pratos. A copa era tão ampla que dentro cabiam dois bancos para seis pessoas cada um, um fogão moderno de ferro fundido com uma porção de compartimentos (todos esmaltados, dava gosto vê-los) e duas imensas geladeiras de madeira. O fornilho da passadeira ficava em um quartinho à parte, só para ela. E deixava o melhor para o final: havia na casa dois banheiros independentes, um deles na parte de baixo, ao lado da cozinha, com banheira de zinco e ducha de parede. "É para a gente", esclarecia, caso alguém não tivesse entendido.

O que não havia nos aposentos destinados aos criados era uma verdadeira novidade que todos desejavam ver o quanto antes: a luz elétrica de geração própria. Na casa velha, ainda usavam lampiões a gás e candeeiros, por isso poucos podiam imaginar como seria aquela história de que, ao apertar com dois dedos uma protuberância da parede, se produzia uma claridade que parecia vir de outro mundo.

Muitos temiam a eletricidade. Contavam-se histórias espantosas, como, por exemplo, a de que na Itália as pessoas que pisavam nos trilhos dos bondes morriam no ato. Havia quem se recusasse a passar embaixo de uma lâmpada acesa ou — pior ainda — quem nem sequer entrava em um aposento iluminado pela luz elétrica. Por isso, a própria dona Maria del Roser se encarregou de mostrar a todo mundo os pormenores da invenção no primeiro anoitecer na nova casa. Os serviçais, reunidos para a ocasião, pronunciaram um "ooooohh" de êxtase. Todos menos Juanita, a cozinheira, que ficava com um humor do cão diante de qualquer novidade.

— Caprichos de ricos! — resmungava. — Se Nosso Senhor espalha a noite pelo mundo, por que nós vamos acender luminárias?

Antes da mudança, tudo na velha residência ficou com um ar de provisório no qual nada encontrava acomodação. Nem sequer a limpeza era a de sempre, pois os empregados estavam contagiados pelo espírito decidido da senhora da casa que era da opinião, mil vezes repetida, de que não se devia perder um minuto limpando aquilo que de qualquer maneira ia ser jogado fora.

Não se tratava de uma metáfora: os políticos municipais, que levavam as ideias do senhor Rodolfo muito a sério, decidiram abrir uma grande avenida ali onde antes só existia um labirinto de ruas estreitas e escuras, delimitadas por velhos palácios e igrejas veneráveis. Na falta de algo melhor, batizaram-na com o nome sem graça de "Gran Vía A". A obra, de dimensões faraônicas, incluía uma avenida retilínea entre o mar e a praça Urquinaona, atravessada perpendicularmente por duas grandes artérias. A primeira surgiria do alargamento da existente rua Princesa. A segunda, que por enquanto era chamada simplesmente de "C", iria até a catedral. E isso sem contar as inúmeras ruas secundárias, todas a serem construídas, que fariam dessa parte uma cidade diferente. A casa dos Lax ficava, exatamente, no lado direito da nova avenida, mais ou menos na altura da "Vía C", ali onde hoje só há trânsito e som de buzinas. Sua demolição não abriu espaço para outros edifícios, mas a um amplo passeio que levava à catedral e dividiu o bairro em um quadrilátero estranho. As desapropriações afetaram 2 mil casas e geraram uma onda de protestos. Mas nada disso deteve os responsáveis.

Rodolfo Lax achava aquilo tudo muito lógico.

— As pessoas não sentem simpatia pelo progresso — dizia. — Se todos os inovadores do mundo tivessem ouvido os protestos de seus concidadãos, ainda estaríamos pintando bisões nas paredes das cavernas.

A ele, por sua vez, as mudanças provocavam cócegas de prazer no estômago. Emocionava-se ao falar da velocidade com que as escavadeiras acabariam com "aquele labirinto de pedras insalubres". E contribuiu para apaziguar os espíritos mais resistentes apoiando o traslado pedra a pedra de um ou outro palácio medieval e de mais de um convento, embora da porta para dentro fosse possível ouvi-lo dizer:

— Ai, como algumas madres abadessas ficam alteradas quando tocam em seus claustros!

Rodolfo Lax Frey era um homem de voz retumbante, gargalhada fácil e bochechas coradas como caranguejos. Era desses homens que de fraque e cartola pareciam sempre fantasiados, como se seu corpo tivesse sido concebido para vestir a faixa e a camisa larga dos camponeses e como se seus pés, habituados ao andar livre das alpargatas, não conseguissem se habituar aos rígidos sapatos de couro. Era o único filho de uma rica família de comerciantes de Vic, pouco afeito ao negócio que lhe cabia por herança e tradição, e tão ambicioso que, quando ficou órfão, com apenas 25 anos, resolveu vender todas as suas propriedades e se mudar para Barcelona, onde tinha duas tias distantes e solteiras que viviam atemorizadas em uma casa grande demais que, na ausência de herdeiros diretos, mais cedo ou mais tarde seria dele. É preciso dizer que Rodolfo Lax era um homem de sorte. Pôs-se a caminho, apresentou-se às tias de repente e caiu em suas graças no ato. O restante foi pura progressão ascendente.

Naqueles anos que antecederam a Exposição Universal de 1888, a cidade vivia uma explosão urbanística apropriada aos espíritos inquietos que desejavam tentar a sorte e arriscar tudo. Rodolfo logo percebeu que havia muitos ricos, porém a maioria estava um pouco desanimada. Para a cidade prosperar, era necessário que houvesse, com urgência, um revezamento de geração, e ele se empenhou bastante para se apresentar como a solução mais viável. Ao mesmo tempo, estudou profundamente os projetos urbanísticos, aqueceu algumas cadeiras em festas elegantes e gastou até o último tostão comprando lotes no Paseo de Gracia, na rua Balmes e ainda mais acima, onde na época só havia terras de cultivo. Impôs suas ideias inovadoras em reuniões de homens influentes, convenceu os expropriados de que estavam se sacrificando pela cidade, frequentou as barracas onde se oferecia diversão impudente aos operários até conseguir ser visto como um deles, aperfeiçoou seu catalão para não passar por camponês entre os mais catalanistas, exaltou a monarquia, mas apenas porque favorecia seus amigos, tornou-se livre-pensador sem deixar de ir à missa todos os domingos, aderiu aos grevistas quando com isso pôde tirar vantagens do governo de Madri e frequentou o hotel Palace madrileno quando os ministros catalães eram maioria no governo. Sua atabalhoada simpatia, unida a sua sinceridade e a seu evidente faro para os negócios, caiu tão bem entre essa classe tão sensível aos benefícios derivados das relações sociais que após três anos vivendo em Barcelona ele já estava rico, gozava de uma merecida fama de visionário, e todos os seus novos amigos lhe pediam conselhos sempre que queriam fazer investimentos.

— A Diagonal não fica tão longe quanto parece! Daqui a alguns anos, ela vai ser uma artéria importante, embora seja difícil acreditar! — afirmava com veemência.

Aqueles que lhe deram atenção viram crescer velozmente o dinheiro em suas arcas. Sua generosidade em compartilhar vaticínios tão úteis lhe granjeou, em pouco tempo, um bom punhado de amigos agradecidos. E influentes. Como se sabe, possuir muito dinheiro é a melhor parte das relações sinceras. Assim, o clarividente recém-chegado se transformou em um dos artífices do nascimento de uma cidade nova, onde se confundiam os sonhos dos idealistas e os negócios dos pragmáticos. E tantos estes como aqueles lhe davam atenção, antes ou depois de convidá-los para jantar.

Como dom Rodolfo não gostava de perder tempo, resolveu aproveitar as noitadas sociais para se comprometer. Na casa de um amigo importante, ficou sabendo da existência de uma senhorita de Mataró, de excelente família, que, apesar de ter recebido uma educação esmerada e de saber bordar, cozinhar o necessário e determinar quanta cinza é necessária para uma boa barrela, tinha minhocas na cabeça. Era isso, pelo menos, o que achavam seus consternados pais, vendo que sua primogênita gostava de participar de estranhas reuniões repletas de pessoas excêntricas, quando não loucas de pedra, das quais sempre saía brigada com todos os presentes.

O sobrenome da família era daqueles que até na Inglaterra e na América se associavam imediatamente aos tecidos da Catalunha: Golorons. A atividade dos irmãos Golorons, sócios no negócio que herdaram do pai, foi tão febril que eles se viram obrigados a comprar alguns navios para atender à demanda de seus numerosos clientes estrangeiros. Apesar de a dimensão do negócio obrigá-los a manter um escritório em Barcelona, os dois empresários provincianos não suportavam a vida da capital e procuravam sair o menos possível de seu palácio de Mataró, que era central e possuía um ar veneziano (este só por fora, porque lá dentro reinava uma austeridade eremita). Em suma, os Golorons se transferiam no verão à Argentona, onde continuavam fazendo as mesmas coisas com menos roupa e mais vegetação.

A infelicidade de tão tempestuosos empresários era consequência dos hábitos de sua única herdeira. Era uma senhorita excessivamente jovial para os costumes da casa, preferia Barcelona e procurava qualquer desculpa para visitar a cidade e se misturar com um sem-fim de pessoas de má influência que, aos olhos do pai e do tio, colocavam em risco tudo o que eles e seu esforçado progenitor construíram ao longo dos anos. A única maneira de salvar a herança, visto que Deus não quisera que o caráter empreendedor que caracterizava os homens da família fosse transmitido à próxima geração, era encontrar para a menina louca um pretendente capaz de cuidar de tudo aquilo. Com essa finalidade, os insípidos Golorons começaram a frequentar as festas da sociedade de Barcelona que tanto detestavam, e quis a sorte que em pouco tempo conhecessem o jovem com o futuro mais promissor de toda a cidade.

Rodolfo não aspirava a ser o herdeiro de um império têxtil. Seu caráter distraído não lhe permitia premeditar. Se a feliz coincidência do encontro aconteceu, foi graças a outras coisas. No fundo, os industriais de Mataró eram tão provincianos quanto o agricultor fugitivo de Vic. A oposição a um tipo de vida extravagante que não era o seu os unia, embora cada um tivesse desenvolvido uma maneira muito diferente de combatê-lo. Os Golorons se retraíam. Lax enfrentava a batalha. O problema da garota em idade para casar veio à luz na segunda conversa que os industriais tiveram com o jovem Lax. Expuseram-no em toda sua crueza, sem omitir detalhes importantes, como o de a jovem não ser muito agradável. "E temo que tampouco seja caseira", sentenciou a mãe. O pai confessou, já em confiança, sua convicção de que só um marido com ideias claras conseguiria dar um jeito na jovenzinha indisciplinada, e abaixaram a voz para mencionar o dote, que apesar de ser suculento não impressionou nem um pouco o candidato. Tal oferta foi feita durante o intervalo da sessão inaugural da temporada 1888-89 do Gran Teatro del Liceo, marcada por um dilema que atordoou o respeitável público: alguns consideraram uma blasfêmia o jovem tenor Francesc Viñas se atrever — apenas no bis — a cantar Wagner em catalão, que consideravam um incivilizado idioma de indígenas. Outros, por sua vez, exaltaram a ousadia com os olhos cheios de lágrimas que competiam em teatralidade com os brilhantes que pendiam de alguns lóbulos. Os Golorons tinham assuntos mais importantes a resolver do que aquelas minúcias filarmônicas e, além do mais, também achavam Wagner um indígena incivilizado. Abordaram dom Rodolfo com uma gravidade muito nibelunga, e este prometeu responder antes da próxima apresentação, marcada para 48 horas depois e dominada pelas mesmas polêmicas.

Naquela noite, na solidão de sua cama estreita, pensou na oferta como se fosse mais um de seus negócios. Avaliou os prós e os contras do casamento e fez um inventário por escrito do tempo que suas novas obrigações de homem casado iriam exigir dele. Não precisou fazer nenhuma avaliação da suposta prometida, pois achara fascinante tudo que haviam lhe contado a seu respeito e desejava que chegasse a hora de conhecê-la melhor. Em matéria de mulheres, desnecessário dizer, Rodolfo Lax era tão avançado para sua época como em todo o resto.

De modo que resolveu correr o risco. Afinal, não era mais arriscado se casar com semelhante mulherzinha do que comprar terras na esquina da Diagonal com a Rambla de Catalunha. O mundo das indústrias têxteis nunca havia lhe interessado muito, no entanto a oportunidade de ganhar uma fortuna lhe parecia um excelente motivo para mudar de gostos. Assim, no dia seguinte, ele enviou um criado muito bem-vestido ao palácio de estilo veneziano dos Golorons em La Rieira de Mataró levando um breve bilhete onde pedia um encontro. Marcaram para dois dias depois, às oito e meia da manhã. Rodolfo nunca soube se a escolha de uma hora tão proletária se devia à necessidade de abrir um espaço na agenda já cheia ou se seu futuro sogro desejava testar seu interesse.

Rodolfo Lax saiu de Barcelona na noite anterior, às nove, em uma carruagem da casa Juan Rovira que tinha contratado para a ocasião. Parou em El Masnou para comer, dormiu por algumas horinhas e se asseou como pôde. Às quinze para as oito da manhã, sua carruagem entrava em La Rieira, ainda mergulhada no preguiçoso amanhecer, e ele se deleitou ouvindo os sinos da Basílica de Santa María convocando para a missa das oito. Na porta do coche se lia o slogan da empresa de transporte, que bem poderia ter sido o seu: "Esmero e economia". Estreava uma cartola e um plastrão. "Uma ocasião dessas bem merece que se esbanje dinheiro", disse a si mesmo.

Encontrou os Golorons vestidos como se fossem à missa do meio-dia. Após a audiência dupla com pai e tio, mandaram chamar a garota, que desagradou a todos — menos a Lax — ao descer correndo a escada, cheia de esperança e morta de curiosidade. Por sorte, conseguiu frear a tempo e fingiu uma indiferença muito convincente ao chegar ao último lance de escada, o que acalmou os ânimos. No lúgubre salão, repleto de móveis com retábulos, o pretendente improvisou como pôde uma declaração amorosa diante da herdeira, que o observava sem pestanejar e prestes a começar a rir, tentando saber se sua falta de jeito se estenderia a outras coisas.

No entanto, ou talvez para ter a oportunidade de verificar, ela aceitou, com todas as consequências.

Naquele dia, os Golorons almoçaram no salão nobre e exibiram as porcelanas, os cristais e os talheres de prata reservados às grandes ocasiões. A intimidade da refeição permitiu que fossem relembradas as catástrofes familiares mais recentes, que ambos gostavam muito de desfiar; entre as quais ocupava lugar de destaque a morte da esposa do irmão mais jovem, ocorrida dez anos atrás, ninguém disse por quê. A infeliz ausente continuava conservando seu lugar à mesa, que ninguém lhe tirava nunca, e em sua homenagem seu viúvo exibia uma gravata de luto que — segundo disse — usaria até o dia de sua morte. Rodolfo aprovava em silêncio todos os costumes, muito propenso a aceitar qualquer mania familiar, enquanto se sentia observado pelos olhinhos vivazes da herdeira. Foram servidos quatro pratos, regados por meia dúzia de garrafas de vinho e champanhe, escolhidas entre as melhores da adega. Os atônitos criados da casa pensaram que seus senhores, sempre tão sem graça, haviam ficado pobres. De que outra forma poderia se justificar aquela repentina generosidade jamais vista?

Quando os prometidos tiveram a oportunidade de se conhecer um pouco, felicitaram-se por sua sorte em uma época na qual os desgostos pós-matrimoniais estavam na ordem do dia. O coração de Rodolfo foi arrebatado por aquela simpática revolucionária que, além de incansável, era idealista, feia, respondona e de uma bondade que superava tudo o que conhecera até então. Chamava-se Maria del Roser, mas para ele foi Rorró, Rorrita, Rorrorita e quantas variações lhe ocorressem, quanto mais vibrantes melhor. Adorou-a desde o primeiro dia em que a viu defender aos gritos suas convicções aboletadas em uma tribuna e, segundos antes do último suspiro, ainda conseguiu afirmar sem rodeios que ela havia sido a maior felicidade que a vida lhe concedera. Coisa que, nos lábios do herdeiro das Manufaturas Golorons e do fundador das Indústrias Lax, não era pouca coisa.

Ela, pelo que contou algumas vezes, o amou, em primeiro lugar, por sua falta de jeito. Por algum estranho motivo, Rodolfo era um homem que nunca havia dominado as proporções do corpo. Tropeçava nas portas, nos degraus, nas janelas, nos móveis... E isso mais de uma vez, visto que, como descobriria com o passar dos anos, o fenômeno não melhorava com o costume, pois acontecia sempre da mesma forma. E, além do mais, era hereditário, embora na época não pudesse suspeitar. No momento, tinha aquela declaração de amor que parecia tirada de uma junta de acionistas e lhe despertou uma ternura infinita. Depois soube que seu prometido era um homem moderno, divertido, inteligente e dotado de uma espécie de sexto sentido para negócios a longo prazo. E, como a modernidade, a diversão, a inteligência e o futuro a qualquer preço eram objeto de seu interesse, ela se sentiu a mulher mais sortuda do mundo.

Nunca existira, é justo dizer, um casal melhor forjado.

Mas voltemos à mudança e não nos extraviemos pelos atalhos da memória, que tudo remexe, ou esta história corre o risco de não acabar nunca mais. Naquela manhã de fins de janeiro de 1899, a família amanheceu em uma casa já preparada para o último vislumbre. Tudo o que era importante havia sido embalado. O que permanecia em seu lugar começava a ser vítima do abandono. Um exército de rapazes vestindo aventais azuis chegou antes que amanhecesse e começou a carregar os carros. A senhora se levantou antes do que de costume e às sete já estava vestida, perfumada e dando ordens. Dom Rodolfo tinha decidido ir à frente para o novo lar, e com ele também foram Eutimia e um punhado de operários que deviam acabar de montar os móveis.

Ao meio-dia, quase todos já haviam abandonado o velho edifício. Alguns, como Juanita, a velha cozinheira, com lágrimas nos olhos. Outros, como as crianças, muito mais com expectativa em relação ao futuro que as aguardava do que melancolia pelo passado que ficava para trás. Salvo Amadeo, que estava aborrecido por sua mãe não ter permitido que carregasse a caixa das tartarugas e a confiara a um dos rapazes, privando os animaizinhos da honra de fazer o percurso acompanhando a família.

Felipe os esperava na rua, com certo ar solene que as circunstâncias acentuavam, observado por um grupo de curiosos atraídos pelo grande movimento. A senhora mandou que todos saíssem em ordem e pediu a Conchita que acomodasse as crianças na carruagem. Quando seu filho mais velho estava saindo, ela o chamou:

— Amadeo. Você quer nos dar a honra de fechar a porta pela última vez?

Aquele convite levou o garoto, que acabara de completar 10 anos, a esquecer o desprezo que suas tartarugas haviam sofrido. Ele pegou a chave e, com ares de adulto, trancou a porta, com duas voltas, para sempre.

Depois, mãe e filho subiram na carruagem, onde esperavam Violeta — nos braços de Concha — e um Juan inquieto e ansioso por aventuras. Percorreram juntos o caminho que levava à nova vida. A senhora acenava para algumas damas, e Concha repetia o gesto para suas criadas, mas só quando achava que eram simpáticas. Pareciam princesas reais abandonando o palácio.

Levou tempo atravessar àquela hora o labirinto de becos. Foi necessário esperar várias vezes que o caminho ficasse livre. Percorreram pela última vez a rua Mercaders, atravessando a Avellana. Tropeçaram com o amolador de facas, com as jumentas leiteiras em plena ordenha — a cliente esperava de braços cruzados no portão, e a senhora explicou às crianças que o leite de jumenta era excelente para curar enfermidades do estômago —, com um carro carregado de frangos vivos, com o alfaiate que chamavam de Pablo, o Coxo, parado na porta do estabelecimento e com o mau cheiro do curral da rua da Bomba, em cuja entrada um cartaz dizia:

Aplicamos laxantes e vestimos defuntos

Viraram à direita, procurando a praça Ángel, mas a encontraram apinhada de camponeses anunciando suas mercadorias aos gritos. Sem saber como, conseguiram chegar à ladeira da Prisión e continuar até a Frenería. A senhora, ansiosa para chegar ao Paseo de Gracia, não parava de murmurar:

— Como vamos agradecer quando perdermos de vista estas ruas estreitas!

Quando, por fim, chegaram às Ramblas, todos se sentiram aliviados por abandonar aqueles becos mortalmente feridos, onde tudo o que viam estava condenado a desaparecer.

Na parte alta da Rambla de Canaletas se instalara um vendedor de melões. A mercadoria estava amontoada no chão, na areia, e a senhora pediu a Felipe que parasse e mandou Concha comprar duas frutas. A ama de leite escolheu dois melões enormes, que pareciam barrigas inchadas, e pechinchou o preço até chegar a menos da metade. Com aquele espólio suculento, atravessaram a moderna praça de Catalunya. Estavam alegres como turistas em excursão, embora Amadeo parecesse a exceção ou, se estava feliz, não demonstrava. Estava tão sério como sempre, silencioso, observando. Nunca gostara muito de mudanças, nem mesmo quando era criança, e por enquanto a casa nova lhe apresentava mais incógnitas do que motivos para comemorar. Seu irmão, por sua vez, cantava, disposto a festejar qualquer coisa: a ultrapassagem de um bonde puxado por mulas — que já começavam a ser velharia nas ruas —, a fachada do Palácio dos Samà — diziam que lá dentro se escondiam aposentos de luxo oriental —, a marquise brilhante do teatro Eldorado ou, sobretudo, o trecho diante do hotel Colón, em cujo terraço tomavam o desjejum os visitantes mais privilegiados da cidade. Diante do luxuoso estabelecimento, sua mãe teve de chamar sua atenção.

— Juanito, não deixe que a alegria o faça se esquecer dos bons modos — avisou, severa, e em seguida se virou para Concha, que sustentava Violeta, adormecida, nos braços. — Espero não encontrar nenhum conhecido. Não tenho vontade de trocar ideias com dois melões em cima de meus pés.

Um edifício rematado com telhados pontiagudos, que lembravam um castelo de contos de fada, lhes deu as boas-vindas no Paseo de Gracia. A avenida era talvez a maior conquista das camadas burguesas da cidade. Ampla como suas ambições e opulenta como seus sonhos, exibia-se ao mundo com esplendores de vitrine. Ali, os industriais enriquecidos e os aristocratas de sempre podiam pavonear sua condição. O resultado era um bulevar tão espaçoso e de horizontes tão abertos como nunca se vira na cidade. Algumas damas se detinham para saudar a passagem da carruagem dos Lax e a senhora respondia com jovial alegria, enquanto se abrigava com o xale de veludo. Fazia um frio intenso e logo começou a cair uma aguinha fina e congelada que as crianças acreditaram ser neve. Nesse trote alegre dos corações, que o cavalo parecia acompanhar com o passo, chegaram à passagem Domingo.

A casa dos Lax era, naquele momento, o único edifício concluído de toda a rua, embora houvesse outros muito avançados. Os operários andavam à vontade por ali, descamisados e falando alto. Os três irmãos os olhavam com espanto: eram muito rudes para seus hábitos de cães de raça.

No interior, a família era esperada com nervosismo. Quando a carruagem passou sob o arco da entrada de carruagens, a senhora viu todos os serviçais formados no pátio, como uma tropa pronta para a revista. Sorriu com bondade, pediu a Concha com um sussurro que tomasse conta dos melões e das crianças e desceu, com a ajuda do cocheiro, para cumprimentar um a um seus fiéis empregados.

— Sejam bem-vindos, todos, a esta que também é sua casa — anunciou, antes que a tropa se dissolvesse e cada um voltasse a sua tarefa.

Dentro da casa, reinava um ar de algo provisório que todos se esforçavam para combater. Nas cozinhas, Eutimia dava ordens a um exército de criadas enlouquecidas, desembalando louças, alumínios e cristais. Acabavam de colocar os tapetes às pressas, penduravam nas janelas grossas cortinas douradas de damasco de seda, cada argola encontrava seu gancho correspondente, algumas mesas eram cobertas com caminhos de mesa e não faltava quem, ao ver tamanha delicadeza, se perguntasse como iriam enfrentar aquele inverno e livrar os ossos do frio.

É que o frio era um inimigo a derrotar naqueles tempos dominados pelos fogareiros, braseiros e as estufas Salamandra de ferro fundido. Contra ele se usava, nos meses mais desagradáveis, todo um arsenal de recursos que não passavam de revestir a casa para enfrentar o rigoroso inverno e prover-se de boa lenha para a lareira. As camas eram cobertas com tamanha quantidade de mantas pesadas que as crianças às vezes se queixavam de não conseguir respirar. Dormia-se de gorro, camisola de lã e meias. Quando, já deitada na cama, a pessoa desejava colocar para fora um pouco mais que a cabeça, tinha de usar roupas adequadas, como luvas ou longas camisetas. Uma das missões mais importantes das camareiras a cada anoitecer era encher de brasas os aquecedores de cama e deixá-los com cuidado entre os lençóis dos senhores uma meia hora antes que estes sentissem vontade de se deitar. Não havia nada mais desolador que um braseiro de pés cujas brasas se apagaram.

Durante o dia, eles perambulavam pelos quartos bem-abrigados, e uma das maiores preocupações de Eutimia, a pedido da senhora, era que não faltassem roupas para os serviçais se cobrirem. Nos dias mais frios, o único recurso era se refugiar em um dos poucos lugares aquecidos da casa. Nisto se pode dizer que os empregados estavam em melhor situação que os senhores, pois na cozinha sempre havia uma brasa viva ou uma panela fervendo ao redor da qual se abrigar. Esse lugar, ao lado do fogo da lareira, foi, desde o primeiro dia, o ponto de encontro favorito dos criados. No verão, havia a mesa com seus bancos compridos, que tanto serviam para multidões como para confidências.

Para esses dias gélidos que em Barcelona mal superam meia dúzia todos os anos, se instalara na biblioteca uma estufa de ferro, da marca Tortuga, que funcionava com lenha ou carvão. A lareira esculpida do salão principal era muito complicada, e só a acendiam aos domingos e em algumas festas especiais, como o Natal. O melhor era se refugiar na biblioteca. Ou, então, sempre havia os braseiros de sempre, embora a senhora só os aceitasse quando não existia outra solução.

— Esses troços são como crianças pequenas. É preciso cuidar deles o tempo inteiro ou acabam provocando uma desgraça.

Como a mudança foi feita em um inverno inclemente, cuidou-se de todos esses detalhes. O enxoval de verão, com o qual a casa se aliviava de tanta severidade quando começava o bom tempo, aguardava sua vez nos armários do porão. Muito mais leve, composto quase em sua totalidade por estampas florais compradas em Paris, estava, como tudo, por estrear.

Muitas decisões foram tomadas nos últimos meses. A mais complexa de todas havia sido, sem dúvida, onde instalar outra das novidades incorporadas pela nova residência: o telefone. Dom Rodolfo acreditou que um daqueles aparelhos modernos seria útil a seus negócios. Mandou instalá-lo em todos os seus escritórios e nas fábricas, com as quais teria agora uma comunicação rápida e direta. Mas, quando chegou o momento de decidir onde o aparelho doméstico ficaria, ele foi taxativo:

— No meu gabinete não pode ficar. Sua simples presença iria me impedir de trabalhar — afirmou, convencido.

— Mas você é a única pessoa que vai usá-lo! — resmungou a senhora.

— O mais apropriado seria instalá-lo na biblioteca — defendeu-se ele.

— Ah, não, nem pensar! Não vou deixar suas geringonças modernas contaminarem meus livros — replicou ela, firme, instantes antes de procurar uma solução que não desagradasse ao marido. — Não se preocupe mais, meu ratinho, já pensei em uma saída. Vamos arrumar um quarto só para ele.

E foi assim que o telefone gozou, naquela casa, de um privilégio que era negado a muitos de seus habitantes. Encomendaram a um marceneiro um revestimento que desse um aspecto nobre ao espaço que ficava debaixo da escada. Um tapete feito sob medida, uma mesinha de estilo inglês e um par de poltronas Luís XVI ampararam o aristocrático aparelho, que era de parede e media mais de meio metro, solene como um relógio e estranho como um para-raios, rematado com auriculares de madeira e couro. E, para que nenhum membro da casa, salvo os senhores, se sentisse tentado a usá-lo e desperdiçar os 30 centavos de peseta que custava em 1889 uma conversa de não mais de trinta palavras, colocou-se uma porta naquela cela e a chave ficou com dom Rodolfo, no mesmo bolso do paletó onde carregava o relógio.

No início, cada vez que alguém de confiança os visitava, tanto dom Rodolfo como dona Maria del Roser incluíam uma demonstração do funcionamento do telefone no itinerário de cortesia, que deixava todos muito impressionados.

— E dá para ouvir bem o pessoal de Mataró daqui? — perguntava uma senhora elegante, apontando a raridade.

Às vezes, as visitas se entusiasmavam e aplaudiam. É que na casa tudo era muito moderno e muito caro.

Naqueles dias inaugurais, a escada de mármore merecia menção à parte, um desses caprichos que saíam do coração de dom Rodolfo e para os quais não encontrava justificativa. Sempre foi bastante honesto para reconhecer que a decoração havia ficado um pouco colorida demais: todos aqueles cachos de uva, alternados com pâmpanos e talos retorcidos, formando volutas de mármore que chegavam até o solo pareciam excessivos — e o escultor avisara! Pior: um dos pâmpanos ficava exatamente na altura do primeiro degrau e, por isso, logo no primeiro momento ele se transformou em um obstáculo intransponível para o chefe da casa. Desse dia até o último de sua vida, não havia dia em que Rodolfo não tropeçasse no ornamento da balaustrada pelo menos uma vez. E o mesmo faria mais tarde seu filho Amadeo, como se a escada tivesse lançado alguma maldição sobre a linhagem dos Lax.

— E se limarmos esse estorvo? — perguntou Maria del Roser, pragmática.

— Rorrita! Uma obra de arte! — exclamou, indignado, o marido, prometendo prestar mais atenção.

Naturalmente, ele continuou tropeçando. Embora, talvez, pensava sua mulher, o tivesse feito da mesma maneira se não existisse o impertinente pâmpano.

Pouco a pouco, e apesar dos tropeços, as coisas foram adquirindo um aspecto definitivo e as pessoas se habituaram a tantas novidades. O senhor conseguia se concentrar nas notícias do dia quando, depois do meio-dia, se trancava em seu gabinete para ler o jornal. Os móveis novos pareciam em harmonia com os poucos que chegaram da velha residência. Eutimia dava ordens acerca à disposição de cada objeto com uma segurança espantosa. As crianças observavam tudo com incredulidade.

Amadeo perguntou por suas tartarugas.

— Certamente Eutimia se encarregou disso, querido. Não se preocupe mais com esses bichinhos. Eles são muito chatos — disse-lhe sua mãe.

Foi estranho que Amadeo não tivesse protestado diante do adjetivo que ela usara para definir suas mascotes. Concha se aventurou pela casa, driblando os atarefados instaladores, que estavam por todos os lados. As crianças iam atrás dela. Violeta, agarrada com força a suas saias. Juan, de mão dada com a irmã. Amadeo alguns passos atrás, olhando com indiferença cada canto. A escada principal fez a ama de leite evocar o acesso de um teatro, que só conhecia pelas ilustrações das revistas. O corrimão da escada, por sua vez, lembrou-lhe a videira de sua aldeia.

— Em primeiro lugar, vamos procurar nossos quartos — declarou Concha. — Tenho certeza de que vamos ficar encantados.

Os menores se emocionaram ao ver o guarda-roupa, a escrivaninha e as camas novas. Estas eram de ferro, altíssimas e tinham dossel. A de Violeta estava coberta com uma colcha cor-de-rosa. As outras duas eram de um verde-água. Concha também encontrou sua nova cama, com um dossel que a faz sonhar antes de estreá-la.

— Eu quero dormir sozinho — protestou Amadeo, depois de avaliar o amplíssimo aposento, o melhor da casa, com uma janela pela qual a luz do sol entrava em abundância.

— Onde está meu cavalo de madeira? — inquiriu Juan.

— Ficou na outra casa, querido. Ele estava muito velho.

O menino não gostou nem um pouco do argumento. Sentiu vontade de chorar de raiva, mas esperou para ver se a casa compensava de alguma maneira essa importante ausência.

Após se apossar de seu quarto, os três irmãos se dirigiram, guiados pela babá, ao andar principal. Atravessaram o salão nobre, olhando para todos os lados como se algum daqueles vistosos ornamentos pretendesse atacá-los, até que viram o vitral multicolorido da porta.

— Vejam que cores lindas. — Concha abaixou a voz. — Não dá vontade de lamber?

Violeta abafou um risinho pícaro. Amadeo olhou para o outro lado, incomodado pelo comentário, que lhe pareceu absurdo, muito infantil para ele. Concha empurrou a porta do pátio.

— É um lugar maravilhoso para passar o verão. Vocês vão querer almoçar aqui quando não estiver mais fazendo frio?

No pátio, começavam a crescer as heras e as roseiras. Havia um pequeno bebedouro de estilo rústico. Em um lado, uma misteriosa porta que parecia se fundir com o muro do vizinho. O solo era de lajotas avermelhadas, as paredes tinham sido pintadas de branco. Mais além do muro, começava a se divisar uma paisagem urbana em construção: a dos edifícios próximos.

— Não tem nada aqui — protestou Amadeo.

— Por enquanto, mas sei que sua mãe está pensando em cobrir tudo com um toldo e comprar uma mesa grande e algumas cadeiras. Você quer que eu pergunte a ela se poderemos ser os primeiros a usá-las?

Amadeo encolheu os ombros. Seus irmãos tinham descoberto peixes no bebedouro do fundo, e se aproximou deles com dissimulada curiosidade. Uma vez ali, reencontrou, com surpresa, suas tartarugas, que alguém deixara em um canto. Concha aproveitou esse momento para dizer a Amadeo que ele aborrecera sua mãe sem necessidade, porque, afinal, suas tartarugas haviam chegado sãs e salvas.

— Você deveria aprender a controlar seu gênio, sobretudo com os mais velhos. E não seria nada demais se ficasse um pouco mais sociável.

O menino manteve o olhar fixo na babá durante alguns segundos. Apesar de sua pouca idade, o olhar fixo de Amadeo era perturbador. Concha sentiu que seus batimentos se aceleravam, mas não o deixou ganhar. Um instante depois, Amadeo se deu por vencido.

— Não enfiem a mão na água, crianças. Está muito fria — disse a babá.

Juan franziu o cenho e perguntou:

— Por que os peixes não usam casacos?

— Porque não precisam, querido. Eles têm sangue frio. Não sentem a mesma coisa que a gente.

A explicação deixou o menino pensativo por poucos segundos. Os movimentos dos peixinhos pareciam muito mais interessantes que sua natureza. Enquanto isso, Amadeo lutava com a porta lateral. Conchita se deu conta de era a única coisa da casa que parecia velha. Ia dizer ao menino que não a tocasse quando se ouviu um rangido e a porta cedeu.

— É um quarto secreto — comentou Amadeo, com um indício de emoção inédito.

Seus dois irmãos foram ver essa nova e interessante descoberta. Entraram no quarto. O cômodo era longo e desigual, formado por duas paredes que não eram paralelas.

— É um quarto de vassouras — observou Concha, vendo que o lugar não oferecia nenhum perigo, mas tampouco nada de interessante. — Vamos, crianças, está fazendo muito frio aqui. Precisamos entrar.

No salão, um grupo de rapazes descarregava algumas poltronas forradas com um belo veludo amarelo.

Mas os irmãos já estavam reunidos secretamente, as cabeças coladas, incitados pelo mistério do esconderijo. O líder era Amadeo, claro, que cercava os ombros de seus irmãos menores com os braços e sussurrava para que Concha não pudesse ouvir:

— Esse é o começo da sociedade secreta do quarto das vassouras. Eu sou o presidente, e vocês, os sócios honorários. Vamos nos reunir toda segunda-feira na hora do lanche, aqui mesmo. É proibido contar a qualquer pessoa o que acabamos de descobrir, sob pena de morte. Vocês entenderam?

Com rostos assustados, os dois irmãos assentiram. Amadeo apertou suas mãos, muito formal, e saiu com gestos de presidente recém-empossado. Juan se virou para Violeta e repetiu:

— Você sabe: se a gente contar, ele vai se matar.

Violeta bateu palmas, alegre, sem entender nada. Repetiu:

— Vai se matar, vai se matar!

VII

O homem do macacão branco estampado com manchas volta no quarto dia. E com ele também Arcadio e um funcionário do governo autônomo; não é o jovem da outra vez, mas seu superior imediato. O restaurador tem a mesma atitude que já conhecemos: não perde tempo. Naturalmente, não em falar. Comprova que o linho cru com que cobriu o afresco está seco, sobe na escada, balança a cabeça lentamente e, finalmente, sentencia:

— Pode ser retirado.

A operação requer mãos especialistas. Consiste em puxar os panos de maneira que, junto com a aniagem, se desprenda também uma película de gesso de aproximadamente 2 centímetros de largura. Nessa película está Teresa, a do olhar perturbador. O restaurador precisa de ajuda, e Arcadio o socorre. Os dois retiram a tela e a deixam cair lentamente, como se ajudassem um animal delicado a trocar de pele. Ao final do dia, o afresco que estava havia mais de oitenta anos deslumbrando da parede do fundo não é mais que uma espécie de pergaminho gigante e estranho desmaiado sobre a madeira escura do chão.

Na parede, fica uma diluída marca da presença de Teresa. Parte dos pigmentos naturais penetrou mais além dos 2 centímetros, e o gesso, lá onde permanece, está tisnado de sombras escuras, de modo que alguém que conheça bem a obra recém-retirada ainda pode imaginá-la vendo essas marcas; são a sombra irreal que segue o tangível.

Exceto no lado esquerdo, onde a película retirada deixou à vista um material de outra natureza.

— O que é isso? — pergunta o funcionário, indicando um ponto que fica a 1 metro do solo, mais ou menos.

O restaurador o examina, afasta pequenos fragmentos de gesso, raspa com a unha.

Os acompanhantes ficam incomodados.

— Ora — diz, arqueando as sobrancelhas —, temos uma surpresa aqui.

Arcadio se aproxima da área que chama a atenção dos três. Sob o gesso se perfila uma placa de ferro.

— Parece uma fechadura — declara o profissional.

Falta a maçaneta, mas o mecanismo está à vista. Tem algumas manchas de ferrugem.

— Uma porta? — pergunta Arcadio, virando os olhos. — Pode haver uma porta em uma viga mestra?

— Não, não, a viga mestra termina aqui. — O restaurador aponta a fronteira exata. — Daqui para lá, a estrutura é outra. Precisaríamos ver as plantas originais da casa, mas, se isso foi um pátio, o mais provável é que aqui houvesse uma despensa ou algo assim. Reformada, talvez. Essas casas costumavam ter uma escada que unia o pátio às cozinhas ou aos quartos dos empregados. O intrigante é terem escondido.

Arcadio hesita. Olha para a porta sem saber o que fazer. O funcionário se impacienta.

— Vamos abrir.

— Talvez devêssemos chamar Violeta — comenta Arcadio.

— Violeta? Para quê? Não acho que deveríamos incomodá-la com isso.

— Afinal, a casa era da família dela. É do interesse dela.

— Sinceramente, senhor Pérez, não acho que devamos incomodar a senhora Lax por isso. A casa pertence ao governo autônomo há muitos anos, e nós dois somos os únicos responsáveis pelo que acontecer aqui. Não se preocupe: eu assumirei toda a responsabilidade. As obras vão começar dentro de três dias, e convém evitar surpresas de última hora.

Arcadio não quer se manifestar sobre as obras. Seu caráter pacífico é outra das razões pelas quais chegou até aqui: é desse tipo de pessoa cuja prudência os fanfarrões confundem com estupidez. Ele aprendeu a se resignar a isso há muitos anos. Suspira, paciente. O restaurador interfere na conversa e muda seu rumo.

— Tecnicamente, não é possível abri-la — afirma, mostrando a placa de ferro. — Não há maçaneta. Além disso — ele a empurra —, está trancada. Seria perigoso derrubá-la.

— Então, vamos lá — prossegue o técnico com segurança orgulhosa. — Não acho que vá ser difícil. Está caindo aos pedaços.

Arcadio franze os lábios. Observa a porta. O restaurador continua afastando os fragmentos de gesso. A madeira está ressecada e cheia de farpas. Até uma criança poderia derrubá-la sem muito esforço.

O funcionário da Generalitat se comporta com a diligência de quem está acostumado a tomar decisões, a seguir o plano estabelecido, sem perder tempo com hipóteses. Um homem de seu tempo, que pronuncia muitas vezes a palavra "operacionalidade" e não vacila em seus juízos de valor. Jamais

Ele afasta o restaurador, toma impulso e dá uma pancada contundente no pedaço de madeira descascada que outrora foi uma porta. Quebra-a com um rangido seco, no meio de uma explosão de farpas.

— Tantos anos de tae kwon do têm que servir para alguma coisa — diz, triunfal, o funcionário, ajeitando o blazer.

O tablado escuro está agora semeado de fragmentos ressecados. Um cheiro azedo escapa do buraco recém-aberto.

Os três homens retiram os restos da porta. Não é um trabalho tão fácil como parecia. É como se a madeira quisesse afirmar que, afinal, todas as coisas se aferram ao lugar a que pertencem. Quando dão a operação poı terminada, abandonando em um canto os restos do desastre, sua atenção se volta para o interior, apenas um buraco, mais estreito em sua embocadura e flanqueado por duas paredes que não são paralelas. Não há uma saída visível. Ao fundo, se amontoa meia dúzia de escovas e vassouras, embora os três estranhos nem sequer reparem nelas. Sobre o solo seboso, ocupando grande parte da superfície útil, há algo que chama muito mais a atenção: a múmia consumida de um ser humano.

O corpo está completamente desidratado. Por sorte, não é possível ver a expressão de seu rosto, embora sim a selva de pelos que conserva sobre o crânio, os farrapos da roupa que ainda veste e um par de sandálias de salto que em outras circunstâncias bailariam em pés tão magros.

— Porra! — exclama o funcionário, ameaçando uma expressão de nojo diante da visão.

— Talvez devêssemos avisar a Violeta Lax — acrescenta Arcadio, com o mesmo tom neutro que usara até agora, embora com uma íntima satisfação.

O restaurador conclui:

— E também à polícia.

Patrulha número 19 (Ação Cidadã/Mossos d'Esquadra)
Atestado número 19.854

No dia 10/03/2010, a patrulha recebe a ligação de um homem que diz se chamar Arcadio Pérez Iranzo e informa que, devido a manobras efetuadas sobre uma parede, foi descoberto atrás da mesma um cadáver mumificado. A patrulha se apresenta no endereço indicado, situado na passagem Domingo, número 7, correspondente a um edifício, declarado patrimônio histórico-artístico, do qual o governo da Generalitat é titular. Nele se encontram dom Arcadio Pérez Iranzo (encarregado da instalação por delegação); dona Violeta Lax Rahal (especialista em arte, relacionada à família que construiu a casa); dom Antonio Moyà Soler, funcionário do governo autônomo adscrito à Assessoria de Cultura; e dom Sergio Uix Massagué (restaurador).

Mediante inspeção visual, confirma-se a presença de um cadáver em uma cavidade da parede situada em um antigo pátio coberto do primeiro andar do imóvel. As testemunhas dizem não ter tocado no local onde se encontra o corpo em nenhum momento, embora tenham derrubado a porta usando métodos mecânicos (pancadas). O cadáver está em posição de decúbito dorsal. É uma múmia coberta com os restos de um vestido (cor indiscernível), com os pés enfiados em um par de sapatilhas ou sapatos (muito desgastados). Também conserva abundantes cabelos sobre a cabeça e ao redor do pescoço tem uma corrente de metal (muito suja, indistinguível), da qual pende uma aliança também de metal. À primeira vista, parece uma mulher.

Dentro da cavidade se encontram também o seguinte: dois escovões, um recolhedor (pá), um espanador e o cadáver de um gato (também mumificado).

Apenas as duas primeiras das três testemunhas possuem relação com o imóvel. Dom Sergio Uix estava no local com a finalidade de realizar trabalhos de restauração de um mural de grandes dimensões (cuja retirada deixou a porta a descoberto). De sua parte, dom Antonio Moyà declara ter derrubado sozinho a porta, levado pela necessidade de saber de que modo a presença de um aposento inesperado alteraria o curso das obras que serão realizadas no lugar a partir da próxima semana. Dom Arcadio Pérez, o maior conhecedor do local, afirma que não sabia da existência desse pequeno cômodo atrás da parede. O mesmo afirma dona Violeta Lax, acrescentando que, com exceção de hoje, esteve na casa apenas outras duas vezes: uma há quatro dias e há 36 anos. Além disso, alega ser neta do último proprietário do imóvel, chamado Amadeo Lax Golorons, pintor (artista).

Ao serem indagados sobre a identidade do cadáver, todos os três manifestaram desconhecer quem possa ser. Violeta Lax afirma, também, que de modo algum poderia imaginar que iria encontrar uma surpresa tão desagradável naquela que foi a casa de sua família.

Procedemos explicando às testemunhas as medidas a serem tomadas para não contaminar o entorno do lugar onde o corpo foi descoberto. Em seguida, a descoberta é comunicada ao chefe de plantão e é ativado o protocolo de homicídios. Informa-se às testemunhas que muito em breve o sargento Paredes chegará ao local. O velho pátio é desalojado, e a área é isolada.

* Anexa-se croqui sobre a situação da despensa do primeiro andar do imóvel.

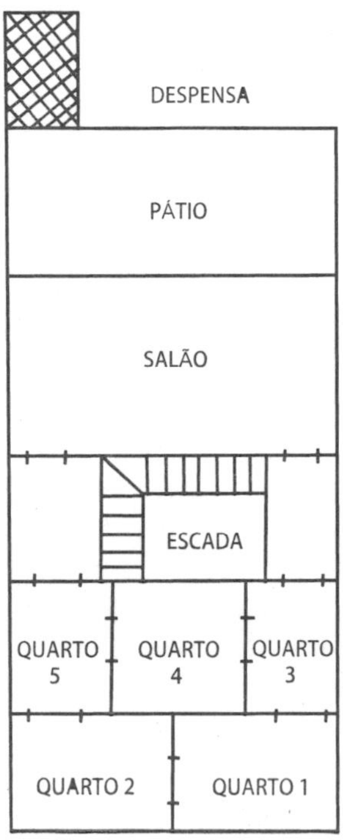

De: Drina Walden
Data: 11 de março de 2010
Para: Violeta Lax
Assunto: A suas ordens!

Querida Violeta,

Eu estava começando a ficar preocupada. Gosto de saber de você, mesmo que seja de maneira tão breve. Aqui está o telefone do seu pai, conforme me pediu. Segundo a sua mãe, ela mesma o deu a você há mais de um ano, avisando que ele havia mudado de número e que o substituísse pelo anterior. Também segundo sua mãe, você nunca a ouve e nunca conta nada. Ela também me pediu que lembrasse a você seu e-mail, para o caso de se sentir tentada a escrever a ela (me disse isso enfatizando as palavras). Fique tranquila, já consegui acalmá-la. Ela parecia muito surpresa com o fato de você precisar do telefone de Modesto. Acho que, como todas as mães, ela logo imaginou que alguma coisa terrível estava acontecendo.

Eu soube pelos noticiários que caiu uma nevasca impressionante em Barcelona. Você está bem? Foi tão grave como dizem?

Você pensa em finalmente viajar para o lago gelado para conhecer a italiana misteriosa?

Você quer saber sobre a inauguração dos retratistas ou já leu tudo na imprensa?

Vamos, não seja tão você e escreva mais de três linhas.

Drina

De: Violeta Lax
Data: 13 de março de 2010
Para: Valérie Rahal
Assunto: Sinais de vida

Olá, mamãe,

Acho que você está um pouco chateada comigo por não ter contado nada desde não sei quando, mas, por favor, guarde as broncas para minha volta, porque aconteceu uma coisa realmente grave. Foi por isso que pedi o telefone de papai ontem. Já falei com ele. Acho que nós dois ficamos igualmente petrificados ao ouvir a voz um do outro. Eu liguei para ele a pedido da polícia. Não se assuste. Seu ex é um desastre, mas não matou ninguém: estão precisando coletar amostras do DNA dele. E do meu também.

Vou por partes, embora não tenha muito tempo. Estou usando o computador de Arcadio (ele manda lembranças), que está com a caixa de entrada apinhada de mensagens que precisam ser respondidas. Você não vai acreditar, mas a nevasca que caiu dois dias atrás cortou o fornecimento de energia em um monte de lugar e deixou a cidade incomunicável. É por isso que Arcadio me deu asilo político: meu apartamento parece a Antártida. O dele também, mas pelo menos está limpo. Tudo isso é inacreditável, eu sei; em algum momento, contarei a você tudo com todos os detalhes. Só consigo pensar nas gargalhadas que meus amigos de Chicago vão dar quando souberem que uma única nevasca fez Barcelona ter um colapso desse jeito, visto que estamos acostumados a sair de casa com trinta graus abaixo de zero para retirar a neve da porta com pás. Enfim.

Vou contar o que ainda me deixa chocada. Há dois dias, o afresco de Teresa foi retirado da parede do pátio. Em teoria, as obras de restauração da casa começariam amanhã. Digo em teoria porque houve uma súbita mudança de planos. Quando o restaurador retirou o retrato de Teresa — com um profissionalismo incrível, de fato —, ele descobriu uma porta em um lado da parede. Era uma velha despensa, um armário de vassouras, ou algo assim. E lá dentro encontraram um cadáver. Completamente mumificado, mas vestido, calçado e com os cabelos no lugar. Eu não estava presente nesse momento, mas sim quando a polícia chegou, pouco depois. Houve interrogatórios, isolaram o pátio, vieram a polícia científica, a perícia, o juiz; uma verdadeira invasão de estranhos. Fizeram perguntas que ninguém tinha como responder: quem era a múmia ou quando foi a última vez que alguém entrou no pátio. Já falei para eles: por mais que seja da família e tenha passado toda a minha vida ouvindo falar de algumas das pessoas que viveram na casa, não tenho nenhuma informação exclusiva; para mim, a história familiar é como um romance de fantasmas.

Embora não tenha sido completamente sincera, mamãe.

É verdade que não tenho a menor ideia de quem seja essa pobre mulher da despensa, mas também é verdade que desde o primeiro vislumbre tive uma suspeita terrível, uma espécie de pressentimento impossível de explicar, quase uma certeza. Não faço nada além de ficar pensando nisso desde então. Fico me perguntando sobre o pouco que sei da vida de meus avós e me censurando por ser tão sombria. Mas o que aconteceria se eu tivesse razão? O que você acha? Tem alguma suspeita de quem possa ser? Quem é a primeira pessoa que vem a sua cabeça?

Durante o interrogatório, o restaurador forneceu detalhes técnicos muito interessantes. Ele disse que, segundo sua opinião, o mural jamais foi retirado do lugar original, aquele em que foi pintado. Acredita que primeiro foi espalhada uma camada de gesso sobre a parede, bloqueando a entrada da despensa, e em seguida foi pintado o afresco. Ele nos explicou toda a técnica passo a passo: a pintura de afresco costuma ser executada sempre sobre cal não endurecida, com pigmentos naturais, compostos basicamente de óxido de ferro, que penetram na parede até, por assim dizer, se fundir a ela. A polícia perguntou se a camada de gesso costuma ser aplicada pelo próprio artista. O restaurador respondeu que não achava provável no caso de Amadeo Lax, que era um pintor de prestígio e não teria perdido tempo com algo que poderia ser feito por qualquer outra pessoa. Isso em circunstâncias normais, claro. Mas, na verdade, ninguém sabe nada das circunstâncias em que pintou sua Teresa ausente. E assim ficou a coisa.

Bem, não. Arcadio defendeu Lax, claro. Não seria ele se não permanecesse fiel à memória de vovô. Ele falou da fuga de Teresa, do grande sacrifício e dignidade que vovô demonstrou cuidando de papai sem a ajuda de ninguém — não se referiu aos criados nem à prima Alexia —, e tive que intervir, amavelmente, para que se calasse, porque eu estava ficando com um pouco de vergonha de ouvi-lo. Como pode a admiração levar a tanto, e tantos anos depois? Ele acabou pedindo um pouco de respeito ao homem sério e justo, ou algo assim. Nada de novo, em síntese.

O sargento me perguntou o que eu sabia a respeito de vovó Teresa, qual era a "minha versão" (as palavras são dele). Eu disse que a minha versão pouco vai ajudar, porque será, necessariamente, incompleta. Contei que cheguei a saber por você que vovô havia feito, em relação à memória de sua mulher, um pacto de silêncio, que cumpriu ao pé da letra, assim como papai. Falei que se não fosse pelos famosos 37 retratos, nem sequer saberíamos direito o que essa mulher significou para ele.

— Então os quadros são a única prova que temos, não é isso? — perguntou o sargento.

— Temo que sim — respondi —, a arte é sempre a prova de alguma coisa. Sobre o domínio dos mortos sobre os vivos, pelo menos. Essa é sua finalidade. Ela nos permite reter o que o tempo destrói.

Paredes acabou me pedindo que ligasse para papai. Ele precisa que todos nós reconstruamos o que aconteceu. Eu não falei para ele que papai não é, exatamente, a pessoa mais indicada para isso. Apesar de tudo, temo que não tenha escolha. O juiz que instrui o caso também quer conhecer a "sua versão".

As coisas estão assim. Eu quis escrever para você saber como estou passando meu tempo. Com tantas complicações, perdi meu voo para Bérgamo, mas também acho que a nevasca de ontem deixou o aeroporto incomunicável, de modo que, quando eu estiver em condições de tomar as rédeas da minha vida novamente, vou tentar averiguar e dar continuidade aos meus planos. Embora me ocorra que, com essa onda de frio polar assolando a Europa, não seja o melhor momento para viajar até um lago no meio dos Alpes.

Ah, mamãe, eu, como sempre, tão oportuna.

Sua filha ingrata, que finge te amar,

Vio

P.S.: Não tente me ligar. É uma questão de tarifas; a aldeia global não é tão global assim. Deixei o celular em casa.

P.S. 2: Você já ouviu falar de alguém chamado Francesc — ou Francisco — Canals Ambrós? Pense um pouco. É importante.

De: Violeta Lax
Data: 13 de março de 2010
Para: Daniel Clelland
Assunto: Você não vai acreditar

Oi, amor,

Como prometi a você hoje de manhã por telefone, vou contar por escrito os detalhes da macabra surpresa que a velha casa da minha família nos deu. Me perdoe por ter sido tão lacônica antes, mas me sinto péssima quando faço uma ligação de longa distância da casa de outra pessoa. Arcadio é muito amável, embora eu não acredite que saiba quanto custa uma ligação para os Estados Unidos.

Antes e depois do levantamento do cadáver, a polícia científica averiguou isto:

— O cadáver é de uma mulher jovem. Quero dizer, era jovem quando morreu. Não é possível estimar a idade com um simples olhar, mas as provas laboratoriais vão fazer isso de uma maneira bastante aproximada (segundo me disseram, vão examinar o esmalte dos dentes).

— O corpo ficou escondido atrás do mural durante muito tempo. O mais provável é que o tenham enfiado na despensa quando ainda estava quente. Ela estava trajando roupas de ficar em casa (de acordo com alguma moda do passado). Também havia um gato morto.

— A múmia tinha um pingente no pescoço: uma corrente enferrujada com um aro pendurado. No mesmo instante, a polícia disse que podia ser uma aliança e a levaram para análise. Algumas horas mais tarde, forneceram mais uma informação: no interior da aliança estava gravado um nome: Francisco Canals Ambrós. Isso não me diz nada, não tenho a menor ideia de quem possa ser. Arcadio também não sabe. Veremos o que dizem os velhos (perguntei à Mamãepédia).

— A falecida possui uma marca no pescoço. O perito a examinou durante muito tempo com uma lupa, mas não deu com a língua nos dentes.

Você quer saber o que mais me impressionou em todo aquele espetáculo? As unhas da morta: longas e aparadas. E negras.

Após a terem levado para o laboratório dentro de um saco plástico, o encarregado dos Serviços Funerários me perguntou quem se responsabilizaria pelo enterro quando tudo terminasse. Eu não soube o que responder; disse a ele para esperar um pouco até a polícia terminar o trabalho.

O enterro. É o que menos me atrai no mundo.

Quase todo mundo já havia ido embora quando Paredes, o sargento, que não parava de consultar suas anotações, me perguntou se eu podia falar "dessa mulher da família que desapareceu sem deixar rastro". Respondi que Teresa não desapareceu, mas abandonou meu avô e fugiu com outro homem. Ele perguntou se tínhamos prova disso, algum dado que pudesse confirmar a presença de Teresa em algum outro lugar. Respondi que meu avô devia saber, na época, mas que nunca disse nada a ninguém. E que todo mundo da família respeitou sua dor.

Ele me chama de senhora. Estava fazendo com que me sentisse mais velha. Pedi para ele me chamar de você.

"E seu pai? Ele nunca teve curiosidade de voltar a ver a mãe?", perguntou. Tentei explicar como é o meu pai, pelo que sei e pelo que suspeito. "Embora nunca a mencione, acredito que sempre se ressentiu dela — confessei. — Creio que o melhor para os dois foi nunca ter tentado encontrá-la."

"E você. Também não sentiu curiosidade?"

Não me senti bem ao dizer a verdade: passei a vida vendo Teresa nos quadros, falando com ela, fazendo conferências, especulando. Conheço a postura, o gesto exato, o brilho dos olhos da minha avó em cada um dos 37 retratos. Sou uma expert em Teresa. E, de alguma maneira, isso me bastava. Era um assunto encerrado, uma matéria de estudo. Nem me ocorreu ir mais além.

"Você acredita que a arte tem algo a ver com tudo isso, Violeta?"

Eu me lembrei de Goethe (nesse momento!): "A vida de um criador é sua obra e sua obra é sua vida."

Eu e o sargento suspiramos. Aquela conversa já não tinha mais para onde ir. Até que ele fez a última pergunta:

"É verdade que nenhum membro da família nunca pensou que Teresa pudesse ter sido assassinada?"

VIII

Apesar do que foi dito até agora, a coisa mais importante que Maria del Roser Golorons fez pela ama de leite do filho foi ensiná-la a ler. As aulas podiam não ter periodicidade e se misturavam com as obrigações das duas; às vezes eram tão espaçadas que, quando eram retomadas, nenhuma delas lembrava onde haviam parado. O restante foi feito pelo empenho de Concha e pela paciência da senhora.

— Você está progredindo muito rápido, Conchita — animava-a Maria del Roser —, é teimosa como um burro de carga.

— Claro, senhora, tenho habilidade.

A predisposição da jovem para os estudos a fez conquistar o respeito da mulher que vivia entre livros e papéis. E a influência da senhora foi decisiva para ela, em todos os sentidos. Antes de chegar a casa, Conchita estava convencida de que as mulheres não tinham outras habilidades além das que exibem na cozinha, na lavoura e na cama (referindo-se aos partos, é claro), com a questão intelectual afastada por completo.

A senhora ficou indignada quando Concha lhe expôs suas ideias.

— Sua cabeça é antiquada, criatura. As mulheres são capazes de fazer as mesmas coisas que os homens, desde que não sejamos estúpidas a ponto de nos limitarmos a nós mesmas. Aprenda bem, porque você tem muita vida pela frente e poderá confirmar o que estou lhe dizendo. Precisa estudar. Só se se cultivar um pouco será capaz de erguer a voz sem que ninguém se atreva a mandar que se cale.

Seu discurso era tão enfático que às vezes deixava a discípula atemorizada.

— E o senhor sabe que a senhora pensa assim? — perguntava a jovem ama de leite.

— É claro que sabe!

— E ele se irrita com a senhora?

A senhora deu uma gargalhada que fez o decote tremer.

— Ele ficaria irritado se eu fizesse exatamente o contrário!

Conchita nunca havia ouvido nenhuma dama educada falar daquela maneira e às vezes temia pela saúde mental da senhora, ou se convencia de que estava diante de uma revolucionária. Como costuma acontecer, sua capacidade de se escandalizar andava de mãos dadas com sua curta visão do mundo. Uma mulher que se atrevia a pensar diferente do marido? Que recebia suas próprias visitas e saía quando lhe dava na telha? A primeira coisa que pensou foi: "Pobre senhor Rodolfo, que cruz pesada tem de carregar nas costas!"

Além das reuniões das quartas-feiras, a senhora Maria del Roser levava uma intensa vida social. Saía quase toda tarde e às vezes voltava depois do marido. Quando isso acontecia, ele a esperava acordado, trabalhando no gabinete, e o jantar era servido — às vezes fora de hora — no budoar da mulher, onde havia uma mesa repleta de camisolas e um braseiro. A sobremesa se prolongava muito porque ela tinha de contar o que fizera durante o dia e com frequência se ouvia, da escada, rirem aos gritos sem nenhuma contenção. Depois, o senhor costumava ficar para passar a noite nos aposentos da mulher, e no dia seguinte alteravam alguns de seus hábitos, como o de ler o jornal ou o de abrir as cortinas bem cedo, porque continuavam com as portas fechadas. Mais de uma vez as criadas foram surpreendidas espiando pela fechadura uma cena que nunca viram, mas que, de qualquer maneira, nunca entrou na cabeça delas. É que não era nada normal que um casal estabelecido e abençoado de acordo com as regras familiares e financeiras de todos os lugares fosse feliz com tanta ostentação. O normal era os casamentos caírem em uma indiferença esquiva, cada qual em uma parte da casa e entretido com seus próprios assuntos, até que algum acontecimento — em geral extrafamiliar — lhes desse a oportunidade de um encontro nefasto, frio e carregado de reprovações, que seria melhor não ter acontecido.

Na casa dos Lax, tudo transcorria de uma maneira tão diferente que os empregados — sobretudo os femininos — de maneira nenhuma desperdiçavam a oportunidade de contar a todos os impróprios e extravagantes hábitos de seus senhores.

— Que vergonha! Aos ouvidos dos próprios filhos! — protestava Eutimia, enfurecida. E acrescentava: — Claro que qualquer coisa é preferível a saberem que a mãe é uma herege.

Raramente alguém se atrevia a fazer alguma pergunta. Talvez uma criada nova, ainda pouco familiarizada com aquelas extravagâncias.

— O que quer dizer que ela é uma herege?

— Você não sabe? Não se fala de outra coisa! A senhora não acredita em Deus!

Aquela acusação gerava um coro de murmúrios na cozinha.

— Mas o pior — continuava Eutimia — é que ela se atreve a dizer isso em lugares públicos. Me contaram que até escreve nos jornais, sem nenhum constrangimento, e que se orgulha disso.

— Mas rezamos o terço todas as tardes... — observava alguém.

— Sim, mas não são as rezas que manda nossa Santa Madre Igreja, ou vocês não se deram conta de que nunca falam dos mistérios? São rezas hereges! E temo que se os seguirmos iremos diretamente para o inferno. Por isso, procuro me concentrar e sempre digo o que Deus manda. — Eutimia baixava a voz na melhor parte: — Também sei por uma boa fonte que a senhora pediu para ser enterrada em um cemitério não abençoado.

Uma nova exclamação transtornada.

— E dom Eudaldo? É íntimo da casa — perguntava alguém, referindo-se ao pároco da Concepción. — Ele não pode fazer nada?

— Por que você acha que ele vem todos os domingos? Com a intenção de arrastá-la para o bom caminho. Dizem que isso custa uma fortuna ao senhor Rodolfo. É preciso rezar muitas missas para recuperar as ovelhas desgarradas.

Quando chegava a esse ponto, a camareira se persignava e a governanta fazia cara de compaixão.

— Deus a perdoe — dizia alguém com a voz pesarosa.

E Eutimia, que não perdia uma oportunidade de interferir no espírito da casa inteira, acrescentava:

— E também a todos nós, por estarmos a seu serviço.

A relação de Concha com Deus sempre foi meio conflituosa. Nunca conseguiu compreender por que um ser com fama de bondoso gostava de impor castigos tão terríveis. A princípio, atribuía todas aquelas dúvidas a sua ignorância. Ela achava que tinha, sim, o direito de manifestar sua opinião, que julgava errada de antemão. Graças ao que tinha aprendido com as maledicências de Eutimia e do restante do pessoal, Concha se atreveu a perguntar por esse Deus do qual só recebera humilhações. Ela o fez em uma das aulas de leitura, sem aviso prévio, com o coração pulsando em suas têmporas.

— A senhora me perdoe o atrevimento — balbuciou, deixando a questão das consoantes labiais para uma oportunidade melhor —, mas estou com uma dúvida terrível.

A senhora Lax soltou a caneta, enlaçou as mãos, sorriu.

— Não quero que se aborreça comigo pelo que vou dizer — acrescentou Conchita.

— Se você não fizer a pergunta, não poderei saber.

Ela murmurou, envergonhada:

— A senhora sabe que sou ignorante e que às vezes posso estar equivocada em minhas...

— Pelo amor de Deus, Conchita! Pergunte o que quiser de uma vez por todas e pare de fazer circunlóquios.

A palavra desconhecida — "circunlóquios" — engasgou-a por um momento. Pareceu-lhe algo terrível, mas conseguiu continuar:

— A senhora poderia me informar se Deus existe? — disparou.

Dona Maria del Roser soltou um suspiro, olhou para as molduras do teto, deixou o olhar suspenso por um instante.

— Você me fez uma pergunta difícil, querida, para a qual temo não ter a resposta irrefutável que deseja. — Ela fez uma pausa, escolhendo as palavras com cuidado. — Só posso lhe dizer que Deus é algo diferente para cada pessoa e que você deve procurá-lo dentro de seu coração.

De fato, aquela resposta não satisfez nem um pouco a aluna. Ela não estava habituada a chegar às próprias conclusões e menos ainda buscando dentro de si mesma. Vendo que a explicação deixara Concha ainda mais confusa, dona Maria del Roser acrescentou:

— Acontece com essa questão o mesmo que com as ideias próprias das mulheres. Ninguém pode ajudá-la a encontrar sua maneira de acreditar ou de pensar. É você quem precisa fazê-lo. Só é necessário se perguntar o que Deus significa para você. O que você precisa que ele seja?

O coração da ama de leite não dava trégua. Questionar a natureza de Deus não era uma coisa que, naquela época, pudesse ser feita com naturalidade. Menos ainda uma garota de pouco mais de 20 anos que ainda não sabia ler nem escrever.

— Meu confessor sempre diz que não devemos fazer perg...

— Não me interessa o que diz seu confessor. Ele também se equivoca.

Concha negou com a cabeça, categoricamente, defendendo um confessor que havia achado antipático desde o primeiro instante.

— Não, não, não! Ele é inspirado por Deus — replicou.

— E você também. Deus inspira a todos. Todos somos criaturas dele. Não se menospreze. Você vale tanto quanto seu confessor.

A garota negou novamente, cada vez mais assustada. Não estava disposta a admitir aquela comparação por nada neste mundo. Em seu foro íntimo, começava a dar razão a Eutimia e às outras criadas. A senhora estava faltando com respeito ao que era mais sagrado.

— O que Deus é para você? — insistiu dona Maria del Roser, sem levantar a voz. — Você é capaz de responder a essa pergunta?

— Deus... — balbuciou de novo.

Vinha-lhe à cabeça a imagem do corpo inofensivo de seu pequeno, sua carinha cadavérica em seus braços, a última vez que o embalou, enquanto seu corpo adorado esfriava, ainda esperando por algum milagre como os que ouvira contar quando era menina nas histórias sobre a vida dos santos.

Mas o milagre não apareceu.

— Deus me machucou muito — declarou Concha, com lágrimas nos olhos.

A senhora lhe ofereceu um lenço. Limitou-se a esperar, a ficar ali, a seu lado, sem parar de olhá-la. São raras as pessoas que se atrevem a olhar a dor alheia nos olhos.

— Não creio que esse seja o Deus de que seu coração precisa — disse, finalmente, quando Conchita se acalmou um pouco. — Eu acredito que Deus não nos odeia nem quer nos castigar. Exatamente o contrário: é generoso e ama a todos igualmente, sem distinguir nossa origem nem nosso sexo. Ele não quer nos roubar aquilo que mais amamos, mas nos lembra que os vivos estão muito mais perto dos mortos do que podemos imaginar. Não a consola saber que seu filho também não tenha ido embora de todo? Que vive dentro de você, no lugar mais profundo de seu coração?

A impressão que essas palavras lhe causaram cortou as lágrimas da desconsolada ama de leite.

— Não se assuste, Conchita. Não estou louca, como alguns dizem. E não estou falando de fenômenos estranhos. Essas são as coisas em que alguns livres-pensadores acreditam, embora muitos não estejam de acordo e por isso nos ataquem. — Ela fez uma pausa, bateu no colo com as palmas da mão e continuou: — Você sabe o que vamos fazer? Vou convidá-la um dia desses para assistir a uma de nossas reuniões, e assim poderá julgar por si mesma. Precisa perder o medo de pensar e ter um pouco mais de consideração por si mesma. E agora, se não quiser perder inteiramente a aula de hoje, voltemos às consoantes labiais. Está ficando tarde!

Transcorridas algumas semanas, também durante outra das aulas, a senhora anunciou:

— Na próxima terça-feira, à noite, haverá um encontro espírita no teatro Calvo-Vico. Se você acha que poderá se interessar pelo que trataremos lá, lhe dou permissão para tirar uma noite de folga.

Concha nunca havia conhecido ninguém que cumprisse o que prometia. E, naturalmente, nunca pisara em um teatro.

— E quem cuidará do menino? — perguntou, com o olhar assustado.

Amadeo dependia totalmente dela e à noite costumava acordar pedindo para comer.

— Você estará de volta antes disso — assegurou-lhe a senhora.

— Mas não tenho nenhum vestido apropriado — acrescentou Concha, procurando novas desculpas.

— Você está muito bonita com seu uniforme. E não será, lá, a única uniformizada.

— As criadas vão a essas reuniões?

— Claro que sim, mulher. Homens e mulheres de qualquer condição participam delas. Você não se lembra do que eu lhe disse sobre a igualdade entre as pessoas?

Nada daquilo entrava na cabeça de Concha: como podiam achar que eram iguais em alguma coisa? Ela, uma pobre analfabeta que a única coisa que fizera na vida havia sido passar fome, e Maria del Roser, uma senhora distinta, elegante e respeitada por todos? Como a senhora não encontrava palavras para arrancar os equívocos daquela cabeça teimosa, limitava-se a negar com a cabeça sem parar.

— Tanto faz, Conchita, você irá na terça-feira ao teatro Calvo-Vico — decidiu — e descobrirá que o importante de cada um de nós não é o que mais resplandece.

Quase a contragosto, como uma mãe que abandona o bebê pela primeira vez, Concha tirou a folga, mas só após ver que Amadeo jantara e dormia satisfeito. Para a ocasião, havia passado seu melhor uniforme e lustrado seus sapatos de sair. Achou apropriado exibir também a medalha de ouro da Virgem de Montserrat, pois assim, se alguém a reconhecesse, ficaria sabendo que sua senhora era generosa em dobro. Prendeu-a, bem visível, no casaco que ela mesma havia tecido com vários fios de uma delicada lã azul-marinho que dona Maria del Roser lhe dera como presente de aniversário.

Com tantas providências e o tempo que levou para caminhar até a Gran Vía, Concha chegou quando a reunião já havia começado. Ficou impressionada com a fachada do edifício, iluminada por luzes elétricas. Diante da entrada, vagavam alguns indecisos. Em um lado da porta principal, avistou grandes letras anunciando o "Encontro Espírita" e, no outro, o anúncio de uma bem-sucedida zarzuela que naqueles dias estava em cartaz e da qual já tinha ouvido falar. Chamava-se *Señoritas toreras*.

Seus passos rangeram ao atravessar o umbral. A sala principal do teatro era toda feita de madeira e as poltronas forradas com veludo cor de sangue. Ainda não haviam adotado as modernas luzes incandescentes, e as lâmpadas funcionavam a meio vapor, criando um ambiente misterioso. A ama de leite procurou um assento livre e encontrou um muito perto da porta, na penúltima fila. Aterrorizava-a a ideia de chamar atenção e muito mais a de incomodar alguém. Uma vez sentada, ela se livrou como pôde do xale de lã e do chapéu, respirou fundo para acalmar os nervos e só então conseguiu prestar atenção no que estava acontecendo naquele lugar.

No palco, uma senhora que usava um chapéu elegante falava com uma segurança espantosa:

— Acreditem: nossas ideias vão abrindo caminho. Há quatro décadas, não teríamos conseguido reunir neste local vinte pessoas. Vejam quantos somos hoje.

De fato, a sala estava cheia. Restavam apenas uns poucos assentos livres, que os retardatários iam ocupando. Ao lado de Conchita, um cavalheiro ouvia com atenção. Havia muitos outros homens espalhados pela sala, embora o número de mulheres fosse superior. E entre estas havia aquelas que, como ela, vestiam o uniforme de serviço de alguma boa casa, mas também operárias, com seus lenços amarrados debaixo do queixo e suas mantas de lã jogadas nos ombros, e homens que levavam nas mãos seus bonés azuis com viseiras ao lado de outros que sustentavam nos joelhos uma cartola. Havia damas que usavam chapéu, cuja condição social era difícil decifrar naquela penumbra, e várias pessoas vestidas humildemente. Nas filas mais próximas do palco estavam as mais elegantes, embora se vestissem sem ostentação e ouvissem as palavras da oradora com o mesmo interesse de todos os demais, como se fosse verdade aquela história de que ali não havia distinção entre uns e outros.

Depois dos aplausos, a mulher do chapéu anunciou o próximo palestrante: o visconde de Torres-Solanot. A simples menção de seu nome foi muito aplaudida, e por isso Concha pensou que devia ser alguém importante em toda aquela questão do espiritismo. O visconde era um senhor gordo, de bigodes pontiagudos e voz de barítono. Seu discurso foi breve e se limitou a festejar a presença de tantas pessoas e a declarar a reunião aberta. Em seguida se apresentaram duas cantoras, que interpretaram belas canções sem que Concha entendesse uma única palavra, pensando que era por terem sido compostas em algum idioma estranho. No entanto, se emocionou muito ao ouvi-las — afinal, a música é uma linguagem entendida no mundo inteiro — e teve de se esforçar para não começar a chorar. Estava nesse estado quando dona Maria del Roser foi convidada a subir no palco, e ela a aplaudiu até ficar com as mãos doendo. Não foi a única a fazê-lo, mas a última a parar.

Em seu discurso, a senhora desfiou a história da estranha ciência que os reunia ali, disse algo sobre o materialismo que tentavam combater com ideias e crenças inovadoras e falou do amor fraterno e da salvação das nações. Fez muito sucesso, a julgar pela ovação que ainda soava quando desceu e se dirigiu ao assento.

Então houve um recital de poesia, novas apresentações musicais e um discurso de encerramento repleto de palavras que Concha não compreendia, pronunciado por um senhor chamado dom Miguel Vives. Quando todos já acreditavam que a reunião havia terminado, o visconde voltou a subir ao palco, pediu silêncio com sua voz tonitruante e fez um anúncio surpreendente:

— Queridos amigos, hoje temos uma surpresa muito especial para vocês. Por gentileza de um de nossos sócios, o respeitado senhor Eduardo Conde, tivemos recentemente o privilégio de conhecer um jovenzinho que, apesar de sua pouca idade e de sua condição humilde, tem um inegável talento para a ciência espírita. Estou certo de que ouviremos falar muito dele, pois possui um dom prodigioso e por isso mesmo já se transformou em um de nossos faróis. Hoje queremos convidá-lo, com muito orgulho, a ocupar esta tribuna e a dissertar diante de todos nós acerca do significado que nossas ideias têm para ele. Senhoras e senhores, tenho a honra de lhes apresentar, em sua primeira aparição pública, Francisco Canals Ambrós.

Os aplausos explodiram ao redor de um rapaz que devia ter pouco mais de 20 anos. Era espigado, tinha cabelos castanhos abundantes, lábios grossos, olhos tristes e faces rosadas. Seu aspecto não combinava com a grandiloquência da apresentação que o precedera. Ele usava um paletó enorme para seu corpo, e seus movimentos eram titubeantes.

No entanto, quando abriu os lábios, pela primeira vez aquela extrema insegurança pareceu se dissipar. Ele se referiu primeiro ao espiritismo como moral, ciência e filosofia, e afirmou que a comunicação com o além e a reencarnação eram fatos demonstrados. Falou durante muito tempo e disse muitas coisas — para Concha algumas eram difíceis de memorizar e outras de fato incompreensíveis —, sem tropeçar uma única vez nem trocar uma sílaba. Deixou o público tomado de emoção e, quando terminou, recebeu aplausos e elogios unânimes.

O senhor que estava sentado ao lado de Conchita foi o único a permanecer impassível. De repente, ele olhou para ela e perguntou, enérgico:

— A senhorita gostou do que esse jovem disse?

— Sim — sussurrou ela, um pouco perturbada por estar conversando com um desconhecido. — O senhor não?

— Muito. Mas não aplaudo porque não é ele quem fala — respondeu.

— Quem fala, então? — inquiriu, desconcertada.

O cavalheiro levantou uma das mãos em gesto professoral, apontou o palco e disse, cheio de convicção:

— É muito claro, senhorita. Por sua boca se expressa um espírito superior desprendido de seu invólucro material.

Dito isso, o senhor se levantou, fez uma reverência à ama de leite, pediu permissão para sair e foi embora antes que o público abandonasse em massa o recinto.

Naquela noite, Concha quase não dormiu pensando no que vira e ouvira. De manhã, mais serena, agradeceu muitas vezes à senhora pela oportunidade que lhe dera. Ela estava muito interessada em saber suas impressões. Atropelou-se tanto ao responder que dona Maria del Roser precisou intervir:

— Você precisa de tempo para assimilar tantas novidades, Conchita, mas deu um primeiro passo muito importante — foram suas palavras, antes de anunciar: — Eu a avisarei quando organizarmos outro encontro, para que você possa dar continuidade a sua formação. O espiritismo precisa de entusiastas como você.

Quando, na quarta-feira seguinte, às três e meia da tarde, começaram a chegar os convidados de cada semana, alguns pareceram a Concha mais familiares que de costume: o visconde Torres-Solanot, a oradora do chapéu, dom Miguel Vives e até o jovenzinho que deixou todos boquiabertos com seu dom de oratória. Este, diferente dos demais, era a primeira vez que via na casa.

De: Violeta Lax
Data: 15 de março de 2010
Para: Valérie Rahal
Assunto: Recuperar o tempo perdido

Olá, mamãe,

Vou logo avisando que este vai ser um e-mail longo, desses que tanto lhe agradam e que nunca escrevo. Nunca havia me ocorrido que esta poderia ser uma via de comunicação entre nós duas, mas agora que a descobri, que tenho tempo e que estou a muitos milhares de quilômetros de distância, não penso em desprezá-la. Sei, além disso, que você fica feliz quando conto muitas coisas. E, embora não acredite, gosto de contribuir, nem que seja um pouco, para sua felicidade.

Você sabe que eu nunca quis vender o apartamento de Barcelona que vovô deixou para mim. Aluguei-o durante alguns anos. Depois ele ficou vazio e o mantive assim, como um lugar ao qual poderia voltar se tivesse necessidade; um espaço onde pudesse permitir que as lembranças acumulassem poeira. Eu sempre soube que acabaria voltando.

Na primeira noite, tive que vencer o nojo antes de deitar na minha velha cama. Como a máquina de lavar não funcionava — seria um milagre se funcionasse —, precisei me conformar em sacudir os lençóis no balcão. Mesmo assim dormi vestida, com um casaco inclusive. O incômodo afugentou a nostalgia das minhas primeiras horas em Barcelona e me obrigou a me perguntar se aquela de fato seria a mesma cama dos meus 25 anos. De repente, achei incrível ter sido capaz de dormir acompanhada em um espaço tão estreito e me questionei o que tinha se quebrado: a cama ou meu romantismo. Sim, já sei que, em teoria, você não sabe nada das minhas aventuras amorosas, pois tratei de escondê-las bem, mas suspeito que sempre imaginou haver algo — ou alguém — nesta cidade que me retinha muito mais que as pesquisas sobre vovô.

Gostaria de contar a você. Me libertar de uma vez por todas da pesada condição de filha. Você também não gostaria de se despir do papel de mãe, nem que fosse por um momento? Temo que essa minha história não seja adequada para mães.

Mas eu estava falando da cama.

O fato é que a joguei fora e comprei outra, duas vezes maior. Não me livrei da nostalgia, eu já sabia que isso não seria tão fácil. Ainda não.

Bem, vamos ao ponto: papai chegou ontem.

Sua saudação, ao me ver, foi:

— Como sua aparência está péssima, minha filha, você está horrível!

Ou seja, ele continua o mesmo de sempre.

Eu lhe disse que quase não havia dormido, mas não entrei em detalhes. Ele só trazia uma pequena mala. Perguntei se essa era toda a sua bagagem.

— Meus comprimidos, uma muda de roupa e a escova de dentes. Se precisar de mais alguma coisa, eu compro — respondeu. — Essas companhias aéreas baratas perdem tudo, não quis correr o risco.

Estranhei que viesse sozinho, porque você havia me dito que estava com uma nova amiguinha.

— Amélie vai chegar na quinta-feira — antecipou-se ele. — Ela tinha coisas a fazer. Não podia partir assim tão de repente.

Não tenho a menor ideia de quem é Amélie nem me lembro se você me contou. Suponho que vá ser mais uma dessas senhoritas passageiras que ele chama de "minha assistente" e nunca duram mais de uns poucos meses, não é mesmo?

Como sei que é do seu interesse, posso dizer que achei que papai está melhor do que nunca. Ele está bem de saúde e tão sedutor como sempre. Havia acabado de descer do avião e seu aspecto era o de um dândi em roupa de passeio: sapatos engraxados, o vinco das calças bem-definido e um paletó de couro macio sobre os ombros. Esse tipo de peça caríssima e feita sob medida que nele sempre parece informal. Conserva a floresta de cabelos grisalhos, o bigode negríssimo — quero dizer: continua pintando — e o porte elegante. Sei que parece um pouco estranho dizer isso a você, mamãe, mas não acho estranho que ele a tenha enganado. Apesar da idade, continua arrebatador.

A única coisa que mudou nele foram suas dimensões. Seu corpo não é tão compacto e lembra um pouco uma fruta que foi deixada para secar. Será que abandonou a ginástica? No resto, é o mesmo de sempre. Se prende a qualquer ninharia, não deixa passar nada, faz piadas sobre qualquer coisa. O piso espelhado do novo terminal do aeroporto, por exemplo:

— Estou ficando enjoado! — exclamou. — As mulheres não se queixam? Sim, isso aqui é um deleite para os voyeurs!

Não consigo evitar, mamãe: ele continua me deixando doente com a mania de colecionar anedotas. Reconheço que ele é engenhoso e sabe atrair as pessoas, mas minha teoria é de que essa é sua maneira de evitar conversas sérias, onde mais cedo ou mais tarde se acaba falando de assuntos pessoais, terreno que, para ele, é um campo minado. Uma conversa com meu pai, você bem sabe, sempre consiste em uma sucessão de assuntos banais, cada um mais divertido e disparatado que o outro. E, quando o anedotário termina, ele pede a conta.

Por cortesia, perguntei se queria se hospedar em minha casa. Eu tinha esquecido que papai nunca fica na casa de ninguém.

— Fiz uma reserva no Le Meridien, como sempre — respondeu, indiferente. — Não quero perder nem um minuto nas Ramblas.

Nesse momento me lembrei de você, mamãe. De umas palavras suas, ditas há muito tempo:

— Seu pai não suporta a ideia de ter que se adaptar à vida de ninguém.

Você se lembra de quando disse isso? Aposto que não! Vou refrescar sua memória. Foi na primeira vez que você conversou seriamente comigo, sem condescendência, cara a cara. Estávamos no carro, diante daquela casa que papai havia alugado em Hendaya, você estava prestes a partir e eu iria passar as primeiras férias da minha vida com ele. Acredito que tenha sido sua maneira de me avisar o que me esperava.

Parece que estou vendo você. Usava uma blusa vermelha e os cabelos soltos sobre os ombros.

— Modesto nunca fez isso por nenhum ser vivo, nem sequer durante os dois aninhos que durou nossa convivência. Simplesmente ninguém ensinou a ele como viver com outra pessoa. Até me conhecer, Modesto sempre viveu sozinho. E agora que eu não estou mais com ele, sempre vai estar só.

Foi o que você disse. Suas palavras foram gravadas a fogo em mim. Suponho que porque me dei conta de algo que o passar do tempo confirmou. De alguma maneira, o reencontro com Modesto, sua negativa em se hospedar em minha casa e meu alívio imediato foram um aviso, tanto tempo depois: sou igualzinha a ele. Eu também vou estar sempre sozinha, mamãe, sempre estive. Sou incapaz de me adaptar à vida de outra pessoa. A única diferença entre nós é minha capacidade de dissimular e fazer sacrifícios. Embora isso, como quase tudo que nos obriga a realizar um esforço enorme, não possa ser mantido por muito tempo. Algum dia meus filhos vão me reprovar, e terão razão.

Eu estava pensando em tudo isso quando papai me surpreendeu com uma pergunta típica dele:

— Eles vão nos manter ocupados o tempo inteiro? A polícia, quero dizer.

Respondi que não tinha a menor ideia.

— Tenho uma porção de coisas para fazer — acrescentou.

Comecei a temer o que iria acontecer: papai achou que sua visita a Barcelona era como uma escapadela de fim de semana. Creio que nem por um momento ele imaginou que a situação pudesse ter alguma gravidade.

Acompanhei-o até a recepção do hotel, onde entrou como se fosse sua própria casa.

— Modesto Lax Brusés — enfatizou, golpeando levemente o balcão com sua mão repleta de anéis.

E, quando o empregado foi lhe pedir um documento para fazer o registro, ele se adiantou, autoritário:

— Procure no computador. Sou cliente habitual.

Como você deve imaginar, eu não conseguia parar de rir. No fundo, ele parece uma criança, com seus ares de grandeza.

Deram-lhe um quarto com vista para a rua Pintor Fortuny.

— Maravilhoso! — festejou assim que entrou, afastando as cortinas da janela. — Essa noite vou trocar ideias com os fantasmas das moças do El Siglo! Pelo visto elas eram belíssimas.

O rapaz que nos acompanhava e eu nos olhamos, achando graça. Recebi a explicação com exclusividade, quando ficamos a sós, embora já conhecesse parte da história: exatamente nesse lugar foram construídos os primeiros grandes armazéns da cidade, que foram também os primeiros da Espanha. Segundo papai, tão afeito às grandiloquências, era uma coisa de outro mundo. Foram chamados de Grandes Almacenes El Siglo. Pegaram fogo nos anos 1930. Não restaram nem os alicerces. Foi um acontecimento tão grave que a prefeitura aproveitou para reurbanizar a região. Limparam parte do espaço liberado pelo fogo para abrir uma passagem entre a rua Pintor Fortuny, antes sem saída, e as Ramblas.

— São aqueles que a família Conde administrava, suponho. Vovô pintou alguns deles. *Retrato de dom Octavio Conde em seu gabinete do El Siglo*, um retrato magistral, você se lembra? Faz parte de uma coleção particular, mas consegui fazer com que passasse alguns dias em Chicago, na minha exposição de retratistas.

— Claro! — exclamou papai. — Sempre me esqueço que estou lidando com uma autoridade internacional! Exato, são esses. Os que a família Conde administrou.

Perguntei a ele se havia morrido muita gente no incêndio.

— Ninguém, que eu saiba. Na verdade, morreu um sonho coletivo. Era um lugar mítico.

Eu quis saber de seus planos para aquele dia.

— Nada de especial. Comerei por aqui. *Ramblejaré*.

Ele disse assim, em catalão. Você sabe: é um verbo muito barcelonês, que designa o passeio sem rumo pela famosa avenida.

Perguntei se gostaria que jantássemos juntos. Ele pareceu aceitar por obrigação. Típico de papai: três anos sem nos vermos e se comporta como se estivesse cansado de mim. Tive que ficar séria, dizer que precisávamos conversar, mesmo que fosse só para nos prepararmos um pouco para o interrogatório que aconteceria no dia seguinte com o sargento dos Mossos d'Esquadra.

— Se preparar para o interrogatório? Nem se fosse para um concurso — brincou.

Comecei a falar do que havia sido encontrado atrás do afresco de Teresa. Eu disse que gostaria de conhecer sua teoria a respeito. Ele saiu pela tangente:

— Teoria é uma palavra muito retumbante. Não é uma coisa que eu use.

— Ora, sua opinião — insisti, apresentando-lhe de novo a questão. — Você acha que pode ser alguém da família?

Eu me recusava a acreditar que papai não tivesse pensado nisso. Que não tivesse chegado à mesma conclusão que a gente. A mera referência ao assunto pareceu deixá-lo muito aborrecido.

— Depois, filha, depois. Não me aflija com isso agora. Me deixe desfrutar minha chegada — protestou, tirando os sapatos.

Falei claramente. Disse a ele que, por mais que evitasse o assunto, mais cedo ou mais tarde teria que pensar nele.

— Mais tarde é muito melhor, Violín. Não vamos jantar juntos? Vamos fazer a digestão conversando sobre isso!

Ele deu meia-volta e se trancou no banheiro. Você bem sabe: é sua maneira de dizer "assunto encerrado".

Você me conhece. Eu não sei discutir. Fico petrificada e daí à resignação é um passo. No entanto, devo reconhecer que admiro essa capacidade de papai de não sofrer por nada. Sempre desejei encarar a vida como algo sem importância.

De modo que, pelo menos uma vez, fiz o que ele queria que eu fizesse.

— Vou me arrumar um pouco, papai. Essa noite vou jantar com um homem lindo — falei a ele.

Sua voz não acusava nenhuma contrariedade quando respondeu:

— Que coincidência! Marquei um encontro com uma garota impressionante.

Fiz uma pausa para pensar em como poderei contar a você o que vem a seguir, mamãe. Nunca conversamos sobre a "temporadinha" que passei com papai. Nunca em detalhes, pelo menos. Coloco essa palavra, que aprendi a detestar, entre aspas, porque foi você quem a usou naquela época: eu passaria uma "temporadinha" com papai em Avignon enquanto você e Jason abriam seu restaurante espanhol na Filadélfia. Depois a "temporadinha" se prolongou por dois anos em que me senti a pessoa mais infeliz do mundo. Odiei muito você naquela época, e de muitas maneiras. Odiei você por ter se apaixonado pelo nosso atraente professor particular de inglês, odiei você por não ser correspondida e também porque se atreveu a se casar com ele. Odiei você por não ter me incluído em seus planos durante 24 intermináveis meses, enquanto se instalava nos Estados Unidos e vivia sua merecida lua de mel com Jason. Sei que nunca fui uma criança fácil, que com 14 anos eu tinha me tornado intratável, que você merecia ter seu espaço e seu tempo, que gostei muito de aprender francês e conhecer outra realidade... Embora tenha levado mais de vinte anos para entender tudo isso. Na época, eu via as coisas de outra forma.

Naquele momento eu tinha 14 anos, não falava bem francês, não tinha facilidade para me adaptar a lugares e pessoas novas, arrastava dolorosas nostalgias da minha Barcelona natal, na escola não tinha sorte com os meninos e ainda menos com as amigas e, como se não bastasse, dividia a casa com uma espécie de ermitão que só me dirigia a palavra para falar de coisas estranhas. E eu estava precisando de um pai. Alguém que me ouvisse, que me suportasse, que de vez em quando se irritasse comigo. Não de um anacoreta e, menos ainda, de um conferencista.

Modesto Lax Brusés, o homem alheio. É verdade que nossa relação nunca foi muito próxima. A única lembrança da infância que guardo dele está associada à morte de vovô e à alegria de passar o Natal com vocês dois enquanto ele providenciava os papéis. Durante esses dois anos, aprendi a conhecê-lo. E também a amá-lo, embora minha infância inteira tenha transcorrido sem ele, assim como o restante da minha vida. Compreendi o que você me disse tantas vezes: "Amar seu pai significa aprender a não precisar dele." E, quando o conheci um pouco melhor, dei de novo razão a você, quando dizia: "O maior problema de Modesto é que a vida o entedia." Agora acredito que você sabia muito bem o que pretendia quando me deixou em Avignon. Se não tivesse feito isso, meu pai e eu nunca teríamos nos dado conta de que somos idênticos.

Minha primeira grande descoberta foi perceber que a única coisa rotineira que não deprimia Modesto eram os livros. No mundo acadêmico, ele se movia como um peixe na água, talvez porque fosse o único ambiente em que seu brilhantismo e sua curiosidade eram imediatamente recompensados. De vez em quando, colocava a cabeça no mundo real para coletar curiosidades, anedotas que pudessem impressionar os alunos, as plateias de suas conferências ou os amigos que convidava para jantar muito tarde a cada noite. Aprendi que a única coisa da realidade que ele julga interessante é aquilo que a desmente.

Em nossa vida em comum, meu pai não alterava nem um pouco seus hábitos. Nos encontrávamos na biblioteca. Eu costumava passar horas lá, procurando tesouros perdidos. O isolamento como fuga e a independência como filosofia: aí estão os dois legados mais importantes que Modesto deixou para mim.

Quando você me ligou para anunciar que seu novo restaurante estava funcionando maravilhosamente e que meu quarto estava pronto, papai correu e comprou uma passagem para a semana seguinte, com urgência — acredito —, com uma pressa que eu compartilhava: a de se livrar de mim. Quando ele me deu um beijo de despedida — na testa — à porta do táxi que me levaria ao aeroporto, descobri que tínhamos a mesma expressão de alívio. O restante você sabe, mais ou menos: demorei muito para voltar à casa dele e mesmo assim como hóspede e nunca por mais de uma noite. Você conhece a máxima: "Na casa dos pais, só de visita."

No entanto, à distância Modesto foi um pai exemplar. Sempre senti que ele ficava feliz de verdade com minhas conquistas. Ele se lembrou de mim muitas vezes e demonstrou isso me transformando em destinatária daqueles divertidos cartões-postais que manda para todo mundo. Tenho centenas, assim como você. Às vezes penso que minha biografia, dos 16 anos até agora, está muito bem contida neles. Há pouco me propus procurá-los e classificá-los. Coloquei-os em uma pasta de arquivo, por ordem cronológica. Após estudar muitos os anversos, que nunca correspondem a nenhum ponto turístico, mas a alguma daquelas coisas estranhas de que papai tanto gosta, resolvi organizá-los de modo que pudessem ser lidos sem necessidade de serem retirados. A caligrafia de Modesto é sempre clara como a de um colegial. Guardo alguns na memória.

Nunca me atrevi a dizer a ele que gosto do fato de seus postais terem me perseguido por meio mundo. Na época em que vivi em Londres, eles não paravam de chegar. O primeiro dizia: "Voltamos a estar no mesmo continente, mas separados por um perigoso trecho de oceano. Vou começar a achar que você faz isso de propósito." Ele enviou um a Barcelona, ao apartamento que vovô me deixou de herança: "Uma casa não é inteiramente sua até você receber a primeira carta. Bem-vinda a sua nova casa, Violín."

Já na minha adolescência, papai me chamava assim: Violín. Isso me tirava do sério. Como os filhos são bobos, às vezes.

Ele não se mostrou muito entusiasmado quando comecei a investigar a obra de seu pai, mas diria que ficou alegre: "Você tem todos os ingredientes para se transformar na maior especialista na obra de Amadeo Lax do mundo. Inclusive a teimosia e os genes, que são a mesma coisa", me escreveu em um postal, atrás da fotografia de uma rã. Era o ano de 1995. Eu tinha um espírito independente e ele era um espectador comprazido. Não concordou muito quando anunciei que ia voltar para os Estados Unidos: "É uma pena que abandone Londres agora, mas suponho que, se está fugindo dessa cidade que ama com todas as forças, é porque tem seus motivos", escreveu.

Fugi. Exatamente. Ele foi a única pessoa que se deu conta. A única que se atreveu a me dizer.

Quando, pouco depois, escrevi a ele para contar que me ofereceram um trabalho no Art Institute de Chicago, papai me mandou a fotografia de um relógio de areia e esta mensagem: "Os mortos têm muito tempo e uma paciência infinita. Seu avô pode esperar. *Carpe Diem.*"

Você está vendo, ele acertou a profecia. Os mortos estavam me esperando.

Desci para comer alguma coisa. Vamos, prometo não ficar reflexiva até a próxima mensagem e terminar de contar a você o reencontro.

Achei que papai gostaria de recuperar os sabores da terra e fiz uma reserva no Quo Vadis. Saímos do hotel e fomos passeando, bem-vestidos e felizes como um casal de namorados.

Quando chegamos, ele examinou o cardápio, avaliou os produtos naturais sugeridos, contou que ultimamente só compra verduras pela internet, criticou a má alimentação dos seus estudantes e, de passagem, a comida da universidade, e acabou pedindo uma sopa de cebola e uma salada, como se uma coisa o tivesse levado naturalmente à outra.

Eu, que não havia aberto a boca até então, pedi verduras na brasa e ovos.

Ele mudou de assunto. Perguntou pelas crianças. Comentou que deviam estar bem maiores. Para provar, mostrei as fotos de Iago e Rachel.

Papai procurou os óculos, olhou as fotos com calma e soltou:

— Tenha cuidado. Um dia esse seu Iago vai encontrar sua Desdêmona.

A chegada da sopa de cebola deu um novo ritmo à conversa. Como se quisesse homenagear as comilanças do mundo, ele lançou uma de suas perguntas-preâmbulo:

— Você sabe me dizer qual é o país que mais consome sopa na Europa?

É claro que eu não sabia dizer. Alguém sabe uma coisa dessas? Você foi capaz, alguma vez, quando eram casados, de responder a uma única de suas perguntas?

— Polônia — respondeu, triunfal. — Os poloneses tomam dois pratos de sopa por dia. Cerca de 16 por cento dos alimentos que ingerem são sopas. E você pode me dizer como se chama a mais famosa? — Um silêncio teatral, combinando com seus risinhos pícaros. E depois, o desenlace: — "A tentação de Jackson"! Um nome interessante, não é mesmo? Não apenas para uma sopa, mas também para um bar ou uma peça humorística... Ou, melhor ainda, um drama expressionista? Ora, precisaria pensar. O fato é que a receita leva batatas, cebola gratinada e arenque. Uma mistura muito restauradora! Ah, é feita no forno, como essa que estou tomando.

Eu não me dei por vencida. Lembrei que precisávamos conversar sobre o que havia acontecido. A múmia.

Ele suspirou longamente, dando a entender que preferia falar de sopas a de múmias.

— Está bem, vamos falar da múmia.

Perguntei se antes da minha ligação papai havia ouvido falar alguma vez da despensa.

Negou com a cabeça, lacônico.

Perguntei por sua mãe. Meu coração batia muito depressa. Eu sabia que estava entrando em uma zona com areia movediça.

— Você se lembra de alguma coisa a respeito de vovó ou do momento em que vovô pintou o afresco?

Papai negou de novo com a cabeça.

— Você devia ter 4 anos — acrescentei. — Seria estranho, mas você poderia ter alguma lembrança.

— Acho que eu ficava o tempo todo com Concha. Meus pais preferiam não se envolver.

Eu me animei a continuar:

— Papai, você sabe me dizer qual é a sua lembrança mais antiga? Você poderia chafurdar um pouco em sua memória?

Ele suspirou.

— Não faço a menor ideia. Com esse meu jeito avoado, certamente perdi a lembrança há muito tempo. Minha memória é como a gaveta de baixo. — Papai riu, mas seu sorriso pareceu forçado. — Tudo que não tem onde se colocar, termina lá.

— Seria muito útil se você se lembrasse de alguma coisa.

— Útil para quem?

A julgar por sua atitude, nada daquilo lhe interessava nem um pouco. Ele afastou a tigela de sopa, cruzou os braços. Olhou-me, como se estivesse se perguntando, despreocupado: "O que vem agora?"

Voltei ao único assunto possível:

— A polícia quer saber se você tem fotografias.

— Fotografias de quê? De Teresa? Só conheço uma, que foi publicada em uma biografia sobre seu avô, na coleção *Gent Nostra*. Está lembrada? Era uma coleção de brochuras centradas em diversas personalidades da cultura e da política catalãs. Uma das edições foi dedicada a Amadeo Lax. Certamente esteve em suas mãos alguma vez. E depois havia aquela outra — apertou os olhos —, uma onde eu apareço. Eu não enviei a você, há alguns anos?

Alguma coisa se iluminou em minha mente. Não apenas me lembrei de certa vez ter comprado no mercado de Sant Antoni um exemplar dessa biografia como onde poderia estar.

— Para que eles querem fotografias de Teresa? — perguntou.

— Dizem que seriam úteis para as investigações.

— Investigações? — Ele deu uma risadinha incrédula. — Estão mesmo brincando de polícia e bandido depois de tanto tempo? Eles não têm nada melhor a fazer?

Perguntei se não ele não tinha interesse em conhecer a verdade.

— Que verdade?

— A dessa mulher. A morta.

Papai martelou na mesa com seus dedos de unhas perfeitas, de manicure, olhou ao redor, estalou a língua, revirou os olhos.

— Para quê? A verdade vai mudar alguma coisa?

— O passado pode ser mudado — sussurrei.

O segundo prato chegou em meio a um silêncio fúnebre.

Esperei o garçom encher de água nossos copos para perguntar a papai se pensava em me ajudar a recordar algum detalhe ou se só estávamos perdendo tempo.

— Temo que ninguém jamais se preocupou com o que eu pudesse ou não lembrar. E, em todo caso, agora não interessa mais. O passado é uma múmia, como essa senhora que tanto a preocupa.

Continuei fazendo perguntas, apesar de suas reticências. Papai conhece a obra de vovô, eu sei, ele a estudou profundamente. Seu artigo sobre a simbologia dos fatos nos retratos de Teresa é citado em todos os lugares como uma obra de referência. Perguntei se pelo menos me ajudaria a procurar pistas nos quadros.

— Que tipo de pistas?

— De qualquer tipo. Os quadros podem nos dizer a verdade.

— A arte pode dizer qualquer coisa — disse.

Levou uma azeitona à boca, mastigou-a com parcimônia, me observou durante um bom tempo e concluiu:

— Estou vendo que você está levando as coisas muito a sério.

Senti que as palavras que havíamos pronunciado instalavam uma distância incômoda entre nós. Foi impossível — para os dois — recuperar o tom do começo da noite.

Estávamos diante de um café descafeinado quando, fazendo um último esforço, perguntei o que aconteceria se essa múmia fosse sua mãe.

Papai se entretinha em alinhar os intactos envelopes de açúcar na toalha estampada. Sua testa estava franzida, e o olhar, ausente. Aquela expressão dele de profundo desgosto.

— Violeta, o fato de o passado poder mudar não significa que devamos fazê-lo — sentenciou, a modo de veredicto. Ele ergueu uma das mãos para pedir a conta e acrescentou: — É muito tarde. Está na hora de dormir.

Digo o mesmo, mamãe. É muito tarde. Esta cronista se despede. Prometo continuar assim e contar a você tudo com todas as letras.

Um beijo para você e outro para Jason,

VIO

P.S.: Ainda não consegui dar uma olhada no link que você anexou na última mensagem, mas vou fazer isso agora mesmo. Você tem mesmo alguma coisa sobre nosso homem misterioso? Espero que esse blog valha a pena, porque estou morrendo de sono.

Resumo do blog *Um lote no inferno*, administrado por Blackboy

Entrada correspondente ao dia 31 de outubro de 2007

O Santo que nunca foi santo

Em seu túmulo nunca faltam visitantes e, muito menos, flores. Os responsáveis pelo cemitério tiveram que desalojar os nichos vizinhos para abrir espaço para a grande quantidade de ex-votos, buquês e oferendas que recebe diariamente. Seu descanso eterno é o mais procurado do Cementiri de l'Est, o mais antigo de Barcelona. De quem estou falando? Permitam-me lhes apresentar um curioso personagem...

Em vida se chamou Francesc Canals Ambrós. Morreu com apenas 22 anos, em 27 de julho de 1899, dizem que de morte natural. Era de origem humilde, como muitos daqueles que agora o veneram, e trabalhou nos míticos Grandes Almacenes El Siglo, que marcaram toda uma época na cidade. Contam que em vida todos já o conheciam por seu bom coração e por suas boas ações, que se sacrificava com frequência para ajudar os outros e inclusive que possuía o dom de adivinhar a data em que alguém iria morrer apenas olhando seus olhos. Pelo visto, chegou a prognosticar a própria morte. Embora de tudo isso não haja mais provas além do que as pessoas dizem.

O nicho está protegido por um vidro. No interior, uma fotografia mostra como deve ter sido: cândido, meio infantil, de olhar limpo e triste. Às vezes o retrato não aparece, porque seus "fregueses" utilizam o espaço como uma urna e depositam, em seu interior, papeizinhos onde anotaram com cuidado seus mais íntimos desejos. Os empregados retiram os papéis uma vez por mês, mas eles imediatamente voltam a aparecer. É que, segundo dizem, não há desejo que se solicite a Francesc Canals que não seja atendido: tudo que lhe é pedido é concedido. É por isso que as pessoas o veneram como um santo popular e o conhecem, mais que por seu nome de batismo e por seus sobrenomes, por seu apelido: o *Santet*, o Santinho, em catalão.

Aproveito minha visita para ler alguns dos bilhetes mais visíveis. Sei que isso não é correto, mas é difícil resistir. Tem para todos os gostos. Alguns emocionam de verdade: "Quero que meu filho volte a caminhar", "Não quero voltar para a prisão...", "Desejo esquecer María". Alguns não são tão extraordinários: "Trabalhar por conta própria", "Curar minha perna", "Dinheiro", "Sorte e saúde"... E alguns realmente estapafúrdios: "Ver o Moncayo antes de morrer", "Um coelhinho das Índias", "Ganhar o Prêmio Nobel"... Tento adivinhar, me guiando pela caligrafia de cada desejo, a pessoa que o depositou na urna improvisada. Tiro algumas fotos. Quando estou terminando, uma mulher se aproxima com um buquê de flores. Afasto-me para um lado. Ela deposita o buquê entre os demais e reza em silêncio durante uns poucos segundos. Depois, vai embora. Atrevo-me a lhe perguntar se é a primeira vez que visita o milagroso personagem e por que motivo o faz. A resposta me deixa petrificado:

— Venho toda segunda-feira para agradecer a ele pelo que fez e continua fazendo por mim — responde.

Ela não me explica mais nada nem me atrevo a insistir. Deixo-a partir, impressionado. Um gato a observa, imperturbável, de um panteão próximo.

Antes de sair, troco impressões com o zelador do cemitério. Ele me conta que a veneração que as pessoas sentem por *Santet* vem de longe.

— Estou aqui desde 1979. Quando cheguei, isso já era assim. Centenas de pessoas vinham a cada semana fazer desejos e trazer oferendas ao Santet de Poblenou, pois assim o chamam, pelo nome do bairro, como se alguém o fosse expulsar. Li em algum lugar que esse costume começou poucos dias depois da morte dele, quando alguns dos seus companheiros de trabalho visitaram o túmulo e fizeram desejos. Pelo visto, pensaram que, se havia sido tão bom em vida, seria também depois de morto. Seus pedidos foram atendidos e as pessoas passaram a dizer que Francesc Canals fazia milagres. Você está vendo, é assim até hoje. Os milagres não se esgotam. E os necessitados, tampouco.

Pergunto se alguma vez ele recorreu aos poderes do rapaz.

— Uma vez, mas não vou dizer o que pedi.

— Mas pode me dizer se foi atendido?

Ele balança a cabeça, sério, esquivo.

— Sim, fui atendido. E não era uma coisa nada fácil.

Tenho sorte. O homem gosta de falar e hoje não tenho muito trabalho. Eu me diverti muito com a conversa. Ele me conta uma deliciosa crendice.

— Talvez você não tenha percebido, mas há na lápide uma fenda que a atravessa de lado a lado. As pessoas acreditam que, se você ficar olhando para ela fixamente, vai acabar vendo uma luz muito branca no outro lado. É o além, o reino dos mortos. Eu nunca me atrevi a experimentar, porque acredito que é verdade. Conheci pessoas que mudaram de vida por terem olhado para essa luz. Muitos acreditam que esse rapaz já deveria ter sido canonizado. Existem outros santos, como posso dizer, menos profissionais. Ele não falha nunca. Não dizem que para alguém ser canonizado deve ser comprovado que fez cinco milagres? Pois faz tempo que o rapaz cumpriu todos os requisitos. Ora!

Com certeza já fez milhares! O que acontece é que nesse país tudo funciona do mesmo jeito. Os padres não gostam de santos pobres. Tanto faz você ser um instrumento de Deus na Terra e que todos o adorem. Por que vão pensar na gente, nas pessoas humanas? Eles não se dão conta de nada. Eu digo isso a todo mundo, para que fique claro de uma vez: esse garoto é santo, um santo à medida do povo, socialista, público, independente! E o era já quando nasceu, e é evidente que quando estava vivo não parava de demonstrar isso, e sabe o que dizem, não?: que por suas obras os conhecereis. Pois então. Que merda estão esperando para mandá-lo ao céu e nomeá-lo santo oficial? Não veem que lá de cima ele nos ajudaria muito mais que agora? Não veem que ele merece uma coroa dourada, um altar em uma igreja, um dia no calendário e ser nomeado padroeiro dos trabalhadores de todos os grandes armazéns do mundo?

IX

Na quinta-feira, 9 de abril de 1925, contrariando seus hábitos e acompanhada de sua irmã menor, Tatín Brusés fez uma visita a Maria del Roser Golorons.

— Você vai compreender, querida, que eu só podia tratar desse assunto tão incomum pessoalmente — declarou, deixando-se cair sobre o veludo amarelo, envolta em uma nuvem de perfume de rosas, as pernas sedosas cruzadas com elegância, nos lábios um sorriso quase desdenhoso e nas mãos e nas orelhas um conjunto de rubis que mataria de inveja mais de uma, embora não sua anfitriã, com certeza.

Ao lado da sofisticação de Tatín, a expressão discreta de sua acompanhante se destaca, irremediavelmente, na cena. É Teresa, a caçula dos sete descendentes que os Brusés deixaram no mundo. Quer causar uma boa impressão, mas seus olhos percorrem a sala de um lado a outro, talvez como ela própria faria se não tivesse que manter a pose. A viúva Lax sabia dela por um retrato que lhe fez seu Amadeo alguns anos antes, quando ainda usava calças curtas, mas teve uma grande surpresa ao vê-la aparecer transfigurada em uma jovem de beleza perturbadora e expressão triste.

As duas irmãs se assemelham em muitos dos traços. Compartilham os cabelos loiros encaracolados, os olhos claros — embora os de Teresa sejam maiores e de um azul mais intenso — e a delicadeza das maçãs do rosto e do queixo. No entanto, com exceção dessas coincidências, elas são bem diferentes. Tatín tem um corpo compacto, retilíneo, o pescoço grosso e as mãos e os pés muito grandes. Teresa é exatamente o contrário. Seu corpo é fino e belo e possui um ar de fada infeliz que a torna irresistível. Vendo as duas lado a lado, Tatín parece uma versão mais tosca da mesma obra, como se o escultor tivesse ensaiado com ela para depois se esmerar na execução definitiva.

— Você está vendo, Tessita — diz Tatín Brusés, com o estilo direto que costuma usar em qualquer ocasião —, a senhora Lax a compreende e vai nos ajudar.

A irmã menor não parece muito alegre. Ela continua observando tudo, silenciosa. Tem um sorriso apagado desenhado nos lábios. Parece uma flor esperando a primavera.

A entrevista acontece a essa hora da tarde em que o sol doura os ambientes e reveste tudo com uma pátina de sensualidade. Para o fenômeno poder ser apreciado em todo seu esplendor, a viúva Lax mandou recolher as cortinas cuidadosamente e colocou suas convidadas de perfil para as janelas. A lareira está apagada, e o "Tannhäuser" de Wagner confere ao gramofone um romântico protagonismo.

A escolha da música foi uma das decisões difíceis da tarde, após um cocheiro deixar um cartão manuscrito pela própria Tatín, anunciando sua visita com a intenção de tratar de "alguns assuntos muito delicados". Em meio aos preparativos, a senhora achou de repente que no salão havia muitos tapetes de crochê e mandou retirá-los depressa enquanto Conchita enumerava a discografia disponível, porém nada agradava à viúva Lax. Nem a "Ave Maria" de Schubert ("muito beata para esta hora"), nem Carlitos Gardel em "Pobre mi madre querida" ("como são tristes estas canções modernas!"), nem "El relicario", de Meller ("não, não, nessa todas são morenas e ela é loura como o ouro, pode até se ofender"), nem "La Santa Espina" ("Jesus! Tire isso agora mesmo! É possível que, desde que Primo está mandando, não colocamos música?"). Quando Concha encontrou o "Tannhäuser", a senhora conseguiu relaxar porque, conforme opinou, "Wagner combina com tudo".

Outra decisão complicada foi em relação ao que servir. Todos sabiam que Tatín Brusés não era dessas mulheres que gostavam de aquecer poltronas em salões alheios. Quando Tatín Brusés saía de casa, sempre envolta em seu perfume de rosas, era com a intenção de conquistar o mundo. Era de conhecimento público que havia atingido seu objetivo repetidas vezes. Além do mais, decidira fazer a visita em uma hora crítica: às seis da tarde; muito cedo para um aperitivo e muito tarde para um chá com biscoitos. E não oferecer nada seria uma descortesia imperdoável, dizia Maria del Roser a si mesma. O café lhe parecia tão vulgar quanto os licores, encomendar doces a uma confeitaria era precipitado e pouco original e, enfim, nenhuma solução lhe agradava e o tempo passava rapidamente, pressionando-a. Até que procurou Vicenta com seus dilemas e esta acabou com eles usando apenas quatro palavras: "Pode deixar comigo, senhora."

E agora a conversa se esgotou, assim como o lanche, e as duas senhoras podem considerar que cumpriram os seus propósitos: Tatín o de revelar o mal de sua irmãzinha e Maria del Roser o de surpreender sua difícil convidada com algo diferente. Ambas satisfeitas, a sonolência ameaça chegar à reunião. No entanto, quem chega é Amadeo.

A viúva Lax ouve o familiar tropeção no pâmpano e no mesmo instante anuncia, orgulhosamente:

— Aqui está meu filho.

A florzinha revive imediatamente, ameaçando um grito de emoção.

Tatín a olha com reprovação. "Tudo bem que você tenha se apaixonado como uma boba, mas se comporte como uma dama", parecem lhe dizer seus olhos.

É exatamente por esse motivo que vieram. As questões delicadas a que a sempre surpreendente Tatín Brusés aludira em seu bilhete eram muito mais do que qualquer um pudesse imaginar.

— Odeio os circunlóquios desnecessários — comentou, logo depois da troca inicial de saudações — e, pelo que sei da senhora, tenho a impressão de que posso ser franca. Não sei quando minha irmã começou a sentir por seu filho um amor doentio, que a deixa triste e insuportável o tempo inteiro. Resolvi vir para ver se nós duas, a senhora e eu, não podemos fazer alguma coisa para amenizar um pouco o sofrimento da criatura. E, de passagem, convidá-la e a dom Amadeo para o seu debute, que comemoraremos no próximo mês e que, temo, lembre mais um funeral se o humor da anfitriã não tiver melhorado.

Maria del Roser também não era de fazer rodeios. Disse de uma vez às duas irmãs que seu filho detestava as reuniões sociais e que jamais ia a debutes nem a qualquer encontro onde precisasse se relacionar com mais de dez semelhantes. Para suavizar um pouco a crueza da informação, acrescentou:

— Ele se dedica inteiramente a seu talento, entendam. Considera essas coisas uma mera distração.

— Como deve ser — concordou Tatín.

Teresa, por sua vez, esteve prestes a começar a chorar ali mesmo. Se não o fez foi porque nesse momento chegava pelo corredor Conchita, arrastando um tilintante carrinho de prata.

— Ah, o lanche — suspirou a senhora.

Sobre a superfície polida da bandeja, brilhavam três xícaras de porcelana. Pareciam de consomê, mas em seu interior tremia um líquido branco polvilhado com uma sombra amarronzada. Desprendia um cheiro doce e delicioso. As senhoras sentiram o cheiro, sem fazer perguntas. Ainda.

— Adoro canela — afirmou Tatín, eufórica, quando Concha lhe entregou sua xícara e sua colher.

— Nossa cozinheira inventa coisas originais todo dia — asseverou Maria del Roser.

A surpresa foi imensa quando encontraram arroz dentro do líquido.

— Dá vontade de esmigalhar pão aqui dentro — opinou Tatín.

— Talvez nesse caso fosse melhor servi-lo quente — respondeu a viúva Lax.

A única que não tinha dado sua opinião fora Teresa, mas nem o silêncio, nem a tristeza, nem mesmo o amor a impediram de comer uma porção além do que a boa educação manda.

— Pelo amor de Deus, Tessita, deixe alguma coisa para os empregados — repreendeu-a a irmã mais velha. A menina enrubesceu. A doçura do momento animou Tatín a insistir: — Voltando ao nosso assunto, querida... Você acha que haveria alguma possibilidade de desviar dom Amadeo por algumas horas de seus compromissos com a arte? Toda nossa família se sentiria muito honrada com sua presença. Compreenda que o admiramos desde que tivemos a oportunidade de posar para ele por desejo de minha tia Matilde.

— Que os céus a tenham — sussurrou Maria del Roser, sem pensar.

— Sim, sim, e que lá nos espere por muitos anos! — sentenciou Tatín, meio como se não quisesse, como se aquelas palavras tivessem penetrado sorrateiramente em seu discurso a sua revelia. Continuou: — Enfim, minha senhora, lhe asseguro de que a festa será agradável. Contratamos a orquestra de Sabadell, que interpretará quatro composições de Wagner, nada ruidosas. — Apontou o gramofone. — Vejo que temos gostos parecidos. E prometo que faremos o possível para que vocês se sintam como em sua própria casa.

Maria del Roser se viu obrigada a dar alguma esperança a sua convidada:

— Está bem. Farei tudo que estiver ao meu alcance. Mas não posso lhes prometer que...

— É claro que não! — Tatín balançou a cabeça. — Não quero que assuma nenhum compromisso! Já me atrevi muito fazendo esse pedido!

Quando Conchita devolveu as xícaras ao carrinho, sua senhora tinha a certeza, e a tranquilidade, de que o lanche havia sido um verdadeiro sucesso.

— E a receita de sua cozinheira tem algum nome, senhora Lax?

A senhora pediu, com o olhar, que sua fiel Conchita a socorresse.

— Vicenta o chama de arroz com leite — respondeu a babá.

— Que original! Arroz com leite! Como teve essa ideia?

Maria del Roser, cheia de orgulho, se deixava embalar por aquelas palavras que lhe soavam a glória. Depois do milagroso ensopado, até a criatura indefesa estava com uma cor melhor.

E estavam nisso, dizíamos, quando chega Amadeo, em uma hora em que ninguém mais o esperava e que apenas um ano atrás teria sido impensável. Mas a idade, ou o sucesso, o estavam tornando mais caseiro.

Teria sido muita falta de consideração passar ao largo. Habitualmente, se não encontrasse ninguém no caminho, anunciava sua chegada através de alguma criada e corria para se refugiar em seu estúdio da água-furtada. Mas hoje é quinta-feira, dia de visita, e duas damas conversam com sua mãe na sala. Desvia-se de seu caminho para cumprimentar. Apenas uns metros, apenas alguns segundos. É o que pensa, pelo menos. Mas ali está Teresa. Linda como uma aparição funesta. Lânguida como a protagonista de uma ópera. Prestes a completar 18 anos. Vestida de acordo com a moda, com uma saia que vai até sua panturrilha, um chapéu em forma de boina enfeitado com uma flor, os caracóis de suas madeixas soltas escapando do laço que leva na nunca, os olhos muito azuis que já não recordava.

Ao vê-la, Amadeo tem vontade de levá-la a algum lugar onde ninguem os incomode.

Ao vê-lo, Teresa sente que a emoção a deixa sem ar.

No salão, flutua um aroma adocicado que dá ao momento uma ambientação como de confeitaria distinta.

— Ah, olá, filho — cumprimenta Maria del Roser, enquanto Amadeo beija sua face. — Estava falando justamente de você com as senhoritas Brusés.

Amadeo se inclina para beijar a mão de Tatín. Quando faz o mesmo com Teresa, a garota arregala os olhos, como se estivesse diante de uma miragem.

— Tatín teve a gentileza de nos convidar para o debute de Teresa — continua a mãe. — Você se lembra dela, suponho. Mês que vem completa 18 anos.

— Já vai debutar? — Amadeo se vira para olhá-las. — Como o tempo passa depressa! Até parece que foi ontem que pintei você mostrando os joelhos. Mas estou observando que os anos se encarregaram de melhorar muito a modelo. — Teresa enrubesce. Amadeo aproveita a vantagem para acrescentar: — Será uma grande honra tirá-la para dançar no dia de sua entrada na idade adulta. Se sua guardiã me permitir, é claro.

Amadeo observa satisfeito o efeito de suas palavras. A jovem acha que seu coração vai explodir. A irmã mais velha se levanta, prepara-se para ir embora e está convencida de que a visita teve um maravilhoso epílogo. As plumas de seu chapéu rivalizam em altura e pompa com as franjas do abajur do teto.

Maria del Roser franze o cenho, pensativa. Quando colocou tanta ênfase na aversão de seu filho às festas, não levou em conta um detalhe fundamental: que Amadeo fica louco com as jovenzinhas.

O pintor inclina a cabeça, balbucia uma desculpa e desaparece escada acima.

A miragem desaparece com ele.

De: Violeta Lax
Data: 20 de março de 2010
Para: Valérie Rahal
Assunto: Duas fotografias

Querida mamãe: você tem razão.

Sou uma filha melhor quando estou longe. Estas mensagens torrenciais são a maior evidência.

Faça-me o favor de não se preocupar demais. Estou bem. O tom "jactancioso" das minhas cartas (que fique registrado que a palavra é sua) se deve ao fato de eu estar ficando mais velha e mais eloquente. Não me leve muito a sério, de acordo? Daniel já disse que sou uma chata.

E o mistério do meu passado sentimental barcelonês não é nem um pouco aborrecido. Vou poder contar tudo a você quando tiver meu próprio computador e um pouco de tempo. Por enquanto, continuo como uma parasita na casa de Arcadio.

Estou escrevendo porque achei a fotografia que papai mencionou outro dia. E não apenas essa. Há muito tempo, guardei uma caixa com papéis e livros no quarto de entulhos, junto de umas poucas coisas que não queria imaginar nas mãos dos inquilinos do apartamento. Vou poupá-la da descrição da camada de sujeira que tive que remover para encontrá-las. Você não pode imaginar minha emoção ao abrir a caixa. Fiquei horas admirando tudo. Sobretudo as duas fotografias, que são impressionantes. Quando puder, vou anexá-las, para você também as ter em mãos.

Como foi a verdadeira história de Amadeo e Teresa, mamãe? Alguém da família se preocupou em saber? Eles se conheceram quando ele a pintou com 12 anos, suponhamos que isso seja verdade, mas o que aconteceu depois? Como se aproximaram? Como foi o dia do casamento? Como era a convivência? Em que se baseava a relação?

Essas duas fotografias são a única resposta que temos para essas perguntas.

A primeira é da biografia cuja existência papai me recordou outra noite. Foi publicada na coleção *Gent Nostra*. A fotografia está na página 12. A legenda diz: "Amadeo Lax e sua esposa, a única imagem de estúdio da qual se tem notícia."

É um retrato do casamento, em tons de cinza. Teresa está sentada em um banquinho. Atrás dela, em pé, está vovô. Sua mão repousa em seu ombro. Parece um gesto terno, apesar da formalidade da situação. Teresa responde à carícia, também com a mão direita, e não passam despercebidas ao observador as alianças que exibem em seus anulares. Ela descansa a mão esquerda no colo, uma delicadeza de tules que se prolongam até o chão. O vestido tem mangas compridas e um decote muito discreto. Usa também uma tiara de tule, bem à moda dos anos 1920, da qual surge um véu bordado. Está um pouco inclinada para a frente, como se esperasse, ansiosa, o final da sessão para começar a comemorar, e sorri com sinceridade infantil. Parece muito jovem, embora tivesse 21 anos. É lindíssima.

A expressão de vovô, pelo contrário, é de serenidade satisfeita. Não é para menos: casou-se muito bem, com uma jovem bela e de boa família. O matrimônio foi abençoado por todos, inclusive por ele mesmo. O ricto de sua boca reprime um sorriso. É possível que se divertisse observando os esforços de sua jovem esposa, de quem o fotógrafo talvez tivesse reprovado a falta de seriedade, o ímpeto. Tem um porte distinto, enfronhado em seu fraque escuro, com colete, com corrente de relógio de ouro, com peitilho de seda e cartola. Não lhe falta nem um único dos complementos que evidenciam a classe privilegiada a que pertence, incluídas as luvas de couro da Rússia, que segura com a mão esquerda. Parece um homem ainda jovem e atraente. Certamente Teresa seria muito invejada por tê-lo como marido. Mas o melhor de sua expressão era o olhar, fixo na objetiva, iluminado pelo brilho inconfundível da felicidade.

A segunda foto me foi enviada por papai há alguns anos e desta, que eu saiba, não existe outra cópia. Quero dizer, nunca foi publicada. Talvez por isso nem ele nem eu nos lembrássemos de sua existência. Foi tirada no estúdio do mesmo fotógrafo quatro anos depois. Nela, Amadeo Lax está vestido com sua habitual elegância. Como a moda masculina evolui lentamente, alguém poderia comentar que ele não mudou de roupa ao longo de todo esse tempo. Sobre o colete, se destaca mais uma vez a corrente de ouro do relógio. O chapéu repousa em uma mesa, ao seu lado. No entanto, agora seus lábios estão franzidos, em um ricto antipático. Ela ganhou alguns quilos desde a última vez em que posou nesse lugar. Seria possível dizer que agora não sente a menor necessidade de agradar a ninguém. Nem sequer a quem posa ao seu lado.

Diante dele, Teresa se acomoda em uma cadeira. Está vestida com sofisticada elegância. Saia na altura dos tornozelos, blusa bordada e sapatos de salto. Seus cabelos estão presos em um coque um pouco solto. Não é mais a jovenzinha aloucada e impaciente da fotografia de casamento. Tem 25 anos — estamos em 1932 —, mas parece uma quarentona. Ela está magra, com olheiras e debilitada. Talvez ainda não tenha se recuperado do parto. Nos braços, segura um bebê de apenas algumas semanas de vida — papai, vestido com sua roupa de batismo — e sorri para ele com amor. Apenas esse sorriso diluído lembra a mulher da outra fotografia. A felicidade, dessa vez, não passou para a posteridade.

De todos os retratos de Teresa que conheço, esse é o mais cruel. Papai recém-nascido. Vovô representando seu papel de homem respeitável. E ela, essa grande incógnita.

É muito curioso. Durante anos, tentei evitar que essas fotos fossem reproduzidas em alguma das biografias de vovô. Fiz isso em respeito a sua memória, a sua velha dor, mas também a papai, que não precisa falar de sua mãe para mostrar até que ponto lhe dói ter crescido sem ela, até que ponto sempre a reprovou por tê-lo abandonado.

A história da pintura, da arte, da literatura, está repleta de pessoas insuportáveis e muito talentosas. São seres que enfeitam os manuais, mas representam um verdadeiro castigo para aqueles que tiveram a desgraça de conviver com eles. Talvez vovô fosse um desses, embora, a tamanha distância de seu ricto de superioridade, não possamos sabê-lo. A posteridade alonga as sombras e apaga os perfis. De outro modo, talvez as gerações futuras não encontrassem nada para admirar.

Durante anos, contribuí, com absoluta convicção, para apagar a Teresa real da memória familiar. Para mim, Teresa era apenas um motivo artístico, uma inspiração afortunada, do mesmo nível das damas da alta sociedade que, graças a vovô, mantiveram seu encanto e sua fama imunes ao passar das décadas.

Agora não mais. Agora sinto que os olhos de Teresa me censuram por ter sido tão crédula. Sinto que minha avó me pergunta por que nunca me atrevi a ir um pouco mais além. Até a verdadeira expressão de seu rosto quando olhava, por exemplo, para seu bebê.

Creio que nunca devemos deixar de olhar essas fotos, mamãe. Elas contêm uma verdade capaz de mudar tudo.

Boa noite,

VIOLETA

P.S.: Tinha esquecido! Ontem visitei o Cemitério de Poble Nou, só para confirmar se é verdade o que se diz naquele começo do blog que você me enviou. O túmulo de Francesc Canals Ambrós é um lugar incrível. Exatamente como o artigo o descreve. Não ria, mas não consegui resistir à tentação de fazer um pedido ao santinho popular. Escrevi em um papel e o enfiei na ranhura.

Se for atendido, eu conto.

X

Começa uma nova cena no velho pátio. Ouvem-se vozes na escada. Sete personagens irrompem na cena. Por ordem de aparição: Arcadio Pérez, o idiota do funcionário, o sargento Paredes, um auxiliar uniformizado, Violeta Lax, uma jovenzinha com sotaque francês chamada Amélie que foi apresentada como "a secretária do meu pai" e Modesto Lax, cuja presença consegue atrair a atenção de todos antes mesmo de abrir a boca.

— Melhor "assistente", por favor — observa este, referindo-se à jovem.

Se fossem atores, a atitude de cada um poderia ser relacionada ao papel que representa. Modesto cochicha no ouvido de Amélie. Violeta e Arcadio parecem inquietos, são observadores que querem que o que tem que acontecer aconteça de uma vez. Os homens de uniforme se dão ares de importância, cada qual de acordo com sua patente. O funcionário procura seu celular no bolso assim que atravessa a porta de vidro. Atende. Diz:

— Estou no meio de uma reunião, ligo daqui a pouco. — Expressão de contrariedade, ligeiramente suavizada pelo que ouve no outro lado. — Sim, claro, vamos ver o jogo na minha casa. Traga o que quiser.

E desliga, fingindo que resolveu um assunto importante. Modesto levanta uma sobrancelha.

— Ah, o Barça. Quase tinha esquecido que essa é a verdadeira religião dessa cidade. — Observa tudo com o ar ausente de quem deseja manter distância, como se temesse que a poeira estragasse seu aspecto impecável. Ou talvez não tema a poeira e sim o passado. E talvez como parte de sua manobra de defesa, pergunta: — Vocês sabem de onde o Barça tirou suas cores?

Violeta faz cara de tédio. Paredes parece achar graça. Arcadio levanta as sobrancelhas, admirado, e sussurra:

— Adoro suas histórias. São divertidíssimas.

— Não? Mas que magníficos catalães vocês são! São as cores do brasão de Tessino, um cantão da Suíça italiana perto de Winterthur: metade azul, metade vermelho. De lá era oriundo um senhor de nome complicadíssimo que quando chegou aqui se fez chamar de Joan Gamper, a fim de simplificar as coisas para os locais. Foi o fundador do clube. Antes, é certo, havia sido centroavante do Basel, um time suíço que também joga de azul e grená. Suicidou-se atormentado pelas dívidas, pobrezinho.

— De onde ele tira todas essas histórias? — pergunta o funcionário do governo autônomo. — Parece uma enciclopédia!

Modesto ri, procura com os olhos Amélie, cuja cumplicidade é repleta de admiração. Esse tipo de admiração que nas mulheres sempre acaba se transformando em amorosidade.

— Essa é *vox populi*, o mérito não é meu. As outras... bem, quem procura, acha — diz Modesto.

Paredes, que dá por terminado o preâmbulo, se envolve de uma vez por todas na cerimônia da qual é o oficiante. Convida Modesto a entrar na despensa passando debaixo do cordão policial. Modesto recusa o convite com um gesto elegante, mas observa o quartinho tomando distância. Então balança a cabeça e informa:

— Não tinha a menor ideia de que isso estava aí.

Todo esse assunto irrita Modesto demais, como sua indiferente cordialidade deixa claro.

— No entanto, já aparecia nas plantas originais do edifício — retruca o sargento.

— É curioso — murmura Modesto, com o mesmo tom que teria usado para avaliar a nona pata de uma aranha.

— Bem. Vamos lá, senhores. — O sargento eleva a voz e tira alguns papéis de uma pasta. — Agradeço muito que tenham vindo. Dada a importância do que devo dizer, achei que estarmos todos cara a cara era mais do que oportuno. Além disso, tínhamos muito interesse em que o senhor Lax contemplasse com os próprios olhos o lugar onde o cadáver foi encontrado. Diante das circunstâncias, sua memória é a fonte mais antiga de que dispomos.

— Então é uma investigação condenada ao fracasso — brinca Modesto.

— Também tenho algumas novidades que gostaria de comentar com vocês — continua Paredes, mexendo em seus papéis. — Começando pela curiosidade: o gato que encontramos ao lado do cadáver. Ele estava morto quando o enfiaram ali. Parece que ainda era um filhote, estava bem-alimentado e se chamava Dickens. Isso é, pelo menos, o que diz a plaquinha de prata que estava em seu pescoço, ao lado da coleira. O que vocês acham?

— Que é um bom nome para um gato. Uma vez, conheci um que se chamava Tolstoi — comenta Modesto.

O sargento Paredes não ri. Quer terminar com aquilo. Ele continua:

— Temos também a aliança de ouro que estava no pescoço do cadáver e a corrente em que estava pendurada. Averiguamos quem era Francesc Canals Ambrós. Os senhores certamente vão ficar surpresos com o que vou contar.

Arcadio e Violeta trocam um olhar acompanhado de um meio sorriso cúmplice. "Como são lentos", parecem dizer. O sargento apresenta dados e mais dados sobre o santinho popular. Modesto escuta com atenção. A história é daquelas que não lhe interessam.

— Então está provado que ele faz milagres? — pergunta.

— Isso é o que dizem — responde Paredes. — Na rede, há muita informação. Investigamos um pouco e conseguimos outros dados. Ele vivia na rua Valencia, número 344, e pertencia à Paróquia da Concepción. Certamente nos arquivos paroquiais havia informações sobre ele e sua família, mas foram destruídos durante a Guerra Civil. Era solteiro. Como profissão, nos arquivos do cemitério, consta "comerciante" (não conseguimos saber onde trabalhava). Foi sepultado em 28 de julho de 1899, no nicho número 1.682 do setor 1º, ilha 3ª, do Cementiri de l'Est. Nesse primeiro nicho, situado no sexto andar, foram enterradas, entre 1876 e 1924, outras seis pessoas, duas crianças e três adultos. Tenho os nomes, se for do interesse dos senhores. Em setembro de 1908, seus restos foram transferidos para o nicho número 138 da ilha 4ª, setor 1º interior, que é onde estão atualmente. Não consta o motivo da mudança, mas o mais provável é que tivesse algo a ver com seus devotos. É muito incômodo cultuar alguém que está enterrado em um sexto andar. Seus pais ocuparam o mesmo nicho, anos mais tarde. Eles se chamavam Francisco e Antonia. Coincidindo com a transferência dos restos mortais, a sepultura foi redimida de impostos perpetuamente e transformada em uma espécie de santuário apócrifo de peregrinação. Já estiveram lá? É impressionante.

Outra negativa geral. Violeta fica calada.

— Por ora, a única conexão que me ocorre entre esse jovem e sua família é que ambos pertenciam à Paróquia da Concepción.

— Há outra — acrescenta Violeta, surpreendendo quase todos. — Os Grandes Almacenes El Siglo. Minha família tinha uma estreita relação com seus proprietários, a família Conde. Meu avô retratou um deles, dom Octavio Conde, que era seu amigo, em 1927. A pintura está agora em Chicago, precisamente em uma exposição organizada pelo museu onde trabalho.

Paredes arqueia as sobrancelhas.

— Está falando sério? — pergunta. — De qualquer maneira, é uma conexão pouco clara. Esse jovem, o santarrão, morreu em 1899, quando a vítima de nossa investigação nem sequer teria nascido. Não acho que devamos seguir essa linha de investigação nem que faça muito sentido se aprofundar mais isso.

— Concordo plenamente! — sublinha Modesto, disposto a dar tudo por encerrado.

Mas Paredes não terminou.

— Temos os resultados dos exames de DNA, e eles são conclusivos. — Paredes se vira para o funcionário, que está manipulando de novo o telefone. — Desculpe, você se importaria de sair por um momento? Esse é um assunto que só diz respeito à família.

Arcadio começa a se retirar, mas Violeta o detém.

— Você é como alguém da família — diz.

Arcadio procura a aprovação de Modesto e a obtém na forma de um movimento de cabeça. Amélie também fica.

Quando a porta de vidro se fecha atrás do funcionário, Paredes continua:

— Como os senhores vão ver — aponta o informe —, o grau de coincidência entre o DNA do senhor Lax e o da falecida é altíssimo. Em poucas palavras: no laboratório estão certos de que essa mulher era sua mãe, senhor Lax.

A confirmação daquilo de que Violeta já suspeitava cai como uma pedra de silêncio. Modesto olha para Paredes, pensativo. Pergunta se pode ver os papéis e fica lendo durante alguns minutos. Gostaria de encontrar neles algo que desmentisse o que havia acabado de ouvir. Entrega-os a Violeta, cuja respiração se acelerou.

— Era o que eu temia — sussurra, ao ver por escrito o que Paredes tinha acabado de dizer. — Que horror!

Paredes tenta recuperar o controle da situação e continuar.

— A investigação reuniu dados bastante concretos a respeito do cadá... — Paredes se corrige — ... da falecida. Era uma mulher de aproximadamente 1,70m, branca, que no momento da morte tinha em torno de 30 anos. Estava vestida com algo que parece uma camisola de seda, talvez também vestisse um roupão (havia colchetes e botões forrados com seda entre os restos) e calçava sapatilhas. Achamos que a morte aconteceu no verão, entre 1935 e 1940, o que coincide com a data em que o mural foi pintado e também com o desaparecimento de Teresa Brusés. Se for ela, e nos servindo dos dados que vocês mesmos forneceram, poderia ter morrido em 1936, aos 29 anos (o que, de fato, faz sentido). A causa da morte, também confirmada, foi estrangulamento. O sepultamento foi realizado logo após a morte, imediatamente, quando mal havia começado a manifestar o *rigor mortis*. Entendemos que o corpo nunca foi descoberto, em parte, devido à presença do afresco que cobria a parede, incluída a porta, embora não possamos descartar outros fatores. A respeito da autoria do crime, temo não podermos nos aventurar em nada. Não sabemos quem vivia na casa naquele momento nem quem poderia ter algum interesse em fazer uma coisa dessas, embora tema que não tenha muita importância, porque o crime prescreveu há muitos anos. Teresa Brusés não herdou quase nada da fortuna de sua família, coisa que, a princípio, descarta o motivo financeiro. Ainda nos resta o grande clássico nesse tipo de crime, que é coerente com o *modus operandi*: o motivo passional. Mas, após tanto tempo, é impossível averiguar qualquer coisa e muito menos apontar um suspeito. Vocês vão poder ver todos os detalhes do que acabo de dizer nos informes do laboratório e do entomologista forense. Vão ver que agimos com a máxima discrição. E, acreditem — agora olha para Modesto e Violeta —, sinto muito.

Violeta lê o informe, muito impressionada: "marcadores genéticos", "localização cromossômica", "alelo transmitido".

— O que é isso? — pergunta, apontando uma das páginas.

— É o informe que detalha as circunstâncias que evitaram a decomposição do corpo — explica Paredes. — Verão que a umidade relativa dentro do esconderijo é de cinco por cento.

— O senhor disse que ela foi morta no verão — intervém Arcadio, que até então ouvia com os lábios franzidos. — Como é possível saber uma coisa dessas?

— É uma descoberta do entomologista forense, tem a ver com certos parasitas que aparecem nos hematomas, aparentemente só nos meses quentes. Nem sempre se tem a sorte de encontrá-los.

Violeta lê, com a voz entrecortada, ilustrando a conversa:

— Tecidos muito desidratados, com presença de exemplares do parasita facultativo conhecido como *Megaselia scalaris* e também de derméstidos e seus restos.

— Exatamente. *Megaselia scalaris* — confirma Paredes —, é isso.

O sargento organiza os papéis e os devolve à pasta.

— Vou mandar que entreguem uma cópia a vocês — diz. — Imagino que vão querer conservá-los.

— Na verdade, não me imagino lendo esses informes antes de dormir — comenta Modesto, antes de perguntar: — Tem mais alguma coisa?

— Infelizmente não. Salvo enterrar a falecida quando o juiz autorizar — responde Paredes. — Nossa investigação termina aqui. Para efeitos legais, o caso logo estará encerrado. Eu garanto que sinto muito não ter podido fazer mais.

— O senhor fez muito mais que o necessário, eu garanto — acrescenta Modesto, sem pretender parecer cordial, mas Paredes sorri, agradecendo.

— A juíza vai chamá-los para as últimas diligências. Depois poderão providenciar o sepultamento e voltar a sua vida normal. Se não houver algum inconveniente, gostaria de estar presente.

Ninguém responde, até Modesto reagir.

— Ora. Claro que não temos inconvenientes. Apareça, se quiser. — Ele dá uma palmada no ar, decidido. — Me diga, sargento, já terminamos ou há algum outro detalhe mórbido que devamos conhecer?

— Da minha parte, é tudo. Mas acho que o senhor funcionário tem algo a dizer.

O jovenzinho do celular fica impaciente. Alguém o avisa que já pode entrar.

— O cordão policial será retirado hoje mesmo — anuncia Paredes ao jovem. — Vocês vão poder começar a preparar a festa imediatamente.

O funcionário resfolega, aliviado, mas ao mesmo tempo parece incomodado. O motivo é a expressão de alguns dos presentes.

— Festa? — pergunta Arcadio.

— Bem, eu não me atreveria a chamar assim — justifica-se o jovem. — Na verdade, trata-se apenas de uma espécie de inauguração das obras, algo simbólico. Achamos uma boa ideia, como uma maneira de devolver o edifício à cidade.

Violeta franze a testa.

— As eleições para os governos autônomos estão próximas? — pergunta Arcadio.

A experiência do funcionário ainda não é suficiente para resolver com diplomacia uma situação tão tensa como essa. Pelo contrário. Cada vez que ele abre a boca, se atrapalha mais. Como quando diz, por exemplo:

— Fico feliz em saber que concluíram a parte desagradável de tudo isso. Vejam, eu preciso pedir uma coisa. Na Generalitat, acham conveniente não dar publicidade à história do cadáver. Não seria muito agradável para os futuros usuários do espaço saber que estão lendo em um lugar onde foi cometido um assassinato, vocês entendem? Acho que não conseguiriam se concentrar.

Modesto entende.

— Claro, claro. Quando se lê, é preciso evitar distrações.

— Eu trouxe um documento que precisa ser assinado pelos senhores. É um compromisso das quatro partes. Vocês dois — olha para Modesto e Violeta —, na qualidade de herdeiros da falecida. Dom Arcadio Pérez, na qualidade de comissionado e responsável pelo testamento do artista, cujos direitos continuam em vigor. E nós, como herdeiros e administradores do patrimônio de Amadeo Lax. Todos que assinarem se comprometem a não revelar nada sobre a descoberta dos restos humanos nem seus pormenores e a não publicar sobre isso artigo ou livro e nem fazer nenhum comentário até que tenham transcorrido 25 anos a contar deste exato momento.

O jovem funcionário improvisa uma mesa com sua maleta. Modesto nem sequer se dá ao trabalho de ler. Pega sua caneta de prata no bolso interno do paletó de veludo e imprime sua assinatura no lugar indicado pelo rapaz. Depois diz:

— Pronto.

Violeta e Arcadio leem o acordo com receio. Para incentivá-los, o funcionário acrescenta:

— Não podemos nos arriscar a deixar nenhuma ponta solta. Vamos fazer um grande investimento nesse lugar e, sinceramente, acredito que a discrição vai favorecer a todos.

Violeta sussurra:

— A todos, menos a Teresa.

— Vamos, filha, não demoremos mais — protesta Modesto. — Se você levar tudo tão a sério, vai acabar perdendo o avião.

Violeta concorda. Ela não gosta da maneira como as coisas estão acontecendo, e sua atitude é prova disso. Embora, no fundo, entenda por que o documento agrada tanto a Modesto: oferece-lhe muito mais que um acordo prático. A possibilidade de deixar o passado no lugar onde estava. Em um canto, sem poder incomodar. Ela compreende que é a minoria e, além do mais, nem sequer está segura. Acaba assinando no lugar indicado e acelera as despedidas.

— Me desculpem — diz —, mas preciso ir para o aeroporto. Meu avião sai dentro de duas horas.

Violeta se despede do pai e de Arcadio com beijinhos, aperta a mão de Paredes, sorri para Amélie e inclina a cabeça para os outros dois. Antes de partir, diz a seu amigo:

— Eu escrevo para você.

Terminados todos os trâmites, esgotados os últimos fios de conversa, os últimos a deixar o cenário são Modesto e Amélie. Eles param na metade do assoalho sujo, vigiados pela velha despensa e pelas manchas da parede, e olham para a cúpula que cobre o gabinete.

— É um ótimo lugar para uma sala de leitura — comenta Modesto. — A sensação de paz é contagiante.

Amélie, como não poderia deixar de ser, concorda.

— Você está bem? — pergunta-lhe, ajeitando o lenço verde-garrafa que tem no pescoço, combinando perfeitamente com suas calças.

Ele segura sua mão ao responder:

— Não muito. Não gosto de ter que fingir.

Amélie lhe dirige um olhar terno.

— Ah, *chérie*, vai ser por pouco tempo; diremos a ela quando voltar da Itália. Tenha um pouco de paciência. Hoje não era o melhor momento. — Amélie olha para o salão da lareira, onde já não se ouvem as vozes dos presentes, faz cara de menina travessa e dá um beijo fugaz nos lábios de Modesto.

Depois solta sua mão e sai na frente dele, com o passo seguro que toda assistente deve ter.

Suas vozes também se perdem mais além do corredor que range. Escutamos com atenção. Achamos divertido fazê-lo. Já devem estar chegando ao final da escada. Aproxima-se o momento da recuperação de uma velha tradição familiar.

Agora: aí está. O pontapé surdo. O risinho nervoso. O silêncio final.

Modesto tropeçou no pâmpano.

Retrato de dom Octavio Conde em seu gabinete do El Siglo, 1927

Óleo sobre tela, 102 x 45cm
Barcelona, coleção particular
Empréstimo especial

Amadeo Lax só retratou uma vez aquele que considerou durante anos seu melhor amigo. Octavio Conde era o mais velho dos filhos do fundador dos Grandes Almacenes El Siglo e presidiu seu conselho de administração de 1927 a 1932. Nascido, como Lax, em 1889, frequentou com ele o colégio interno dos jesuítas de Sarrià, onde, ao que parece, foram forjados os laços de sua amizade. Mais tarde compartilharam um próspero destino, cada um em seu campo, que os levou mais de uma vez a colaborar com o outro. A pintura, que é mostrada ao público pela primeira vez, é uma sóbria amostra do poder econômico de Conde. Seu protagonista aparece vestido de casaca, em posição ereta atrás de sua mesa de trabalho, sobre a qual o pintor situa uma série de objetos que contém uma interessante mensagem simbólica: um ramo de oliveira — uma referência à dedicação —, uma jarra de água — a pureza, a clarividência —, um livro — a sabedoria — e uma balança — a honestidade do comerciante. O quadro, de acentuada verticalidade, confirma o interesse de Lax pelo realismo contemporâneo, que se reflete em um cuidadoso e atento estudo do natural, levado a cabo com pinceladas longas e soltas. Octavio Conde e Amadeo Lax mantiveram uma estreita relação até 1932, ano em que o primeiro abandonou a cidade em companhia de Teresa Brusés, a esposa de seu amigo, com quem se estabeleceu nos Estados Unidos. A partir desse momento, sua vida foi marcada por uma natural discrição. Como era de se esperar, esse desenlace aniquilou também a amizade de Lax e Conde, que nunca mais voltaram a se encontrar.

Lax pintou cartazes publicitários para os armazéns de 1919 a 1932, assim como retratos de dom Eduardo Conde e de dona Cecilia Gómez del Olmo — progenitores de seu amigo —, e de outros membros da família fundadora do vasto império comercial, como dom Ricardo Gómez. Esses retratos, e o que nos ocupa, estiveram expostos a partir de 1915 na sala do conselho da sociedade, e a maioria seguiu seu trágico destino, pois foram queimados no incêndio que destruiu os armazéns na noite de Natal de 1932. Se o de Octavio chegou até os dias de hoje, é porque justamente nesses dias havia sido emprestado à Sala

Parés por ocasião de uma exposição monotemática inaugurada em 12 de dezembro de 1932. Nesses mesmos dias, os armazéns El Siglo exibiam em sua sala de exposições todos os cartazes que Lax havia pintado para o estabelecimento, que também se perderam por completo no mencionado sinistro.

Retratistas espanhóis do século XX (catálogo da exposição)
Chicago Art Institute, Chicago, Estados Unidos, 2010

XI

Nos porões da casa dos Lax e até em algumas partes dos andares de cima, estranharam ao saber que a festiva Vicenta e o desalentado Julián dormiram juntos.

— Pareciam água e vinho, e agora vocês estão vendo — resmungava Eutimia.

Vicenta Serrano chegou a casa em 1910, faminta mas com boas recomendações, para substituir Juanita, que havia morrido de repente, enquanto dormia, aos 70 anos. Não era uma qualquer: os três filhos dos senhores cresceram graças aos guisados da falecida, os mesmos pelos quais continuavam suspirando todos os adultos da casa e, como se não bastasse, seu viúvo passava o dia sentado à mesa da cozinha, olhando os fogões com os olhos cheios de lágrimas e os lábios trêmulos.

Mas Vicenta tinha 24 anos, era do campo, um pouco rude, muito engraçada e mais trabalhadora que ninguém. Trazia alguns ases na manga, como aquela receita materna de arroz com leite que tanto surpreendia os ricos catalães, e certa sabedoria ancestral que a mantinha convencida de que uma pessoa poderia conquistar o mundo se fosse simples e verdadeira.

Era evidente o que Julián vira nela. Vicenta tinha olhos negros, sobrancelhas espessas e cabelos fartos e ondulados que chegavam à cintura. Sua aparência levava a pensar em um animal selvagem. Além disso, era desenvolta, vivia rindo e quando achava que ninguém estava olhando, cantava coplas na cozinha:

Caracoles, caracoles,
ay mi negro no te atontoles...

Todos queriam desvendar o mistério de como Julián — que era um homem seco e murcho como um bacalhau e tão mudo quanto — a havia conquistado. Antes disso, todo mundo achava que era meio tonto, passivo e indolente, porque quase nunca se ouvia sua voz nem era visto acordado quando não estava trabalhando. Mas, como é evidente, o desejo, o amor ou a vontade de ter uma fêmea só para ele quando a juventude já ficara, há muito tempo, para trás, foram seus grandes estímulos. De qualquer maneira, o caráter da pretendente foi decisivo para o resultado final: Vicenta precisou flertar durante oito longos anos e dar várias voltas em todo seu repertório de coplas para Julián se decidir. Ele não se tornou mais falador, porém, graças ao feitiço feminino, passou dos 50 anos com uma aparência menos triste. E ela não parou de cantar, mas sim de dissimular. Julián se sentava à mesa da cozinha e aplaudia sua cozinheira, enquanto ela ia de um lado a outro, entoando, cheia de intenções:

La pulga maldita que a mi me devora
hace que la busco lo menos dos horas.
No saben ustedes lo que mortifica
pues todo mi cuerpo me pica y me pica...

Às vezes se juntava a eles o octogenário Felipe, cuja disposição havia melhorado muito desde que soubera que seu filho tinha perdido a virgindade.

Como Vicenta e Julián não eram casados, nem lhes fazia falta, Laia Montull Serrano nasceu de pais não casados, o que, naqueles tempos, era como não ser nada; veio ao mundo no sábado, 23 de outubro de 1920, dia morno de ventos fracos e mar tranquilo que amanheceu coberto e anoiteceu com céu limpo.

Assim que nasceu, a senhora Maria del Roser lhe deu de presente uma medalhinha de ouro da Virgem Maria de Montserrat para integrá-la à família como se deve. Como não havia outras crianças na casa, Laia teve uma infância de brincadeiras solitárias e adultos permissivos. Ela herdou alguns brinquedos de luxo, todos usados e às vezes meio quebrados, que já não emocionavam mais ninguém, e não houve Natal em que dona Maria del Roser não se lembrasse dela e comprasse um urso de pelúcia ou uma boneca de pano, que ela agradecia no dia seguinte, levada pela mãe, com uma reverência e um beijo na face nada convincentes.

Esses rituais de gratidão, repetidos anualmente, eram a única ocasião em que a menina pisava nos andares superiores. Quando o fazia, arregalava os olhos, deslumbrada diante de tudo que encontrava ao passar, e, ao voltar a seu quarto no porão e à janelinha pela qual só se viam pés em movimento, sonhava em viver lá em cima.

Durante seus primeiros anos, Laia dividiu um quarto com a mãe. Depois, ocupou uma cama livre no quarto de Rosalía e, quando esta foi embora, se viu dona e senhora de um aposento com duas camas e um armário. Em outros tempos, essa situação não teria durado muito, pois uma nova criada certamente ocuparia o lugar, mas as coisas haviam mudado após o final da guerra e toda a cidade pareceu perder o ânimo. Além disso, o jovem senhor Lax achava que não precisavam de tantos criados. Infelizmente, Violeta tinha morrido, Juan não voltaria, ele não usava mais do que a água-furtada e o gabinete e a única pessoa que vivia mais ou menos onde e como sempre — embora mais alheia do que nunca — era dona Maria del Roser, que nunca se separava de Conchita. No segundo e no terceiro andar havia agora muitos quartos fechados. Lá também sobrava espaço.

O dia prolongava a boa estrela de Laia. Longe de viver na agitada comunidade que no começo do século fora a família Lax, ela conheceu uma casa calma. Durante os primeiros anos de vida, nunca a requisitaram para nada, cresceu na ausência absoluta de obrigações, fazendo o que bem queria. Vivia praticamente na cozinha, ao lado da mãe, embora costumasse vagar pelo estacionamento, e, quando os senhores estavam ausentes, seu pai lhe permitia entrar nos automóveis. Seu favorito era o La Cuadra, com seus dois bancos de couro e suas rodas metálicas pintadas de vermelho, que mais parecia um brinquedo gigante. Achava o Rolls-Royce muito sóbrio, mais apropriado para viagens de negócio. Dentro do Hispano Suiza, brincava de ser uma grande senhora, como Teresa, a bela nova senhora Lax. Sonhava que alguém também lhe mandava presentes só para lhe dar o prazer de recusá-los. Ou melhor: sonhava em namorar um grande senhor — muito rico, é claro, e casado —, como aquela mulher adormecida que descobriu no assento traseiro de um carro em uma noite em que não conseguia dormir.

— Quem é? — perguntou ao pai.

Julián, que estava sentado atrás do volante, prestes a sair, ficou muito irritado. Por isso Laia achou que a mulher adormecida era uma pessoa importante. Por isso e porque foi devolvida ao seu quarto quase voando.

— Aonde você vai com ela? — insistiu. — Ela está bêbada?

— Esse assunto não diz respeito a você — foi a resposta do pai, antes de fechar a porta do quarto.

Com a chegada da nova senhora Lax, a casa reviveu um pouco. Foi retomado o hábito de almoçar em família, à tarde se servia um chá com biscoitinhos no salão das senhoras, a biblioteca voltou a ser um dos lugares mais frequentados e até havia uma cara nova no porão: a de Antonia, uma criada marcada pela varíola que há não muito tempo havia sido babá de Teresa. Destinaram-lhe o quarto que fora de Eutimia, porque só alguém que não tivesse conhecido a governanta poderia se atrever a profanar seu espaço sem medo de dar de cara com seu fantasma.

Por ordem de Teresa, Laia começou a ser útil. Havia completado 11 anos quando estreou como ajudante no quarto de passar roupa. Deram-lhe pequenas tarefas, e sua mãe lhe apresentou os mistérios da cozinha, como ajudante. Entre suas funções, estava a de levar os pratos à mesa durante as refeições familiares. Rosalía lhe fez um uniforme azul-marinho, com touca e avental, com o qual a menina começou a se apresentar perante seus senhores, com as bandejas de prata repletas de canelones, de assado ou de merluza. Ela se aproximava, solícita, e seguindo a ordem adequada dos comensais para que cada um se servisse: primeiro a senhora de mais idade, depois as casadas, em seguida as solteiras e ao final os cavalheiros, começando também pelo mais velho, e assim até chegar ao último. Considerava aquilo uma brincadeira facílima. Quando não havia convidados, primeiro servia a matriarca, dona Maria del Roser, e Laia tinha que se esforçar para não rir de seu comportamento, embora sua mãe tivesse lhe dito que o mal de dona Maria del Roser era uma desgraça. Um dia, Laia viu a senhora jogando duas colheres de arroz no colo, aproveitando que nenhum membro da família estava olhando, e depois piscando para ela, divertida. Em outra ocasião, enquanto Teresa servia o primeiro prato, pôde vê-la escondendo seis colheres do faqueiro de prata na manga, uma após a outra. Desde então, antes de começar a recontar os talheres, Conchita inspecionava primeiro o quarto de Maria del Roser, por via das dúvidas.

A frieza do senhor Lax era a única a impor respeito a Laia. Quando chegava a vez dele, sempre por último, rezava para não derrubar a bandeja ou para que suas pernas não fraquejassem. Ela agarrava a bandeja de prata coberta de canelones como se fosse uma tábua de salvação. A princípio, Amadeo nem sequer olhava para ela. Laia não sabia se a via, até que uma vez o ouviu perguntar, a suas costas:

— Quem é essa pirralha?

— A filha de Vicenta e Julián — informou Teresa. — Já está em idade de fazer alguma coisa que seja útil.

— É maravilhoso as cozinheiras terem filhos com os cocheiros! — acrescentou Maria del Roser, jovial, referindo-se aos progenitores de Julián, Felipe e Juanita, que também foram, por sua vez, cocheiro e cozinheira da casa.

A invisibilidade de Laia durou pouco. Apenas o tempo necessário para abandonar seu pequeno uniforme. Em um ano havia crescido mais de dez centímetros, e seu corpo se transformara por completo.

Agora Amadeo a observava cada vez que se aproximava com a bandeja. Cruzava os braços e lhe pedia que o servisse, para assim poder observá-la de cima a baixo.

A cena seguinte é uma funesta consequência.

Uma madrugada, muito tarde, Laia ouve passos descendo a escada. Inicialmente pensa que pode ser Conchita, procurando algum remédio para sua dor de estômago, como outras vezes. Ou talvez alguma coisa para a senhora, que está indisposta desde a tarde.

Não. Esses passos parecem diferentes.

Vê uma luz débil debaixo de sua porta. Ouve a mão na maçaneta. Quando, pela fresta estreita, vê o senhor Lax com um castiçal e seu roupão de veludo, Laia não entende o que está acontecendo. Cobre-se com o lençol. Finge estar dormindo. Para sua surpresa, o senhor fecha a porta muito lentamente, quase sem fazer barulho, e se vira. Um passo, dois. O coração da menina bate com todas as suas forças. Ele está ao lado da cama. Observa-a. Respira forte.

— Não tente me enganar, eu sei que você não está dormindo.

Ele deixa o castiçal no chão, senta-se ao seu lado, na beira da cama. Estica um braço, lentamente, procurando seu corpo. Pousa no estômago. Um pouco mais embaixo. A menina abre os olhos.

— Boa menina. — Ele sorri.

É a primeira vez que vê o senhor Lax sorrir. Também é a primeira vez que lhe dirige a palavra fora da sala de jantar.

— Se não gritar, eu darei um presente a você — sussurra.

Está tão assustada que se esquece de respirar. Com ele acontece o mesmo, pensa Laia, porque o ouve ofegar cada vez mais forte.

— Você quer um presente? — insiste ele.

Laia assente com a cabeça. Ele puxa a colcha. Duas mãos quentes desabam em suas coxas, puxam suas calças. Sente frio. E vergonha.

O senhor Lax tira o cinturão. Aproxima-se. Tem um olhar estranho, como se não estivesse se sentindo bem. Todo o seu corpo desaba em cima dela. É muito pesado e desagradável. A única coisa suave é o contato do veludo com suas pernas.

De repente, Laia sente alguma coisa horrível rasgando-a por dentro. Dói. Por pouco não escapa um grito (por pouco não fica sem presente). A mão oprime sua boca. Treme, mas não mais de frio. Ele se afoga ainda mais. Depois grunhe, suspira muito fundo, se levanta.

Ajeita a roupa.

— Vá pensando no que quer ganhar — diz a ela, enquanto recupera o castiçal — e me diga amanhã à noite, quando eu voltar.

O senhor Lax sai sem fazer ruído. Vai satisfeito, pensando que por fim aconteceu algo de bom em seu dia nefasto. Desta vez não tropeça na escada.

Laia não consegue dormir a noite inteira. Fica atenta à porta, para o caso de o senhor resolver voltar.

A partir de agora, será assim toda madrugada. Até que se habitue.

De: Violeta Lax
Data: 20 de março de 2010
Para: Arcadio Pérez
Assunto: Do lago de Como

Comprei um laptop. Estava precisando e, fora isso, morria de vontade de escrever. Ele está sendo estreado com esta mensagem. Preciso organizar um pouco meus pensamentos. Se não retiver alguma coisa do que está acontecendo comigo, vou acabar achando que não é verdade. Por outro lado, não encontrarei nenhum lugar mais inspirador que este para enviar e-mails longos e do século XIX, por mais que viaje.

Estou em Nesso, um povoado mínimo às margens do lago de Como, a uns 45 minutos de navegação desde Varenna. Varenna tem uma boa comunicação ferroviária com Milão e Bérgamo e o cais das barcas fica a poucos metros da estação. Dezenas de barcos cruzam o lago em todas as direções. Há lentos, rápidos, menos rápidos, alguns percorrem longas distâncias e outros só vão até a outra margem. Tudo neles é maravilhoso, desde que você não pretenda entender seus horários.

Minhas anfitriãs administram o único hotel de Nesso, um estabelecimento modesto — dez quartos — situado, literalmente, sobre a água. Têm seu próprio embarcadouro e a casa serve de apoio a uma ponte românica. Chama-se Villa Eulalia, e não é um desses palácios luxuosos que se veem por aí, mas um sóbrio capricho de ricos construído com a intenção de passar despercebido. Devo reconhecer, é claro, que, se o objetivo daqueles que o colocaram aqui era sumir do mundo, o lugar foi muito bem escolhido.

A atual proprietária do hotel é Silvana, mãe de dois gêmeos de 6 anos. Seu marido, Aldo, é o médico do povoado. Além disso, administram juntos vários pequenos negócios dos arredores. Eles alugam lanchas, organizam excursões e coisas assim, tudo muito concentrado no lugar. Durante os meses de inverno, quando há menos visitantes, desfrutam um longo período de calma. De manhã, levam os filhos ao colégio de Como — é a única cidade dos arredores que merece esse nome, com os semáforos, os centros comerciais e a pressa —, às vezes aproveitam para fazer compras ou comer em algum restaurante e à tarde voltam depois de recolher seus pequenos. Ou vai um deles, enquanto o outro espera em casa, preparando o jantar na cozinha da vila, observando a superfície da água. Em resumo, sua vida é tão idílica que me corrói de inveja.

Quando meu trem chegou, Silvana estava me esperando na estação. É uma mulher encantadora. De fato, eu já havia tido essa impressão na tarde anterior, quando lhe anunciei minha chegada e ela se ofereceu para me pegar em Milão. É claro que recusei. Acertei: o passeio de trem à beira do lago valeu a pena.

Silvana é alguns anos mais moça que eu, porém eu diria que aparenta ter 35 anos ou menos. Talvez pela sua maneira informal de se vestir, ou por essa serenidade que a acompanha o tempo inteiro. Subimos com o carro no ferry. Chegamos a Bellagio, e de lá seguimos por uma estrada até Nesso (não me diga que o nome destas aldeias não são, por si só, evocadores). "Você teve sorte de encontrar um bom tempo. Nessa época, há muitos dias cinzentos", me disse. No trajeto, falamos da coincidência de ambas sermos mães de gêmeos. Mostrei a ela as fotos de Iago e Rachel, ela fez o mesmo com as de seus filhos — dois meninos —, e ambas concordamos que os quatro são belíssimos.

Chamou minha atenção ela falar espanhol tão bem, com um ligeiríssimo sotaque italiano, e comentei isso. Sua resposta foi: "Claro, o espanhol é meu idioma. Jamais falei outra língua com minha mãe e, sobretudo, com minha avó."

Neste primeiro momento, percebi que Aldo havia sido o único homem da vida de Silvana. Pelo menos, o único a respeito do qual está disposta a falar com uma desconhecida. Ao longo do caminho, ela me explicou como o tinha conhecido, no ano em que ele e outros companheiros chegaram ao lago para praticar esqui aquático. Aldo havia acabado de romper com a namorada, e seus amigos procuravam distraí-lo. Não suspeitavam que se consolaria rapidamente e como esse verão seria decisivo em sua vida. No ano seguinte, recém-formado, estabeleceu-se em Nesso.

"Todos os amigos dele se perguntam como não sente falta da cidade, mas, para saber a resposta, é preciso passar aqui um pouco mais do que umas férias de verão", brincou Silvana.

Na casa, fomos recebidas por um delicioso aroma de comida recém-preparada.

"A cozinheira é minha mãe. Ela resiste a se aposentar. Hoje você vai entender por que não insisto que pare de trabalhar", brincou.

O piso do saguão é de motivos geométricos. Há um espelho, um tapete e um balcão. É como se você estivesse entrando em sua própria casa.

"Entre, mamãe deve estar na cozinha", me indicou Silvana, abrindo a porta da direita.

A sala de jantar é pequena, tem apenas seis mesas, muito acolhedora. As janelas dão para o lago e o embarcadouro. Uma lareira e, sobre esta, um retrato feminino. Teria prestado atenção nele, mesmo que por um viés profissional, se nesse momento a mãe de Silvana não tivesse vindo me receber.

"Que alegria tê-la aqui em casa, Violeta", disse Fiorella Otrante, me beijando com mais efusividade do que eu esperava.

Reparei imediatamente que mãe e filha são muito parecidas, inclusive em não aparentar a idade que têm. Fiorella tem — eu soube depois — pouco mais de 70, e asseguro a você que ela continua muito bonita. "E isso porque a senhora não está me conhecendo no meu melhor momento", foi sua resposta ao meu elogio.

Ela se referia à perda da mãe. Aproveitei para lhe dar os pêsames e pedir que me chamasse de você. Eu me sentia como uma personagem de uma comédia de Oscar Wilde.

Jantamos truta recheada que, como me disseram, é um prato típico da região. Fiorella a preparou em minha homenagem. Depois a conversa se prolongou até que ouvimos tocar o meio-dia em um campanário próximo.

Achei estranho os meninos não estarem em casa.

"Hoje ficaram em Milão, com a outra avó", explicou Silvana.

Enquanto a filha preparava café, a mãe foi direto ao ponto.

"Você quer que abordemos hoje a questão de que lhe falei em minha carta ou prefere esperar até amanhã?", perguntou.

Fui absolutamente sincera.

"A verdade é que estou morrendo de curiosidade", respondi.

"Nesse caso, me traga uns papéis que você vai encontrar na primeira gaveta do aparador. E também meus óculos, por favor."

Fiorella afastou com cuidado as migalhas de pão, posicionou os papéis diante dela, colocou os óculos, apertou um pouco os olhos, como se quisesse fixar a vista em alguma coisa, mas se deteve. Tirou de novo os óculos e ficou me observando.

"Antes de mais nada, quero que saiba que minha filha e eu estamos dispostas a cumprir as últimas vontades de minha mãe até o mínimo detalhe. Acreditamos que, para isso, poderemos contar com você."

Não entendi a que ela se referia, mas assenti. Colocou os óculos e continuou:

"O testamento de mamãe nos apresentou algumas surpresas curiosas. Além das disposições que já conhecíamos, que afetavam o hotel e as contas bancárias, o tabelião mencionou uma disposição adicional, sujeita a condições. Nunca em minha vida eu tinha ouvido falar de nada semelhante. Ela nos entregou uma carta de mamãe e um molho de chaves. No chaveiro estava escrito um endereço estranho, que ficava em um quilômetro qualquer da Via Borgonuovo, a estrada que separa Nesso da aldeia vizinha de Cavagnola. É uma região agreste, de escarpas, onde não mora ninguém. Achamos muito estranho, não só pela orografia do lugar mas porque ela jamais havia dito que tivéssemos ali alguma propriedade. Decidimos ir conhecê-la assim que saímos do tabelião. Descobrimos uma cabana de pedra e adobe escondida na vegetação, em cima das escarpas. Em algum momento deve ter sido uma ermida semidestruída que alguém resolveu reaproveitar, quando essas coisas podiam ser feitas impunemente. Se você não se opuser, gostaríamos de levá-la a esse lugar amanhã de manhã. No momento, gostaria que desse uma olhada no testamento e na disposição de que lhe falei."

Dá para notar que a minha anfitriã é uma mestra do suspense. O testamento era o esperado: um amontoado de retórica jurídica escrita em italiano assinado por uma senhora cujo nome chamou minha atenção: Eulalia Montull Serrano.

Você pode imaginar com que angústia dormi aquela noite.

Pela manhã me levaram à cabana. Quem a colocou lá não queria saber de nada do mundo, naturalmente. O telhado havia sido consertado, algo que também as deixou surpresas, porque queria dizer que sua mãe tinha se preocupado em manter o lugar em boas condições, embora nunca tivesse colocado os pés lá.

"Acho que você vai ter uma boa surpresa", me avisou Silvana quando entramos naquele santuário.

Não pense que exagero ao chamá-lo de "santuário". Entramos no ateliê de um pintor. Tinha um aspecto irreal, mas apenas porque estava arrumado. Os pincéis organizados em suas caixas, os cavaletes recolhidos, todo o material classificado. Se não fosse pelo cheiro e pela camada de poeira, seria possível dizer que esperava a chegada de alguém. Junto a uma parede, distingui um grande vulto coberto por um lençol. Ao afastá-lo, ficaram à vista dezenas de telas. Trinta e duas, para ser exata. Estavam alinhadas com cuidado, de acordo com o tamanho, separadas cuidadosamente por papel de jornal.

"Minha mãe deve ter organizado tudo. Ela também cobriu os quadros. Para protegê-los ou porque não queria vê-los, quem sabe."

Elas me mostraram um. O primeiro. Era um nu feminino. Reconheci o estilo no mesmo instante. O traço, os detalhes, os contornos... a obsessiva preparação da tela (muitos grampos, muito tecido), e, antes de dar atenção à assinatura, já me ocorriam dezenas de perguntas.

Já adivinhou? São quadros de vovô. Autênticos. E todos são nus femininos.

"A modelo foi minha mãe — revelou Fiorella. — Quando vocês os virem, vai compreender por que ela quis ocultá-los."

"E tudo isso aqui?", apontei para a cabana.

"Seu avô trabalhou neste lugar durante sua estada", explicou.

Franzi a testa.

"Mas... Não me consta que Amadeo Lax esteve aqui. Nenhum biógrafo jamais disse nada."

"A prova está diante de seus olhos. — Fiorella apontou ao nosso redor. — Os biógrafos podem se equivocar."

"Não tenha pressa, Violeta — interveio Silvana. — Já disse que você pode ficar lá em casa o tempo que quiser. Talvez devesse estudar melhor os quadros, para ter certeza de que são autênticos."

Assenti, mas apenas para ganhar tempo. Meus pensamentos estavam a mil por hora. Em relação à autenticidade, garanto que quase não tinha dúvidas. Era claríssimo. Quando você vir, vai entender do que estou falando.

Como aperitivo, vou contar uma coisa: são 32 nus, 32! Incrível! Um deles é idêntico ao *Il falso ricordo*, mas é bom. Quero dizer que aquele parece uma cópia grosseira deste, que, sem dúvida, é original. Além disso, as datas conferem. Porque, como você pode imaginar, todos os quadros estão datados e intitulados cuidadosamente, como os de Lax.

Passei os últimos dias analisando um a um e escrevi um inventário. Creio que vá ser de interesse do Patronato do MNAC. Estou anexando para que você o faça chegar às mãos oportunas, que terão muito a dizer a respeito, e, se achar conveniente, uma vez que tudo estiver concluído, levar o assunto à imprensa. Silvana e Fiorella estão de acordo. Quando você souber das condições que a falecida estabeleceu no testamento, vai gritar de emoção (e aos quatro ventos): legou as 32 obras para o Patronato do Museu Nacional d'Art de Catalunya, sim, mas sob três condições. A primeira, que o restante da obra seja exposto em uma área bem destacada em um museu importante. Deixou bem claro que não quer vê-las misturadas com quadros de outros artistas nem distantes das coleções de arte mais significativas. A segunda, que eu seja a responsável pelo projeto museológico que irá acolhê-las. E a terceira, que tudo isso seja feito em um prazo de três anos a contar a partir do dia de sua morte. Se, transcorrido esse tempo, a Generalitat não tiver feito nada, as obras vão passar, automaticamente, a fazer parte do acervo do Museu do Prado. Ah, e o tiro de misericórdia: ela me nomeia testamenteira. Não parece um sonho?

Um sonho ou uma piada, eu sei. Afinal, é o que você tem tentado fazer todo esse tempo: o que vovô queria.

Para terminar, acho que esse lugar está me ajudando, também, a digerir todas as novidades dos últimos dias. Estive tão confusa que nem sequer fui capaz de chegar às conclusões mais óbvias.

Como quando outra noite, apos passar horas vendo os quadros, falei a Silvana:

"Não acho estranho meu avô ter decidido passar um tempo aqui e se hospedar com sua avó. Também sinto vontade de ficar. Veja só: a história se repete."

Silvana me olhou, incrédula.

"Hóspede? Não, não, Violeta. É muito mais complicado que isso. Ele foi o amor da sua vida. Amadeo Lax também era meu avô."

Inventário das 32 obras inéditas de Amadeo Lax legadas por dona Eulalia Montull Serrano ao Patronato do Museu Nacional d'Art de Catalunya (MNAC)

Por Violeta Lax, doutora em história da arte (especializada em pintura modernista e novecentista) e diretora do Art Institute de Chicago.

Nesso, Como, Itália, 26 de março de 2010

Descrição geral do legado:

Trata-se de 32 quadros de pinturas a óleo realizados pelo pintor Amadeo Lax (Barcelona, 1889-1974) em sua vida adulta. Todos foram datados entre 1935 e 1940, correspondendo ao primeiro ano 47% dos mesmos (14 quadros) e repartindo-se os demais da seguinte maneira: 5 quadros de 1936, 2 de 1937, 4 de 1938, 3 de 1939 e mais 3 de 1940. A temática do nu feminino também é comum. Em 29 deles a modelo é a mesma, os três restantes são de detalhes anatômicos que não permitem a identificação.

Todas as obras foram assinadas e datadas por Amadeo Lax, além de intituladas no verso, como era hábito do artista. Os bastidores também apresentam características comuns às utilizadas por seu autor, incluindo seu zelo na hora de cravejar a tela nos ângulos (um detalhe que facilita a identificação e a autenticação do material).

Os quadros foram enumerados, respeitando a ordem em que haviam sido dispostos junto à parede do estúdio. Esta ordenação se fez obedecendo ao tamanho das obras, estando a maior mais perto da parede.

Aspectos destacáveis:

Ao inegável valor artístico se acrescenta o fato de as obras abordarem uma temática praticamente inédita na obra de Amadeo Lax. Com uma única exceção — *Il falso ricordo*, tela de 1962 adquirida pelo barão Heini Thyssen que atualmente faz parte da coleção permanente do Museu Thyssen-Bornemisza de Madri —, o pintor sempre evitou, e disse execrar, o nu feminino.

O valor financeiro do legado é estimado em 15 milhões de euros.

Descrição das obras (resumo):

Nº 1: *Frio*, 200 x 170cm. Óleo sobre tela, 1939
É o maior quadro da coleção. Representa uma cena de interior. A figura feminina ocupa a metade esquerda da cena. É uma mulher jovem, bela, nua, sentada em uma poltrona coberta com uma capa branca, com as mãos estendidas para o fogo, a cabeça virada para o espectador e longos e abundantes cabelos negros caindo em suas costas. A vivacidade de seu olhar e a seriedade de sua expressão conseguem atrair a atenção do espectador. Na parte direita, destacam-se a lareira acesa, o fragmento de um espelho e algumas folhas vegetais.

Nº 11: *Se as paredes falassem,* 170 x 140cm. Óleo sobre tela, 1936
Mostra a modelo reclinada sobre um divã, ao lado de uma janela pela qual se divisa a paisagem do lago de Como. Está com os cabelos recolhidos e veste uma roupa de estilo campestre. A saia está acima da cintura, deixando descoberto um par de pernas enfronhadas em meias brancas e um abundante pelo pubiano. A atitude indolente da figura feminina, a lassidão de seus braços, a separação de suas pernas e os pés nus acentuam a enorme carga erótica da composição. Como curiosidade, sublinhando o que foi dito acima, o centro geométrico da cena é ocupado, precisamente, pelo púbis de sua protagonista. Convém de novo destacar que tanto o tema quanto o tratamento dos retratos são atípicos no autor.

Nº 17: *Cruda verità* (*A verdade desnuda*), 165 x 94cm. Óleo sobre tela, 1940
A mesma modelo é retratada sentada em uma poltrona régia, completamente despida e com as pernas separadas, encarando o espectador. Novamente a região pubiana adquire um protagonismo absoluto, ocupando o centro geométrico da tela. Neste caso, além do mais, não se veem pelos e a abertura vaginal — traçada com grossas camadas de tinta vermelha e branca — é de enorme realismo. É preciso ressaltar que se trata de uma versão aprimorada — quase com toda segurança anterior — da obra *Il falso ricordo* (datada de 1962), que atualmente faz parte do acervo exposto na sala Amadeo Lax do MNAC. À espera de uma futura análise de ambos os quadros, este apresenta uma execução mais meticulosa, de traço mais fino e maior gama cromática.

Nº 20: *Sesta,* 150 x 150cm. Óleo sobre tela, 1936
A mesma modelo, adormecida. Das dobras de um lençol sobressaem a cabeça — o negro dos cabelos espalhados sobre o travesseiro contrasta com a brancura da cama — e um seio cujo mamilo — novamente — ocupa o centro geométrico da composição. O erotismo se faz presente nesse detalhe, em uma obra que, de outro modo, se destacaria pela ingenuidade.

Nº 26: *A ferida aberta*, 120 x 93cm. Óleo sobre tela, 1935
Revisão do clássico tema do *Spinario*. A modelo aparece aqui sentada em uma pedra ao lado das águas tranquilas do lago, como se estivesse arrancando um espinho cravado em seu pé esquerdo. Seu tornozelo esquerdo está apoiado no joelho direito, as pernas desnudas e a saia descansam sobre as coxas, de maneira que a região pubiana fica à vista do espectador. Mais uma vez, destacam-se o realismo e a meticulosidade anatômica com que o pintor traçou a vagina da modelo, que parece aqui ser mostrada de maneira acidental, de modo que o artista — e também o espectador — adota o papel de voyeur.

Nº 29: *O nosso*, 70 x 70cm. Óleo sobre tela, 1935
Um dos três detalhes anatômicos da coleção. Mostra uma mão apoiada em um seio. É impossível determinar se se trata de um retrato parcial da mesma modelo, embora tudo pareça indicar tal coisa. O traço grosseiro deixa a tela descoberta em vários fragmentos. É possível que se trate de um estudo.

Nota: a lista completa foi remetida ao Patronato do MNAC para uma primeira avaliação. O presente resumo foi elaborado com a finalidade de informar o legado à imprensa. Fotografias dos quadros mencionados podem ser fornecidas quando solicitadas. Para mais informações, entrar em contato com Arcadio Pérez.

XII

Em 10 de março de 1908, Maria del Roser Golorons deu por terminada a autoimposta proibição de abrir o porta-joias francês de ouro e cristal que havia pertencido a sua avó. Fechou a porta, levou-o à salinha, deixou-o na penteadeira, acionou a minúscula chave e levantou a tampa. A visão do conteúdo a deixou com os olhos marejados. Sentiu-se culpada por uma deslealdade inexistente, o que a transportou à primeira infância, quando abria às escondidas o cofre do tesouro e experimentava secretamente brincos, colares e pulseiras. Tinha medo dos broches, porque eles a espetavam com seus tentáculos de filigrana. Na época não compreendia sua mãe mal encontrar oportunidade para exibir aquelas maravilhas, sempre tão educada como filha de costureira, sempre trancada em casa, e gostava de imaginar a opulência de sua antepassada, aquela bisavó corada que tinha sobrevivido às Guerras Carlistas sem jamais tirar suas joias, e se enchia de admiração pensando que um dia ela também seria assim, uma grande dama, cheia de adereços.

Agora que eram suas e que, três meses depois, a dor por sua mãe começava a perder intensidade, ela não se sentia igual de maneira alguma. Enquanto a beleza das joias acelerava seu coração novamente, lamentou não existir aquele outro motivo de angústia, o de saber que a qualquer momento a legítima proprietária poderia voltar e encontrá-la outra vez com as orelhas sobrecarregadas de pedras preciosas, desobedecendo de forma manifesta e brincando de ser o que nenhuma mulher da casa jamais se permitira.

— Chegará o momento de você usá-las quando eu morrer, minha filha — disse-lhe uma vez sua mãe, devolvendo tudo ao seu lugar —, mas antes terá de fazer por merecê-las.

Maria del Roser começou a tirá-las do porta-joias e as espalhou em cima de uma toalha limpa. Precisava escolher quais usaria aquela noite, a primeira em que sairia após os exaustivos rituais da morte, a primeira em que as joias se acomodariam em sua pele e não na de sua mãe, sua avó ou sua bisavó. Pensou que não as merecia, que a premissa materna não se cumprira, e, em cada peça, viu não um capricho da sofisticação e do luxo, mas uma parte da própria mãe. Tinha um nó na garganta quando percebeu o ronco dos motores se aproximando e começou a ouvir um alvoroço bastante incomum na rua, que se deteve exatamente diante de seu portão. Afastou um pouco a cortina para averiguar o que estava acontecendo. Então viu o próprio rei Alfonso XIII descer do Hispano Suiza de Rodolfo com a ajuda de dois senhores que lhe pareceram familiares e subir com esforço os poucos degraus da entrada da casa. Pensou que mais de um criado não sobreviveria àquela impressão de se ver cara a cara com o rei e tampouco teve tempo de devolver as joias ao cofre francês. Verificou seu aspecto diante do espelho, deixou o budoar fechado com chave e desceu a escada sem perder o passo, para receber o visitante ilustre como era devido.

Encontrou o monarca recostado em uma das poltronas de veludo amarelo, com a cabeça inclinada para trás e apoiada em uma almofada, enquanto vários homens de seu séquito se esforçavam para tirar suas botas. Usava um uniforme que parecia muito desconfortável, repleto de medalhas pesadas. Os soldados da guarda real, vestidos de gala, eram um rebanho desorientado que havia acabado de perder o pastor. Os integrantes da comitiva real, pertencentes às melhores famílias da cidade, entre os quais não faltavam jovenzinhos da mesma idade do real anfitrião, suavam frio só de imaginar como aquilo poderia terminar. As criadas se persignavam no vão da escada, loucas para contemplar o que estava acontecendo diante da lareira e para resolver os problemas urgentes que se apresentavam. Por exemplo, quando o senhor Maura pediu um leque para arejar a coroa da Espanha, Conchita se apressou a tirar da escrivaninha o *paipay* de vime que anos antes usara para abanar as crianças e colocá-lo nas mãos do chefe do governo.

— A pobre criatura ficou enjoada — sussurrou Rodolfo ao ouvido da esposa, quando ela se acrescentou ao coro de almas desorientadas pelo desmaio real. — Não acho estranho, diante do intenso programa de solenidades que organizaram para ele. Não lhe deixaram nem um segundo livre para ir ao banheiro.

Mandou uma carruagem buscar o doutor Gambús, que chegou preparado para tudo. Naquele momento, o rei já mexia a cabeça por si só e parecia delirar em voz baixa. Seus lábios tremiam como em uma salmodia íntima. O médico o examinou cuidadosamente, como se temesse quebrá-lo, com expressão gravíssima. Assim como o restante dos presentes, devia convir que o rei não tinha idade para se desvanecer em nenhum lugar. É que naquele ano de 1908, Sua Majestade acabara de completar 22 anos. Muito bem aproveitados, é verdade.

Enquanto a reanimação seguia seu curso e Gambús espalhava por todo o salão as essências de sua maleta, Maria del Roser convidou todos a irem ao pátio e mandou que servissem um refresco.

— Deviam ter nos avisado — protestava Eutimia. — Eu teria gostado de ornamentar a casa.

Dom Rodolfo encontrou um momento para contar a sua esposa como havia sido a manhã, enquanto subia a seu quarto para trocar os sapatos novos, comprados para a ocasião, por outros velhos que não torturassem seus pés. Maria del Roser tentou impedi-lo, mas Rodolfo foi taxativo:

— Se não trocá-los, acabarei proclamando a República — disse, sentando-se na banqueta para tirar os calçados, enquanto Maria del Roser ardia de vontade de ouvir a história que estava prestes a começar. — Creio que o pobrezinho esteja gripado. Percebi assim que o vi descer do trem, às nove e cinco em ponto, na parada do Paseo de Gracia. Antes mesmo de entrar na carruagem, perguntou se algum dos nossos tinha um lenço. Ainda não havíamos chegado às Ramblas e já tinha acabado com dois ou três. Com semelhante congestão, a companhia dos conselheiros, do cardeal, do chefe do Estado-Maior e do bispo, que o afligiam sem parar com piadas horrorosas, não fez muito bem a ele. Chegou pálido à Igreja da Merced e dava aflição vê-lo avançar, recebendo todas as honras, para ouvir o "Te Deum". Parece que melhorou um pouco durante o ofício, e no Salve e no beija-mãos à Nossa Senhora já estava reposto. Era uma aparência falsa. Sem pressa, ele sujando os lenços e nós procurando outros para lhe oferecer, nos dirigimos ao cruzamento da rua Reina Regente com a do Consulado, para continuar cumprindo a agenda do dia. É lá que fica o número 71 da rua Ancha, propriedade do marquês de Monistrol, precisamente o lugar escolhido para o início das demolições. Você não pode imaginar, Rorrita, o número de cadeiras e bandeirolas e estandartes e guardas de gala que cabem naquele pedacinho de rua. Eu mesmo fui incapaz de contá-los. E, como se algo assim não pudesse ser feito sem os acordes de uma música apropriada, também estavam lá, mortos de nervosismo e enfiados em seus melhores uniformes, os membros de pelo menos quatro bandas municipais, inclusive a dos Talleres Salesianos e a do regimento de infantaria de Alcântara. Dava gosto vê-las. Para cuidar de todos os detalhes, alguém havia colocado vasos com plantas na tribuna do rei, mas como ele não fazia nada além de espirrar, correram para tirá-los, temerosos de que tivessem lhe provocado uma alergia. Ai, Rorró, você teria se encantado ao vê-lo lá, tão orgulhoso e esticado como sempre, como se estivesse na varanda de sua casa. Também havia uma bandeira com o nome de Cerdà, imagino que para manter as formalidades e convencer Madri, porque todos sabemos que ninguém nunca lhe pagou por seus planos nem por seus cuidados, a não ser que agora as críticas e as ofensas valham como pagamento, porque desses politiqueiros se pode esperar tudo. Quando começaram os discursos, não restava uma cadeira que não estivesse ocupada por um grande líder. A mim coube a terceira fila, com uma panorâmica única do pescoço do diretor do Banco Hispano Colonial, presunçoso como o pai de um noivo (que é quem paga as bodas, claro). O deputado Puig i Cadafalch também foi visto um pouco congestionado, e tanto você como eu sabemos que não era, exatamente, para dar razão ao rei. Na verdade, parecia conjecturar o que responderá amanhã quando os republicanos o acusarem no plenário municipal de monarquista e antibarcelonês. Cambó, por sua vez, estava tão tranquilo, como se na presença de Maura, dos mauristas e do próprio rei não sentisse falta nem de sua senhora. O discurso de Sanllehy foi desprovido de substância e muito longo, como uma boa intervenção do prefeito, e só a referência ao conselheiro Bastardas o tornou um pouco interessante, mas apenas o suficiente para que o assunto da ausência de alguns elevasse os cochichos e dissipasse os bocejos. Um distraído chegou perguntando onde estava Bastardas ou se também estava resfriado. "Não, é que Bastardas queria que a inauguração fosse na terça-feira", respondeu alguém, feliz por dar a informação em tom pouco discreto. "Ah, ele por acaso tem alguma coisa contra as quartas-feiras?" "Não, salvo que na terça-feira Maura e o rei não poderiam vir." Poderia jurar, naturalmente, que durante os discursos vi o marquês de Comillas, e não só ele, cabecear o ar. Os aplausos o salvaram do opróbrio, pois voltou a si renovado e pronto para gritar, como todos os demais, em perfeito catalão: "*Visca el Rei!*" E, como estamos falando das forças conservadoras, preciso lhe dizer que Maura deixou todo mundo petrificado com um discurso que mais parecia de posse na Real Academia de tão florido e carregado, como se tivesse sido escrito: "Assim como a árvore pletórica de seiva que lança novos e vigorosos brotos e irrompe em rica e abundante eflorescência, Barcelona, que está cheia de vida, necessita realizar sua reforma, substituindo por grandes vias as ruas estreitas de cidade antiga e blá-blá-blá." Deixou todos atordoados, meditando acerca da floração, enquanto as autoridades, Maura e o rei à frente, já caminhavam em direção ao número 71 da rua. Lá os esperavam um esbirro com uma picareta na mão. Não era uma ferramenta qualquer, não se assuste, mas uma fundida em prata e ouro especialmente para a ocasião, com punho de acácia. Uma peça de museu, vamos, embora não se saiba ainda em que museu colocá-la. Primeiro Sanllehy a agarrou e, solene como quem entrega uma custódia, ofereceu-a ao rei. E você acredita que este a empunhou sem dificuldade e até com certo profissionalismo, como se tivesse experiência na demolição de cidades? "E o que acontecerá se não derrubar a pedra?", perguntou um desses que sempre desdenham das aptidões dos Bourbons. Comillas lhe explicou (e eu mesmo não entendo como poderia sabê-lo): "Impossível, cavalheiro, não sofra. A pedra foi descalçada e está mais solta que queixo de velha." Também houve um comentário mal-intencionado: "Eu queria ver isto: o rei quebrando pedra!" Por fim, sem sobressaltos, a pedra se soltou, como era de se esperar, e todos aplaudiram, felicitando-se; entretanto, o rei correu para pedir um lenço. Após as fotografias para a imprensa e as saudações, a comitiva se pôs em marcha de novo, a caminho do auditório, do almoço e da recepção, que deviam ocorrer, nesta ordem, na Capitania Geral. Mas, ao subir no carro, o pobre Alfonso estava pálido e suado. Alguém lhe perguntou se estava se sentindo bem, se desejava alterar o programa, mas ele se limitou a dizer: "Não, não. Continuemos. O que vamos fazer agora? Já vamos comer?" E, quando lhe disseram que seiscentos industriais o esperavam para que lhes explicasse suas conquistas mais recentes, ele fechou os olhos, enxugou o suor com a manga do uniforme de almirante e falou: "Que assim seja, então." Mas não foi possível continuar. Ao chegar à porta da Capitania Geral, o rei não abria os olhos e não respondia nem aos acenos dos nobres mais engomados de seu séquito. Alguém brincou perguntando se havia sido Bastardas quem tinha organizado aquela coisa interminável. Um exagerado falou de envenenamento, de outro atentado e de não sei mais quantos exageros. Os comentários se espalhavam e todos pareciam mais preocupados com o atraso da ordem do dia que com a saúde do desvanecido, e como, em suma, ninguém sabia o que fazer diante da contrariedade, dei ordens para trazê-lo aqui para casa de imediato e todos concordaram. Assim, de passagem, pensei, troco os sapatos. E não fique irritada comigo, Rorrita, pois sei muito bem quanto a desagradaria ter um marido coxo.

Rorró sorria, se divertindo com aquelas histórias de Rodolfo, tão detalhadas que a transportavam para as cenas descritas. Dirigiu-lhe um olhar benévolo.

— Você fez muito bem, querido, como sempre — afirmou.

Rodolfo, que acabara de calçar suas velhas botas, soltou um suspiro de alívio.

— Eu tinha certeza de que você me compreenderia, mulher. E, agora, vamos, ouço uma agitação lá embaixo e não quero que ninguém diga que os anfitriões se esconderam.

O alvoroço se devia à chegada do cardeal e seu séquito, dois ou três bispos e um presbítero, que, nem bem tinham acabado de benzer as sábias e diminutas mãos do doutor Gambús, se dirigiram diretamente à área de restauração, como se conhecessem o caminho. Lá descobriram que naquela casa se comia muito bem e que os presentes só falavam da recepção de gala que estava prevista para aquela mesma noite no Liceo. E ambas as coisas foram de seu agrado.

— Não acho que os senhores devam suspendê-la. Não creio que, por um simples resfriado, Sua Majestade se arrisque a decepcionar tantos e tão queridos amigos — disse monsenhor Laguarda, que, além de bispo, era expert nos mecanismos que faziam funcionar as relações dos poderosos.

O cardeal e seus acólitos assentiam com a boca cheia, dando razão a Sua Excelência.

A situação tinha dado asas a Eutimia para protagonizar o último grande feito de sua vida. Ela já completara 73 anos, mas o poder lhe devolveu milagrosamente a juventude durante algumas horas e foi vista desfrutando dela enquanto mandava as criadas gelarem mais champanhe, correrem para preparar mais canapés e se apressarem a cortar mais embutidos. No final do dia, no entanto, obteve o que sentiu como uma recompensa por seus muitos anos de serviço e dedicação, quando Alfonso XIII, já mais corado, com um meio sorriso, lhe disse que havia achado tudo delicioso. Eutimia sentiu seu coração pular e correu para tocar o medalhão onde guardava o bigodinho de seu falecido para que ele também participasse do momento. E viveu o resto de seus dias feliz, pensando que devolvera a consciência ao rei da Espanha.

— Como é triste um vernissage ao qual só comparecem cavalheiros, embora alguns usem penachos na cabeça e o peito cheio de medalhas — murmurava Concha ao ouvido de Juanita, vendo a presença de todos aqueles senhores uniformizados. — Se soubéssemos, teríamos hasteado a bandeira.

Maria del Roser teria lhe dado razão em silêncio. Ela também sentia falta da bandeira e dos adornos dos trajes de gala das senhoras, que exibiriam todo seu esplendor naquela mesma noite no Liceo. Havia resolvido ir por Rodolfo, que detestava as conversas de bastidores e se exasperava com trocas de gentileza. Maria del Roser sabia como podiam parecer agressivos os silêncios nos encontros sociais, sobretudo quando derivavam da burrice dos interlocutores, de modo que decidiu acompanhá-lo com a intenção de falar pelos cotovelos, como de hábito.

A escolha da roupa foi tão carregada de idiossincrasias que a costureira quase tem um ataque de nervos. "Nada de preto, pois deixa Rodolfo triste. Branco, menos ainda; isso deixamos para as senhoritas debutantes. Depois dos 35, o rosa é um equívoco. Nem o verde, nem o turquesa, nem os cretones, nem as sedas combinam com meu espírito. E os horríveis marrons deixo para daqui a vinte anos. E você, o que acha?" A costureira estava apalermada. Como último recurso, colocou na mesa uma mostra de fina seda recém-chegada de Paris e, jactanciosa como quem exibe uma carta vencedora, disse: "O que a senhora precisa é da malva." Maria del Roser achou que era bem apropriada. Aquela cor solene combinava a última moda com a rançosa solenidade eclesiástica. Mandou que a cauda e o decote fossem menores que o habitual e insistiu em usar as mangas abauladas abaixo do cotovelo. Como sempre que tomava uma decisão, não houve maneira de dissuadi-la.

A preocupação com o ato do Liceo não tinha só a ver com a saúde do rei.

— Já sabem onde o colocarão? — perguntou o marquês de Robert.

— Pelo amor de Deus, não fale do rei como se fosse um vaso — censurou-o o senhor Milà i Pi, do Círculo do Liceo. — Claro que sabem, homem. Os marqueses de Julià e de Sotohermoso cederam os camarotes para as autoridades. Maura, o rei e o séquito.

Julià, que estava por perto, perseguindo as fatias de salsichão de Vic que uma criada levava em uma bandeja, interveio, oportuno:

— Se esses idiotas que são contra tudo não tivessem eliminado o camarote de sua avó, agora não seria necessário arranjar um lugar qualquer para ele.

— Claro, mas se Isabel II quisesse que seus netos vissem as solenidades, deveria ter pagado a reconstrução do teatro, como lhe foi pedido depois do incêndio. Que coisa horrível de sua parte — opinou Milà i Pi.

Rodolfo assentia, sabendo que seus concidadãos, pelo menos os que tinham assuntos a tratar com ele, eram capazes de perdoar tudo, menos que alguém não pagasse sua parte.

— E qual é o programa previsto para o concerto? — quis saber o jovem Albert Despujol, erguendo uma ostra. — Espero que só Wagner.

— Não, senhor — adiantou-se Maria del Roser —, também inclui Grieg e Paul Gilson. Pensem que talvez o rei não seja tão wagneriano como nós.

— Que besteira! Por que não seria? — comentou Camilo Fabra.

— Há quem não suporte sua música e até inventa piadinhas — interveio dom Emilio de la Cuadra. — Por exemplo: “De Wagner, o velho teutão/foram ouvir uma chateação”, e coisas assim.

— Besteiras! — acrescentou Fabra, indignado. — Qualquer pessoa de bom gosto adora Wagner. Quem escreveu esses versos merece ficar surdo.

Alguns acharam essa defesa do alemão partindo de um homem que acabara de se associar a um inglês para estender sua produção algodoeira a todo o mundo muito curiosa, mas não disseram nada, pois todos sabiam que a ópera e os tecidos de algodão correm por caminhos muito distintos.

Lá de dentro chegaram boas notícias. O rei abrira os olhos. As criadas, muito tímidas, estavam lhe servindo um tira-gosto. Por ora, o médico achava oportuno que ele não visse ninguém. As boas-novas relaxaram os ânimos.

Albert Despujol abandonou as ostras por um momento e perguntou aos anfitriões por seu filho Amadeo, da mesma idade que ele. Chamou a atenção dos Lax ouvi-lo falar em um terrível castelão e não souberam se o fazia por respeito à companhia ou por querer se dar ares de nobreza.

— Está viajando — informou Rodolfo —, não sabemos se pela Itália ou em Paris.

Maria del Roser acrescentou:

— Foi autorizado a completar sua formação artística e pessoal com uma viagem de estudos. Está fora há dois anos.

— Como alguns têm sorte! — opinou Despujol. — Eu, de minha parte, não posso nem pensar em ir a lugar nenhum por conta dos sacrifícios que minha prometida e o trabalho me impõem. Meu sogro espera que a renúncia me transforme em um homem responsável, digno de administrar suas indústrias. Eu também espero, lhes confesso. Vou casar no final do ano. Sabem se seu filho já terá voltado? Gostaria de lhe pedir que me dê a honra de ser uma das testemunhas de meu casamento.

O porte do jovem Albert Despujol, unido a suas maneiras refinadas e à ambição que se adivinhava sob seu amor pelo trabalho, o transformara em uma das peças mais cobiçadas pelas jovens caçadoras da alta sociedade. Por fim, ele havia se comprometido com uma Muntadas, atendendo às expectativas de sua família e dele mesmo.

— Vou escrever para ele — avisou Maria del Roser. — Tenho certeza de que ficará muito feliz de antecipar sua volta para uma ocasião tão especial. Você sabe que meu filho o estima muito.

Maria del Roser cumpria seu papel, naturalmente, embora, na verdade, tivesse suas dúvidas se Amadeo não detestava Despujol, como acontecia com quase todo mundo.

Octavio Conde Gómez de Olmo também fazia parte do seleto grupo de jovens que acompanhava o rei em seu périplo pela cidade e, em consequência, ele também conversava no pátio naquele momento. Quando os Lax se aproximaram das pessoas com quem ele estava, pulando de flor em flor como bons anfitriões, surpreendeu-os com uma pergunta:

— Já sabem que os filhos de dom Eusebio Güell são dois heróis?

Em seguida, ele contou uma história que naqueles dias estava na boca de todos. Fazia referência aos dois filhos de um conhecidíssimo industrial.

— Aconteceu esta semana na fábrica de Santa Coloma de Cervelló. Um operário de 14 anos caiu em pé em um desses galões de tinta que chamam de "*barcas*". Os ácidos queimaram as duas pernas dele, e os médicos disseram que só implantes de pele poderiam evitar a amputação. Eram necessários vinte voluntários e cada um contribuiria com um retângulo de pele de uns vinte centímetros de comprimento por sete de largura. O primeiro voluntário a oferecer a pele foi o sacerdote da colônia, um santo homem chamado Cobarrubias. O segundo e o terceiro foram os dois irmãos Güell, Santiago e Claudio, respectivamente gerente e vice-diretor da fábrica. E não foi uma atitude falsa, porque no dia seguinte eles foram os primeiros a terem aquele pedaço de si mesmos extirpado das costas.

— É disso, exatamente, que estamos precisando! Heróis aristocratas! — reagiu o prefeito Sanllehy, com faiscante alegria. — Se Llimona os esculpir em pedra de Montjuïc, eu me comprometo a colocá-los na Praça Cataluña!

— Naturalmente, estariam lá melhor do que todas essas palmeirinhas anãs que o senhor plantou, dom Domingo — interveio Salvador de Samà, que, além de rico, marquês, deputado e ex-prefeito, era aspirante à prefeitura. — Mas controle os artistas para que não representem os dois corajosos em pelo, pois então não haverá quem coloque as estátuas em uma via pública!

O que na verdade caía bem a Salvador de Samà era se pavonear diante de Rodolfo por ter sido mais rápido que ele. Seria possível dizer que ambos viviam de se antecipar um ao outro e sempre relembrar as ocasiões em que o haviam conseguido. Para o teimoso Lax, o espinho que Samà lhe cravara mais fundo foram aqueles terrenos montanhosos que pareciam distantes de tudo e que depois havia vendido a Eusebio Güell a um preço exorbitante para seu protegido, aquele Gaudí que não sabia traçar linhas retas, os utilizar para fazer sua mais recente extravagância.

— Entreguem-na a dom Salvador — brincou Rodolfo —, e ele certamente encherá a Praça Cataluña de obeliscos!

Dona Maria del Roser se aproximara de dom Octavio Conde. O jovem, na verdade, era o único dos presentes que podia se orgulhar de ser amigo de Amadeo. Também era o único com quem o mais velho dos Lax mantinha contato de vez em quando. Maria del Roser recorreu a ele quando foi possível conversarem a sós.

— Por favor, Octavio, você poderia escrever a Amadeo e perguntar se acha que vai voltar logo? Nao queremos vê-lo tão afastado do mundo e de suas obrigações. Mais cedo ou mais tarde, ele deve tomar posse do que lhe pertence, e nesta cidade as ausências prolongadas se pagam muito caro.

— É claro que sim, senhora Lax, terei muito prazer em lhe perguntar. Mas devo adverti-la de que seu filho não vai me ouvir. Nem a mim, nem a ninguém além de a sua vontade.

— Li que, ultimamente, os acusam de serem lerrouxistas — interrompeu dom Rodolfo, sempre mais interessado nas histórias publicadas pelos jornais do que pelo que acontecia em sua casa.

— Nem me fale! Meu pai está transtornado com toda essa situação, mas diz que nem por isso pensa em aprender catalão! Eu lhe digo que não é necessário levar as coisas a esse extremo, pois, afinal, o catalão é um dialeto agradável ao ouvido e parece, inclusive, apropriado para algo mais que vender bois, como querem demonstrar hoje em dia, com os trabalhos de poetas e dramaturgos que brotam em todo lugar. Mas meu pai continua convencido de que em Barcelona, para merecer o título de cidadão, é preciso ser contrário a algo ou a alguém. Vocês sabem que ele é um homem teimoso.

Maria del Roser sorria com benevolência ouvindo o filho de seu amigo e companheiro. Precisamente nesses dias, a teimosia de dom Eduardo Conde tinha dado grandes alegrias ao grupo espírita ao qual ambos pertenciam.

— Seu pai é um grande homem — disse Maria del Roser —, coisa que muitos sabem e reconhecem.

Maria del Roser se referia à transferência dos restos mortais de Francisco Canals Ambrós, operação em que dom Eduardo se empenhara muito. Graças a ele, os devotos do jovem milagreiro, que se contavam aos milhares, tinham por fim um lugar onde lhe render culto. Ia contá-lo a dom Octavio, quem achava ser alheio aos méritos do pai, mas as veleidades da nobreza, cujos ânimos se acendiam quando afloravam certos assuntos, a impediram.

— Falando de catalanistas... — sentenciou Claudio López, segundo marquês de Comillas, proprietário do Banco Hispano Colonial e apelidado de "Grã-Esmoleiro do Reino" pela sua afeição às obras de caridade. — Ouvi que o rei vai ficar em Barcelona para ir ao Palau de la Música. Sigam o exemplo, cavalheiros. Isso é solidariedade catalã, e não essas ideias de Prat de la Riba!

— Sim, sim, eu diria que o que o interessa, na verdade, é conhecer o covil do inimigo, não acham? — interveio o senhor Plandolit, do Banco de Barcelona.

Os marqueses assentiam. A reunião os mantinha relaxados e propícios às confidências. López asseverou:

— É sabido que o rei gosta muito mais de Barcelona que de Madri.

— Não será porque ele gosta mais dos barceloneses que desses nobres madrilenos que parecem ter sido todos tirados de um quadro de Velázquez? — perguntou outro ilustre banqueiro, o senhor Estruch.

Dom Rodolfo riu e falou:

— Eu preferiria dizer as barcelonesas.

— Tem razão — assentiu Plandolit. — Victoria Eugenia é muito descuidada. Seu marido é muito jovem e ela é muito inglesa para a comédia não acabar em sainete.

Neste exato momento, uniu-se ao grupo dom Ramón Bassegoda, barbudo e proeminente octogenário, além de pertinaz emissor de fumaça de tabaco.

— O que há, meus jovens? — saudou, antes de inclinar a cabeça para Maria del Roser. — Estão todos bem?

Octavio respondeu com um gesto cordial.

— Como vai seu pai, conde? Já se recuperou da perda da doce dona Cecilia?

Octavio respondeu mais uma vez com um gesto convencional. Breve, porque não queria falar da morte de sua mãe, provocada por um acidente, quando uma garrafa de gasolina incendiou suas longas saias. A imprensa, felizmente, omitiu a causa, e toda a cidade amparou a família em sua dor. A discrição tornou a desgraça mais suportável.

— E você, Rodolfo? Está bem? Me disseram que, além de demolir cidades, agora transfere conventos de freiras pedra por pedra.

Rodolfo revirou os olhos, como se dissesse: "Ah, não me fale disso." Referia-se às freiras do Convento de Santa María de Montesión, tão cheias de caprichos como afeiçoadas às mudanças complicadas.

Bassegoda apontou o dedo indicador para o anfitrião e abaixou um pouco a voz:

— Na verdade, dom Rodolfo, será que o senhor poderia me conseguir alguma colunata ou algum pórtico desses que agora sobram em todas as igrejas? Eu gostaria de dar um presentinho a minha senhora, por ocasião de nossas bodas de ouro. Ouvi dizer que graças ao senhor uma baronesa comprou a preço de ocasião o portal do Convento do Carmen e que o exibe em seu jardim, ao lado daquelas 14 colunas que sobraram das freirinhas de Junqueras. Diga-se de passagem, sobraram a preço de ouro, mas para mim tanto faz, porque pude pagar. Esse hábito moderno de reduzir conventos à escala de Cerdà me parece tão bonito. Deus também tem que se enquadrar, para se adaptar aos tempos. Para ser sincero, eu não esperava grande coisa de alguém que só pensa em instalar cloacas em toda parte. Os senhores acreditam que esta cidade precisa de porcarias subterrâneas? Que disparate! Mas eu também soube que Plandiura, o comerciante de açúcar, não faz mais que comprar retábulos e pias batismais onde quer que vá. A verdade é que eu também não rejeitaria um retábulo, desde que não esteja cheio de demônios e fique bem no jardim. O que os senhores acham?

Como Rodolfo se absteve de opinar, Bassegoda continuou:

— Ah! O senhor se lembra, dom Rodolfo, de quando chegamos a Barcelona? Que tempos aqueles. A cidade tinha portas que eram fechadas à noite, com um soldado inimigo parado diante de cada uma. Quando começamos a gritar "Abaixo as muralhas!", sempre havia um aristocrata decrépito nos observando como se fôssemos assaltá-lo. Os senhores não sabem o que fizemos, jovens. Esses acontecimentos de agora não possuem nenhum mérito se comparados com os de então, assim como os invernos não são mais o que eram. E parece que o progresso é perceptível até no tempo. Agora não fica mais gelado como antes! Mas me digam, cavalheiros, os senhores estão prosperando? Ganham seu bom dinheiro? Pensam em se casar? Porque sem dinheiro e sem mulher não se pode fazer nada de bom na vida, lembrem-se sempre.

Dito isso, Ramón Bassegoda, sócio-fundador da sociedade Constructora Catalana S.A., falido na crise de mercado de 1866 e ressurgido das cinzas pouco mais tarde para virar um empresário teatral, afastou-se com o passo cansado que seus veneráveis 84 anos lhe impunham.

Então, a porta do pátio foi aberta e a figura desengonçada do rei Alfonso XIII se aprumou sobre os cristais multicoloridos. Todas as conversas se dissolveram no ato. Os membros da guarda real se apressaram a largar os canapés e se perfilaram. Os banqueiros deixaram as anedotas para outro dia. O cardeal e seu séquito correram para se benzer. Os militares sapatearam e os industriais se sentiram a salvo. Não havia dúvida de que o rei estava com um aspecto melhor. Tudo, exceto seu nariz, que estava vermelho como um pimentão. Maria del Roser Golorons o saudou com uma reverência.

— Senhora Lax, não sabe o quanto lhe sou grato por sua hospitalidade — disse Alfonso XIII, com um sorriso aguado nos lábios, segurando as mãos de sua anfitriã —, e asseguro que encontrarei uma maneira de lhe devolver o gesto.

Alguns dos presentes viram nessa frase do rei a promessa de um título nobiliárquico. Afinal, Alfonso XIII gostava tanto de repartir prebendas desse tipo como os burgueses endinheirados de recebê-las.

— Minha recompensa é sua melhora, Majestade — declarou Maria del Roser, dirigindo o olhar às lajotas do solo.

Aproveitando a alegria do momento, a senhora da casa mandou chamar Violeta e colocar os criados em formação. A menina, morta de vergonha, compareceu diante do rei com aquele seu ar de passarinho recém-caído do ninho. O rei deu dois beijinhos nela e perguntou quantos anos tinha.

— Quase 11 — informou ela.

— O resfriado vai passar — sussurrou Conchita para si.

Maura sugeriu um brinde, e foram necessárias mais duas caixas de Veuve Clicqot. Eutimia teve um ataque de fúria.

— Esse homem deveria entender que isso aqui não é o Parlamento. Não podemos tirar bebidas da cartola, como ele faz com as leis — resmungou a governanta.

Após o brinde, o rei quis retomar o programa previsto. Como o tira-gosto servido no pátio dos Lax havia sido generoso, optou-se por suprimir o almoço e passar diretamente ao beija-mãos. Todos voltaram aos coches em ordem protocolar e sem nenhum sobressalto, enquanto Violeta tocava a "Marcha Real" no piano do salão. Os últimos a descer foram dom Rodolfo, o cardeal, Antonio Maura e o próprio rei. Dona Maria del Roser ficou observando do andar superior, orgulhosa por ver seu ratinho tão bem-acompanhado. Houve uma nova delonga enquanto Alfonso XIII saudava os criados, alinhados em posição de sentido, ao pé da escada, com

Eutimia à frente. O intervalo salvou a pele dos seis lacaios que acompanhavam o rei, vestidos à moda de Federico, o Grande, da Prússia — ou seja, com cachinhos brancos, chapéus tricornes emplumados, fraques vermelhos, calças curtas e meias brancas —, e haviam se deixado seduzir por Vicenta, que lhes servia seu próprio vernissage, encantada com a elegância que conferiam a sua cozinha. Quando o rei, finalmente, desceu a escada e pisou na passagem Domingo, era uma nova pessoa e os lacaios estavam em seus postos. Depois todos subiram nos coches e desapareceram, deixando a casa muito mais caótica, porém tão silenciosa como a encontraram.

Naquela noite, após tudo ter corrido no Liceo conforme o planejado, quando dom Rodolfo roncava como uma velha locomotiva, uma manada de pensamentos incômodos manteve a senhora Maria del Roser acordada. Ela não só refletia sobre o inesperado privilégio que o dia havia lhe oferecido, que a levava a se sentir muito afortunada: não conseguia tirar da cabeça o jovem Albert Despujol ou seu querido Octavio Conde, a desenvoltura com que se comportavam em sociedade, a familiaridade com que se dirigiam ao rei e a distância de seu filho — que gostaria que fosse tão sociável e natural como seus amigos — de tudo aquilo. Não podia suportar a suspeita de que Amadeo era incapaz de proceder socialmente como eles. E não podia evitar se sentir culpada por isso: "Devia ter cuidado melhor dele quando era pequeno, não o ter deixado tanto nas mãos de Conchita, não ter permitido que Rodolfo interviesse daquela maneira tão rude quando os problemas começaram", dizia a si mesma, lúcida, na escuridão.

Impelida por essa convicção, pois a culpa a fustigava, ela se levantou da cama, foi às escuras até o escritório, acendeu o minúsculo candeeiro, pegou um papel de carta e escreveu um bilhete para Amadeo, antecipando-lhe o enlace matrimonial de seu amigo Josep Maria Albert Despujol com a menina Muntadas e seu desejo de pedir que estivesse presente na qualidade de testemunha. Escreveu o endereço do hotel de Roma que Amadeo tinha lhe indicado como seu paradeiro mais definitivo e deixou a carta pronta para ser levada ao correio na manhã seguinte. Voltou à cama, carregando o peso daquele desgosto inoportuno.

Três semanas depois, chegou pelo correio a resposta de seu filho.

"Mamãe querida, por ora não estou pensando em voltar. Quando decidir fazê-lo, farei com que saiba. Peço-lhe que envie um presente apropriado ao senhor Despujol de minha parte, junto de meus desejos de felicidade e descendência. Seu filho, que a ama, Amadeo."

A senhora Maria del Roser não se sentiu melhor com a mensagem do filho. Por sorte, logo chegou o verão, que sempre apaziguava seus ânimos. A brisa marinha e a distância dos problemas urbanos contribuíram para que se habituasse à ideia de que seu filho não dava nenhuma importância às coisas que tiravam seu sono. Ela decidiu prolongar sua mesada e deixá-lo um pouco mais à vontade. Afinal de contas, isso era menos trabalhoso que sentir desgosto a todo momento.

A estada de Amadeo no estrangeiro se prolongou ainda por 12 meses e teria durado muito mais se algo que mudou o rumo dos acontecimentos não tivesse acontecido. Anos mais tarde, o herdeiro dos Lax consideraria esse momento como o final abrupto de sua juventude.

Em 30 de julho de 1909, o jovem pintor recebeu um telegrama urgente.

"Papai morreu. Volte imediatamente."

IMPROVISO 36 ANOS DEPOIS

Nuria Azancot

Depois de uma tortuosa história que começou com a abertura do testamento do pintor novecentista Amadeo Lax em 1974, por fim a Generalitat da Catalunha decidiu dar algum uso ao palacete que foi do artista e que este legou ao governo autônomo com a intenção de destiná-lo a um espaço museológico. Mas, como os desígnios das instituições são inescrutáveis, ontem, após 36 anos de passividade, foi apresentado à imprensa o projeto arquitetônico — assinado por Ricard Selvas — de uma nova biblioteca que terá o nome do pintor e que, segundo os responsáveis, poderia ser inaugurada em 2013, depois de 15 meses de obras de acondicionamento. A nova infraestrutura terá, de acordo com o projeto, uma superfície de 3 mil metros quadrados e acolherá um acervo especializado em arte contemporânea, único na cidade, com mais de 100 mil volumes. O espaço contará também com videoteca, uma fonoteca e uma pequena sala de exposições. A mostra inaugural será dedicada, como é justo, a Amadeo Lax. A apresentação do projeto aos jornalistas esteve a cargo do próprio arquiteto que, questionado sobre a ausência de autoridades na cerimônia, brincou dizendo: "Os políticos têm coisas mais importantes a fazer." É lamentável que nem mesmo as próximas eleições levem os responsáveis pela vida pública a assumir um projeto que está há quase quatro décadas esperando ver a luz. E que, quando por fim o fazem, seja completamente desvirtuado e com um incompressível grau de improviso.

XIII

Eis aqui o que não sai nos jornais: de manhã cedo o arquiteto responsável pelo projeto, de nome Ricard Selvas, desembarca na casa. Ele tem a atitude imperturbável de um rolo compressor. Não é tão disparatada a comparação, pois a primeira missão dos homens que comanda será derrubar os tabiques que impedem o projeto da futura biblioteca. Aquelas paredes, alheias ao passar do tempo, estão agora com as horas contadas.

É uma visita exploratória, com aerossol de pintura nas mãos. O arquiteto condena com uma cruz vermelha as paredes que devem ser eliminadas. Depois ele vai se retirar a seu escritório e a seus projetos. Não quer que a poeira suje suas roupas. Mas não conta com uma inconveniência. Dois dias após o início das obras, o arquiteto recebe um telefonema do capataz.

— Encontramos uma porta atrás de um tabique do segundo andar. O senhor quer vê-la ou a colocamos abaixo imediatamente?

O arquiteto é um homem responsável e curioso. Quer vê-la. Chega antes do meio-dia. Os operários saíram para comer. Uma névoa de sujeira invade a casa. O capataz o conduz ao segundo andar. Pela brecha estreita de uma das paredes laterais se avista uma porta de duplo batente. A demolição partiu um deles pela metade e abriu uma fenda no outro, mas a pintura, de um rosa pálido, ainda pode ser apreciada. Assim como a maçaneta, que sobrevive.

— É estranho — observa o capataz. — Está fechada a chave.

Selvas examina o achado. Empurra a madeira danificada e a faz ceder. No outro lado, há uma escuridão misteriosa.

— Li a respeito de capelas e altares emparedados, mas por que emparedar um quarto?

— Deveria avisar alguém? — pergunta o capataz.

O arquiteto já teve uma ideia. Há duas soluções possíveis. A primeira, chamar o chato do Arcadio Pérez, deixá-lo enfiar seu odioso nariz e se resignar com um atraso nas obras, que nem bem começaram. A segunda, fingir que o achado não os surpreende. O melhor a fazer: fingir que nada aconteceu. De qualquer maneira, após terminarem de derrubar as paredes, ninguém vai reconhecer os velhos espaços.

— Pode derrubá-la — ordena —, eu me responsabilizo.

Selvas é um homem ocupado. Ele tem uma reunião às três, perto daqui, chegou depressa porque foi surpreendido quando já estava a caminho, mas agora precisa partir. Não se passaram nem 45 minutos quando o capataz o chama de novo.

— Estou no meio de uma reunião, homem.

— É sobre o quarto emparedado, senhor. Tem cama e tudo. E está cheio de trastes antigos. Acho que alguém deveria vê-los, sei lá, pode haver alguma coisa de valor.

— Muito bem, tomarei as providências cabíveis. Deixe tudo como está.

— Perfeito. Além do mais, ninguém se atreve a entrar. Os rapazes ficaram com medo.

— Nem que fosse a tumba de Tutancâmon. Diga a eles que já são bem grandinhos.

— A verdade é que eles não são bem grandinhos. Além disso, a maioria não entende o que eu digo. São romenos. Ou marroquinos. Dois povos muito supersticiosos, que veem mortos em todos os lugares, chefe.

Pensando nos mortos e na puta que os pariu, Selvas liga para Arcadio Pérez. Ele também aparece na casa em seguida, embora não esperasse voltar antes que a transformação tivesse terminado nem quisesse vê-la assim, em ruínas. Violeta chega com ele.

O capataz lhes mostra o caminho que leva à descoberta. O chão está repleto de entulho. O que resta da porta rosada está apoiado ao lado de uma das paredes mestras. O buraco na parede parece um corredor para outra dimensão. Ambos irrompem no quarto e observam ao redor.

Há uma cama de armação de ferro com uma colcha puída e um travesseiro, presidida pela imagem de uma Nossa Senhora da Imaculada Conceição menina. Na cama, descansa uma boneca de porcelana vestida de tule. O mobiliário é completado por uma cadeira, um armário retangular e uma cômoda com quatro gavetas. Em cima desta, vários objetos parecem recém-abandonados: uma pequena escrivaninha de bronze, um vaso, um missal, uma velha caixa de latão, um rosário, um par de luvas, uma presilha de cabelo... Violeta pega esta última. É um pequeno retângulo de nácar e pérolas, muito parecido com o que aparece naquele magnífico retrato de Violeta, entediada diante do piano. Um objeto com sua própria imortalidade.

Ela abre o armário. Uma dúzia de vestidos pende em um lado. No outro, vários chapéus estão empilhados em duas prateleiras. Embaixo, os sapatos. Seis pares. Femininos.

— A cômoda também está cheia de roupa. — Arcadio aponta uma gaveta recém-aberta.

Violeta revira as coisas que estão em cima do móvel. Experimenta as luvas, que se adaptam perfeitamente a suas mãos pequenas. As letras da lombada do missal são douradas. O outro livro é um romance: *Espírita*, Teófilo Gautier, lê na capa. É uma impressão tipográfica de 1861, assinada pela editora madrilena de Alfonso Durán. Nas guardas, há um ex-líbris de estilo modernista que representa um livro fechado sobre o qual repousam uma jarra de água, um ramo de oliveira e uma balança, tudo entrelaçado com as iniciais O. C. G. O. Folheia. Alguns trechos estão sublinhados. Ela se detém no primeiro que encontra, na página 86: "A partir deste momento, todas as mulheres que havia conhecido foram apagadas de sua memória."

Cai no chão, do meio das páginas, um envelope com os cantos desgastados. No espaço destinado ao remetente, Violeta descobre um nome que não lhe diz nada: Montserrat Espelleta. É dirigido a Teresa Brusés, mas não tem endereço. Pela parte de cima, aberta com cuidado, Violeta extrai três folhas com letras redondas e perfeitas, que imediatamente a fazem lembrar a caligrafia das freiras de seu colégio. Começa assim: "Estimada senhora". A carta é muito extensa para que possa lê-la agora. Guarda-a de novo no envelope e continua a pesquisar.

A caixa de latão é serigrafada com ilustrações infantis e tem a marca de uma velha fábrica de biscoitos escrita com letras modernistas. Está repleta de recortes de jornal e papéis velhos. Violeta os olha com a expressão desolada de quem sabe que, por mais que se esforce, não conseguirá entender tantos mistérios.

O passado, quando visto do presente, possui este aspecto: um quebra-cabeça com algumas peças faltando.

— Podem trabalhar nos outros andares enquanto examinamos essas coisas? — pergunta Arcadio.

Selvas concorda, benévolo:

— Está bem. Mas terminem logo.

***Violeta se cansa de esperar*, 1913**

Óleo sobre tela, 95 x 41cm
Barcelona, MNAC

O único retrato conhecido de Violeta Lax Golorons, a irmã do pintor, é, por acaso, um dos mais delicados de toda a trajetória do artista. Nele, está representada uma jovem com vestido longo sentada ao piano, de lado, com uma das mãos apoiada na face e a outra apertando as teclas com pouco interesse. As pérolas da presilha de cabelo que a modelo exibe, junto do quadro que se vê na parede ao fundo — aparentemente, um plano da cidade de Barcelona —, fizeram com que esta obra tenha sido considerada, com frequência, uma homenagem a Vermeer. Foram destacados muitas vezes a expressividade do rosto feminino, o brilho dos olhos, a fugacidade do momento captado, a sutileza da cena e a atenção aos detalhes, tão notáveis nos retratos familiares de Lax. Ressaltam-se a firmeza da execução, a pincelada larga e limpa e a maneira muito original de tratar o espaço, simplificando os planos. Quanto à gama cromática, a obra se assenta sobre o branco do vestido esvoaçante e os tons pardos do piano — uma peça da fábrica Cassadó y Moreu, de 1902, de caroba de Cuba e marchetaria, perfeitamente reconhecível —, destacando-se a nota de cor aportada pela rosa azul que a garota exibe no decote. Na linguagem vitoriana das flores, que Lax usou com frequência em seus retratos, a rosa azul significa o impossível. Neste caso, o símbolo aludia à cura de sua irmã, que morreu um ano depois de posar para este retrato, quando só tinha 16 anos.

Retratistas espanhóis do século XX (catálogo da exposição)
Art Institute of Chicago, Chicago, Estados Unidos, 2010

XIV

Maria del Roser Golorons tinha seus motivos para achar que não havia cuidado bem de seus filhos. De fato, não passava então pela cabeça de ninguém de sua posição perder tempo cuidando de pirralhos. Para isso tinha os criados, que lhe custaram bons quartos. As crianças enfeavam as reuniões sociais e atrapalhavam as conversas. Era melhor mantê-las afastadas até saberem se comportar como pessoas de verdade.

Dessa maneira, os filhos dos ricos levavam, durante os primeiros anos de vida, uma dupla existência, que lhes permitia conhecer tanto os aromas das cozinhas como as delicadezas orientais da penteadeira materna. A felicidade dependia de atividades que fariam seus pais enrubescerem, como amarrar o rabo dos ratos que capturavam no lenheiro ou experimentar a mistura de legumes e batatas que alimentava os criados. Como todas as crianças, as dos ricos também chegavam ao mundo dotadas desse velho talento natural que lhes permitia distinguir o que importa verdadeiramente do que não vale a pena.

Amadeo não foi uma exceção. Nos primeiros quatro anos de sua vida, ele dormiu no porão, espremido no quarto de Concha, onde sua mãe resolveu instalá-lo naquela noite em que, desesperada, desceu a escada de camisola. O nascimento de Juan exigiu que a ama de leite ficasse mais próxima, e então se optou por transferir os dois ao quarto de brinquedos, onde os hábitos que haviam começado no subsolo encontraram perpetuidade sem que ninguém fizesse nada para não ser assim. Salvo a ama de leite, ninguém era incumbido do território das crianças. Conchita ditava as normas com bom senso e, quando não o fazia, não havia quem se desse conta.

Uma manhã, durante aquele período tão atarefado entre o desjejum e o passeio, Concha bateu com os nós dos dedos na porta da senhora. Faltava menos de uma semana para a família se mudar para a nova casa.

— Ah, é você — disse Maria del Roser ao vê-la por cima dos óculos, enquanto escrevia. — O que aconteceu?

— Eu gostaria de contar uma coisa à senhora antes que veja com seus próprios olhos ou saiba por outras pessoas — começou.

Diante de tão solene anúncio, Maria del Roser parou de escrever.

— O que está acontecendo?

— Esta noite Amadeo machucou a cabeça. Nada grave, apenas um arranhão.

— E daí?

Conchita suspirou.

— Os dois irmãos brigaram. Eu os coloquei de castigo. Amadeo foi para a cama muito aborrecido. Deu tantas voltas que acabou caindo e batendo com a testa.

Maria del Roser tirou os óculos, franziu os lábios.

— Qual foi o motivo da briga?

— Ciúmes. Os dois queriam dormir na minha cama.

A senhora sopesou o caso.

— Creio que você fez bem, Conchita. Obrigada por me informar.

A ama de leite não parecia satisfeita. Hesitava diante da porta.

— De qualquer maneira, esse tipo de conflito acabará logo. Amadeo já tem quase 10 anos, e seu pai e eu resolvemos matriculá-lo no internato que os padres jesuítas têm em Sarrià. Em 15 de setembro, vamos nos despedir dele, que só voltará no próximo verão. Os padres são muito rigorosos em relação a isso e não deixam os alunos saírem nem nas festas mais importantes. Isso sem contar que Amadeo terá seu próprio quarto na nova casa, claro, como cabe a um homenzinho como ele.

A notícia desabou sobre Concha como um banho de água fria. Não foi capaz de contestar.

— Isso é tudo, Conchita. Retire-se agora, por favor. Preciso terminar um artigo.

A babá fechou a porta e ficou no corredor, olhando as mãos, alheia a tudo que não fossem seus pensamentos. Amadeo, seu menino, sua terna criança, ia estudar em um internato. Ela havia pensado nisso uma vez, há muito tempo, exatamente quando a casa começara a receber visitas daqueles professores murchos e esquálidos, que ensinavam tanto desenho como latim, todos com a mesma falta de vontade, e se convenceu de que os senhores decidiram dar às crianças uma educação particular ao modo antigo. Agora a notícia a pegara de surpresa.

Concha voltou ao quarto dos meninos com o coração acelerado. Amadeo a esperava lá, sentado na cama, olhando para a porta como o réu que aguarda sua hora final. Seus irmãos faziam o desjejum ajudados por Carmela.

— Você me delatou? — perguntou, assim que a viu.

Conchita fechou a porta lentamente. Negou com a cabeça. O menino se atirou em seus braços, com tanta força que por pouco não a derruba. Ela aproximou o rosto dos cabelos encorpados e escuros do menino, aspirou com força e de repente sentiu vontade de chorar. Sua criança, Amadeo... Seu Tito. Não conseguia parar de pensar nas palavras de Maria del Roser e naquilo que viria agora. Quando o menino voltasse, já teria se acostumado a ficar longe dela, a se comportar como o homem que seria algum dia.

Controlou-se para censurá-lo, como era sua obrigação.

— Menti por sua causa, como você me pediu, mas, se não cumprir sua promessa, contarei tudo a sua mãe, entendeu bem?

— Claro que sim, Conchita! Você é a melhor! Eu te amo muito! — Amadeo se aferrava a sua cintura e a sufocava com seu abraço. Sua força não era mais a do menino pequeno que ela se empenhava em proteger.

— E agora vá tomar o café da manhã. O leite está esfriando.

Amadeo ainda a beijou meia dúzia de vezes antes de se juntar aos seus irmãos. Como em outras ocasiões, Conchita desfrutou as amostras de carinho, mas sem deixar de se perguntar se eram adequadas para um menino tão crescido. Juan só tinha 6 anos e não se comportava mais assim. Claro que cada um tem sua maneira de ser e suas próprias necessidades, que já se revelam na primeira infância, tentava se convencer a babá, enquanto seus pensamentos se afastavam de novo. O colégio interno. Os jesuítas de Sarrià. Setembro. Um quarto só para ele.

Nem sequer se atreveu a contar aquilo a Amadeo. O conflito da madrugada passada era um dos motivos. Juan tinha se levantado de repente, assustado por um pesadelo, e correra para a cama de Concha. Mas, ao afastar as cobertas, descobriu que Amadeo estava lá, dormindo confortavelmente, grudado no corpo da mulher.

— Estou com medo. Quero dormir com você — suplicou Juan.

Amadeo se revolveu. Sem despertar de todo, disse ao irmão que fosse embora. Aquele lugar era dele.

— Você já está aqui há muito tempo. Agora é minha vez. Estou com medo — repetiu Juan.

Conchita achou que o menor tinha razão. Tentou fazer Amadeo compreender. Mas Amadeo não estava disposto a entender.

Então Conchita deixou-o em sua cama e se instalou na de Juan, com o medroso entre os braços, porém Amadeo não se conformou. Ele começou a chorar, desesperado, enquanto gritava que voltasse para ele e afirmava que também estava com muito medo.

— Se você não vier agora mesmo, vou morrer de medo — dizia, em pleno ataque de raiva.

Amadeo se levantou, tentou arrancar Concha do lado do irmão, e, como ela se mostrou inflexível, voltou para a cama a contragosto, furioso, e começou a bater de propósito a testa contra a cabeceira. Uma, duas, três, quatro vezes, até obrigar Conchita a se levantar, assustada, e a detê-lo no exato momento em que ia se ferir outra vez. Havia feito um corte na cabeça. A mulher teve de deixar Juan e a pequena Violeta — que dormia em seu berço, alheia a tudo — para buscar água e sabão a fim de lavar a ferida de Amadeo. Ela passou o resto da noite com ele, sentada no tapete, embalando-o como se fosse um bebê, sussurrando em seu ouvido:

— Por que você fez isso, criatura? Por que você faz uma coisa dessas comigo?

Amadeo se acostumou a conseguir o que queria cedo. Demonstrou-o desde o primeiro momento, pouco depois de chegar com seu berço ao quartinho de Conchita, na época em que ela gostava de dormir olhando a carinha plácida de seu bebê e deslizar uma das mãos entre as barras para acariciar sua face. Quando o menino agarrava seu dedo, ela fechava os olhos e se sentia feliz.

— Você tem um nome muito grande para a pessoa pequenininha que é — disse-lhe uma vez. — Vou chamá-lo de Bonito. Porque é isso que você é, o mais bonito do mundo.

Uma noite, já devia ter 15 meses, seu menino bonito estabeleceu uma nova norma. Ele acordou às três da madrugada, olhou para a ama de leite e, sem pensar duas vezes, escalou as barras do berço e aconchegou-se a seu lado. Concha sentiu um calor agradável, como de um animalzinho, e, cochilando, só conseguiu pronunciar uma frase:

— Bonito, volte para seu berço.

Não adiantou nada. Amadeo, como faria muitos anos depois naquele mesmo porão, acabara de dispor de outra cama e de outro corpo como se fossem de sua propriedade.

— Bonito... — sussurrava ela, impotente.

— Tito aqui — retrucou ele, com aquelas palavras balbuciadas que deixavam Concha fascinada, e fechou os olhos.

A babá não voltou a dizer ao pequeno que devia dormir em seu berço. Desfrutava demais seu amor incondicional, seu abraço cálido, sua segurança na hora de querê-la, de preferi-la. Nunca havia lhe acontecido nada igual. Com ninguém.

Ao se mudarem para o quarto de cima, o hábito continuou, embora não mais todas as noites. Amadeo abandonava sua cama sempre que tinha vontade e se instalava na dela. Quando estava um pouco maior e a cama ficara estreita, Concha não pregava os olhos a noite inteira com medo de relaxar e derrubar o menino. Mas, mesmo assim, gostava daquilo. Agora Amadeo a abraçava com mais força e lhe dizia no ouvido o quanto a amava. Muitas vezes chorava desconsolado, soluçando como um menino bem pequeno, e ela o acalmava com palavras e carícias. E sempre conseguia. Conchita era, naquela época, o único bálsamo capaz de arrancar o primogênito dos Lax daquela tristeza e daquele inconformismo com os quais, sem motivo aparente, havia nascido.

Durante a semana que se seguiu ao anúncio da nova etapa escolar, Concha chorou todas as noites. Ela esperava Amadeo adormecer para deixar suas lágrimas correrem. Não adiantava de nada dizer a si mesma que um menino de sua condição devia estudar, que já o desfrutara muito mais do que era de se esperar e que agora devia deixá-lo ir, para se transformar naquilo que seus pais esperavam dele. Não fazia mais do que pensar que a melhor etapa de sua vida estava chegando ao fim. E, por dentro, só conseguia repetir: "Tonta, tonta, tonta..."

Na nova casa, os ataques de raiva de Amadeo se transformaram em algo muito mais preocupante. O estopim, ou um deles, foi o quarto individual. Era um lugar maravilhoso, nada infantil, com uma janela que dava ao pátio traseiro, uma escrivaninha, uma estante e uma porção de outras coisas que ele não desejava.

Na verdade, sua nova vida de menino crescido havia cortado pela raiz sua única grande paixão: o desenho. Até esse momento, todos viram com bons olhos seu interesse em borrar álbuns e mais álbuns com seus lápis de cera coloridos. Ele era capaz de investir horas nisso todos os dias, além de quantidades enormes de papel. Maria del Roser até brincava com isso.

— Mais papel, filho? Você sozinho precisa mais que todos os contadores de seu pai juntos. Vai nos levar à falência.

No entanto agora parecia que desenhar não era apropriado, e sua mãe encarregara Conchita de tentar evitar que o primogênito "passasse o tempo desenhando bonequinhos" e conduzi-lo à leitura, que achava mais útil. Conchita, como sempre, procurava seguir as instruções recebidas, mas, quando, às vezes, precisava recorrer a alguma manobra para fazer seu menino difícil sorrir, ela sussurrava em seu ouvido:

— Vamos procurar uma folha de papel para você fazer para mim um desses retratos tão bonitos?

Sempre funcionava. Quando Amadeo trazia o desenho, envaidecido como um Leonardo, lhe perguntava:

— Você vai guardá-lo para sempre em sua caixa de biscoitos?

Conchita dizia que sim, mas depois — cheia de dor — o picotava e jogava no lixo, temendo que a senhora descobrisse a conspiração. No entanto, conseguiu preservar alguns. O que mais a emocionava era o primeiro: uma vara fazendo o papel de corpo, uma esfera cheia de rabiscos para a cabeça, duas mãos imensas com dedos como chouriços e um sorriso que saía do rosto oval. Com apenas 4 anos, Amadeo entendia como ela ficava feliz quando estava com ele. Com lágrimas nos olhos, Conchita lhe disse:

— Vou guardá-lo para sempre na minha caixa de biscoitos.

— Até ficar muito velha?

— Até ficar muito velha.

— E você ainda vai gostar de mim?

— Sim, querido. Ainda vou gostar de você.

Mas tudo isso havia ocorrido muito antes da mudança. Agora o palco era outro.

A primeira noite na nova casa foi o primeiro desastre. Amadeo percorreu o corredor, descalço e assustado, e entrou no quarto de seus irmãos procurando a babá. Encontrou Juan dormindo de novo com Concha. Amadeo teve um de seus ataques de raiva e, temendo que acontecesse como da outra vez, ela terminou acolhendo-o também e dormiu com os dois, em uma cama cujas dimensões lhe permitiam ser algo mais hospitaleira. De manhã, ela conversou com Amadeo. Tentou levá-lo a compreender que devia se comportar de outra maneira.

— Você já está grande, Tito. Daqui a pouco, terá vergonha de vir para minha cama. Não precisa mais de babá, o que é uma sorte para você, sabia? Poderá fazer coisas que só os adultos fazem. Tudo o que quiser.

— Agora você prefere o Juan? — perguntou com um fio de voz.

Conchita o segurou com força e apertou-o contra o peito.

— Ah, criatura, não me obrigue a responder essa pergunta!

A chegada das férias de verão era um grande alvoroço e uma grande felicidade. O primeiro anúncio da estação era a visita do sapateiro, acompanhado de um aprendiz que carregava um baú enorme. As crianças desfilavam pelas poltronas do salão, em rigorosa ordem de idade, para provar com paciência os modelos da estação, que o jovem auxiliar ia lhes mostrando. Depois daquela visita, adultos e crianças ficavam abastecidos para as excursões que se avizinhavam, além das navegações e dos passeios na praia.

O chapeleiro era o próximo. Ele trazia um carregamento de arranjos de cabeça feitos com palha italiana, arejados e leves, apropriados para os meses de calor. Para os cavalheiros — e nessa categoria estavam momentaneamente incluídos Amadeo e seu irmão Juan —, abas largas para proteger os olhos do sol. Para as damas, chapéus enfeitados com faixas, flores ou pássaros. E, quando todos estavam penteados, começava a transferência de pessoas e objetos. Os primeiros a partir eram sempre os criados. Faziam-no em batalhão com a tarefa de preparar a casa para a chegada dos senhores. Naturalmente, Vicenta ficava na cidade até o último momento e delegava a uma criada esperta a revisão de verão dos fogões.

As crianças, em companhia de Conchita, faziam a viagem no coche da família, conduzido por Felipe, que naqueles dias ficava exausto de tanto ir e vir. Demoravam umas cinco horas, com as paradas necessárias, e a chegada a Caldes d'Estrach era uma verdadeira festa. No Paseo de los Ingleses, encontravam sempre rostos conhecidos que os saudavam quando passavam, e a simples visão do mar próximo fazia os corações baterem mais forte. Um jantar suculento os esperava na mesa posta, e seus quartos cheiravam a sal e a roupa limpa. Em Barcelona, os últimos a partir se preocupavam em deixar os móveis da casa cobertos com suas capas brancas feitas sob medida. Exceto a cama do senhor e os móveis do gabinete, claro, porque naquela época os chefes de família não tinham o hábito — ou vontade — de veranear com as famílias.

Em Caldes, os Lax se entregavam aos caprichos do verão. As crianças dormiam à vontade e faziam muitos exercícios, os parentes chegavam para visitá-los e ficavam durante semanas, a senhora lia e escrevia sentada embaixo dos pinheiros do jardim, contemplando de vez em quando o horizonte, os vizinhos davam festas em seus próprios arvoredos e, quando estava ali, dom Rodolfo escandalizava os locais passeando pela aldeia de roupão de banho e chinelos, enquanto Felipe, de libré, o seguia por todas as partes com o coche. Em geral, a vida transcorria sem que ninguém olhasse o relógio nem se preocupasse muito com nada.

O grave incidente que alterou pela primeira vez tal bonança aconteceu no princípio de uma dessas aprazíveis tardes de verão. O barulho do mar convidava à sesta. Os senhores tomavam café em suas espreguiçadeiras, prolongando a sobremesa em companhia do industrial dom Emilio de la Cuadra, antigo amigo da família. As colherinhas tilintavam nas xícaras de porcelana, e o convidado relatava com voz sussurrante a consternação que sentia diante do último fracasso de sua empresa, do qual não sabia como ia se recuperar.

— As coisas não andam, Rodolfo! Você consegue explicar? Depois de tantos anos de pesquisa e esforços, o troço não sai do lugar, parece um bloco de granito! Mas isso não é o pior. O pior é que os diretores do hotel Colón esperam que lhes entregue dois dos meus ônibus de luxo em outubro, que querem usar para pegar os clientes que chegarem à estação de Francia. E não se conformam com as cortininhas e os assentos de veludo...

Dom Rodolfo ouvia, atento e taciturno, as queixas do fabricante de automóveis. Os passarinhos piavam nas árvores, indiferentes. O mar ia e vinha. No outro extremo do jardim, Concha vigiava os primeiros passos titubeantes de Violeta, e os dois irmãos Lax entregavam-se a um de seus prazeres prediletos: derrubar pinhas a pedradas.

Quatro anos mais velho, Amadeo sempre ganhava do irmão, apesar de não ser muito ágil nem especialmente habilidoso. Juan, por sua vez, era um menino esperto, rápido e decidido. Era fácil perceber ser apenas uma questão de tempo; ele acabaria ultrapassando o irmão mais velho.

Naquela tarde, tinham estabelecido um objetivo, como sempre escolhido por Amadeo: uma pinha imensa, carregada de pinhões. Pela primeira vez, foi Juan quem acertou. Um tiro em parábola, um golpe seco, o alvo cai a seus pés. Quando o autor do tiro se aproxima, eufórico, repleto de satisfação, para pegá-la, Amadeo a reclama.

— Fui eu que dei o tiro — mente, enrugando parte da testa.

Eles começam a lutar. Juan é mais forte do que Amadeo pensava. Um novo contratempo com o qual não contava.

— O que você disse? É minha! Entregue-a! — grita o menor.

Amadeo não pensa em permitir que o irmão ganhe. Ele responde:

— Você nunca foi bom de pontaria!

— Sou melhor que você, seu trapaceiro!

Conchita pega Violeta no colo e chega à discussão no exato momento em que Amadeo larga a pinha de repente e se afasta chorando em direção à casa. Juan cai no chão, com seu tesouro nas mãos.

— Ele é um idiota. A pinha é minha — resmunga.

— Não chame seu irmão de idiota — diz Conchita, enquanto se pergunta se deveria ir atrás de Amadeo ou lhe dar um tempo para que pare de fazer birra.

Antes que possa se decidir, Amadeo está de volta, com as faces e os olhos vermelhos e o rosto transtornado de raiva. Tem alguma coisa nas mãos e dirige um olhar de desafio ao irmão, como se todo o resto tivesse desaparecido do mundo. Ele caminha a grandes passadas, marcando o passo. Há nele algo terrível que Concha não consegue identificar.

O irmão mais velho chega até eles, para de repente e exibe o que traz: um pequeno revólver de culatra nacarada. Parece de brinquedo, mas é bem real. Pertenceu à mãe de Rodolfo, que em outros tempos sempre o carregava debaixo da saia, para o caso de precisar se proteger de assaltantes inesperados. Por essa mesma razão, ele o guarda no móvel da entrada, sempre a mão. Amadeo apoia o cano da arma na têmpora e solta um grito destemperado:

— Me entregue a pinha ou eu me mato aqui mesmo! — uiva.

Conchita abafa um gemido. Ela tenta tirar a arma do menino. Ele escapole.

— Me largue! — grita Amadeo, fora de si.

A mulher para. Abraça Violeta. Estende uma das mãos a Juan.

— Me dê essa pinha — ordena ao mais novo.

— Ela é minha! — protesta. — Eu a derrubei!

— Entregue-a para mim, já, Juan. Me obedeça.

O coração de Concha bate a mil por hora. Não sabe o que fazer, mas tenta dissimular o nervosismo. Juan entrega a pinha. Ela a oferece a Amadeo, na palma de sua mão.

— Eu a troco pela pistola — diz, com voz trêmula.

— Eu não quero. A pistola é do meu pai.

— Por isso mesmo ele ficará muito aborrecido se souber que você a pegou.

— Me entregue ou eu disparo! — insiste Amadeo com o dedo no gatilho.

Concha joga a pinha no meio das árvores. Ela corre até Juan, levanta-o do chão e o abraça junto de sua irmã. O olhar de Amadeo infunde tanto medo que a única coisa que lhe ocorre é proteger os pequenos.

Então se ouvem um disparo e um alvoroço de pássaros. Amadeo começa a correr para a praia. Os dois irmãos menores desatam a chorar. A babá também. Quando os três adultos — Maria del Roser, Rodolfo e dom Emilio — chegam ao lugar do jardim onde tudo aconteceu, encontram três pessoas desoladas — cada uma a sua maneira — e, no chão, a pistola Smith & Wesson calibre .32 que pertenceu à senhora Lax anterior e os restos baleados da pinha de um pinheiro.

Após o terrível incidente, descrito por Concha com todos os detalhes, dom Rodolfo Lax resolveu participar da educação do filho mais velho. Deixou-o trancado dois dias em um quarto da água-furtada, comendo apenas o que as criadas lhe serviam e sob sua supervisão. Depois decidiu levá-lo de volta à cidade e empregá-lo durante três semanas na fábrica do bom dom Emilio, que se atrevera não apenas a ajudá-lo, como também a lhe dar suas ideias a respeito da educação de filhos que agem por caprichos. A decisão foi recebida com lágrimas por Conchita e Maria del Roser. Amadeo, por sua vez, ouviu a sentença sem desmoronar. Concha era a única que podia imaginar o esforço que estava lhe custando aquela pantomima orgulhosa.

Amadeo partiu com a cabeça baixa, sem olhar para ninguém, depois de uma breve despedida supervisionada por seu pai. Não abraçou nem Conchita, como sempre fazia: dom Rodolfo lhe proibira essas fraquezas de menino mimado. Limitou-se a fitá-la nos olhos, muito sério, e dizer:

— Até logo, Conchita. Até as férias do ano que vem.

"Até as férias do ano que vem!", repetiu em seus pensamentos. E sussurrou, com voz fanhosa:

— Até logo, Tito. Cubra-se à noite.

Dom Emilio de la Cuadra era valenciano — de Sueca —, mas havia viajado muito. Ele voltou de uma de suas visitas a Paris convencido de que a eletricidade acabaria com todos os males do mundo. Para ele, ela era como o espiritismo para dona Maria del Roser: a única energia capaz de transformar as coisas. Além disso, ambos tinham em comum o desejo de que tudo acontecesse logo. E, naturalmente, o de viver para ver. Disposto a contribuir com seu grãozinho de areia para o progresso, dom Emilio abandonou tudo, instalou-se na Barcelona das grandes mudanças e fundou uma fábrica de automóveis elétricos no passeio de San Juan com a rua Diputación. Teria preferido fabricar motores a explosão, mas um catalão de nome Bonet se adiantara um pouco. E, desde então, a eletricidade só oferecia ao pobre homem quebra-cabeças que não conseguia resolver. Rodolfo era seu ombro amigo e seu conselheiro.

— Você acha que devo procurar um sócio estrangeiro? Me falaram de um suíço muito jovem que poderia ser minha salvação.

Para Amadeo Lax, a maior mudança de sua vida começou naquela mesma semana. Na fábrica de dom Emilio, sentiu-se a pessoa mais infeliz do mundo. Havia outros meninos de sua idade trabalhando como aprendizes, mas sentia que não tinham nada em comum. Eles eram rudes como animais, suas unhas estavam sempre sujas e lhe dirigiam olhares profundos carregados de desconfiança. A única coisa que aprendeu na fábrica foi a se afastar deles. E a se tornar ainda mais reservado e silencioso.

Terminado esse período insuportável, Amadeo entrou no internato. Dom Rodolfo deixou-o lá às oito da manhã de uma segunda-feira e se despediu com um tapinha nas costas e uma única frase:

— Espero que os padres jesuítas consigam encontrar uma maneira de fazer de você um homem, meu filho.

— Sim, papai — aceitou ele.

Dizer que o colégio interno de Sarrià ficava na zona alta da cidade era então impreciso. Em 1900, quando Amadeo Lax começou a estudar com os jesuítas, o internato era um edifício quase novo, recém-inaugurado, que ficava bem distante da civilizada vida urbana: em uma aldeia vizinha, no meio da montanha, cercado por bosques, vinhedos, hortas e terrenos ajardinados. Os sobrenomes dos alunos impressionavam, pois as melhores famílias enviavam seus descendentes para lá, mas Amadeo nunca entendeu por que faziam aquilo. Salvo nos fins de semana, quando o colégio abria suas portas e os alunos recebiam os pais de uniforme, no pátio, eles passavam o restante do tempo vestidos com uma espécie de túnica rude, parda, que no inverno não os protegia do frio persistente que invadia os quartos espartanos. A comida era insuficiente, os padres, grosseiros, e o ensino — a única coisa em que se percebia alguma qualidade — se baseava em velhos princípios: os alunos eram humilhados, e os professores, arbitrários. Somava-se a isso o afastamento do mundo que os padres impunham. Entre meados de setembro e o Dia de São João — quase no final de junho —, os alunos pertenciam exclusivamente ao colégio e não tinham permissão para voltar a suas casas sob nenhuma hipótese, nem mesmo nas datas festivas mais importantes, aniversários próprios ou alheios ou doenças. Neste último caso, os meninos eram atendidos na enfermaria da escola. Não é estranho que, levando em conta tudo isso, alguns alunos chamassem a instituição de "o castelo da ida sem volta".

No entanto, havia alunos que se adaptavam às duras normas e até mesmo alguns que se sentiam à vontade. Amadeo tinha uma alma muito sensível e não podia deixar de sucumbir a tudo isso. À noite, tremia e chorava às escondidas, debaixo do cobertor. A campainha estridente que, ainda à noite, anunciava a hora de se levantar, muitas vezes o encontrava acordado e paralisado. Na igreja, durante as madrugadas, o frio lhe parecia ainda mais intenso. No pátio, sentava-se com as costas grudadas na parede, observando os outros jogarem bola. No refeitório, comia com a cabeça baixa, observando as frieiras das mãos — outros as tinham também nos pés e nas orelhas — e depois voltava à capela, à aula, ao pátio, ao refeitório, à capela... e assim durante nove intermináveis meses. Passava os dias em um estoicismo heroico, reprimindo a vontade de chorar, incapaz de pedir ajuda aos leigos que auxiliavam os padres em algumas tarefas e eram a face mais humana da instituição. Mas, já naquela época, Amadeo detestava demonstrar fraqueza. Preferia morrer a pedir ajuda. E assim passava os dias, atento ao momento em que iria acontecer o que seu pai lhe anunciara: sua transformação, por fim, em um homem. Um homem a quem nada daquilo tudo importasse nem um pouco, que não temesse a dureza de um novo dia nem sentisse uma dolorosa falta de sua casa. Um homem de cuja fraqueza ninguém fosse capaz de suspeitar.

No entanto, suas notas eram boas. Não foi um gênio em matemática nem em gramática francesa, mas se destacou em latim e conquistou os irmãos com sua sensibilidade artística. Seu pai chegou a acreditar que Amadeo havia se redimido, que os jesuítas haviam encontrado, como vaticinara, uma maneira de encaminhá-lo. Era o mesmo jovem lacônico e quase intratável, mas ninguém poderia ter dele uma única queixa. Até que seu irmão ingressou no internato e demonstrou que seria um de seus melhores alunos.

Juan Lax Golorons não apenas aparentava tudo o que se esperava de sua linhagem — bonito, educado, limpo, esforçado e inteligente —, mas também era um estudante extremamente entusiasmado. Em pouco tempo, seu latim era tão perfeito que conseguia responder ao bom padre Eudaldo durante a sobremesa, e sua admiração pelos clássicos o tornou um especialista em Cícero e Virgílio antes de alcançar a puberdade. No internato, descobriu o teatro, destacou-se em geometria, declamou nos festivais de fim de ano, ganhou um bom número de medalhas e até foi privilegiado pelos padres com a obrigação de tocar a campainha no refeitório. E se, nas questões acadêmicas, se destacou em tudo, nas relações pessoais eclipsou por completo o irmão, esbanjando uma simpatia e uma alegria inatas. Tinha a seus pés um futuro que encantava igualmente a seus professores e a si mesmo.

Amadeo não conseguia compreender como conseguia. E morria de inveja.

Detenhamo-nos em uma tarde do inverno de 1905. Um resto de fogo sobrevive na lareira do salão dos Lax. A débil luz de uma lâmpada elétrica, que já não impressiona a mais ninguém, tremula em um canto. A chuva golpeia os vidros multicoloridos, que a noite acinzentou. A senhora, vestida com roupas escuras, com a cabeça baixa e as contas de ouro nas mãos, ocupa seu lugar perto da lareira. A seu lado, Violeta, de apenas 6 anos, mexe os lábios em um sussurro aplicado.

É a hora comum do rosário. E então a campainha da porta interrompe as orações. A senhora franze a boca e esboça uma careta de desagrado. Ordena, tão silenciosamente que sua voz quase se confunde com a litania que pronunciava:

— Vá abrir, Conchita, e diga a seja lá quem for que terá de esperar.

Enquanto a babá abandona o salão, a oração é retomada:

— ... *Sancta Maria mater Dei, ora pro nobis peccatoribus, nunc, et in hora mortis nostrae.*

Concha percorre o corredor, desce a escada de mármore, atravessa o saguão, entreabre o postigo para se assegurar de que não há perigo. No outro lado, está Amadeo. Tem 14 anos. O homem que começa a ser devora os traços do menino que ela tanto amou. Mais ainda esta noite, em que chega com o uniforme azul-marinho esfarrapado e a camisa fora das calças. Cambaleando, empapado de chuva, com uma ferida na face e sangue entre os lábios. Treme de frio.

Quando Concha abre a porta, ele adentra a casa como um vento forte.

— Tito! O que aconteceu com você? — pergunta Concha, muito assustada.

— Nada... — responde ele, atravessando o umbral, rígido, pobre em palavras, como seria pelo resto de sua vida. — Não aconteceu nada, Conchita. Apenas tomei uma decisão. Papai está em casa?

— Hoje seu pai vai chegar tarde. Creio que tenha uma reunião na assembleia municipal.

Amadeo suspira, parece que a informação o satisfaz. Um erro de cálculo ao subir a escada, ou sua herdada distração, leva-o a tropeçar no mesmo lugar de sempre.

— Maldito seja aquele que colocou esse pedaço de mármore aqui! — grita, começando a subir de novo.

Não tem a intenção de cumprimentar ninguém. Vai diretamente ao seu quarto. Atrás dele vai Concha, angustiada. Quando chegam ao patamar, Amadeo se vira para olhar seu anjo do lar e declara:

— Diga a minha mãe que não penso em voltar nunca mais ao internato. E, por favor, Concha, pare de me envergonhar com esse nome ridículo.

De: Valérie Rahal
Data: 22 de março de 2010
Para: Violeta Lax
Assunto: Circuitos da memória

Querida Violeta,

Continuo preocupada. Por mais que me diga que as loucuras em que está envolvida não são da natureza que imagino, você não me convence nem um pouco. Sei que mais cedo ou mais tarde vai cometer o tipo de loucura que temo. Entre outras coisas, você viajou para Barcelona por isso, não é mesmo? Disse ter feito isso para liquidar dívidas pendentes que eu ignorava que tivesse. E conste que também acho que a maior de todas as loucuras foi enterrar sua avó mais de setenta anos depois de sua morte.

De tudo o que você disse em seu último e-mail, o que mais chamou minha atenção foi essa caixa de biscoitos cheia de recortes que pertenceu a Concha. Eu daria o que fosse para tê-la em minhas mãos. Como é emocionante encontrar assim, de repente, outra época. Os desenhos infantis que você mencionou podem ser de qualquer uma das crianças da casa: de Violeta, de Juan ou mesmo de seu avô. Acho, inclusive, que poderiam ser de seu pai. Se não me falha a memória, ele chegou a conhecer a babá. Embora, temo que, se não estiverem assinados, não seja possível saber. Outro mistério a acrescentar à lista. Se você trouxer essa relíquia de volta para casa (supondo que você mesma volte para casa, claro), gostaria de dar uma olhada nos postais, nos artigos de jornal, nas fotografias e em todo o resto. Em especial, no artigo daquela revista espírita onde é mencionada a participação de Teresa em uma homenagem a sua sogra, antes da Guerra Civil. Se não me engano, essa é uma faceta dela que nós não conhecíamos, não é mesmo? Sabíamos que Maria del Roser era espírita, mas não ela.

O que me leva a pensar na memória inédita escondida nas hemerotecas do mundo. Você pensou nisso alguma vez? Certamente sim. Fico assustada em saber que esses segredos têm duas gerações, mas os esquecemos por completo, se é que soubemos deles alguma vez. Caso um dia todos os acontecimentos familiares viessem à tona, a grande história seria escrita com outros traços.

A respeito de suas reflexões sobre o legado de Eulalia Montull, não posso dizer a você que não a compreenda. Também fiquei surpresa quando soube. Eu também fiz minhas contas, me perguntando como alguém pode desaparecer no mundo durante nove anos e depois retomar a vida assim, sem mais nem menos. Se o que essas mulheres contaram é verdade — e não vejo por que deveríamos suspeitar delas —, seu avô chegou ao lago no verão de 1936 e o abandonou logo após o final da Segunda Guerra Mundial, em setembro de 1945. Creio que, nesse caso, o conflito deve ser levado em conta: talvez ele o tivesse retido mais tempo do que queria. Eu, como Arcadio, me inclino a pensar que sua estada em Como foi mais pragmática que romântica, embora não veja, assim como ele, conspirações para destruir a reputação de ninguém ou besteiras semelhantes. O pobre Arcadio investiu tantos anos de sua vida em adorar Amadeo Lax que acabou perdendo totalmente a perspectiva. Ele não se dá conta de que, a essa altura, ninguém mais se preocupa com a reputação de seu avô.

O restante não me surpreende nem um pouco. Temo que, para desaparecer do mundo, minha filha, basta querer. Fico intrigada, isso sim, com os motivos que levaram a tal da Eulalia a deixar bem-amarrada a questão da herança, inclusive as condições. Acho admirável morrer maquinando esse tipo de estratégia. É como legar um enigma à posteridade.

Falemos, então, como você me pede, de seu fascinante pai e de sua relação com essa parte da história familiar. É mínima, como você imagina. Por incrível que pareça, ele nunca me falou do reencontro. Tinha 12 anos quando voltou a ver seu progenitor e, assim, não é possível que não se lembre dele. Simplesmente, não quer falar disso. E acredito que devemos — você deve — respeitá-lo, porque ele certamente tem seus motivos. É algo que aprendi há muito tempo: ele sempre tem seus motivos, embora os disfarce sob essa pátina de indiferença tão incômoda.

Os homens de sua família sempre estiveram convencidos de que tinham grandes coisas a fazer. As questões domésticas são uma carga extremamente pesada para eles. Tenho a impressão de que em relação a isso Modesto é como o pai e o avô. Todos acabaram fugindo, partindo para cumprir seu destino, fosse para montar um império da construção, pintar óleos ou se transformar no maior especialista em Brecht de sua época. Por isso não acho nada estranho que seu avô tivesse ido pintar nus na Itália depois de ter mandado o filho viver em Avignon com sua prima Alexia. Teve muita sorte de poder contar com ela e seu marido, que adoravam seu pai como o filho que nunca puderam ter. Modesto também os amou de verdade, e com razão. Alexia me contou, certa vez, que durante todo o tempo em que Modesto viveu com eles, Amadeo Lax nunca deixou de lhes mandar uma generosa quantia anual, e que foi graças a esse dinheiro que puderam viver com folga e atender a todos os caprichos do menino. No entanto, seu avô nunca lhes disse quando pensava voltar, embora todos soubessem que o faria mais cedo ou mais tarde.

As coisas aconteceram assim: um carro roncou no caminho que cercava a casa, ouviram uma portinhola se fechando, um motor se afastando e viram-no chegar pela trilha de terra, com o casaco sobre os ombros e o chapéu na mão. Fazia calor, mas tinha aquele aspecto esmerado que era marca da casa. Disse que vinha buscar Modesto para levá-lo com ele a Barcelona, mas seu pai se negou a ir. Teve um ataque de raiva impróprio para o adolescente que já era. Amadeo conseguiu fazê-lo recuperar a consciência e trancou-se com ele a sós no salão da casa. Os dois tiveram uma longa conversa. Quando saíram, haviam decidido que Modesto ficaria com a prima Alexia, se esta não se opusesse. Prometeu-lhes que nunca deixaria de enviar sua contribuição e que a aumentaria quando fosse possível. Nunca faltou com a palavra. Naquele dia, Amadeo ficou para almoçar, mas partiu logo em seguida. Ele nunca mais pôs os pés lá e só viu seu pai duas vezes mais antes que eu entrasse em sua vida. É preciso reconhecer que é uma maneira pouco ortodoxa de pai e filho se relacionarem, mas foi a que eles escolheram. Ambos, como sempre, conseguiram o que queriam.

Eu mesma guardo lembranças muito enviesadas de Amadeo Lax, meu sogro ausente. Conheci-o em Barcelona, quando seu pai me levou ao seu casarão. A visita parecia ser regida por um estranho protocolo. Estávamos todos empertigados e desconfortáveis. Não tínhamos nada a dizer. A casa era um palco monstruoso que só convidava a sair correndo. Fiquei espantada ao saber que Amadeo vivia sozinho naquela mansão imunda e entregue à mão de Deus, onde tudo parecia esquecido, inclusive ele. Fiquei muito surpresa ao ver que aquele pai ausente e egoísta de que tinha ouvido falar se comportava como um cavalheiro encantador, se esforçava em me acolher e conversava comigo de uma maneira aparentemente natural. Me senti à vontade em sua companhia e querendo que o encontro se prolongasse mais. Quando voltei a vê-lo, já estava dentro do caixão e eu me divorciara de seu filho há muito tempo.

Tomara que tudo isso lhe sirva como pretexto para não julgar seus antepassados de maneira tão inclemente. Todo mundo enfia os pés pelas mãos as vezes quando tem de lidar com situações difíceis. Todos já abandonamos alguém quando mais precisava de nós. Pare de afligir seu pai com esse assunto, vamos.

Jason manda um abraço,

Te amo,

Mamãe

P.S.: Não esqueci que você me deve uma história.

Moleskine de Violeta Lax

Março de 2010

Os retratos são um grande perigo para o observador: permitem imaginar todo tipo de histórias. É possível que a senhorita arqueada que contempla o mundo com seu olhar ingênuo fosse, na realidade, uma matrona fria e despótica que amargurou a vida de todos aqueles que a cercavam. Ou que o casal que entrelaça lealmente as mãos enquanto posa, inocente e relaxado, embaixo de um limoeiro tocado pela luz estival, com os filhos espalhados no gramado suave, fosse, na vida real, um par de desconhecidos que apenas se encontraram naquele espaço o tempo suficiente para terminar o retrato e, naturalmente, desatendiam, indiferentes, os filhos, que cresceram em meio a criados e cozinheiras enquanto eles se cansavam nas piscinas de dois balneários europeus de diferentes países.

É preciso ter prudência quando se observa a obra dos retratistas. É preciso dizer: "Aceito a surpresa e, com ela, a farsa." Acontece como nos romances: a mentira faz parte das regras do jogo. Embora a verdade sempre aflore em algum lugar. E a verdade é a única coisa que vale a pena legar a outro tempo; legar aquilo que fomos em vida, mesmo que seja apenas um olhar, um gesto elegante ou a beleza efêmera de cabelos rebeldes. Ou talvez uma história disparatada que os sucessores possam repetir entre risos e lágrimas.

A arte é farsa, sim. Mas, quando deixa de sê-lo, pronuncia a única verdade que importa.

De: Violeta Lax
Data: 23 de março de 2010
Para: Valérie Rahal
Assunto: Último dia com Teresa

Olá, mamãe. Dediquei todo o dia de hoje a Teresa. Passei a manhã no MNAC. Você vai achar uma loucura, mas precisava vê-la. Seus retratos, quero dizer. Eu não me lembrava mais da indignação que toma conta de mim cada vez que piso no setor de arte moderna do nosso Museu Nacional. Lá estão os Joseps Amat, os Antonis Clavé, os Hermens Anglada Camarasa, os Modests Urgel... quadros deserdados daquele Museu de Arte Moderna onde passei tantas tardes há muitos anos. E, entre eles, desordenadamente, estão os quadros de vovô. Nada mais distante do que ele sonhava, porém — pior ainda — nada mais longe do que sua obra merece. Procurei diretamente os retratos de Teresa. Os vestidos, as poses, a evolução da modelo ao longo dos anos, os gatos...

Você percebeu que, de certo modo, a morte de Teresa imitou seus retratos? Não faltou nenhum detalhe.

Hoje, o sorriso de seu rosto me pareceu mais enigmático que nunca. Seus olhos, mais vivos. Seus gestos, uma antecipação do futuro terrível que a aguardava. Creio que sempre a observei com uma frieza excessiva. Só vi o que queria ver. Fiquei na epiderme.

O enterro de Teresa foi estranho e triste (podia ser de outra maneira?). Só estávamos lá Paredes, Arcadio e eu. Papai pagou o nicho e se desculpou com sua piadinha habitual: "Ao cemitério, nem morto. Vocês vão me incinerar e depois atirar minhas cinzas na plateia do Teatro Odeón de Paris." Achou a lápide uma despesa inútil que preferiu evitar. De qualquer forma, não poderíamos gravar nela o nome de vovó sem quebrar o acordo que assinamos com a Generalitat. Comprei meia dúzia de rosas vermelhas e deixei-a ao lado da tumba anônima.

Enquanto eu me afastava, sentia como se Teresa estivesse me olhando.

Queria lhe falar das coisas que encontramos no quarto de Violeta. Meu apartamento parece uma loja de antiguidades! Os vestidos estão empoeirados e surrados, mas são lindos. Não parecem pertencer a uma jovem de 16 anos. A julgar por sua roupa, ela devia ser muito pequena. Os sapatos parecem de boneca. Seus pés eram menores que os meus!

Eu disse à senhora que em cima da cômoda encontrei um romance. Chama-se *Espírita* e é uma bela edição do século XIX, dessas que castelhanizavam o nome do autor — Teófilo Gautier, como Guillermo Shakespeare ou Carlos Dickens, que terrível hábito de ignorantes! —, precedida de um prólogo lamentável no qual o tradutor adverte o leitor de que não deve se deixar enganar pelas ideias imorais do romancista. Um leitor dos dias de hoje poderia lê-lo como se fosse uma história de fantasmas bastante afetada em que um solteiro viajado se apaixona por uma aparição transparente que o ronda no salão de sua casa e fica obcecado até conseguir ficar com ela. Ou seja, morre, só que de uma maneira tão romântica e elegante que qualquer um poderia ter vontade de imitá-lo. E daí as precauções do autor do prólogo, que, além do mais, se esforça em revelar ao mundo que aqueles que acreditam em fantasmas são perigosos para a sociedade.

O interessante é que o livro obedece a uma corrente de pensamento muito difundida pela Europa e também pelos Estados Unidos desde meados do século XIX, que também encontrou seu eco na Espanha: o espiritismo. Não pense em médiuns usando um tabuleiro ouija. Os espíritas dessa época eram pessoas cultas, que professavam uma fé que não excluía o Deus católico, mas o reinventava, ao mesmo tempo que acreditavam na liberdade de espírito, na igualdade de todos os seres humanos e na capacidade da alma de se elevar acima dos limites do corpo, inclusive da linha que separa a vida e a morte. Reclamavam a liberdade de culto e o sufrágio universal e estavam sempre em conflito com as autoridades. Um bando de modernos, em suma, que escandalizavam as pessoas de seu tempo.

Eles se agrupavam em sociedades, muitas vezes secretas, e promoviam todo tipo de atividades culturais nas quais a música ou a poesia se misturavam com a cura, a invocação de espíritos e as conversas com o além. Tinham a esperança de que algum dia transformariam a sociedade com a força de suas ideias. Embora, naturalmente, grande parte do resto do mundo os considerasse uns supersticiosos trapaceiros. Finalmente, o mundo arrasou com eles. Uma pena.

Você já sabia que minha bisavó pertencia a uma dessas sociedades. E agora sabemos que Teresa seguiu seu exemplo. O que me leva a pensar que o romance de Gautier talvez não pertencesse a Violeta. A menos que ela também estivesse entrando nesse mundo. Além disso, temos a questão do ex-líbris. Como não percebi no primeiro instante? A simbologia é muito clara. Pelo menos deveria ser para uma estudiosa da obra de Amadeo Lax. Ele representa um livro, uma jarra d'água, uma coroa de louros e uma balança (ou o que é a mesma coisa: laboriosidade, prudência, sabedoria e honestidade). Exatamente os mesmos símbolos que aparecem em um retrato pouco conhecido de vovô, que precisamente nestes dias está sendo exposto ao público pela primeira vez na minha mostra de retratistas: o de Octavio Conde Gómez del Olmo. Ou seja: O. C. G. O., a sigla que acompanha os desenhos do ex-líbris. O livro pertencia a ele.

Pois bem. Ontem fiquei lendo até muito tarde. Ao longo de suas quase trezentas páginas, encontrei várias frases sublinhadas com um traço forte de tinta preta. Observei uma curiosidade: em todas elas havia letras marcadas com um pequeno ponto, um sinal quase imperceptível a um leitor desavisado. Comecei a anotá-las uma atrás da outra, para ver se as marcas faziam algum sentido. Quando terminei, tive uma imensa surpresa.

Vou transcrever as frases para que você possa repetir o jogo. Não é necessário ser um gênio para se dar conta de que todas as citações falam do desamor e que algumas parecem conter uma mensagem muito direta. As letras sublinhadas correspondem às marcadas com o ponto negro.

"A partir deste momento, todas as mulheres que havia conhecido foram apagadas de sua memória" (página 86)

"Compreendeu que sem ela seria desgraçado pelo resto de seus dias" (página 92)

"Pergunte-me, meu amor, até onde seria capaz de me acompanhar. Que sentido tem uma vida infeliz?" (página 151)

"Todo mundo terá me olhado, exceto o único ser de quem eu ambicionava toda a atenção. Meu pobre amor, não tenha pressa" (página 162)

"Ela, a vida, fútil, não se vira de cima para baixo tal como um relógio de areia. E o grão caído não subirá jamais" (página 167)

"Os ciúmes afundavam suas finas agulhas em seu coração destroçado" (página 230)

E este é o resultado que se obtém após brincar com os hieróglifos: s-i-g-a-me-a-t-e-o-f-u-t-u-r-o. Siga-me até o futuro.

O que você acha? Quem pode ser a destinatária de uma coisa dessas? E o autor? O que lhe diz o circunspecto modelo do retrato?

Porém ainda há mais. Os números das páginas. Alguns também foram marcados com pontos negros.

Está preparada?

92 – 151 – 162 – 167 – 230

Ou seja: 2-51-2-7-30. Você acha que não tem sentido?

Você pode achar que é uma loucura, mas acredito que poder ter sentido sim:

25 do 12, 7 e 30.

O que aconteceu às 7:30 de 25 de dezembro? Para começar: de que ano? Eis aqui uma pergunta difícil.

No entanto, encontrei, na caixa de recortes, uma possível resposta: Os Grandes Almacenes El Siglo pegaram fogo em 1932, no Natal. O incêndio começou, segundo o recorte de jornal, um pouco antes das dez da manhã. Aparentemente, Octavio Conde não estava lá, porque, precisamente nesse dia, havia transferido para seus irmãos todas as suas obrigações na empresa a fim de partir para a América e abrir seus próprios negócios.

E se foi o desprezo de alguém que era muito importante para ele que levou Octavio Conde a fugir dessa maneira?

Mas há outras coisas. Uma pergunta que estou há muito tempo me fazendo. Por que ninguém jamais perguntou onde estava Teresa, o que havia acontecido com ela? Não é um pouco estranho que ninguém a procurasse? Ou por acaso o fizeram?

Minha imaginação é fértil demais?

Encontro só porque procuro ou só porque quero encontrar?

Te amo,

Vio

XV

Em 17 de junho de 1889, o jovem Francisco Canals Ambrós foi convidado pela primeira vez a participar da reunião das quartas-feiras na casa da senhora Lax.

Os convidados habituais chegaram, como sempre, às três e meia em ponto, e um criado os conduziu ao andar superior, onde o sofá da biblioteca havia sido substituído pela mesa oval coberta com a longa toalha negra de todas as semanas. Ao seu redor, todos tinham um lugar marcado, que ocupavam sem demora, como se fossem homens de negócio com assuntos urgentes a tratar. Enquanto esperavam os retardatários, foi servido um chá com biscoitos. As criadas sabiam que, assim que o último dos convidados chegasse, as portas seriam fechadas e não poderiam ser abertas por nada deste mundo até muitas horas mais tarde. Qualquer assunto que pudesse alterar o funcionamento normal da casa no intervalo que ia das três e meia até as sete teria de esperar. A insistência da senhora era tal nesse aspecto que as criadas nem sequer se atreviam a se aproximar da porta para espiar, como faziam em outras ocasiões. Ao terminar, enquanto os convidados desciam, pesarosos, a escada, ficavam na biblioteca um cheiro penetrante de cera queimada e mais de uma xícara emborcada no tapete.

Essa reunião acontece na biblioteca. Os participantes ocupam seus assentos. O convidado de honra preside a mesa, ruborizado pela novidade de estar em uma casa como esta. Seus olhos percorrem, nervosos, as estantes apinhadas de livros. As portas são fechadas. Maria del Roser serve chá a seus interlocutores. Ela não precisa perguntar a ninguém por suas preferências. Salvo ao rapaz, sua reluzente aquisição desta tarde.

— Um pouco de chá ou prefere outra coisa, senhor Canals? — pergunta a anfitriã.

Francisco Canals está com a boca seca.

— Poderia ser um copo d'água?

— É claro! — E Maria del Roser empunha a jarra de cristal de Murano. Depois toma assento no lugar que é seu há muito tempo. A música das colherinhas nas xícaras para no exato momento em que dom Miguel Vives toma a palavra.

— Hoje está aqui presente um espírito elevado — começa, olhando para o jovem com orgulho paternal —, detentor de uma grande capacidade mediúnica. Todos vocês já tiveram a sorte de vê-lo alguma vez, por ocasião de nossos encontros, mas hoje vamos poder admirar em privado suas habilidades. Deseja nos dirigir algumas palavras antes de começar, senhor Canals?

Atordoado, o rapaz fica ainda mais vermelho. Embora faça esforços para olhar os demais de frente, termina se concentrando na jarra d'água.

— Agradeço muito ao senhor Eduardo Conde por tudo o que tem feito por mim — balbucia.

— Bobagem! — exclama Conde. — Qualquer um teria feito o mesmo!

Francisco Canals levanta uma sobrancelha, como se duvidasse das palavras do patrão. Os outros observam com curiosidade a falta de jeito do rapaz e a desenvoltura de Conde, que se destacam pelo contraste. Por fim, este último se vê obrigado a dar explicações.

— O senhor Canals trabalha há dois anos na seção de artigos de luto de meu estabelecimento — explica, despertando um interesse imediato nos presentes —, e devo dizer que é uma pessoa muito querida pela clientela e pelos próprios empregados, que me avisaram de suas capacidades. Embora seja uma pessoa extremamente modesta, que não gosta de se dar importância, não tive dificuldade em deduzir que tudo o que se dizia a seu respeito apontava para um ser de altas capacidades espirituais. E por isso o chamei a minha sala e perguntei diretamente se eram verdadeiras certas histórias que outros espalhavam. E fiquei surpreso ao perceber que meu jovem empregado não só falava com muita ingenuidade de seu inacreditável dom como também estava disposto a compartilhá-lo com outras pessoas, algo que só quem é muito generoso sabe fazer. O restante os senhores já conhecem. Em nosso mais recente encontro lhe pedi que nos falasse do que o espiritismo significa para ele e também que aceitasse estar hoje presente nesta nossa última reunião antes das férias de verão, sabendo que sua contribuição enriqueceria a todos nós.

As palavras de Conde deixam a audiência interessada.

— Apenas um livre-pensador como o senhor seria capaz de demonstrar tanta admiração por um de seus subalternos — comenta uma senhora.

Conde sorri. Responde:

— Em minha casa, somos todos iguais.

— Sem dúvida, e o senhor é prova disso, dom Eduardo. Não é à toa que os grandes armazéns que o senhor dirige pagam bons salários e cuidam da saúde e da segurança de seus empregados. Além disso, oferecem férias a eles. E pagas! Só um liberal poderia fazer uma coisa dessas.

— Bem, bem — incomoda-se dom Eduardo —, não estamos aqui para falar de meus armazéns, mas para ver e ouvir esse jovem prodigioso, que esta tarde nos fará uma demonstração de um de seus maiores talentos: a escrita automática.

A emoção toma conta dos presentes.

— O senhor é capaz de fazer uma coisa dessas? — pergunta Maria del Roser, se agitando.

— E de muito mais até! — continua Conde. — O senhor Canals vive em uma espécie de estado de perpétua comunicação com o outro mundo. Para ele, conversar com os defuntos é absolutamente normal. Já está pronto?

— Poderia beber um pouco mais de água? — solicita o protagonista da sessão de hoje.

— É claro! — Maria del Roser enche seu copo. — Beba quanto quiser, fique à vontade.

Francisco Canals dá alguns goles, deixa o copo na mesa e fecha os olhos. Então os abre de novo e se dirige aos presentes sem hesitações, como fez no dia em que subiu ao palco do teatro Calvo-Vico:

— Os mortos são os invisíveis, mas não os ausentes — declara.

Todos ficam impressionados com a segurança com que pronuncia essas palavras. De repente parece outra pessoa, como se a verdade guardada em sua alma lhe desse coragem.

Conde faz um gesto a Maria del Roser, e ela se levanta para fechar os postigos da única janela. O aposento fica submerso em uma escuridão que seria total se não bailassem nele duas pequenas chamas: as dos castiçais de todas as sessões. Francisco Canals tira do bolso uma venda preta e entrega-a a dom Eduardo. Todos percebem que seu pulso está trêmulo. Dom Eduardo se levanta, ajeita a venda sobre os olhos do médium e volta para seu lugar. Maria del Roser deixa ao alcance das mãos de seu convidado uma pena, um tinteiro e algumas folhas de papel. Tudo está pronto para começar. O silêncio amplifica as respirações alteradas. Ninguém se atreve a mover um dedo. Os olhares se concentram no oficiante.

Este, por sua vez, empunha a pena com a mão trêmula. É canhoto, todos percebem. Molha a peninha na tinta. Resultado: uma mancha que lembra uma lua negra enfeita a página. Espera por um instante, imóvel, que algo aconteça. Todos o observam. Nisso, sua mão começa a tremer mais intensamente. A pena se apoia no papel. Traça um par de linhas tão desajeitadas quanto os garranchos de uma criança. Com um violento espasmo, para na metade da folha e as letras começam a aparecer, acompanhadas por um sonoro rascado.

"Quando me acostar na tumba, não direi, como tantos outros: terminei minha jornada", escreve de uma vez.

A pena descansa para se reabastecer. Volta ao papel. Continua:

"A tumba não é um beco sem saída, e minha jornada começará de novo na manhã seguinte."

Nova pausa. Com tinta suficiente, a mão continua:

"Não penseis no que apodrece. Não apenas os vivos projetam sombras. Olhai fixamente para a escuridão e vereis brilhar a luz dos mortos."

O tremor convulsivo se detém. O médium solta um suspiro. Espera mais alguns minutos para que a mensagem seja retomada, mas nada acontece. Apenas o tremor de sua mão esquerda. Por fim, solta a pena e murmura, com um fio de voz e as faces vermelhas:

— Creio que isso é tudo.

O senhor Conde pega a folha rabiscada e lê a mensagem completa em voz alta. Ao terminar exclama, com uma expressão satisfeita:

— Notável, jovenzinho! Uma verdadeira declaração de intenções. Sabe quem a ditou?

— Sei apenas que foi um espírito elevado — responde o rapaz.

— Não temos a menor dúvida a respeito. Mas tem alguma outra informação que possa nos iluminar?

— Não se resigna de estar morto; não o agrada. Talvez tenha atravessado há pouco — opina.

— O senhor sabe se poderia ser francês? Fala esse idioma? — interessa-se uma das damas de mais idade.

— Os espíritos não precisam de idiomas — responde, agora seguro —, pois se expressam em uma linguagem universal.

— Ah, claro, claro.

— Estou impressionada, senhor Canals — confessa Maria del Roser. — Realmente o senhor possui um dom prodigioso.

O jovem se ruboriza, voltando assim ao que parece ser seu estado natural.

— E ainda não viu nada, minha amiga. O senhor Canals possuiu mais um talento, graças ao qual o conheci, capaz de despertar nossas consciências das maiores profundezas.

— É mesmo? E de que talento se trata?

O silêncio sublinha o suspense.

— É capaz de adivinhar quanto tempo de vida resta a uma pessoa só de olhá-la nos olhos.

A revelação produz vários efeitos. Poucos parecem dispostos a desvelar uma intimidade que os deixa aterrorizados. As exclamações não param.

— E isso funciona com todo mundo? — pergunta a anfitriã.

O jovem responde com um fio de voz:

— Sim, senhora. Inclusive comigo mesmo.

— O senhor quer dizer que sabe a data de sua própria morte?

— Há muito tempo — responde o jovem.

Ninguém se atreve a formular a pergunta que está na mente de todos. Francisco Canals se antecipa:

— Me resta pouco.

Há um estupor geral.

— Mas o senhor está na flor da idade! — exclama alguém, como se o convidado tivesse alguma culpa.

— A morte não está mais longe da senhora que de mim — sussurra, tranquilo —, porque não obedece a nenhuma lógica.

— E a causa? Também pode sabê-la? — intervém uma voz masculina.

— Não. Só a data.

— Se conhecesse a causa, talvez pudesse evitá-la.

— Não vejo motivos para isso.

— Motivos? Acha que a própria morte não basta?

O jovem bebe água. Sua única resposta é:

— Não temo a morte.

— Mas voltaremos a vê-lo? — pergunta a mesma senhora que falara antes.

— Naturalmente. Estarei perto de vocês. Depois que partir deste mundo, muito mais do que agora.

Eduardo lê de novo o texto escrito na folha e comenta:

— Talvez o espírito elevado que entrou em contato com o senhor quisesse nos transmitir uma mensagem que lhe diga respeito.

— Talvez — murmura o jovem médium, passando a mão na testa para enxugar um suor incômodo.

Vendo que sua estrela convidada começa a dar mostras de cansaço, Maria del Roser decide intervir. Levanta-se, vai até as prateleiras reservadas aos clássicos gregos e pega uma caixinha que até então continha os três volumes do *Teatro completo* de Aristófanes. Com uma solenidade muito caseira, ela fica ao lado do rapaz e lhe entrega o pacote.

— Um humilde presente, senhor Canals, em nome do Círculo das Quartas-Feiras, como prova de nossa gratidão.

Os 12 convidados voltam a suas xícaras de chá, aliviados por poder relaxar, enquanto o rapaz abre o invólucro do presente. Lá dentro encontra um estojo nacarado que, ao ser aberto, exibe um leito de veludo vermelho sobre o qual descansa uma aliança de ouro. Os olhos do jovem Canals brilham de surpresa.

— Seu nome está gravado na parte interna — informa Maria del Roser.

— É muito... Não deviam... Eu nunca... — O jovem não consegue encontrar as palavras, e os presentes se divertem com isso.

Ele desliza o anel no dedo médio.

— Os senhores não deviam ter se incomodado — acrescenta.

Todos evitam seu olhar.

— Não foi nenhum incômodo. Não passa de um pequeno detalhe, com objetivo de que se lembre da gente e aceite voltar outro dia.

Francisco Canals não contesta. Despede-se do grupo com extrema cortesia, ensaiada nos balcões de sua seção de artigos de luto.

Na escada, os convidados cruzam com Conchita, que nesse momento está subindo ao quarto das crianças levando no colo a pequena Violeta, que tem pouco mais de 1 ano. Todos param para elogiá-la. Dedicam à menina aquela saraivada de palavras ridículas que os adultos costumam esgrimir diante das crianças. Francisco Canals Ambrós, que ficou atrás, espera para sair.

Em silêncio, passa ao lado delas quando todos já foram embora. Sua expressão passa despercebida a todos, salvo a babá. Olha para Violeta e no mesmo instante desaparece de seu rosto o ar tranquilo que tanto se destaca nele. Crispa os lábios, abaixa os olhos e desce com pressa escada abaixo.

Conchita ia lhe dizer que gostara muito de sua apresentação do outro dia, no teatro Calvo-Vico, mas não tem oportunidade. O jovem desapareceu, com a urgência de quem havia visto o que não queria.

De: Violeta Lax
Data: 24 de março de 2010
Para: Valéria Rahal
Assunto: Como a senhora se interessa tanto...

Devo confessar, mamãe, que não conhecia essa sua faceta. Então devo uma história à senhora? Fico feliz em saber que fui capaz de intrigá-la. E fico alegre com a certeza de que não vou frustrar as grandes expectativas que criei. Caso contrário, você teria o direito de se irritar com o narrador.

A coisa começou em 19 de dezembro de 1993, em Paris, quando conheci uma pessoa que seria fundamental em minha vida. Aconteceu por acaso, como tudo o que é importante. Naquele momento, apenas trocamos frases de cortesia que só nos serviram para saber que nossos interesses eram parecidos; engatinhávamos no terreno das artes. O meu era a pintura. O da pessoa, a música: começava a cantar profissionalmente. Também compunha. Queria montar uma banda e gravar um disco. Voltamos a nos encontrar nesse fim de ano, durante uma escapada a Barcelona com as amigas da universidade. Fomos para a cama. Foi minha primeira vez. Depois, dois anos de silêncio em que me limitei a acompanhar suas conquistas a distância. Seu nome começava a ficar conhecido, não apenas na França mas também na Espanha. De repente, uma de suas canções foi escolhida para não sei que evento esportivo e ficou muito popular. Começou a fazer shows em todos os lugares e resolvi ir ao de Paris. Incógnita, poderia dizer, mas na primeira fila. Assim que começou a cantar a primeira canção, me viu do palco. Quando a apresentação terminou, um dos gorilas da segurança se aproximou de mim e me disse que alguém queria me ver. Pediu que o acompanhasse ao camarim. Você sabe: as coisas no mundo do rock são assim. Naturalmente, o acompanhei.

A verdade é que nessa época sua presença me subjugava, a atração que eu sentia era tanta que me dava medo. Quando estava ao seu lado, sentia que não poderia resistir a nada que me propusesse. Era um sentimento fantástico, mas, ao mesmo tempo, incômodo. Sua segurança, seu charme e essa sua maneira de aceitar qualquer desafio me deixavam sem capacidade de reagir. Sim, suponho que essa seja a definição mais clássica do encantamento, porém na época eu não estava acostumada. E duvido que o tenha estado jamais.

Nosso reencontro foi maravilhoso. Me disse que não havia parado de pensar em mim nem um momento. Eu não correspondi. Meus próprios sentimentos me assustavam e preferia negá-los. No entanto, quando, apenas alguns meses depois, me propôs que nos instalássemos em Barcelona, não pensei duas vezes. A princípio, cada qual em seu apartamento. Depois lhe pedi que vivesse comigo. Interpretou esse gesto como o fim de minhas dúvidas e meus medos e acho que, de certo modo, tinha razão. A única etapa de nossa relação em que fui capaz de me entregar inteiramente, sem complexos nem preconceitos nem meias palavras. Fui sua, completamente. E valeu a pena. Sem dúvida, foi a melhor coisa que compartilhei alguma vez com outra pessoa. Sei que é terrível dizer isso assim, mas é inevitável não pensar em Daniel, no que ele significou para mim, no papel que nossa relação teve em minha vida. Mas é assim que sinto e a essa altura seria um absurdo não reconhecer isso.

Durou dois anos. Nesse tempo, comecei a ficar conhecida entre proprietários de galerias de arte e também no mundo acadêmico. Publiquei alguns textos. Começaram a chover ofertas de trabalho. Então, de repente, resolvi me concentrar na minha carreira. Me escondi atrás de minha desculpa habitual e mandei nossa relação pelos ares. Pedi que não me acompanhasse aos eventos públicos. Uma vez me perguntou se sua companhia me envergonhava. Eu não soube o que responder. Me dei conta de que estava sendo cruel, causando feridas irremediáveis. E que, por algum motivo que não conseguia entender, aquilo era apenas o começo.

Então me convidaram para fazer parte da equipe do Art Institute, e aceitei imediatamente. Eu sabia que aquele trabalho era incompatível com nossa vida em comum e, apesar disso, segui em frente. Tentou me convencer, e suas palavras tiveram o efeito contrário: de repente, a única coisa que queria era colocar um ponto final naquela etapa da minha vida. Na verdade, a história de Chicago foi o pretexto para fugir. Nem sequer me despedi. Aproveitei que estava fora em uma de suas turnês, fiz as malas e deixei um bilhete muito grandiloquente na mesinha de cabeceira, agradecendo por tudo o que havia aprendido a seu lado e lhe desejando muito boa sorte.

Parti com o coração destroçado, mas não me virei para olhar para trás nem uma única vez. Eu sentia que fugir era a única maneira de avançar. Algo atávico.

Em Chicago, aprendi a curar a nostalgia e a esquecer pouco a pouco minha vida anterior. Prometi a mim mesma não voltar a Barcelona enquanto não conseguisse me livrar dessa memória e, de alguma maneira, me transformei em outra pessoa. Naquela que desejava que os outros vissem em mim. Renunciei a uma parte essencial de mim mesma. E o pior é que nem sequer me dei conta. Depois surgiu Daniel. Aquilo que faltava para completar a receita, o toque final. Passaram-se mais de 15 anos. O tempo avança mais rápido que o esquecimento.

Há pouco, soube pela imprensa que meu antigo amor de juventude está com um câncer incurável. Encarou-o duas vezes, mas desta vez é sério. Primeiro anunciou que estava cancelando uma turnê. Depois lançou um disco novo, uma compilação de demos e músicas inéditas, compostas há muitos anos, que até agora não havia mostrado por motivos pessoais, segundo diziam os jornais. Nesse álbum, há uma música chamada "Adeus, Violeta". Foi ela que acabou me levando a tomar uma decisão. Acho que, mesmo que seja tarde, merece uma explicação minha. Ou a oportunidade de me insultar cara a cara. Como você me dizia quando eu era pequena: "Nunca é tarde para fazer o que se deve fazer."

Por isso vim à Espanha.

Embora, agora que estou aqui, tropece de novo em minha covardia. Sei em que hospital está, tenho o telefone de seu agente, mas continuo recorrendo a qualquer pretexto para adiar a decisão. Estou morta de medo.

Agora você sabe. Estamos em paz.

Dê lembranças a Jason. Sua filha, que te ama,

VIOLÍN

XVI

A morte de Rodolfo Lax pegou todos de surpresa, inclusive ele mesmo.

Em 27 de julho de 1909, o industrial se levantou antes do amanhecer, tão preocupado com o que sabia que ia acontecer como pelo que temia que acontecesse. A casa estava deserta, como sempre acontecia no verão. Ele era o único hóspede de um punhado de quartos povoados pelos espectros envolvidos em lençóis de uns móveis que dormiam seu sono anual. Apenas seu gabinete e o dormitório estavam abertos. Nessas semanas relaxadas, de extremo calor e muita preguiça, ele não precisava de nada, de nenhum luxo que não fosse seu café matutino, de silêncio para ler e dos planos que traçava com deleite para distrair sua solidão no restante da jornada. Habitualmente saía às dez, depois de folhear os jornais. Visitava uma fábrica, resolvia assuntos importantes, tomava três ou quatro decisões das quais depois sentia orgulho e só voltava para casa após jantar no hotel Colón, onde a conversa se prolongava até altas horas, para o prazer de outros como ele, homens felizes, livres da família.

— É a única época do ano em que falamos de senhoras sem sofrer pela nossa — costumava comentar Lax, em meio a risadas.

Naquela manhã de terça-feira, a cidade estava mergulhada em um silêncio falso, culpado. No dia anterior, ocorreram sérios distúrbios nas ruas, a respeito dos quais ninguém sabia o que pensar. Um punhado de mulheres havia iniciado uma manifestação contra a decisão do governo de enviar seus homens à guerra do Marrocos. "É uma guerra de ricos na qual só morremos nós, os pobres", diziam, e Lax achava que tinham toda razão. Ele também pensava que os planos do governo eram um disparate e uma injustiça, mas sua preguiça o impedia de tomar partido. Para essas lutas tinha sua mulher, que escondia uma alma inconformada dentro de um delicioso espartilho. Então veio a greve, convocada pelos operários descontentes. De repente as ruas estavam repletas de barricadas, os estabelecimentos comerciais fechados, os insurgentes em pé de guerra e uma parte do exército ao seu lado. Quando começaram a incendiar igrejas, conventos e colégios religiosos, Rodolfo temeu que tudo viesse abaixo. Aquele alvoroço lhe parecia mais apropriado a um romance do século passado que ao cotidiano de gente sensata e moderna. Embora a sensatez não parecesse ser o ponto forte daqueles revolucionários que se autoproclamavam pacíficos, mas que só o exército era capaz de apaziguar. Poucas horas depois, Rodolfo conseguiu compreender seus motivos, porém de maneira alguma seu procedimento. As coisas, estava convencido, se resolvem melhor ao redor de uma mesa que na linha de fogo. Pode-se negociar tudo. Ele mesmo o havia demonstrado quando recebeu em sua própria casa os líderes da greve geral e combinou com os operários novas condições de trabalho. Claro que para o governo de Maura era muito mais fácil enviar a artilharia que procurar argumentos. E quanto à questão dos reservistas, havia muitos interesses escusos envolvidos para que fosse possível levá-la a alguma mesa de negociação.

Nas empresas de Lax, ninguém trabalhara no dia anterior, como no restante das fábricas da cidade. Os piquetes da Solidariedad Obrera mal tiveram de se esforçar para impor a greve: a indignação era geral e, em alguns casos, estendia-se inclusive aos patrões.

À tarde, Lax recebeu a visita de Trescents, que queria saber que medidas teriam de adotar contra os grevistas.

— Nenhuma. Eles já têm problemas suficientes.

— Nenhuma? Eu suplico que reflita, senhor. Se não lhes demonstrar quem manda, acabarão o expulsando de sua própria casa.

— Já lhes demonstrei muito bem quem manda, Trescents. Pense bem: eu sou daqueles que podem pagar para impedir que seus filhotes sejam convocados para a guerra. Eles, por sua vez, não podem fazer nada. E a maioria tem mulher e filhos. Não esquente, Trescents. Ponha-se em seu lugar. E deixe-me tratar com eles — cortou Lax, convencido, sinceramente, de que havia, entre eles e seus trabalhadores, um respeito mútuo.

— Não confie, dom Rodolfo. O senhor tem muitos trabalhadores. Nem todos o conhecem, nem todos são flor que se cheire. Há alguns que levam muito a sério essa moda de lutas operárias. Estão falando até em sindicatos! Mas em que sindicato vão estar melhor que em suas fábricas?

— Deixe-os, Trescents — apaziguou Rodolfo; não se sabia se porque realmente via os sindicatos com bons olhos ou porque, no fundo, achava que a esquerda nunca chegaria a lugar algum. — Que façam suas reuniõezinhas, qual é a importância? O senhor não faria o mesmo?

O rábula Trescents pertencia à juventude reacionária cuja vida continuava regida pelo direito canônico e pela liturgia cristã. Tinha coceiras só de se ver comparado a semelhantes hordas populares. Lax não se alterava. Na verdade, só começou a levar as coisas a sério quando seu amigo De la Cuadra apareceu alterado na tertúlia do Colón e disse que em uma péssima hora tinha resolvido dar uma volta pela cidade para ver qual era o aspecto de tudo. Entre outros desastres, havia visto uma faixa pendurada na porta principal de uma das indústrias Lax dizendo: "Desta família não restará nem uma gota de sangue."

Aquele assunto foi responsável pela noite maldormida de Rodolfo. À luz incandescente do candeeiro, muito antes que amanhecesse, tentou prever o aspecto que as coisas iam tomar. De algum lugar da cidade, chegavam de vez em quando sons de disparos. Levantou-se alterado, muito cedo, vestiu-se sem calma e aguardou, como todos os dias, que chegassem os dois jornais que assinava. Enquanto isso, folheou o *La Vanguardia* de segunda-feira, pois não havia outros. Fez uma anotação em um pedaço de papel: "Estudar a nova invenção de Edison: casas de concreto." Examinou um desenho dos gramofones de que Rorró tanto falava, pegou um cartão com seu nome e escreveu: "Peço-lhes que me entreguem um gramofone marca Victor da melhor qualidade o quanto antes, junto de uma caixa de agulhas e uma dúzia de discos (a sua escolha). Pagarei tudo à vista. Estou anexando o cartão que deve acompanhar o presente. O endereço é o do verso. Muito obrigado, Rodolfo Lax." Escreveu no envelope o nome do estabelecimento: "Casa Corrons, Rambla de los Estudios, número 11" e o deixou pronto para ser entregue.

Esperou mais um pouco, impaciente, que chegassem as notícias do dia. Mas em vez dos jornais chegou Felipe, com uma carta em uma das mãos e uma xícara de café na outra.

— Um rapazinho mais negro que um tição acaba de deixar isto para o senhor — disse, depositando a missiva na superfície da mesa.

Rodolfo leu o bilhete, sério. Soltou uma espécie de grunhido, balançou a cabeça, liquidou o café com um gole e resmungou:

— Estamos perdendo o norte.

Desceu a escada com toda pressa, interceptou Felipe no pátio e lhe pediu que preparasse o coche para sair em seguida.

— Encarregue-se de levar isto em mãos, por favor — pediu, lhe entregando o pequeno envelope com a encomenda do gramofone.

Rodolfo Lax se queixou do mormaço que esmagava a cidade já naquelas primeiras horas do dia, enfiou o rosto consternado no coche e desapareceu, justo quando os sinos batiam, temerosos, às dez.

Foi a última vez que ele foi visto saindo de sua residência.

Cinco semanas mais tarde, quando Maria del Roser se perguntava a todo momento como iria fazer para viver sem aquele homem que a fizera feliz em todos e cada um dos dias de sua vida em comum, chegou um mordomo da Casa Corrons com um pacote imenso.

— É para a senhora da casa, da parte de seu marido.

Ao ouvir aquilo, Vicenta por pouco não desmaia de susto. Por um momento achou que o senhor, sempre tão detalhista, continuava cuidando de tudo do além.

Quando abriram o pacote, encontraram um gramofone Victor, último modelo, recém-chegado dos Estados Unidos, acompanhado por um cartão que dizia: "Para Rorró, de seu apaixonado Rodolfo."

O eficiente Felipe nunca contou o que lhe custara chegar à Rambla de los Estudios naquela manhã confusa. Mas tinha valido a pena. O acidentado passeio serviu para que o senhor desse um último presente a sua Rorró, Rorrita, Rorrorita, ou como quer que quisesse chamar aquela mulher que já para sempre e para o mundo inteiro seria dona Maria del Roser, viúva Lax.

Amadeo Lax Golorons chegou no meio da manhã do dia 2 de agosto. Havia feito a viagem desde Roma em uma diligência, sozinho, sem parar mais que o tempo necessário para trocar os cavalos. Ao chegar a Barcelona, ele se viu diante de uma cidade estranha, que pagava as consequências de seu maior excesso. Militares patrulhavam as ruas, e o vento trazia um amargo cheiro de queimado. As pessoas se esforçavam para simular que tudo continuava como sempre. Os barceloneses sempre foram afeitos às emoções fortes.

Quando Amadeo, por fim, apareceu, só a roupa suja e a palidez de suas faces denunciavam os contratempos das últimas horas. Assim que pisou no pátio de carruagens, perguntou por sua mãe. Disseram que estava na biblioteca. Supôs que descansando. Quis saber se Violeta e o restante da família estavam em casa.

— Continuam em Caldes — informou Felipe. — Sua mãe não permitiu de maneira nenhuma que fizessem uma viagem tão perigosa. E, modestamente, senhor, creio que fez bem. O que vivemos foi um horror.

— E o funeral?

Felipe abaixou os olhos

— Nem ouvimos falar a respeito, senhor.

— Onde está sendo velado o corpo de meu pai?

— Em nenhum lugar, senhor.

— Mas pelo menos sabem onde está...

— Não, senhor.

Amadeo esfregou as orelhas.

— O que aconteceu, Felipe? Alguém pode me dizer alguma coisa?

O cocheiro assentiu sem palavras e pediu licença para se sentar. E relatou, com voz cavernosa, o que havia acontecido:

— Na terça-feira, levei seu pai ao convento das Jerônimas, na rua de San Antonio. A cidade estava tomada pelos loucos, esses, e demoramos muito a chegar. Quando por fim deixei-o à porta, tudo parecia tranquilo. Até mesmo muito tranquilo, eu diria. Dom Rodolfo me disse que voltasse para casa, mas eu não quis deixá-lo lá e me dispus a esperá-lo, como sempre. Havia acabado de vê-lo cruzar a entrada do convento quando me pus a caminho da Rambla de los Estudios. O senhor não pode imaginar como as ruas estavam alvoroçadas. Não consigo entender como consegui ir e voltar sem lamentar males maiores. O fato é que, algum tempo depois, eu estava de novo diante do portal das Jerônimas. Aqueles criminosos não precisaram de muito tempo para me assaltar. Me perguntaram se eu era o chofer de Rodolfo Lax e se queria me juntar a eles. Como lhes disse que não, me chamaram de traidor e me agrediram. Tinham tochas e baionetas; por um momento, achei que iam me matar. Roubaram o carro. Me jogaram, em movimento, no cruzamento da Gran Vía com Balmes. Quando consegui voltar ao convento, caminhando, pois os bondes não estavam circulando, o fogo já o devorava. Nas ruas não se via uma alma, mas havia olhos observando atrás de cada janela.

— Meu pai lhe disse com que propósito visitava as freiras em um dia tão pouco conveniente? — perguntou.

— Não, senhor. Não tinha o hábito de me revelar suas intenções.

— E tem alguma suspeita?

— Seu pai recebeu um bilhete de manhã. Depois de lê-lo, resolveu sair. Parecia aborrecido. Achei que tinha negócios com as irmãs.

— Viu quem trouxe o bilhete?

— Sim, senhor. Era um rapazinho comum, ninguém conhecido. Deve ter recebido uma esmola para dar o recado.

— É possível que as freiras tivessem pressentido o perigo e pedido sua ajuda?

— Foi o que pensei, senhor. Outras o fizeram. E houve algumas que se defenderam a tiros.

Amadeo bufou. Era a última coisa que queria: ter de voltar antes do previsto para enfrentar uma morte cheia de interrogações e uma herança carregada de obrigações.

— Há mais uma coisa, senhor... — murmurou Felipe.

Amadeo o interrogou com os olhos arregalados.

— Há dois dias a madre superiora das Jerônimas, uma tal de sóror Maravillas, trouxe pessoalmente esta carta para o senhor. Estava vestida como leiga e parecia assustada.

Amadeo observou o elegante traço de tinta com que alguém havia escrito no envelope: "À atenção do senhor Lax, filho."

— Está bem, Felipe. Amanhã você irá a Caldes buscar meus irmãos. Diga aos criados para fecharem a propriedade. E que todos voltem imediatamente. Terão muito o que fazer. E agora se retire.

O cocheiro caminhava em direção à cozinha quando Amadeo o deteve de novo.

— Mais uma coisa — disse. — Entendi que Conchita está em casa.

— Sim, senhor. Chegou há dois dias, acompanhando sua mãe.

— Diga-lhe que suba e me encontre no gabinete.

A resposta soou assustada, como se fosse incapaz de aceitar a nova ordem das coisas.

— Ao gabinete do senhor Lax?

— Claro, Felipe. Agora o senhor Lax sou eu.

Amadeo subiu a escada com passo cansado. Do corredor, deu uma olhada no salão, só para verificar se tudo continuava do mesmo jeito. Ouviu, com prazer, seus passos rangerem a caminho dos aposentos que davam para a rua. Segurou a maçaneta da porta. Por um momento, achou que iria encontrar dom Rodolfo em sua poltrona, matutando acerca da utilidade de alguma nova invenção ou criticando a atuação de algum político. Mas não foi o que aconteceu. Quando ocupou sua poltrona, teve um momento de hesitação, uma fraqueza que não combinava com um homem orgulhoso como ele. A carta da freira jerônima devolveu-lhe as forças. Rasgou o envelope com o abridor de cartas de prata e observou a bela caligrafia. Havia sido datada em 1º de agosto. Um pouco mais acima, dois traços formavam uma cruz, abençoando a mensagem. "Caro senhor Lax", dizia o insípido cabeçalho. O herdeiro não esperava grandes alegrias de uma carta que começava prometendo tão pouco, mas, mesmo assim, continuou lendo: "Permita-me lhe dar os pêsames pela morte de seu pai, com quem tanto minha comunidade quanto eu mesma estamos em dívida tão grande. No entanto, não é por isso que lhe escrevo, mas para lhe dizer que dom Rodolfo morreu em meus braços e que o fez com heroísmo e sem nenhum sofrimento, depois de defender nossa casa das humilhações dos bárbaros."

Amadeo tirou os sapatos. Sentou-se um pouco. Continuou lendo. "Sei que dom Rodolfo, como ele me disse em seu último suspiro, chegou a nossa casa convencido de que nós irmãs havíamos solicitado sua ajuda. É justo explicar-lhe que não foi assim. Nenhuma de nós jamais escreveu esse bilhete ao qual ele respondeu com tanta pressa pela simples razão de que nunca teríamos ousado colocar em risco a vida de alguém tão querido em nossa comunidade. Segundo minha opinião, seu pai foi vítima de uma traição, embora nem ele nem eu soubéssemos quem a havia orquestrado.

"As coisas aconteceram desta maneira: antes que amanhecesse, um grupo de homens bêbados e armados com tochas e punhais se postou diante de nossa porta. Gritavam como loucos: 'Fora, madres! Viemos incendiar!' Não nos deram tempo nem de salvar os cálices da igreja. Entraram destruindo tudo e nos expulsaram aos empurrões. Por sorte, algumas pessoas boas do bairro nos deram refúgio. De suas janelas pudemos ver como tiravam as talhas da igreja e as destroçavam a marteladas, e se apropriavam de qualquer objeto que tivesse valor. Ultrajaram todos os espaços de nossa santa casa, inclusive a cripta, onde exumaram os corpos de nossas irmãs falecidas e dançaram com eles no meio da praça, enquanto soava um tumulto diabólico. Depois os deixaram nas esquinas da rua, para roubar deles sua última dignidade. Foi um espetáculo dantesco, do qual algumas de nós não conseguiram se recuperar.

"No entanto, quando seu pai chegou tudo isso já havia terminado. Os anticlericais pareciam ter se cansado de destroçar tudo, e nós começávamos a dar graças a Deus de que nosso convento tivesse se salvado do fogo que consumia outros. Então vimos dom Rodolfo chegar. O cocheiro deixou-o na porta principal. Ele entrou com cuidado, suponho que achando estranho encontrar os portões totalmente abertos. Atrás dele, vimos chegar um grupo de terroristas. Foi quando percebi a armadilha de que tinha sido vítima e resolvi ajudá-lo. Emprestaram-me um fuzil, e creia-me que esta foi minha salvação, apesar de até então nunca ter visto nenhum de perto. Graças a tê-lo segurado com firmeza o tempo inteiro, e ter me atrevido uma única vez a disparar, me proporcionou alguma defesa. Entrei com ele no cenóbio, fui direto ao claustro e lá vi seu pai tentando arrebatar de um dos homens violentos o cadáver recém-desenterrado de uma monja do século XVI. Dom Rodolfo tentava fazê-lo raciocinar, mas o outro não ouvia. Chegaram companheiros deste. Ameaçaram seu pai com um punhal. Ele se recusou a soltar a falecida. Eu disparei, mas só feri o pé de um. Seguiu-se uma grande desordem de correria e gritos blasfemos. Quando me dei conta, já era tarde: seu pai estava mortalmente ferido e os ultrajadores corriam incendiando tudo. Consegui arrastar dom Rodolfo até a rua enquanto as chamas começavam a devorar nossa casa. Uma vez lá, fiz a única coisa que ainda estava em minhas mãos: tentar confortar seus últimos momentos. Acredito que consegui."

Impressionado pelo heroísmo da religiosa, Amadeo virou a página e acabou de ler a crônica:

"O que fizemos depois foi apenas um ato de misericórdia. Não podíamos consentir que o corpo de seu pai fosse retirado da via pública pelas forças da ordem como se fosse um meliante vulgar nem que o calor desses dias o deformasse à vista de todos os olhares. Pedi ajuda a minha prima, a madre superiora do convento de Montesión, que, muito afetada pela notícia, aceitou imediatamente enterrar dom Rodolfo no claustro de sua casa. Nós irmãs lhe oferecemos uma cerimônia simples, oficiada pelo capelão da Santa Madrona, outro santo homem que nestes dias se viu obrigado a fugir e se esconder. De maneira que desde o dia 30 de julho passado o corpo de seu pai descansa em paz em terra abençoada. A mesma terra que os senhores, os membros de sua família, podem visitar, sempre que desejarem e sem que a clausura o impeça. Afortunadamente, o Convento de Montesión teve mais sorte que o nosso e mal sofreu estragos por causa da revolta. Nossas paredes, por sua vez, foram totalmente destruídas. Agora só a demolição pode transformá-las em algo útil.

"Por fim, cumprida minha obrigação de informá-lo a respeito desses tristes acontecimentos, só me resta lhe reiterar meu pesar de todo o coração. Seu pai foi para nós uma referência, um conselheiro e um amigo. Saberemos lhe retribuir tanta generosidade através do senhor e dos seus, se alguma vez acharem necessário. Deus nos proteja e nos indique o caminho. Com afeto de amiga, madre Maravillas."

A leitura deixou Amadeo tão absorto que nem sequer ouviu Conchita chegar. De repente, levantou os olhos e encontrou sua antiga ama de leite parada no umbral do gabinete, com os olhos úmidos e as mãos nas faces.

— Virgem Santa, como você está mudado! — exclamou.

— Entre e feche a porta — pediu ele, dobrando cuidadosamente a carta da religiosa para devolvê-la a seu envelope.

A babá ficou muito impressionada com a dignidade e a naturalidade com que Amadeo assumia as rédeas da casa. Tinha apenas 19 anos, a mesma idade dela quando chegara, mas sua expressão era segura e uma áspera severidade havia apagado por completo os trejeitos do adolescente esquivo que fora até pouco tempo. De uma distância maior que a estabelecida pela mesa, Amadeo perguntou:

— Como vai, Concha?

A mulher começou a chorar. Estava há muitas horas segurando aquele nó na garganta.

— É terrível — murmurou, segurando sua mão.

Amadeo não evitou o contato nem devolveu a carícia. Limitou-se a deixar a mão onde estava. E a dizer:

— Me conte.

— A última vez que vimos seu pai foi no domingo. Ele voltou a Barcelona para cuidar de seus assuntos, como toda semana, antes do anoitecer. Só na quarta-feira ficamos sabendo do que estava acontecendo na cidade. Sua mãe teve um pressentimento, algo assim como uma premonição. Bem, ela diz que foi um aviso de alguém que a protege do mal. Telegrafou para seu pai. Maldisse vinte vezes sua decisão de não instalar um telefone na propriedade de Caldes. Passou a quinta-feira inteira fazendo perguntas a todos que voltavam da cidade. À noite, resolveu sair com as primeiras luzes do dia seguinte. Preparou tudo para ir a Mataró em uma diligência e lá pegar o trem. Mas não foi necessário: à primeira hora, Felipe chegou com a notícia. Durante todo o caminho, sua mãe manteve a esperança de encontrar dom Rodolfo com vida. Dirigiu-se primeiro ao convento das Jerônimas, mas em seu lugar só encontrou os restos de uma grande fogueira. Uma vez em casa, trancou-se na biblioteca e se recusou a ver qualquer pessoa. Nós a ouvimos chorar quase o tempo inteiro. Não conseguíamos entender o que estava acontecendo, por que não o procurava nos hospitais, por que não perguntava a ninguém por ele.

— Alguém avisou o padre Eudaldo?

— Ele esteve aqui hoje de manhã, conversando com ela, assegurando que não pode fazer nada contra heresias tão claras.

— Heresias? Suspeito a que se referia.

— Sua mãe está convencida de que um espírito vela pelo seu bem-estar do além. Não é uma fantasia, mas alguém que, antes de morrer, prometeu se comunicar com ela.

— Compreendo — disse Amadeo, tão descontente como dom Eudaldo. — E pode se saber quem é esse anjo protetor?

— Ele se chamava Francisco Canals Ambrós. Morreu há alguns anos, acho que dez. Só que, ultimamente, tem motivos para estar agradecido a sua mãe.

Amadeo lançou um olhar de interrogação.

— Graças a ela, seu cadáver foi transferido de uma tumba muito incômoda, em um sexto andar, para outra ao nível do solo. Muito melhor assim.

— Agora os defuntos se preocupam com o conforto das sepulturas?

— Nesse caso, a vantagem não é para o defunto, mas para seus devotos. O rapaz era um prodígio em vida e faz milagres depois de morto. Dizem que atende a tudo o que lhe pedem.

— Que tipo de milagre?

— De todo tipo. Ele tem muitos fiéis. Seu túmulo está sempre cheio de oferendas e presentes. Você precisa ver. Mas até que sua mãe e dom Octavio conseguissem transferi-lo, os pobres fieis não tinham condições de adorá-lo.

— E posso saber como você sabe tudo isso?

— Ora! Porque eu o conheci! Era um jovem muito curioso. Morreu de repente, ninguém sabe de quê. Tinha dificuldade de falar, coitado, de tão humilde que era. E também estive presente no dia da transferência de seus ossos, pobrezinho, que lástima senti ao vê-lo tão consumido.

— Basta, Conchita! Tudo isso é um grande disparate! — vociferou Amadeo, perdendo a paciência. — Eu só quero saber como está minha mãe.

Concha fez uma pausa. Olhou para a pilha de correspondência que se amontoava em cima da mesa.

— Ela não quer comer. Só tem vontade de ficar trancada na biblioteca, à luz de velas. Diz que precisa se despedir.

A mulher pronunciou a última frase aos soluços. Amadeo tentou ver as coisas de modo positivo.

— Não se preocupe, Conchita. Tudo voltará a seu curso natural. Faremos minha mãe sair da biblioteca e organizaremos um funeral para papai.

— Sim, mas não sabemos onde estão seus restos.

— Eu cuido disso, não se preocupe.

A babá suspirou, aliviada. Era possível dizer que ela havia recuperado parte da cor de suas faces naquele instante. Um homem tinha voltado a casa, dizia com sua expressão, não era mais necessário temer nenhuma tempestade. O barco possuía de novo um capitão.

— Encarregue-se de comprar alguma coisa suculenta para o jantar desta noite. Um bom menu para duas pessoas. Que Felipe a acompanhe. As ruas ainda não estão seguras para uma mulher sozinha.

Conchita enxugou as lágrimas com o dorso da mão.

— De acordo, senhor — acatou, com certo tom de orgulho. — Graças a Deus o senhor está aqui.

Amadeo achava exatamente o mesmo. Antes que a babá fosse embora, acrescentou:

— Me parece que os móveis dos quartos ainda estão cobertos.

— É verdade. Não tivemos ânimo para retirar os lençóis.

— Faça-o o quanto antes. É deprimente. Parece que os mortos somos nós.

Com pulso firme, Amadeo procurou a pena de seu pai na primeira gaveta. Pegou um papel timbrado e se preparou para escrever. Na fotografia da prateleira, seu pai parecia aprovar suas atitudes, pela primeira vez na vida.

Às oito e meia em ponto, o herdeiro bateu à porta da biblioteca. Como havia previsto, ninguém respondeu. Tentou abrir, mas estava fechada a chave pelo lado de dentro.

— Mamãe, estou esperando-a para jantar dentro de cinco minutos. Peço-lhe que me acompanhe.

Ao contrário do que Conchita havia acreditado, dona Maria del Roser desceu para jantar. Encontrou a mesa forrada com uma toalha de linho e posta com a simplicidade que se esperava em um momento tão triste. Apesar de tudo, os talheres foram polidos e nas porcelanas não havia nenhum traço de pó. O rosbife e a guarnição brilhavam, exuberantes.

Para a ocasião, Amadeo Lax preparara um discurso delicado e imperativo com o qual pretendia levar sua mãe a recuperar a consciência, colocar um pouco de ordem na casa e informá-la de certos detalhes que não achava toleráveis. Começou pelo mais fácil:

— Mandei trazer Juan e Violeta. Não faz sentido eles permanecerem em Caldes com a família de luto. Quanto a nós, há certas coisas que precisamos fazer sem demora, mamãe. Papai merece uma despedida como Deus manda, à altura de nosso sobrenome. Por ora, pensei em encomendar a algum artista de renome uma escultura de mármore para coroar o panteão familiar. Gostaria que fosse de um anjo. Ultimamente estão na moda. Tenho a intenção de declarar uma jornada de luto oficial em todas as nossas empresas. — Amadeo fez uma pausa para avaliar o efeito de suas palavras. Maria del Roser o olhava fixamente, sem manifestar conformidade, mas tampouco desgosto. — O obituário oficial será publicado na sexta-feira nos jornais. *La Vanguardia* e o *Diario de Barcelona*, naturalmente. É o melhor para que todos fiquem sabendo. Pensei que sábado é um bom dia para oficiar uma missa. Estava pensando em encomendar a homilia ao padre Eudaldo. Se você estiver precisando de roupa de luto, Conchita e Felipe podem ir providenciá-la hoje à tarde. As ruas estão começando a ficar mais tranquilas, mas preferiria que nem você nem Violeta saíssem de casa ainda, a menos que seja imprescindível. E quanto ao corpo... — Maria del Roser levantou a vista em meio a um silêncio indecifrável. — Vou mandar que o transfiram ao panteão da família. Por curiosas circunstâncias que não vêm ao caso, descobri onde meu pai foi enterrado provisoriamente e...

— No claustro do Convento de Montesión — interrompeu Maria del Roser —, e acho maravilhoso.

Esse comentário desconcentrou o herdeiro, que não conseguiu entender como sua mãe podia dispor dessa informação. No entanto, teria retomado o fio se Maria del Roser não o tivesse espetado.

— Não penso em ir ao funeral de seu pai, Amadeo. Não tenho nada a fazer lá.

Amadeo endureceu a expressão.

— Não pensa em dar o último adeus ao seu marido?

— Claro que sim, a minha maneira.

Conchita entrou no salão para servir água. Imediatamente se deu conta de que sua presença havia instalado um silêncio gélido entre mãe e filho. Apressou-se a terminar e saiu do aposento. Quando o fizera, Amadeo voltou à carga.

— E qual é essa maneira, pode se saber? Uma dessas suas sessões de espiritismo? Pensa talvez em invocar o fantasma de papai?

— Eu lhe suplico que não faça piadas com minhas crenças, filho. Neste momento tão funesto, elas estão me ajudando muito.

— Suas crenças são ridículas, mamãe. E, além do mais, motivo de piada no mundo inteiro! A senhora não lê os jornais?

— Claro que sim. Inclusive escrevo neles. — O tom da conversa começava a ser pouco moderado.

Amadeo soltou uma gargalhada burlesca.

— A senhora chama de jornais esses panfletos carregados de superstições e falsas teorias científicas? Acredita que a melhor maneira de se despedir de papai é confiar em ídolos de cartão-pedra?

Maria del Roser não respondeu. Respirou profundamente. Amadeo cortou um pedaço de carne e mastigou-o com calma.

— Não percamos tempo com discussões que não levam a lugar nenhum, mamãe — continuou. — Deveríamos chegar a um acordo sobre o que contaremos a respeito da morte de papai.

— Isso não importa a ninguém.

— A imprensa vai perguntar. E os amigos também.

— Então diremos que ele correu para ajudar suas amigas jerônimas e sofreu um ataque cruel de alguns desalmados.

Amadeo parou de mastigar. Revirou os olhos.

— A senhora conversou com alguma das irmãs?

— Não.

— Conhece a sóror Maravillas?

— Não, mas gostaria. — Maria del Roser tentou esboçar um sorriso. — Ela teve muito trabalho, e eu gostaria de poder lhe agradecer.

— Ela tomou muitas liberdades, eu diria.

— Por que diz uma coisa dessas? Por causa do enterro? Ah, não se preocupe com isso. Seu pai está muito à vontade lá. Afinal, ele montou e desmontou essas pedras várias vezes. São como sua própria casa.

Amadeo não conseguiu acreditar no que tinha acabado de ouvir. Ia dizer alguma coisa, mas sua mãe continuou:

— A ideia do panteão familiar e da estátua não é boa. Seu pai não acreditava em anjos. Ele estará melhor com suas freiras.

Amadeo balançou a cabeça, confuso.

— Tudo isso me parece fora de lugar.

— É normal, filho. Mas não importa. Quero que você saiba que fiquei muito feliz com sua pressa em voltar da Itália. E também com seu interesse de preservar o nome da família no meio dessa desgraça. Suponho que, como eu, você é da opinião de que as coisas devem se normalizar o quanto antes. — Maria del Roser afastou o prato intacto, bebeu um gole d'água e continuou: — Me permiti escrever ao senhor Trescents pedindo-lhe que venha nos visitar amanhã. É melhor que o coloque a par dos pormenores da herança de seu pai. Infelizmente, não poderei acompanhá-lo. A terminologia legal me deixa tonta. Você terá, naturalmente, toda liberdade, mas lhe peço que deixe de lado as criancices de outros tempos e leve seu irmão em consideração. Ele será um ótimo lugar-tenente para você. E um colaborador fiel, tenho certeza. Você também deveria começar a pensar em se casar, agora que tem tudo a seu favor para despertar o interesse das melhores famílias da cidade.

Amadeo bocejava havia alguns segundos, impaciente para dizer algo. Quando a mãe parou para respirar, ele não desperdiçou a oportunidade.

— Eu acho que ouvi-a dizer que papai prefere o claustro das freiras ao panteão da família.

— Sim, filho.

— Como você pode saber uma coisa dessas?

— Sei e pronto, filho. Não pergunte o que não quer saber.

— A senhora não está acreditando que ele pode se comunicar com a gente, não é? É papai que, segundo a senhora, não quer ir para o panteão?

— Outra vez o infeliz panteão! Mude de assunto, filho! Já está resolvido. Eu estava falando de suas obrigações como herdeiro. Isso sim é importante.

Amadeo espetou uma batata, mergulhou-a no molho e levou-a à boca. Só depois de mastigá-la durante um longo tempo e engoli-la fez o que sua mãe lhe pedia.

— Mamãe, não sei se quero dirigir as Indústrias Lax — disse.

— E o império Golorons, filho. Não esqueça os frutos dos esforços de seu avô, que agora também está em suas mãos.

O jovem herdeiro se remexeu na cadeira. Diante da energia de sua mãe, sua firmeza se desvanecia. Embora fosse muito orgulhoso para não dissimular. Tentou dizer mais alguma coisa, porém Maria del Roser se antecipou.

— É evidente que você tem boa mão para a pintura, e fico feliz. Cultive esse dom, que é o que deseja, mas não se esqueça de honrar o sobrenome de seu pai cuidando de seu patrimônio, que não envolve apenas imóveis, patentes, balanços anuais e outras complicações. Ele gostaria que você cuidasse também, e, sobretudo, dos trabalhadores. Seu pai se orgulhava de conhecer todos, um por um, e são mais de 5 mil.

— A senhora não imaginou que talvez os trabalhadores tenham preparado a armadilha mortal?

Maria del Roser afastou a ideia dando um tapa no ar.

— Bah! Idiotices! Aqueles que o traíram não o conheciam nem um pouco. Ou só o suficiente para detestá-lo: os traslados de conventos, as amizades influentes, a fortuna... Ficaram contra ele assim como contra os religiosos: por hábito. Nesta cidade, as coisas funcionam assim, você não sabia? Ao menor protesto contra uma injustiça, todos saem correndo para queimar conventos e matar os ricos.

— A senhora se recusa a ver a verdade, mamãe. Os operários acham que somos seus inimigos.

— Grande besteira! Seu pai não era inimigo de nenhum de seus trabalhadores. Era exatamente o contrário: eles o veneravam. E com razão. Fez por eles mais que outro empresário. Você não precisa ter dúvidas. E ouça-me que ainda não terminei.

Amadeo ficou aborrecido. As atitudes de novo senhor da casa que tiveram um excelente resultado com Felipe e Concha não serviam para nada diante de sua mãe que, além do mais, continuava sendo, do ponto de vista legal, sua tutora.

— Quero que me prometa deixar que eu me ocupe de seu pai. — Amadeo estava se sentindo tão desconfortável quanto um boi sentado à mesa. Ela continuou: — Publique obituários, organize funerais e decrete jornadas de luto em todas as empresas do mundo, se quiser, mas deixe seu pai no claustro de Montesión. Com as freiras.

Amadeo resistia em aceitar o acordo até que lhe ocorreu negociar.

— Está bem. Se me der de presente tudo que é necessário para um ateliê de pintura e permitir que eu me instale na água-furtada.

A viúva Lax dirigiu um longo olhar ao filho, como se o visse pela primeira vez. Antes que pudesse dar seu veredicto, o herdeiro continuou:

— E se me disser como soube de todos os detalhes da morte de papai que acabou de mencionar.

— Estou de acordo no que diz respeito ao ateliê — concluiu, depois de uma pausa aflitiva. — Você mesmo pode comprar tudo, pois penso em lhe delegar todas as questões financeiras. O outro assunto não lhe diz respeito.

Amadeo ameaçou um sorriso irônico, que conseguiu corrigir a tempo, no mesmo instante em que sua mãe se levantava da mesa, arrastava a cadeira até deixá-la em seu lugar, muito lentamente, e dizia:

— Amanhã permitiremos que a vida comece a andar de novo, meu filho. Com certeza ela vai nos levar a algum lugar.

Quando a silhueta escura de Maria del Roser foi ressaltada contra o fundo marmóreo da lareira, seu filho acrescentou:

— Admiro sua coragem e sua dignidade nestes momentos, mamãe.

Já quase na porta, ela respondeu, não se soube se para si mesma ou se para o filho:

— Olhai fixamente para a escuridão e vereis brilhar a luz dos mortos.

Para Amadeo Lax, madrugar era se levantar às dez. Raríssimas vezes em sua vida aceitou levantar antes dessa hora ou sair de casa sem que os sinos tivessem tocado as onze. Também não gostava de fazer planos com antecedência. Organizava-se diariamente, depois de tomar o café da manhã e ler os jornais. Aqueles que queriam alguma coisa se apresentavam em seu gabinete por volta de meio-dia e eram recebidos por ordem de chegada. Infelizmente, muito mais gente o solicitava do que seu caráter retraído era capaz de suportar. Ao longo dos dois anos entre a morte de dom Rodolfo e a maioridade, teve de aceitar suas novas obrigações. Recebia e ouvia sem reclamar, sempre meio distraído mas também com um senso de responsabilidade que espantava até a própria mãe. Na sucessão de pedintes, os assuntos domésticos eram responsabilidade de Eutimia.

— Estão faltando legumes, batatas, azeite e café. O leite subiu dois cêntimos. Vou encomendar quatro sacas de carvão para a cozinha. Faltam polidor de metais, alpiste para os pássaros da senhorita Violeta e outros produtos de necessidade básica. Seria muito conveniente comprar um novo capacho para pátio. Precisamos também de um paliteiro e de meia dúzia de colheres de sobremesa. O relojoeiro Merleti e um rapaz da loja de artigos de cera Tardà trouxeram suas faturas. Ah, uma criada está sofrendo de falta de ar e precisa de pílulas do doutor Andreu. E outra foi acometida por lombrigas intestinais e precisa de uns laxativos de...

— Compre o que estiver faltando — determinou Amadeo, pouco interessado nos problemas intestinais dos empregados, enquanto lia os papéis: "Relógios Merleti: procedimento anual de revista dos relógios de toda casa e de dar-lhes corda: 20 pesetas", "Velas, lâmpadas a óleo e castiçais de cores e tamanhos variados: 5 pesetas".

— E mais uma coisa senhor, se não se incomoda. Me pergunto se poderia comprar um unguento medicinal chamado... — Eutimia tirou um papel do bolsinho de seu avental e leu a letra alheia com dificuldade — "Tricofero Padró".

Amadeo franziu a testa. A governanta continuou lendo.

— Três prodigiosas utilidades. Uma: faz crescer o cabelo. Abundante, brilhante, com cachinhos muito graciosos. Duas: limpa a cabeça. Não é óleo. Não fica rançoso. E por isso combate a caspa e outras porcarias. Três: cura enxaqueca. Porque, como mantém o cabelo em perfeita saúde, aviva sua ação elétrica natural e através dela cria-se uma corrente fácil e segura que descarrega com grande facilidade a excessiva aglomeração do fluido nervoso...

— Está bem, está bem — interrompeu-a Amadeo. — Quem está precisando disso?

Eutimia suspirou.

— Ai, senhor. Lá embaixo, o menos afortunado tem enxaquecas e o mais está careca. Eu mesma o usaria — tocou os quatro fios brancos de sua cabeça —, para ver o que acontece. Aqueles que o experimentaram dizem que é mão de santo. Já está na hora de todos termos esses cachinhos graciosos que o anúncio diz.

Em certos casos, Amadeo atendia aos pedidos de Eutimia por esgotamento.

Conchita, por sua vez, aparecia com pedidos menos pragmáticos, quase sempre relativos a Violeta.

— Sua irmã ficaria muito contente se tivesse uma escrivaninha. Ela gosta muito de escrever.

— E o que escreve?

— Um diário secreto. E muitas cartas.

— Cartas? Para quem? — perguntou, assustado, Amadeo.

— Ah, para todo mundo. Sua mãe, você... Para uma amiga imaginária chamada Greta e até para um domador de tigres chamado Henriksen que vimos sábado passado no teatro Soriano. O programa dizia ele que foi ressuscitado para que pudesse estrear em Barcelona.

Amadeo riu.

— Certamente é um amigo de mamãe, ou o será daqui a pouco.

— Sim, foi exatamente dona Maria del Roser quem nos recomendou o espetáculo. Sua irmã ficou encantada. Você precisava ter visto como aplaudia.

— Eu não acho muito bom que uma senhorita de 11 anos fique trocando cartas com um domador de tigres ressuscitado — brincou o homem da casa. — Está bem. Ela terá sua escrivaninha. Vou dizer a Octavio que vocês irão escolhê-la esta semana.

— Não é necessário, Amadeo. Preferimos procurar à vontade, me perdoe. Se Octavio ficar nos vigiando, não poderemos subir nos elevadores.

— Como disse?

— Sua irmã adora ficar subindo e descendo nesses trastes! E a verdade é que eu também. Não somos as únicas. O ascensorista passa a tarde carregando curiosos. São tantos que não deixam espaço para aqueles que realmente vão a algum lugar.

Amadeo franzia a testa. Sabia que sua irmã sairia do El Siglo com algo mais que uma escrivaninha: era o que sempre acontecia. Mas gostava de fazer as vontades de Violeta. Conchita sabia disso, e a menina sempre conseguia o que queria.

Infelizmente, a visita diária de Trescents, o advogado, não se resolvia com tanta facilidade. Entrincheirado atrás de suas pastas cheias de assuntos pendentes, o homem das leis esmiuçava uma soporífera ordem do dia.

— Os trabalhadores da Fios e Tecidos de San Andrés exigem um aumento de salário e uma escola para seus filhos. Dizem que seu pai lhes prometeu isso pouco antes de nos deixar. Os de Mataró informam que a fábrica foi invadida por ratos e pedem remédios para exterminá-los. O algodão que devia ter chegado ontem pelo mar sofreu uma demora por culpa do mau tempo, e os operários de San Martín estão parados; perguntam se podem ir para casa até a matéria-prima chegar. Um camponês que plantou em uma propriedade nossa da avenida Diagonal pergunta se pode entrar nas terras para colher as batatas e nos oferece em troca 40 quilos. Recebemos várias ofertas de compra muito interessantes para terrenos do passeio de Bonanova, algumas por uma pechincha, na minha opinião, deveríamos estudá-las. Trago, para sua análise, os extratos de todas as contas do Banco de Barcelona. O senhor Estruch lhe envia saudações e um convite para almoçar na quinta-feira da próxima semana. Os marqueses de Mariano dizem que as cadeiras de seu novo palácio estão bambas e que a senhora marquesa, que está gordinha, não se permite sentar nelas com medo de cair. O senhor Moreu, o marceneiro, quer saber quantos biombos são necessários para a decoração interior da casa do conde de Olano. Os Amigos da Arte de Santa Águeda pedem sua assinatura a favor da casa que Gaudí fez para os Milàs e contra as críticas que a acusam de aberração urbanística e coisa estranha. Por último, seu irmão Juan está trabalhando há semanas em um plano de melhoria das condições de trabalho dos operários (a meu entender, muito bom) e deseja submetê-lo a sua apreciação. Há mais alguns assuntos, de menor relevância, que, se consentir, poderemos abordar depois de despacharmos estes.

Tudo aquilo era um verdadeiro suplício para um homem que tinha a cabeça em outro mundo.

— O que é isso de um plano para a melhoria dos operários? Não sabia que meu irmão tivesse essas inclinações.

— Mas tem, senhor. E talvez seu plano seja conveniente.

— Conveniente para quem?

— Para todos, senhor. Nesses tempos de convulsões, deixar os operários satisfeitos acaba sendo um bom negócio.

— Está bem. Diga a meu irmão que conversarei com ele sobre seu plano, embora não lhe possa dizer quando. Bem, despacharemos o restante amanhã.

Trescents tomava nota. Com a outra mão, tirava do bolso um lenço de linho, com o qual, com a menor pausa, enxugava o suor da testa.

— O senhor não poderia, pelo menos, me dar uma resposta a respeito dos ratos de Mataró? É um problema que preocupa.

— Já é muito tarde, Trescents. Resolva você as urgências como achar melhor.

O advogado se retirara com ar de derrota, pensando que o filho de seu saudoso dom Rodolfo ia lhe custar uma doença se não começasse logo a se parecer com o pai. E seu calvário havia apenas começado, porque, enquanto sua curiosidade durou, Amadeo só causou sobressaltos ao advogado. Como no dia em que Trescents chegou à reunião diária e encontrou o herdeiro sorridente e preparado para sair: casaco branco sobre os ombros, gardênia natural na lapela e luvas de cabritinha na mão.

— Leve-me a alguma de minhas fábricas. Preciso ver do que estamos falando.

Trescents escolheu a Fios e Tecidos de San Andrés. Percorreram o caminho no Hispano Suiza, em silêncio fúnebre. Quando chegou ao seu destino, o advogado mandou os operários se reunirem no pátio; as mulheres em um lado, os homens no outro e as crianças no centro. Um total de 422 pessoas. Preocupado com a impressão que poderiam causar a um patrão tão sofisticado, mandou que todos lavassem a cara e as mãos, inclusive as unhas. Acompanhou o senhor sem se calar durante todo o percurso, que compreendeu a imponente nave, os teares, os barris — ou "barcas" — de tinta e o escritório que dom Rodolfo costumava ocupar em suas visitas semanais à fábrica.

Amadeo, por sua vez, mal disse palavra. Observou tudo com cuidado, sem a menor pressa. Ao chegar ao escritório, fechou a porta, apoiou-se em uma mesa sem amarrotar a roupa e confessou ao advogado da família:

— Isso não é para mim, Trescents. Precisaremos encontrar uma solução.

Não disseram nem mais uma palavra. Durante todo o caminho de volta, os dois homens ficaram pensando no infeliz Rodolfo. Trescents, com nostalgia de empregado fiel, acostumado com os hábitos e as exigências do velho patrão. Amadeo, sentido a culpa de um desertor.

Nesse dia, o jovem herdeiro decidiu não voltar a colocar os pés em nenhuma de suas fábricas. Não levou muito tempo para visitar um tabelião. Uma manhã, várias semanas depois, quando Trescents chegou armado com suas pastas e esgrimindo suas urgências, um discurso inesperado o deixou mudo.

— Resolvi nomeá-lo meu procurador para todos os meus negócios. Falta-me pouco para atingir a maioridade e com ela o direito de dispor de todos os meus bens. A partir desse momento, você terá dez dias para nomear dois administradores de sua confiança, um para as Indústrias Lax e outro para o império Golorons, como minha mãe gosta de chamá-lo. Cada um deles terá plenos poderes para administrar as empresas como achar conveniente, mas sob sua supervisão. Uma vez por mês me prestarão contas e despacharei os assuntos importantes. Você cuidará daquilo que exigir pressa. Redigiremos um documento onde tudo isso ficará bem detalhado. E, naturalmente, a retribuição estará à altura de sua responsabilidade. Ah, estava me esquecendo de uma coisa que quero lhe pedir. Um favor pessoal.

O advogado se agitou um pouco, como se despertasse de um êxtase.

— Naturalmente, senhor. Estou ouvindo.

— Quero que nomeie meu irmão capataz dos operários da Fios e Tecidos de San Andrés.

— Capataz, senhor? — O advogado sorriu. — Permita-me dizer, com orgulho, que seu irmão tem capacidade de sobra para ostentar cargos de muito mais responsabilidade.

— Capataz — insistiu Amadeo, e, para compensar seu ímpeto, acrescentou: — Juan ainda é muito jovem, tem muito a aprender. No entanto, sei que em nenhum outro lugar ele se sentirá mais feliz. Não se deu conta do enorme interesse que tem pela classe operária?

O ricto do advogado tornou-se irônico.

— São febres da idade, senhor. Seu interesse por essa senhorita Montserrat não vai durar muito. Basta que passem poucos anos. Seu irmão será advogado, e ela, um capricho superado.

Amadeo pensou no brilhante histórico escolar de seu irmão, resultado de um esforço que era idêntico ao que dedicava a todo o resto, inclusive o amor. Sua relação com a tal da Montserrat, filha, neta e bisneta de operários, era apenas o mais recente exemplo de um caráter apaixonado, que não parava para analisar a conveniência das coisas. E, longe de pensar que se tratava de um capricho passageiro, Amadeo via aquilo como um tropeço que teria efeitos futuros. Os operários não eram de confiança. O melhor, a seu juízo, era afastar-se deles ou definir bem as distâncias. Para ele, aquela relação de seu irmão era como uma doença.

— Eu gostaria que me redigisse um informe sobre essa garota, Trescents. O mais completo que puder.

— Claro, senhor. Será muito simples. Quase toda sua família trabalha para a gente.

— Maravilhoso. E, me diga, está feliz com a proposta que lhe fiz hoje?

— Muito, senhor — O rábula pulou. — É mais que generosa. Fico honrado por me achar capacitado para assumir tão altas responsabilidades.

Para mim, será um verdadeiro desafio dar continuidade ao trabalho de seu pai, senhor.

Amadeo olhou para o futuro procurador com uma frieza inescrutável.

— Não se esqueça de que meu pai morreu há quase três anos, Trescents.

— Claro, senhor. Lembro a cada momento.

— Agora sou eu o senhor Lax. Não se vive do passado, Trescents.

— É claro que não. O presente é o senhor, sei muito bem disso.

— Bem, nesse caso direi ao tabelião para redigir os documentos.

Ata da Assembleia Ordinária do Patronato do Museu Nacional d'Art de Catalunya (MNAC) celebrada em 25 de março de 2010 (resumo)

Reunido em Assembleia Geral extraordinária, o Patronato desta instituição decide por unanimidade:

1) Aceitar o legado constituído por dona Eulalia Montull Serrano a favor do MNAC e composto de 32 obras até agora inéditas do pintor Amadeo Lax.
2) Aceitar, por conseguinte, as obrigações implícitas a tal legado, comprometendo-se, publicamente, a reunir toda a obra disponível em um único espaço do museu ainda a designar.
3) Aceitar a segunda delegação, nomeando dona Violeta Lax Rahal membro deste patronato na qualidade de vogal, a fim de velar pelo cumprimento da disposição anterior, por um prazo de dez anos.
4) Tornar pública a aceitação do legado mediante entrevista coletiva à imprensa que se celebrará em 12 de abril de 2010 no próprio Museu.
5) Convidar para tal ocasião a legítima herdeira da senhora Montull, a senhora Fiorella Otrante (domiciliada em Nesso, Itália), e a senhora Violeta Lax, inventariante do mencionado legado.

E para que conste, assina-se em Barcelona, em 25 de março de 2010.

XVII

Arcadio é o homem que não para. Lá está, disposto a fazer uma de suas visitas rotineiras às obras da futura biblioteca. Seu olhar tímido assoma pela entrada de carruagens. Até ontem, poderíamos ter dito que havia aqui uma atividade frenética. Neste momento, no entanto, o único frenético é Selvas, o arquiteto. Ele fala ao telefone no patamar da escada de mármore. Grita:

— Como sempre existiram dúvidas a respeito do projeto? O que está me dizendo, rapaz? Nem você acredita nisso! A essa altura! O que acontece é que você não tem argumentos melhores para justificar o injustificável. Depois vão dizer que as administrações improvisam e vocês vão ter a cara de pau de negar isso! Essa é a pura verdade: vocês são os reis do improviso! E da falta de seriedade.

Ele faz uma pausa. Observa sem interesse o ser insignificante que parou ao pé da escada, ao lado do pâmpano inoportuno. Usa um casaco de tricô bordô, uma camisa quadriculada verde e docksides marrons. Hoje Arcadio se superou ao se vestir.

— Tá, tá... A porra da herança. E não tem mesmo outro lugar para colocar esses quadros? Tem que ser no meu projeto, porra?

Arcadio vai ao local onde eram as cozinhas. A mesa de madeira desapareceu há muitos anos, assim como os bancos da lareira. A cozinha menor está sem portas. Da imensa bateria de panelas e frigideiras só sobreviveu uma panelinha, em um canto da despensa. Parece tão surpresa quanto ele de estar ali.

Os espaços vazios amplificam a conversa do arquiteto.

— Não, os operários não são o problema. Eles foram embora muito felizes. O problema é trabalhar contra a corrente, como sempre. Primeiro de maio está logo ali, na esquina. Além do mais, posso saber qual é o motivo de tanta pressa? Vocês deixaram a casa apodrecer durante décadas e agora querem que eu mude todo o projeto arquitetônico em apenas um mês? Porra, cara, as coisas não funcionam assim. Não, não é que sejam tão complicadas. Afinal, o vão livre que projetei pode muito bem ser adaptado a um museu, bastam quatro pequenos retoques. Mas nós dois sabemos que não é isso. A imprensa já publicou a notícia. Estamos comprometidos. Meu nome foi estampado. Não gosto que pensem que costumo topar qualquer coisa. Não é o meu estilo, está entendendo? Nem o do meu escritório. Vamos, eu aceito todos os seus argumentos, mas você tem que aceitar os meus. Não posso ser considerado o responsável pelo novo projeto, por mais que se baseie no anterior. Eu projetei uma biblioteca, e, se agora vocês resolveram que deve ser um museu, eu caio fora. Simples assim.

Arcadio pega a panelinha, observa seu interior. A película de porcelana azul está descascada. Examina-a como se as falhas tivessem um interesse extraordinário. Se alguém o visse nesse momento, se perguntaria como um homem lúcido era capaz de exibir um sorriso tão feliz só de olhar uma panelinha.

— Não, não, não, Voltas, me escute — continua a conversa lá em cima. — Está me ouvindo? Não vou mudar de opinião. Sinto muito, mesmo. Tenho muitos projetos esperando para ficar perdendo tempo com as incertezas de vocês. Já disse a vocês que estou caindo fora e é isso o que vou fazer. Posso recomendar outro escritório de arquitetura, no máximo, mas não posso garantir que o projeto vai estar pronto dentro desse seu prazo. Claro que vou colaborar, cara, quem você acha que eu sou? A única coisa que não vou fazer é projetar a porra do seu museu. E não me faça perder mais tempo, por favor. Falando com você agora perdi pelo menos quatro ligações importantes. Na verdade, acho que deveríamos terminar agora mesmo essa questão. Seria melhor para nós dois. Comece a procurar um arquiteto para me substituir que eu vou voltar aos meus...

Arcadio não precisa ouvir mais. Atravessa o pátio de carruagens, sai pelo portão de madeira. Uma vez na rua, ergue o olhar. Observa as janelas ogivais do gabinete de dom Rodolfo, mais tarde ocupado por seu filho, e que agora é um espaço vazio, como todo o resto. A janela do primeiro andar, ali onde outrora ficavam os aposentos do casal, transformados em quarto de dona Maria del Roser, com seu budoar contíguo atrás de cujos cristais

Teresa tomou decisões importantes, e que agora está vago, e espera. As pequenas vigias do terceiro andar, ali onde ficava o quarto das crianças e de onde Conchita observava a qualquer hora os transeuntes passando. Perto de seus pés, as janelinhas dos quartos dos criados palpitam de emoção, querendo revelar seus segredos.

Arcadio continua sorrindo. Tudo o que está inerte o observa e o acompanha.

Quando vai enfiar a mão no bolso para ligar para Violeta, descobre que ainda está com a panelinha na mão.

***Olympia*, 1914**

Óleo sobre tela, 95 x 51cm

MNAC, Coleção Amadeo Lax

Montserrat Espelleta Torres, conhecida pelo nome artístico de Bella Olympia, foi a grande sensação dos palcos de Barcelona durante os anos da Primeira Guerra Mundial, quando a cidade experimentou uma prosperidade econômica sem precedentes, favorecida pela neutralidade espanhola no conflito. Nesse contexto deve ser entendido este retrato, que soube captar todo o esplendor de uma época em que as fortunas brilharam sem igual, e em que o lazer e o esbanjamento ocuparam um lugar de destaque na vida da elite industrial e artística da cidade.

No retrato se destacam o alegre colorido do xale da modelo — amarelo, verde, vermelho, azul, violeta —, a sensação de movimento das franjas que ocultam seus pés e a sensualidade dos ombros nus, que com frequência converteram esta obra em um ícone da denominada *belle époque*. Ao fundo, observa-se a plateia às escuras do teatro — provavelmente o Gran Salón Doré, onde a jovem atuou até 1915 — repleto de um público expectante. Em primeiro plano, ao lado da ribalta, destaca-se um rosto um pouco mais definido que o restante, no qual alguns quiseram ver um autorretrato do próprio autor, que foi um admirador incondicional da estrela desde o início, para transformá-la logo em sua amante, entre os anos de 1913 e 1920. Montserrat Espelleta teve um final triste: arruinada e esquecida por todos, morreu de sífilis em 1930.

Joias da arte catalã,
Edições Pampalluga, Malgrat de Mar, 1987

XVIII

Em 4 de novembro de 1928, com muitos boatos e grande alívio, Maria del Roser Golorons casou seu primogênito com a mais nova dos irmãos Brusés. As bodas foram no coro da catedral — um privilégio raríssimo —, com a presença de Milans del Bosch, na época governador da província, e trezentos convidados. O rei e Primo de Rivera também estariam presentes, mas desculparam-se e foram perdoados imediatamente. Naqueles dias, os ricos catalães só pensavam no novo Ministério da Economia, que haveria de varrer todos os males, e na organização da Exposição Universal, que viria acrescentar luzes e fontes coloridas a seu esplendor recuperado. Ao lado de tais urgências, a presença dos líderes em uma boda — embora fosse a de uma celebridade do mundo das artes com uma beldade de boa família — teria sido considerada um equívoco de prioridades.

— Que Primo proíba o catalão e derrube monumentos, mas vele por nós... — diziam alguns.

Na casa do noivo, as atividades começaram antes do amanhecer. O primeiro espaço a despertar foi o das cozinhas. Desde cedo, os fogões conviveram com as chaleiras de café e as lagostas do aperitivo, os cálices estavam por todos os lados em uma desordem alegre, e as criadas não conseguiam dissimular o nervosismo. Conchita andava para lá e para cá arrumando as flores dos centros de mesa, ajeitando as toucas das criadas e dispondo a louça do desjejum para os convidados que estavam hospedados no terceiro andar, a maioria parentes distantes e colegas de Amadeo.

— Alguém viu o noivo? — perguntou Vicenta pouco antes das dez.

A senhora tomou o café da manhã em seus aposentos às quinze para as oito. Então começou a se arrumar, com os devidos cuidados.

— A cada ano que passa, é necessário ficar mais meia hora diante do espelho — brincou ao se ver. — Seguindo essa lógica, eu deveria ter começado a me vestir na semana passada.

Às dez e quinze chegou Juan, vestido com o simples hábito marrom da ordem de santo Inácio de Loyola. Conchita recebeu-o com um abraço nada eclesiástico.

— Como você está lindo! — disse, batendo em suas faces como quando era um menininho. E abaixou a voz para acrescentar: — Graças a Deus você veio. Sua mãe ficará muito feliz vendo seus dois homens juntos.

— Faço isso por ela — resmungou o recém-chegado — e por essa garota, minha futura cunhada, que não tem nenhuma culpa. Já é bastante o que a espera ao lado de meu irmão.

— Vamos, querido, não diga uma coisa dessas. Vocês ainda estão assim, com suas briguinhas de sempre?

O sacerdote dirigiu um olhar de recriminação a sua velha babá. Ela pediu desculpas em tom festivo:

— Ai! É que não consigo! Como devo chamá-lo? Padre Juan, Juanito? Eu troquei suas fraldas! Mas lhe prometo não enfiar os pés pelas mãos em público.

O padre Juan subiu diretamente ao quarto de sua mãe. Nas cozinhas, as criadas não paravam de comentar como ele ficava lindo quando vestia o hábito.

— Demonstrem um pouco de reverência, meninas, que Juan é um homem de Deus — dizia Concha, e a frase despertava mais de um suspiro.

Mãe e filho desceram um pouco depois, varrendo em dueto a escada de mármore com suas saias. Aferrada ao braço do segundo filho, Maria del Roser foi levada à poltrona diante da lareira, onde ficou sentada, elegantemente.

— Tudo está como sempre — comentou o jesuíta, avaliando o lugar de cada coisa. — Exceto os quadros. Cada vez tem mais.

— Seu irmão tem pintado muito ultimamente. Daqui a pouco, não teremos mais paredes.

Juan deu uma volta pausada pelo aposento, as mãos nas costas. Parou diante do retrato de Violeta mal-humorada. Na última vez, estava perto da lareira. Agora esse espaço havia sido usurpado pela pose de uma menina loira e desconhecida.

— É Teresa Brusés, sua futura cunhada — explicou Maria del Roser.

— Eu sabia que meu irmão gostava de jovens, mas não que fossem tão jovens assim — disse, com uma voz desprovida de qualquer ironia.

— Na época tinha 11 anos, homem. É o primeiro retrato que fez dela. Para os dois, possui um enorme valor. Ela apaixonou-se por ele enquanto a pintava.

— Sério? Pobrezinha!

— Essa menina é um caso impressionante de clareza de ideias. Sempre soube que seria de Amadeo. Inclusive sua irmã teve de vir aqui para me pedir que intercedesse por ela.

— E o que você fez?

— Bem, digamos que tentei ajudar. O resto ele fez sozinho. E o amor, é claro. Não devemos subestimar a força dos sentimentos.

— E menos ainda seu interesse em colocar na linha esse cara perdido.

Maria del Roser deu uma gargalhada e tossiu.

— Está resfriada?

— Como acontece todos os anos, meu filho. De outubro a fevereiro. Essa tosse é pior que um eczema.

— Algum médico já veio visitá-la?

— Ai, nem me fale. Desde que nosso querido Gambús morreu, não confio em ninguém. Os médicos resolvem tudo com comprimidos. E eu não os suporto. Para um problema desse tipo, mastigo balas de café com leite, que têm o mesmo efeito porém duram mais. Os médicos de hoje não são como os de antes.

Enquanto sua mãe criticava os comprimidos, Juan havia parado diante de outro quadro. Olhou-o demoradamente, mais que os outros dois. Por fim, passou ao largo.

— Não sei o que essa senhorita está fazendo no meu salão; na verdade, nem sei se ela pertence à família! — comentou Maria del Roser, percebendo o interesse do filho. — Embora reconheça que o quadro é colorido e dá alegria a esse canto tão triste. Se não estivesse aí, teria mandado comprar uma dessas porcelanas chinesas escandalosas.

— De certa maneira, mamãe, essa garota é da família — explicou Juan. — Ela e seus pais trabalharam para a gente durante muitos anos na fábrica de Fios e Tecidos de San Andrés.

— Ah... É isso, então. E o que faz vestida como uma qualquer?

Juan não respondeu. Virou-se para Violeta, olhou-a com tristeza e terminou a visita dizendo:

— É preciso reconhecer que tem boa mão.

— Coloque alguma coisa no gramofone, vamos. Para criar um clima. Ali estão alguns discos. A "Marcha de Granaderos" e Fernando Calvo recitando "La vida es sueño". Que horas são? Como é possível que seu irmão ainda não tenha dado sinal de vida?

Juan consultou a hora no relógio de parede.

— Vinte para meio-dia.

— Jesus e Maria! Vou mandar trazer os canapés. Os convidados não demorarão a chegar.

Os canapés já estavam servidos quando os hóspedes do terceiro andar começaram a aparecer, na hora certa. Depois foi a vez dos amigos de juventude do noivo: Albert Despujol exibia uma pança que nenhum paletó era capaz de disfarçar, enquanto sua senhora, a etérea herdeira Muntadas, tinha no pescoço uma esmeralda capaz de fazer qualquer uma explodir de inveja. Como bons melômanos, foram os primeiros a reparar na música do gramofone.

— Oh, a "Valsa triste" de Sibelius. Que original! — disse ela, apertando os dentes.

Maria del Roser sorriu, nervosa, arrependendo-se de não ter supervisionado ela mesma o programa de entretenimento. "A 'Marcha de Granaderos' teria sido melhor", disse a si mesma, mas já era tarde.

Octavio Conde voltou a despertar suspiros letárgicos nas criadas. Com seu fraque impecável, suas discretas entradas, seus olhos claros e abundantes cabelos castanhos, era a imagem perfeita da elegância. Uma elegância que sua condição de solteiro e milionário acentuava, embora, aparentemente, não fosse suficiente para que conseguisse uma esposa. Alguns anos antes, sua fama de cafajeste correra lado a lado a de seu melhor amigo, até um ponto em que o severíssimo dom Eduardo teve de intervir, chamando-o à ordem. A partir desse momento, Octavio se concentrou na administração dos armazéns, e sua vida dissoluta, se é que ainda existia, deixou de estar na boca de todos.

O recém-chegado beijou as mãos de dona Maria del Roser e abraçou fraternalmente o padre Juan. A julgar pela expressão de seu rosto, foi um dos poucos que deu a sua presença a devida importância.

— Como me alegra vê-lo, homem — sussurrou.

Ele foi o único a se interessar em saber como estavam indo as coisas. Mas Juan evitou os assuntos pessoais.

— Os alunos estão ficando cada vez mais teimosos, sinal de que estamos avançando para algum lugar — brincou.

As criadas passavam com bandejas repletas de bebidas e tira-gostos requintados. A lagosta despertava elogios. Maria del Roser parecia uma rainha em uma recepção. Os convidados não paravam de chegar. Embora faltasse alguém.

— O noivo vai continuar se escondendo por muito tempo ou ele se arrependeu? — perguntou Octavio Conde.

A viúva Lax começava a sentir uma evidente aflição.

— Onde seu irmão terá se enfiado? — perguntou, discretamente, ao segundo filho.

Nesse momento, Tatín Brusés atravessou a porta do salão, envolta em sua nuvem habitual de perfume de rosas e correu para beijar a anfitriã. Como costumava acontecer aonde quer que fosse, sua chegada não passou despercebida. Havia escolhido um modelito de Jeanne Lanvin, a estilista de Paris, de inspiração chinesa e seda verde, combinando com uma capa de festa preta e vermelha. A chapeleira compensara a ausência de abas em seu chapéu com um exagero de plumas na copa. A bolsa também era emplumada e, vista de longe e superficialmente, Tatín poderia ser confundida com alguma espécie de papagaio.

Aproveitando o alvoroço de beijos, Juan saiu para procurar o noivo desertor. Perguntou por ele a Conchita, que não sabia de nada. Na cozinha, disseram que ele não havia tomado o café da manhã nem aparecera. Subiu à água-furtada e bateu à porta. Ninguém respondeu. Já estava prestes a perguntar aos companheiros íntimos de farra de seu irmão mais velho quando ouviu um carro chegando. Foi ao balcão da salinha materna e viu Amadeo descer de um Citroën, empunhando o velho bastão de prata e enxugando o rosto com uma toalha. No assento traseiro ria, às gargalhadas, uma mulher com os ombros desnudos e longos cabelos loiros. A mão enluvada de alguém apareceu na janela e entregou alguma coisa ao noivo: um espelho. Amadeo se deleitou um pouco contemplando a si mesmo. Depois devolveu o espelho, dizendo:

— Um barbeado perfeito, senhorita. Me lembre de contratar de novo seus serviços outro dia, quando não estiver com tanta pressa.

Do interior do carro, uma voz melodiosa respondeu:

— Outro dia barbearei outra coisa, pombinho.

Julián esperava, paciente, em pé ao lado da porta, que a grotesca função terminasse. Amadeo aproximou-se e disse algo em voz baixa. Julián não conseguiu ouvi-lo, mas não era necessário. Instruções para devolver a garota ao lugar de onde a haviam tirado. As coisas devem ser deixadas tal como você gostaria de encontrá-las.

Amadeo não subiu a escada. O salão tinha sido invadido pelos convidados que esperavam sua chegada. Ele pediu a Concha que fosse buscar seu fraque e que permitisse que o vestisse em seu quarto. Quando saiu, seu aspecto era impecável. Sua velha babá cortara uma gardênia, que enfiou na lapela do fraque. Não esquecera nenhum detalhe, e tudo estava em seu lugar: a corrente de ouro do relógio, o lenço, o chapéu, o peitilho de seda...

— Não faça sua mãe sofrer, Amadeo. Se demorar mais um minuto, ela vai desmaiar — avisou Conchita.

O noivo subiu sem pressa, disposto a se comportar como o anfitrião encantador que todos esperavam que fosse.

— Ai, filho, graças a Deus! Estava achando que você tinha fugido. Posso saber onde estava? Começava a temer que eu mesma teria de sugerir o brinde! — censurou Maria del Roser seu filho de 38 anos, perdendo as estribeiras diante de seus convidados como jamais havia feito.

Amadeo salvou a situação. Tirou uma luva, empunhou uma taça cheia de um espumante dourado e tranquilizou sua mãe dizendo:

— Eu estava na missa das onze, mamãe. Comungando. Queria empreender o resto de minha vida livre dos pecados do passado.

Ao pronunciar essa frase, os olhos de Amadeo procuraram os de seu irmão Juan. Mas este havia ido para o pátio tomar um pouco de ar.

Depois levantou a taça, e o tilintar do brinde fechou com chave de ouro sua vida de solteiro. Cinco minutos mais tarde, em comitiva, todos iniciavam o caminho à catedral.

* * *

Seis horas depois, os criados se impacientavam esperando a chegada da nova dona da casa. Mas só após as oito ouviram os carros do desfile nupcial se aproximarem.

A primeira a desembarcar foi Maria del Roser. Desta vez, vinha acompanhada por um sujeito cujo nome nunca lembrava. Chamava-o tanto de Leonardo como de Norberto, embora ele desse a impressão de não se incomodar nem um pouco com isso. Estava com os pés inchados e esse aspecto de felicidade exausta a que se chega no final dos dias memoráveis. Atrás dela iam Conchita, orgulhosa como uma gansa que acaba de ver o filhote mais desajeitado do bando levantar voo, e, em último lugar, os noivos. Ele, sóbrio, contido, despertando ao passar o pranto das criadas. Ela, de uma beleza tão deslumbrante que, em sua presença, todos ficavam paralisados.

— Eis a nova senhora da casa — declarou Maria del Roser, pouco afeita a sermões, a seus criados. — A partir de hoje, delego com muito prazer minhas funções a ela.

Um por um, todos os criados foram apresentados à nova senhora Lax.

— Julián Montull, nosso motorista. Digno sucessor de seu pai, que nos prestou um serviço excelente.

— Senhora... — O homem inclinou a cabeça.

— Vicenta Serrano. Suas mãos valem milhões. É nossa cozinheira.

— Bem-vinda, senhora Lax.

— Carmela e Aurora, nossas camareiras.

Duas reverências mudas antes de passar ao seguinte.

— Higinio, responsável pela manutenção. Ou seja, é o senhor que cuida de tudo.

Higinio ofereceu a mão, muito formal. Teresa estendeu a sua, um pouco inibida.

— Conchita você já conhece. Pau para toda obra. Foi ama de leite de seu marido, babá de todos, inclusive de mim mesma e, desde que Eutimia se foi, também governanta... Às vezes penso que a senhora da casa é ela.

Conchita ficou vermelha. Sua condição de privilegiada já havia sido bastante demonstrada: havia sido a única serviçal que tivera permissão de assistir ao casamento.

Ao chegar à última estação, Teresa se abaixou, esgrimiu um sorriso doce que revelou as duas fileiras de dentes perfeitos e fez sua voz soar pela primeira vez:

— E quem é essa menina tão bonita?

A criança se escondeu atrás das saias de Vicenta.

— É Eulalia, senhora. Nossa filha — respondeu Julián, agarrando o braço da menina e obrigando-a a se apresentar a Teresa.

— Nós a chamamos de Laia. Assim, em catalão. Julián tem dificuldades com o castelhano... — justificou-se Vicenta.

— Laia é um nome lindo — repetiu Teresa. — Temos uma coisa para você, não é mesmo, Conchita? — A babá lhe entregou um pequeno pacote de tule. — É para você. Gosta de balinhas?

Laia esticou a mão, com a cabeça baixa, olhando para a recém-chegada de cima a baixo.

— Beije a mão da senhora — ordenou a mãe.

A menina se retraiu mais ainda.

— Obedeça — disse Julián, com voz pouco amistosa.

Empurrada pelo motorista, Laia avançou um passo. Com uma das mãos, apertava as balinhas que havia acabado de receber fechando tanto o punho que o invólucro ficou cravado em sua pele. Teresa tirou a luva de seda. Com pressa, como quem engole algo ruim, Laia depositou um beijo no dorso da mão da nova e jovem senhora.

— Boa menina — disse Maria del Roser. — E agora vamos todos descansar. Amanhã terão tempo de se conhecer melhor. Além disso, estamos esperando a chegada de uma nova camareira. Como se chama, minha filha?

— Antonia — respondeu Teresa.

— Isso mesmo, Antonia. Ela cuidará também do ferro de passar e da costura. Amanhã arranjaremos um lugar para ela. Agora, em catalão ou em castelhano, todos para a cama!

Amadeo passou diante dos criados sem dizer palavra.

— A que horas deseja que sirvamos o café da manhã, senhora?

Maria del Roser Golorons fez que não ouvia e continuou escada acima. Amadeo seguiu-a, tão alheio como estava agora sua mãe, embora para ele aquilo não fosse nenhuma novidade. Teresa parou, hesitou, olhou para Vicenta, que tinha feito a pergunta. Estava um pouco pálida, mas todos acharam normal, em sua noite de bodas.

— Na hora habitual estará bem — respondeu.

E começou a subir a escada.

Quando as portas dos quartos engoliram o rumor da chegada dos senhores, os empregados mergulharam, entre murmúrios e risinhos, na avaliação da nova senhora Lax.

— Que vestido bonito!

— Achei-a um pouco verde.

— Sim, mas é lindíssima.

— Não é muito jovem para ele?

— Quantos anos tem? Vinte e três?

— Nada disso. Tem 21.

— Valha-me Deus!

— Não vai saber administrar a casa.

— O que vocês acham? Será que já consumaram o matrimônio?

Laia e Conchita foram as únicas a não abrir a boca. A primeira havia desembrulhado as balinhas e brincava de alinhá-las na superfície da mesa. A segunda se cansou de ouvir malícias e foi para o quarto, resmungando:

— Ela acabou de chegar, pobrezinha. Deixem que aprenda.

Conchita teve uma noite de cão. Atribuiu-a a uma dúzia de bolinhos de bacalhau cuja recordação foi se tornando mais enjoativa à medida que a vigília avançava. Muito depois da meia-noite, ouviu passos descendo a escada. Um carro esperava lá fora, mas, pelo som, não era nenhum da casa. Aguçou o ouvido: em meio a risadas, uma voz alegre pouco habituada a dissimular, disse:

— Trouxe a navalha de barbear, pombinho.

Conchita negou com a cabeça várias vezes. Sentiu um enjoo nauseabundo subir pelo estômago, levantou-se às pressas e chegou bem a tempo de vomitar uma massa espessa de cheiro vagamente marinho na pia do lavabo.

De: Violeta Lax
Data: 6 de abril de 2010
Para: Valérie Rahal
Assunto: Quebra-cabeça

Estou aqui de novo, mamãe, com muitas novidades.

Fiorella e Silvana chegam amanhã. O MNAC organizou uma entrevista coletiva para revelar o legado para a imprensa. Como eu pensava, todos ficaram impressionados com a qualidade dos quadros e sua evidente originalidade dentro da obra de vovô. A diretora escreveu um informe muito positivo sobre a qualidade das pinturas e recomendou ao Patronato que as adquirisse, devendo, para isso, acatar as condições testamentárias. O resto foi coisa dos advogados e dos vaivéns da Generalitat, que, de repente, deu meia-volta e resolveu transformar a casa da família em um anexo do museu. Quer dizer, em uma espécie de prolongamento de sua sede principal, mas em outro edifício. De modo que Eulalia Montull conseguiu de primeira aquilo que o bom Arcadio e eu mesma levamos uma vida inteira batalhando. Espero que dessa vez eu tenha tempo de conversar com Fiorella sobre sua generosa mãe. Há muitos detalhes dessa história que continuam sem encaixar. E meu conhecimento a respeito do passado familiar é tão precário que mal posso contribuir para a confusão.

Ontem voltei a ver Paredes. Ele me ligou para dizer que as coisas de Teresa continuavam no laboratório e que devia fazer alguma coisa com elas. Marquei com ele no Zurich. Paredes me entregou uma bolsa de plástico com um par de chinelos velhinhos, dois pedaços de pano enfeitados com colchetes, a placa gravada com o nome de Dickens e a corrente de ouro com a aliança. Disse que haviam jogado o gato no lixo, e respondi que agiram corretamente. Lá mesmo, coloquei a corrente em volta do pescoço (e ainda estou usando). Cada vez que contemplo o nome de Francisco Canals Ambrós gravado na parte interna do anel me pergunto que importância essa joia teria para vovó, se foi por acaso que não a usava quando morreu ou — mais ainda — se esse pedaço de ouro teve algo a ver com seu assassinato. Não acredito que um homem nascido em 1899 achasse engraçado que sua mulher saísse por aí com o nome de outro dependurado no pescoço. Me faço um monte de perguntas e me resigno com a falta de respostas. Por mais que busque a memória de Teresa nas hemerotecas, há uma parte de sua verdade que nunca vamos conhecer. Que talvez ninguém jamais tenha conhecido.

Paredes também me perguntou por papai. Respondi que justamente na noite anterior havíamos tido um jantar de despedida. De manhã, bem cedo, ele e Amélie voltaram a Avignon.

"Grande figura, seu pai", disse.

O jantar foi no Set Portes, escolha de papai. Chegaram tarde, quando eu estava pensando se devia ir embora. Disseram que haviam passado a tarde nas butiques do Paseo de Garcia e que gastaram uma fortuna. Ela usava um relógio Cartier novinho em folha, que não acredito que pudesse pagar com o salário. Papai estava espetacular. Não como sempre: ainda mais. Havia feito a manicure e pintado o bigode, cheirava a loção de barba, tinha passado brilhantina nos cabelos. Fazia tempo que não o via tão bonito nem tão exuberante. Deve ser Barcelona, como ele diz, que o revigora. No meio do jantar, e sem nenhum motivo, ele me perguntou:

— Você é feliz, filha?

Respondi que sim, que sou, embora com moderação, como todo mundo, porque, afinal de contas, ninguém é capaz de mensurar a felicidade.

— Besteira! — respondeu. — A felicidade é tão mensurável quanto o limite do cartão de crédito. Vocês sabem quem são as pessoas mais felizes da Europa? Os nórdicos. Ou, pelo menos, é o que eles dizem. Surpreendente, não é mesmo? E os mais infelizes são os búlgaros. Existem várias teorias, mas eu acho que isso se deve ao festival Eurovision. Você não prestou atenção?

Os pobres búlgaros sempre dão muitos pontos a seus vizinhos e ninguém vota neles. No entanto, os espanhóis nem fedem nem cheiram. Apenas somos felizes acima da média. No fundo, não estão tão mal, porque no Eurovision não somos o que chamam de feras. Ah, e aqueles que vivem em casal são mais felizes que quem vive sozinho. E depois dizem que a vida conjugal é fonte de conflitos.

Ele disse essa última frase olhando para Amélie com olhos de menino travesso. Ela sorriu, mais como uma mãe do que como uma assistente, e continuou comendo. Talvez estivesse pensando no Cartier.

Durante o jantar, Modesto soltou uma dessas bombas que gosta de usar para dirigir as conversas. Falou que está pensando em vender a casa de Avignon e se mudar para Barcelona. Convidou-me a visitá-lo para escolher o que quiser em sua casa porque, segundo disse, "de todos os lugares saem coisas de que não preciso". Eu perguntei o que aconteceria com a universidade, com suas conferências, seus jantares com velhos professores tão afastados como ele, com o festival de teatro, com Brecht... Enfim, com tudo o que fez parte de sua vida ao longo de todos esses anos. Sabe o que ele respondeu?

— De repente, tudo isso não me importa um caralho.

Eu me atrevi a falar da minha investigação sobre Teresa. Disse que estava tendo pouco êxito, que até agora a coisa mais valiosa que havia encontrado foram os recortes da caixa de biscoitos. Falei que Teresa Brusés tinha sido uma ativista de uma dessas associações espíritas que tanto se anteciparam a seu tempo, surgidas no final do século XIX, mas que a ela coube lidar com as vacas magras e enfrentar as chacotas de quase todo mundo.

— É sério? — Papai levantou uma sobrancelha. — Ora...

— Na verdade, ela lidou com os últimos estertores do espiritismo, porque a Guerra Civil o proibiu, e quando as organizações ressuscitaram, no final dos anos 1970, suas ideias, em outros tempos avançadas, pareciam mumificadas.

Expliquei que, em seus tempos áureos, os espíritas europeus foram muito influentes e contaram com gente importante entre seus adeptos, como Arthur Conan Doyle e Victor Hugo. Consegui despertar seu interesse. Achei que havia acontecido um milagre.

— Você tem informações sobre isso? — perguntou.

Fiquei de lhe enviar uma cópia dos recortes e mais algumas coisas. Não ficou muito claro se ele havia ficado interessado pelo espiritismo ou por Teresa, mas, de qualquer maneira, foi uma conquista. Me deu seu e-mail.

— Amélie me ensinou a usar a internet. Estou descobrindo o mundo!

Pensei que uma assistente que consegue apresentar o mundo da tecnologia a um dinossauro como papai bem merece um relógio de grife.

Mas a coisa não terminou aí. Você não vai acreditar. De repente, ele disparou:

— Você está cansada de saber que não gosto de falar do meu pai, Violeta. Ele sempre foi um estranho para mim. Nem sequer tenho raiva dele. Deve ter tido seus motivos para viver como viveu, mas eu não me interesso nem um pouco por isso. Mas, se serve de consolo, não acho impensável que tenha matado a mulher. Também não me surpreenderia saber que foi um criminoso de guerra ou um desses médicos nazistas que fizeram experiências com seres humanos, embora fosse muito egocêntrico para isso. E, em relação a Teresa, pobre criatura, só posso sentir pena. Ela caiu em péssimas mãos e viveu péssimos momentos. Vá saber o que aconteceu de verdade. Acho que sua investigação enaltece sua memória e de certa maneira reconstitui o que aconteceu. Gostaria de ter feito isso eu mesmo, mas você deve entender que não me resta tempo para me envolver com coisas tão tristes. Vou dedicar o que me resta a ser o mais nórdico possível, se não se importa. O resto, como sempre, deixo em mãos mais competentes, além de mais bonitas: as suas.

Quase levantei para aplaudi-lo. Em vez disso, dei um beijo em seu rosto recém-barbeado e enxuguei uma lágrima. Amélie também chorava. Acho que a cena assustou um garçom pouco habituado a intimidades proporcionadas por um bom jantar.

Foi um final de festa digno, que queria compartilhar com você.

Emocionada e exausta, sua querida

VIO

A luz do porvir. Revista de estudos psicológicos e ciências afins
Nº 272. Junho de 1934

Na ausência e em memória de
Maria del Roser Golorons
Texto em homenagem apresentado
por Teresa Brusés de Lax
no transcurso do último
Congresso Espírita de Barcelona
(Fragmentos)

Da mesma maneira que os nomes de Alan Kardec, do visconde de Torres-Solanot, de Miguel Vives e de dona Amalia Domingo Soler são reconhecidos atualmente como os fundadores de nossa ciência, gostaria hoje de comentar a figura de minha mentora, de quem muitos se lembrarão. Estou falando de Maria del Roser Golorons de Lax. É possível que não tenha deixado obras que enfeitem as prateleiras das bibliotecas, ou que não tenha protagonizado nenhuma grande polêmica com nenhum líder da Igreja, mas, durante toda a sua vida, de uma maneira tão pertinente como discreta, espalhou a semente de seus ideais e soube inocular em quantos a ouviram a faísca da liberdade de pensamento, da clareza de ideias e da infinitude do espírito. Tive a sorte de estar ao seu lado até o fim e posso assegurar que ela morreu fiel a suas crenças e em companhia do espírito de seus seres mais queridos. De algum modo, em seu leito de morte deixou em minhas mãos o testemunho da luta de toda a sua vida, convencida de que estes maus tempos em que nós e o mundo vivemos acabarão nos fortalecendo. Prometi a ela que venceria minha timidez natural e penetraria na senda que ela me apontava, e essa é, precisamente, a razão que hoje alenta minhas palavras, dedicadas à recordação e à memória de alguém que levo sempre no fundo de meu coração como uma das melhores, mais generosas e mais inteligentes pessoas que conheci. O fato de ser mãe de meu marido foi apenas, nesse caso, uma feliz circunstância.

[...]

Por tudo o que foi dito até o momento, creio que são muitos os assuntos que requerem nossos esforços e nossa total dedicação. O primeiro é o pacifismo. Devemos ser capazes de convencer nossa sociedade daquilo em que acreditamos: que um mundo sem armas, sem condenações à morte, sem fronteiras políticas, baseado na cooperação dos indivíduos, é possível. Para isso, precisamos defender a revolução social e cultural, que deve partir de nós mesmos e não ser imposta por governo ou instituição nenhuma — e isso inclui, como é claro, a Igreja católica, que respeitamos profundamente, apesar de não acatarmos suas leis. Também é necessário que as mulheres deixem de se submeter às exigências dos homens, que aprendam a ser livres e a desfrutar dessa liberdade tomando suas próprias decisões e, naturalmente, assumindo seus próprios erros. Só quem pensa por si mesmo comete erros. Devemos nos esforçar para deixarmos de ser eternas meninas. Reneguemos a educação atual, que produz mulheres ignorantes, quase incapazes de se conduzir em casa e em sociedade. Queremos estudar o mesmo que os homens. Temos o direito de desfrutar das mesmas leituras, dos mesmos trabalhos. E também, por que não?, ocupar o mesmo lugar em algumas solenidades públicas — os enterros, por exemplo —, de onde somos naturalmente excluídas, como se nossa dor ou nossa presença fossem vergonhosas. Nossa dignidade moral é aplicável a todos os âmbitos, inclusive àqueles em que o amor se destaca sobre todos os demais.

[...]

Para terminar, quero colocar à mesa uma questão que pessoalmente me inquieta, sobretudo porque vi como os costumes estabelecidos acabam se impondo a nossos direitos e a nossa dignidade em um momento em que não podemos opor nenhuma resistência. Refiro-me aos cemitérios. Todos sabemos que existe em San Quintín de Mediona, localidade da própria província de Barcelona, um cemitério espírita maior e mais belo que o católico, e que celebram lá numerosos enterros em que nenhum capelão católico impõe seus rituais nem proíbe a devolução do corpo a terra, como, sim, vem acontecendo em nossa cidade desde um tempo atrás. Me parece que devemos ser cautelosos mas firmes com esse assunto. Fazer com que aqueles que se consideram dotados da graça da razão compreendam que existem outros pontos de vista além dos seus, porém jamais pela via da imposição e sim pelo convencimento. Proponho que assinemos um documento defendendo funerais sem rituais, a nossa maneira, e que perseveremos nessa ideia, por mais que nos chamem de supersticiosos, hereges ou até filhos do diabo. Devemos assumir as dificuldades da época que nos coube viver e a enorme influência da moral tradicional sobre todos os estratos de nossa sociedade, que em épocas revoltas preferem sempre se resguardar sob a asa protetora do imutável. Apesar de tudo, devemos confiar em que virão, para nós, tempos melhores e trabalhar com essa esperança. E começar a considerar, meus amigos, que talvez tenhamos nascido com um século de antecedência.

De: Valérie Rahal
Data: 2 de abril de 2010
Para: Violeta Lax
Assunto: Ah, o amor...

Ai, minha filha, é difícil para mim acreditar que, na sua idade, ainda não tenha reconhecido os sintomas dessa enfermidade misteriosa que ataca seu pai. Essa que o torna mais simpático, bonito, elegante, gastador, comunicativo e sensível como nunca. Está apaixonado. Ele ligou para me contar, mas não precisava. Eu já sabia, graças a seu relato do jantar. Eu lhe disse que havia adivinhado pela sua maneira de dizer "olá". Creio que o deixei impressionado.

Para ser sincera, seu pai não me ligou para me dizer que está apaixonado. Ligou para dizer (nesta ordem) que está preocupado com você, que eu cuide disso e que vai se casar. A cerimônia (civil) será em Avignon, este sábado, ao meio-dia e meia. Também me pediu para lhe dizer que está desculpada de antemão por não ir e, naturalmente, que não precisa lhe dar nenhum presente. Está amarrado nessa garota que gosta de relógios caros. Não se sinta mal: há 25 anos eu estaria pensando o mesmo que você.

Drina também me ligou. Ela disse que lhe mandou uma dúzia de mensagens e que você não dá sinal de vida. Respondi que está muito ocupada, que seu computador quebrou e que esteve viajando. Acho que ela percebeu que eu estava me esforçando para desculpá-la e não acreditou em meia palavra do que eu disse. Queria saber se você vai voltar logo. Pelo visto, os assuntos urgentes estão se acumulando e se esgotaram as explicações (e me parece que a paciência). Entre as coisas que mais a afligem está, ela me disse, uma entrevista para a CNN. Precisa dar uma resposta em menos de 24 horas, se entendi bem. Vejam só! Minha filha ficou importante!

Como eu não sabia o que responder, transfiro a pergunta para você: está pensando em voltar logo? Ou melhor: está pensando em voltar?

Em relação ao frustrado amor da juventude que você me contou dois e-mails atrás, só quero lhe dizer que esperava algo mais escandaloso. Não entendo por que você me escondeu durante tanto tempo uma coisa tão inofensiva. Amores impossíveis podem ser encontrados nos cantos empoeirados de todas as vidas humanas, Vio. Você não é tão diferente quanto pensa. Não em relação a isso, pelo menos. No entanto, a história do cantor famoso, reconheço, parece muito emocionante.

Vá vê-lo, ande, resolva os assuntos pendentes. E depois venha correndo me contar e retome sua vida. Seus filhos e sua mãe precisam de você. Beijos fortes. Também de Jason.

MAMÃE

XIX

Os jornais de 22 de outubro de 1912 noticiaram a épica chegada do exército grego às fronteiras sérvias para combater os soldados turcos. O luxo de detalhes com que foram descritos os assaltos a trens debaixo da névoa, o roubo de bandeiras inimigas, a explosão de dinamite no meio da noite ou a visão da frota grega afastando-se da costa de Lemnos faziam o herdeiro dos Lax sentir a mesma emoção que havia experimentado na infância quando Concha lhe contava histórias de sua aldeia. Não recebeu da mesma maneira a notícia de que um grupo de operários ferroviários da linha Madri-Saragoça estava incomodando com suas reivindicações, publicada na mesma página. Fechou o jornal, bebeu um gole do café puro de todas as manhãs, ajustou o cinturão de seu roupão de seda e começava a se perguntar quais eram as emoções que iria encontrar ao longo do dia quando a porta foi aberta sem que ninguém tivesse batido e as faces rosadas de Maria del Roser entraram em cena.

— Bom dia, filho, posso entrar?

A pergunta era desnecessária, pois ela já havia entrado e acabara de se sentar. Diante do silêncio loquaz do filho, a mãe se viu quase obrigada a perguntar:

— Incomodo?

— Eu estava indo para o ateliê — respondeu Amadeo, ameaçando se levantar.

A mão de Maria del Roser apertou com energia seu braço.

— Só um segundo — pediu. — Preciso tratar de um assunto importante com você.

Amadeo sentou, taciturno.

— É sobre seu irmão. Ultimamente ele tem andado abatido. Quase não se alimenta.

— Deve estar apaixonado, mamãe.

— Claro que sim. Mas mesmo assim. Há alguns meses, ele estava apaixonado e seu humor era melhor.

Os olhinhos inquietos de Maria del Roser percorriam a superfície da escrivaninha e todo o seu conteúdo. A pasta, a bandeja e o mata-borrão de cristal talhado, os tinteiros de prata, a lâmpada elétrica com flocos de vidro... Em essência, tudo estava do mesmo jeito de quando seu Rodolfo ainda vivia. No entanto, ela sentia tudo tão alheio como se o lugar fosse outro. Talvez a alheia fosse ela, dizia a si mesma.

Inquieto pelo escrutínio despreocupado de sua mãe, Amadeo simulou organizar um pouco seus papéis. Fez pilhas, prestando atenção em quais documentos tinham ficado em cima e quais embaixo. Temia a desenvoltura com que Maria del Roser entrara ali e avaliava tudo, pegando sem hesitar qualquer papel que chamasse sua atenção e estudando-o com muito interesse, enquanto entrefechava os olhos, como se seus documentos fossem fotografias de família. Para evitar que visse o que não devia, Amadeo abriu a gaveta da direita e guardou uma das pilhas.

— Quer ficar quieto? — repreendeu-o a mãe. — Você está me deixando nervosa. Ora, é o selo dos Brusés!

Segurava um cartão de boa cartolina que ficara ao alcance de sua mão e estava lendo:

“Caro senhor Lax, gostaria de lhe encomendar retratos de meus sete enteados e de mim mesma. Venha me visitar quando for possível, e então negociaremos as condições. Faça chegar minhas saudações a sua mãe e irmãos. Cordialmente, dona Matilde Bessa, viúva de dom Casimiro Brusés, armador e exportador de café.”

— Ora — disse Maria del Roser. — Os Brusés são uma boa família. Acho conveniente aceitar essa encomenda.

— Obrigado, mamãe. Vou considerá-la. Há mais alguma coisa que devamos tratar neste momento?

Maria del Roser deixou o cartão perfeitamente alinhado com a borda da mesa, verificando se nenhuma ponta estava fora de lugar. Depois, cruzou as mãos no colo de seda selvagem com o mesmo cuidado e observou:

— Estou vendo que você não vai me ajudar com a história do seu irmão.

— Juan e eu mal nos falamos, mamãe. Não acho bom me intrometer nos assuntos dele. Além do mais, já está crescidinho.

— Sim, 18 anos... A pior idade que um homem pode ter. Idade de colocar tudo a perder.

— A senhora não está exagerando um pouco?

Maria del Roser voltou a se entreter alinhando o cartão, pensativa.

— Maldita cruz que vocês me obrigam a carregar, meu filho. Vocês não poderiam fazer as pazes? Por mais grave que tenha sido o que aconteceu no internato, já faz muito tempo. Passaram-se quase dez anos.

— Oito.

— Oito, dez... E daí? Certamente tem remédio.

Amadeo pegou o cartão da viúva do armador e exportador de café e o deixou em cima de sua pasta.

— Como Violeta está hoje? — perguntou. — Ela está se sentindo melhor?

Maria del Roser negou com a cabeça, abatida.

— Continua vomitando. Conchita está com ela.

— O doutor Gambús já a examinou?

— Hoje de manhã. Receitou jejum e água. Creio que esse homem esteja envelhecendo muito mal. Pelo menos poderia lhe dar alguns comprimidos! É evidente que os médicos não são mais como eram antes.

— Mais tarde subirei para vê-la.

Maria del Roser pegou um abridor de cartas. Olho-o. Virou-o. Deixou-o de novo em cima da mesa. Pegou uma caixa de latão que coroava uma pilha de cadernos. Leu: "*Perry & Co., for rapid writers.*" Abandonou-a de novo. Pegou outra. "Laxen Busto. Ativo. Agradável. Inofensivo. Econômico. Não irrita nem provoca dor."

— Você está com prisão de ventre, filho?

Amadeo ficou nervoso.

— Por favor, mamãe. Deixe isso onde estava.

— Não precisa se envergonhar. Há séculos a humanidade tem prisão de ventre.

— Devo lhe recordar que este não é mais o escritório de papai. A senhora não pode entrar aqui e revirar tudo.

Maria del Roser deixou a caixinha de latão onde antes havia deixado o cartão e achou que seu filho tinha razão. Acrescentou:

— É o hábito, me perdoe.

— Estávamos falando de Violeta — continuou ele, retomando o fio da confusa conversa. — Se ela não melhorar em breve, mandarei buscar um médico na Suíça.

— Pobre homem! Por que de tão longe?

— Os médicos suíços são os melhores.

Maria del Roser examinava as paredes. Não lhe agradava que o retrato de Concha servindo água no pátio ocupasse a parede principal.

— Você deveria pendurar um retrato de seu pai ali — sentenciou. — Se o tivesse pintado, é claro.

— Estou pensando em instalar um telefone aqui. — Apontou a única parede livre. — Parece mais lógico.

— Seu pai dizia que o telefone não o deixava trabalhar.

Amadeo suspirou. Aprendera a respeitar os dias de depressão de sua mãe, aqueles em que a saudade de outros tempos a deixava desanimada, queixosa e disposta a perder tempo. Eles faziam parte de sua rotina tanto quanto as visitas de Trescents ou os assuntos domésticos de Eutimia.

— É uma pena que você mesmo não cuide dos negócios, como seu pai queria — continuou resmungando a mulher, observando, com desânimo, a parede vazia.

— Mamãe, já conversamos sobre isso muitas vezes. Por que não pede a Conchita para lhe preparar umas ervas? Não tem nada para ler?

Uma careta de desgosto.

— Nada que me apeteça... Não existem mais escritores como antigamente.

— Além disso, não precisa se preocupar com o andamento dos negócios. Minha insensatez não se reflete nos resultados anuais. Pelo contrário, estão melhores do que nunca. Inclusive vou ampliar meus horizontes ao mundo dos espetáculos, com a ajuda de Bassegoda.

A mãe bufou. Não se soube se levada pelo inconformismo ou pela resignação.

— Esqueça a história dos médicos suíços — disse, enérgica. — Nem se sua irmã estivesse morrendo. E me prometa dar atenção a Juan.

— Está bem, mamãe. Você irá embora, finalmente, se lhe prometer?

— Não. Só irei embora se promovê-lo. Ele precisa mandar em alguma coisa. Está entediado.

— Diretor de fábrica lhe parece bom?

Maria del Roser sorriu. Por fim, tinham avançado um pouco.

— Perfeito. Mas não o mande para muito longe.

— Onde gostaria? Para San Martín? San Andrés?

— San Martín está bom. Julián pode levá-lo de carro, quando sair da universidade, e esperá-lo para trazê-lo para casa.

— À tarde. Bom. Algo mais?

— Não brinque comigo! Já bastam as dores de cabeça que tenho com vocês dois!

— Conversarei com Trescents amanhã mesmo, mamãe.

Um farfalhar de tecidos acompanhou a saída da mulher. Ela parecia satisfeita. Amadeo, que a seguia a curta distância, trancou a porta com chave.

— E lembre que você ainda tem tempo de me pintar — murmurou ela, subindo a escada com cansaço.

Mas deixemos mãe e filho, cada qual com seus afazeres, e recuemos para fazer em segredo aquilo que Amadeo teme e Maria del Roser não ousa: perturbar o descanso dos objetos. Começando, é claro, pela gaveta direita da escrivaninha. E, concretamente, pelo documento que Amadeo deixou de propósito debaixo da pilha que leva a assinatura de Trescents e tem um título promissor: "Informe acerca da funcionária número 789 da fábrica Fios e Tecidos de San Andrés, de nome Montserrat Espelleta Torres, de 16 anos." Está tipografado, tem alguns parágrafos sublinhados em vermelho e várias palavras dentro de um círculo: "16", "leal", "irmã menor", "rebelião", "coplas", "boas proporções".

Foi anexada uma fotografia de um grupo de trabalhadores das fábricas, muito geral para que se possa apreciar os traços individuais, em cujo verso escreveram a lápis: "Montserrat Espelleta Torres é a primeira da segunda fila, a partir da direita." O informe é antigo: foi datado em fevereiro de 1910. Ficou totalmente defasado, pois está há dois anos em cima da mesa de Amadeo.

Entre os papéis, há também contas astronômicas: restaurantes, hotéis, costureiros, lojas de pele, aluguel de automóveis... Para Amadeo, eram lembranças materiais de noites inesquecíveis. Entre algumas delas, está escondido um cartão de Octavio Conde: "Agradeço muito sua discrição e gentileza de ontem à noite, querido amigo. A senhorita Nãomelembro era um excelente manjar, como você havia dito. Não é que temos os mesmos gostos? Pois que viva o comunismo erótico! Por favor, destrua este bilhete. Acho que ainda estou bêbado."

Há um título de propriedade de um apartamento que fica na Rambla de Cataluña. Não é muito grande para os usos e os costumes dos Lax, mas seria considerado descomunal pelos inquilinos de épocas futuras. Há faturas de móveis, de roupa branca, de utensílios de banheiro e até de uma cama feita sob medida — a do desejo —, tudo comprado em El Siglo com a máxima discrição, sem comprometer ninguém. Há entradas de salas de espetáculo: cafés-concertos, cinemas de variedades, cabarés, quase de todas as barracas do Paralelo. Há uma foto com dedicatória de Rachel Meller escrita com letra hieroglífica sob uma latinha cheia de cocaína cuja tampa diz: "Pó mágico para o estômago do doutor Creus."

Há balanços do Banco de Barcelona arredondados com cifras vertiginosas, informes de juntas de acionistas, felicitações de colegas pela bonança financeira, listas de clientes europeus e americanos e asiáticos... e dúzias de páginas repletas de montantes que acumulam poeira sem que mereçam a menor atenção de seu destinatário.

E assim poderíamos continuar rastreando os pequenos sinais da existência de um dos industriais mais ricos da cidade e ao mesmo tempo o menos interessado em sua riqueza. Na verdade, sentiríamos mais prazer se deixássemos nos embalar pelo tique-taque do relógio da estante ou talvez observando as formas geométricas que o sol traça no tapete à medida que o tempo passa.

Não é a tarde que está passando, mas os séculos. Insignificantes como somos para o mundo, não percebemos suas voltas. Um pestanejar arrasta uma década. O voo de uma mosca pelo quarto dura cinco anos. O tempo não importa a nós, os ausentes: é nossa pequena vitória. Quando levantamos de novo o olhar, não estão mais sobre a mesa a caixa de penas nem a lâmpada de flocos de cristal. Os tinteiros deram lugar a uma luxuosa escrivaninha de prata e azeviche. O retrato de Concha ocupa agora uma parede lateral. No espaço privilegiado, há uma pose graciosa de Maria del Roser. O telefone já é de mesa: um Thomson-Houston com campainha e auricular presos em uma base negra, sinal de que o mundo segue adiante apesar de tudo.

A mesa continua cheia de papéis, mas agora as pilhas são mais e mais altas. Seria cansativo, além de desnecessário, repassá-las. Estão cheias de contabilidade empresarial, de cartas de despedida, de negociações laborais, de pequenas explicações e de quantas trivialidades caibam na vida de uma grande empresa. Será mais útil pousarmos sobre a carta do hospital suíço — de Fribourg — na qual algum responsável gastou muita prosa pedindo desculpas "em nome da ciência médica" por não ter sido capaz "de oferecer nenhuma solução ao caso dramático". Outra novidade: há um crucifixo sobre a mesa. A luz do sol continua alegre, mas o tapete está ausente. Deve ser verão. Um dos poucos que Maria del Roser Golorons não passou na propriedade de Caldes d'Estrach. Logo deve haver uma razão. A resposta está no silêncio. Reina na casa um grande pesar, que parece ter contagiado o monótono tique-taque. Ouvem-se as mulheres rezando o rosário em algum lugar, não muito longe.

No gabinete, faz um calor sufocante que não incomoda ninguém. Somos os únicos aqui presentes. A porta continua trancada a chave, embora desde que a cena começou até que termine ela vá ser aberta e fechada centenas de vezes. Disso se deduz que não há ninguém, mas a passagem de alguns dos habitantes da casa deixou sua marca nas coisas. Foi Conchita quem trouxe o recorte que dorme na lata de lixo feito uma bola de papel amassado. É apenas um pedaço de jornal, mas para ela era muito mais: era uma esperança. Contém um artigo sobre o poder curador de um tal doutor Mann, francês, que se anunciava como "curador de casos de desespero". Nele o médico se atrevia, inclusive, a interpelar seus colegas: "Médicos, eu os convido a me trazer seus pacientes incuráveis." Se é verdade que as paredes possuem olhos e ouvidos, ainda devem estar se perguntando que tipo de dor levou Conchita a levantar a voz para Amadeo pela primeira e última vez em sua vida e de que maneira ele encontrou forças para dizer à babá que não havia nada que se pudesse fazer a não ser rezar por um final rápido. Depois veio a vigília. O senhor da casa ficou duas noites inteiras fechado aqui, com os cotovelos apoiados nos papéis da mesa e o rosto escondido entre as mãos, chorando às escondidas. No terceiro dia saiu, vestiu-se de luto e presidiu os funerais de sua irmã Violeta, morta de leucemia aos 16 anos.

As portas continuaram fechadas nos três dias seguintes. Em cima da mesa, as coisas pareciam preparadas para as fugas periódicas de seu senhor. O jornal do dia, murcho mesmo antes de chegar, anunciava uma data terrível, a da morte da menina: 26 de agosto de 1914. Na página 13, informava sobre uma reunião de industriais, celebrada na noite anterior no hotel Ritz diante do melhor menu do estabelecimento — 25 pesetas por convidado — para celebrar a neutralidade da Espanha no conflito europeu. Na 10ª, um cabograma enviado de Bilbao informava que, apesar de ter sofrido 2 mil baixas, o exército inglês havia eliminado muitos alemães e a derrubada de um dirigível bombardeiro. Na 11ª, falava-se da dor que pesava sobre a Itália após a morte de Pio X, enquanto terminavam os preparativos de um raro conclave pela guerra. E na quinta, deixando evidente a prioridade que naqueles dias de pujança a diversão tinha para os barceloneses, se anunciava a programação dos teatros e dos salões que estavam na moda. El Doré oferecia "o programa de variedades mais completo da cidade", rematado pela "mais bela e pícara de nossas *canzonetistas*", cujo nome aparecia destacado em letras maiúsculas: BELLA OLYMPIA.

No entanto, naquela noite e nas seguintes, o mais esperado dos fãs incondicionais da artista não ocuparia sua poltrona reservada da primeira fila. Tampouco a visitaria em seu camarim. Nem compartilharia sua cama.

A Bella Olympia começava uma longa e lenta queda, ingênua e crédula, apaixonada pelo homem errado.

DE: Violeta Lax
DATA: 3 de abril de 2010
PARA: Valérie Rahal
ASSUNTO: Surpresa!

Querida mamãe,

A culpa das suas expectativas terem sido frustradas foi, como sempre, da minha covardia. Nesse caso, refletida em minha ambiguidade.

Eu poderia contar a você sobre a visita das italianas, mas vou deixar para mais tarde.

Tenho duas notícias para você, que, certamente, vão contribuir para recuperar seu interesse pela minha história.

A primeira, que por fim marquei dia e hora para o meu compromisso pendente. Minha visita ao hospital não vai passar de uma semana, juro.

A segunda é que meu amor de juventude não é, como você disse, "um cantor famoso". É Margot Malais. Ou seja: uma cantora famosa.

Não tenha pressa para digerir a notícia, mamãe. Por mais moderna que você seja, não acredito que seja fácil aceitar que o amor da vida da sua filha foi e é outra mulher.

Te amo muito,

VIO

Informe acerca da funcionária número 789 da fábrica Fios e Tecidos de San Andrés, de nome Montserrat Espelleta Torres, de 16 anos.

Elaborado por Tomás Trescents, fevereiro de 1910

1) Antecedentes familiares:

A mencionada funcionária é filha de Trinitat Torres Gilbert e Salvador Espelleta Bartomeus e irmã mais nova de Miguel e Salvador Espelleta Torres. Tanto o pai como a mãe trabalham na Fios e Tecidos Golorons e Filhos desde 1897. A mãe continua fazendo-o na atualidade (seção de pintura). O paradeiro do pai é desconhecido desde os trágicos acontecimentos da última semana de julho de 1909, dos quais participou ativamente. Há uma ordem de busca e apreensão emitida em 3 de agosto. Seus dois filhos, Miguel e Salvador, foram detidos e julgados por um conselho de guerra ordinário (instruído pelo capitão de infantaria Luis Franco Caldas) pelo delito de rebelião, cometido nos mesmos dias. Ambos estão cumprindo uma pena de 15 anos de prisão. Uma prima de segundo grau e um tio trabalham em nossa fábrica de ladrilhos de Barcelona, sem que nunca tenham causado problemas.

2) Descrição:

1,64 metro de altura. Cerca de 55 quilos. 16 anos. Cabelos e olhos castanhos. Corpo bem-proporcionado. De caráter alegre e disposto. Começou a trabalhar nas Manufaturas Golorons aos 9 anos (seção de fiação). Aos 11 foi transferida para a seção de pintura, onde aos 14 foi nomeada responsável pela bancada. Não há queixa dela por parte dos capatazes, salvo que chamaram sua atenção com frequência por cantar coplas que não são de gosto geral. É limpa e pontual. Pediu aumento de salário três vezes.

3) Sua amizade com o senhor Juan Lax:
Começou durante a etapa em que o senhor Lax trabalhava na elaboração de seu informe sobre a melhoria das condições de trabalho dos operários. A senhorita Espelleta lhe ofereceu sua ajuda, e surgiu entre os dois jovens – de idades semelhantes – uma amizade imediata. Os trabalhadores afirmam que em numerosas ocasiões viram-nos se beijar, sem que este informante tenha conhecimento. A relação não foi além disso.

XX

Às oito da manhã do sábado, 23 de abril de 1932, Laia saiu ao pátio armada com tesouras de podar, foi direto à roseira amarela, examinou com cuidado as muitas flores, escolheu uma que mal estava começando a se abrir e cortou-a tal como sua mãe lhe ensinara que devia fazer: pouco acima de um dos nós, tendo cuidado para não se espetar com os espinhos e deixando um talo suficiente para que a flor pudesse ser exibida. Com ela na mão, correu escada abaixo até a cozinha, onde Antonia acabava de preparar a bandeja com o desjejum da senhora Teresa.

— Posso colocá-la no jarro? Por favor, por favor... — suplicou a menina.

A veterana camareira deu seu consentimento com um gesto. Com um desconhecido esmero, Laia tirou as folhas e os espinhos da parte inferior do talo e o mergulhou no delicado jarro de porcelana que aguardava sobre o tapete. Seus olhos brilhavam de felicidade.

A manobra aconteceu sem que ninguém além de Laia e Antonia percebesse. Vicenta andava para cima e para baixo com suas panelas. Carmela estava nos andares superiores. Julián mordiscava uma fatia de pão molhada em azeite e tentava ler uns versos satíricos no jornal enquanto Higinio o provocava com palavras que pareciam recém-tiradas de uma comissão parlamentar madrilena.

— Vocês, catalães, são muito delicados com as palavras! É possível que não suportem viver em uma região, como o restante dos mortais da República? Não, vocês precisam de um Estado. Um Estado de quê? De fanáticos capazes de proclamar a independência do próprio banheiro e depois convocar um referendo para que o povo os apoie. E, claro, o povo o faz, porque aqui nada agrada mais do que ser diferente dos demais. Outra língua, outros juízes, querem até outras leis! E que ninguém se atreva a dizer um ai. Para que concordar com o restante dos mortais? Vocês são livres para aprovar o que lhes der na telha, que para isso são soberanos e mais espertos do que ninguém!

Julián era de temperamento fleumático, o que não significava que não tivesse ideias claras e não pensasse em defendê-las sempre que fosse necessário, desde que o interlocutor não cuspisse na sua cara ao falar, como fazia Higinio, no calor da discussão. Por ora, achava mais conveniente acabar de tomar o café da manhã, ler a copla que não conseguia entender por culpa de Higinio e voltar o quanto antes à tarefa que enlouquecera o homem encarregado da manutenção: pintar em um lençol velho um comunicado em letras maiúsculas e perfeito catalão que dizia:

EL GREMI DE CONDUCTORS I XOFERS
VOL L'ESTATUT TAL COM L'APROVA
EL POBLE DE CATALUNYA

Hasteando essa mensagem e tão tranquilo como sempre, Julián pensava em ir no dia seguinte à porta do Banco de Espanha, de onde partiria a manifestação a favor da ratificação do Estatut. Segundo sua opinião, os empecilhos que o governo central estava impondo a uma lei surgida da vontade e do direito do povo catalão eram motivo mais que suficiente para se indignar publicamente. Ele estava convencido de que, assim que a notícia chegasse a Madri, retificariam a decisão e aprovariam o Estatut, como devia ser. Vicenta o acompanharia, que por isso mesmo havia sido uma das 400 mil mulheres a apoiarem o referendo da nova lei com sua assinatura, dando a entender que, apesar de não terem direito ao sufrágio, desejavam que sua voz fosse ouvida. Haviam, de comum acordo, decidido levar também Laia, apesar de ela ter apenas 12 anos, para aprender, desde criança, um dos amores mais fundamentais que um ser humano pode professar: o amor-próprio.

— Não se deve procurar explicações para os sentimentos, Vicenta. Apenas segui-los — disse a senhora Teresa à cozinheira, compreensiva, quando ela lhe pediu permissão para se ausentar por algumas horas no domingo.

Mas a tranquilidade com que eles reclamavam o que consideravam seus direitos tirava do sério algumas pessoas, como Higinio.

— Estou cercado de independentistas. E Alfonso XIII? Não era amigo da família? Estamos ficando loucos! Até os senhores defendem Macià e seu Estatut! — protestava Higinio, natural de Chinchilla de Monte-Aragón, na província de Albacete, onde viveu até os 35 anos sem jamais imaginar tais complicações políticas.

— Vocês são uns chatos, vivem falando da mesma coisa — interveio Antonia, provando o desjejum de Teresa. — Não estão vendo que isso não tem solução e nunca terá?

Sobre a fina porcelana do prato repousavam uma laranja descascada, duas fatias de presunto e um ovo cozido. Em uma cestinha de vime, à direita, estavam dois pãezinhos recém-assados. Três pérolas de manteiga ocupavam uma pequena tigela de cerâmica, e em outra estava a geleia, de amora, como a senhora gostava desde que ela podia se lembrar. As peças do talher, o guardanapo de linho, o copo de cristal e a xícara. Tudo em ordem.

Como não se via Carmela em lugar nenhum, Laia pulou depressa:

— Eu posso levar a bandeja do café e o suco — declarou muito disposta, situando-se diante da bandeja.

— Não, não, criatura. Você poderia cair na escada.

Elas discutiram. A menina insistiu, teimou. Vicenta concordou. Por fim, pegaram as bandejas e se puseram a caminho.

— Deixe-a — sussurrou Vicenta no ouvido de Antonia. — Ela tem adoração pela senhora Teresa. Fará tudo direitinho.

Antonia era uma mulher magra, mas forte. Caminhava ereta como uma dama e se movimentava com agilidade. Costumava usar os abundantes cabelos lisos, de um castanho acinzentado, recolhidos em um coque baixo do qual sempre escapavam alguns fios. Vista de costas, podia passar por uma jovenzinha, porém, quando olhada de frente, o erro era corrigido imediatamente. Seus mais de 50 anos haviam deixado em suas faces, na comissura de seus lábios e ao redor de seus olhos uma trama de rugas que começava a competir com as marcas da varíola, tão velhas que ninguém a recordava sem elas.

As marcas já estavam lá quando ela começou a servir na casa dos Brusés e foram decisivas na hora em que a severa dona Silvia Bessa teve de escolher entre várias candidatas. A mãe de Teresa possuía uma maneira peculiar de escolher os empregados, e sempre preferia as criadas feias às bonitas, convencida de que se os homens não as desejassem elas se distrairiam menos de suas obrigações. Com Antonia, é preciso dizer, acertou em cheio. Trabalhava com ânimo infatigável e exibia uma retidão de caráter tão inquestionável quanto sua castidade. Sua superioridade moral era a de quem nunca havia tido a oportunidade de sucumbir às tentações, embora seu caráter não tivesse se azedado por isso, mas exatamente o contrário. Quando falava dos homens, o fazia com uma espontaneidade desconcertante.

— Antes freira que casada! — dizia. — Pelo menos Deus respeita suas mulheres na cama!

Antonia começou a trabalhar na casa dos Brusés pouco depois do nascimento de Teresa — Tessita para ela. Foi sua babá durante 12 anos. E também de suas irmãs Silvia e Luisa. Viu a casa passar por várias mudanças e resistiu a elas: da retidão de dona Silvia à tristeza eclesiástica de dona Matilde ou o atropelamento dos bons costumes pelos irmãos órfãos. E ocupou postos cada vez de maior responsabilidade, da intendência à cozinha, desta às contas... Quando Teresa e Amadeo anunciaram o noivado, ela rezou para que sua frágil menina a levasse com ela para a nova casa e a tirasse daquele caos sem rumo. Por sorte, suas preces foram atendidas. Quando apareceu, com ares de patroa, na casa dos Lax, mais de um dos moradores do sótão sentiu que com ela se recuperava certo esplendor de tempos passados. Instalá-la no quarto de Eutimia foi o mais coerente.

Antonia chegou ao alto da escada e apoiou com perícia a bandeja em sua coxa direita para bater à porta dos aposentos.

Uma vozinha lânguida respondeu lá de dentro:

— Entre.

Assim que entrou, Antonia percebeu que o estado de espírito de sua senhora havia piorado. Teresa estava com as pálpebras inchadas de quem adormecera, na noite anterior, com os olhos cheios de lágrimas. Tentou sorrir ao vê-la, mas o sorriso saiu sem força e pouco convincente.

Antonia, seguida por Laia como por um satélite, dispôs as duas bandejas na mesa ao lado da janela. Serviu o café ao gosto de sua senhora e uma generosa dose de suco no copo de cristal. Enquanto isso, Laia se detivera às costas de Teresa e a olhava sem pestanejar. Seus olhos iam de seus delicados chinelos com borlas de seda aos frascos de pó de arroz, das pregas delicadas de seu robe de cetim ao cabo de prata da escova que usava para domar seus cachinhos dourados. E ainda mais além: à banqueta do closet, sobre a qual jaziam algumas peças de roupa de baixo enfeitadas com bordados e rendas e até às portas entreabertas do guarda-roupa, pelas quais assomavam sedas como vindas de um sonho.

Quando seus olhos tropeçaram nos da senhora, refletidos no espelho, o encanto se quebrou com um susto. Sentiu que suas faces ardiam ao mesmo tempo que Antonia lhe oferecia a bandeja com as bebidas e dizia:

— Segure-a bem e a leve à cozinha, por favor. E cuidado para não cair.

A jovem camareira ficou com vontade de saber o que estava acontecendo com a senhora, porque até ela havia notado. Não entrava em sua cabeça que uma mulher tão bonita, tão delicada e tão rica pudesse ter preocupações. Pensava que se ela estivesse em seu lugar resolveria tudo saindo para dar um passeio de carro ou encomendando à costureira meia dúzia de vestidos bonitos, um para cada ocasião. Claro que os adultos às vezes têm mais dificuldade de se satisfazer (além de serem difíceis de compreender).

Tudo o que Laia conseguiu ouvir quando já estava saindo foi a pergunta que Teresa fez a Antonia:

— Você sabe se o senhor já chegou?

Deixemos Laia se afastar, assolada pela curiosidade insaciada, a caminho da cozinha, e aguardemos a resposta de Antonia.

— Ainda não. Ele está fora há três dias.

Teresa o desculpa, com ar ausente:

— Deve ter assuntos a resolver.

Antonia ameaça falar, mas se reprime. Faz tempo que não comenta sobre o senhor da casa nem metade do que pensa. Sobretudo para Teresa, pois não quer feri-la com suas opiniões.

— Você devia conversar com seu marido, Tessita — aconselha, contendo-se —, lhe dizer que precisa de mais atenção. Não é certo que passe tantas noites fora de casa, como...

— É um homem muito ocupado. Eu já sabia quando me casei com ele. — Ela sorri, empoa o nariz, se levanta, vai até a bandeja. Simula normalidade. — Ele não tem culpa. Sou eu que acordei fraca. Não sei o que está acontecendo comigo.

Antonia a contempla sem dizer palavra. Pensa em outras explicações, que também silencia. Ela tem a vantagem daqueles que nunca saem e mal falam. Sabem tudo o que acontece das portas para dentro. Prestam mais atenção nas palavras dos outros. Transformam a intuição na melhor arma.

Teresa bebe um pouco de suco de laranja. Olha para a janela.

— Está nublado? — Afasta a cortina para confirmar suas suspeitas. — Que fatalidade! Um dia como hoje!

Cheira a rosa sem muito ânimo. Deixa os braços caírem, fracos, no colo.

— Você tem de comer alguma coisa — recomenda Antonia.

— Não consigo. Não desce nada.

Antonia não dissimula seu desgosto.

— Você vai ficar doente se não comer.

Nisso, alguém bate à porta. Teresa autoriza. Aparece Conchita.

— Bom dia, senhora Lax — cumprimenta, fechando o batente a suas costas. — A senhora Lax deseja ir às Ramblas para ver livros e me manda perguntar se pode dispor do carro do senhor Lax e se a senhora Lax gostaria de nos acompanhar.

Antonia comemora as reiterações de tão frondosa mensagem com um sorriso espontâneo.

— Estou esperando o senhor Lax — responde Teresa, contagiada pelo mal da cacofonia. — Imagino que ele deve ter ido à comunhão geral das oito da manhã. Só quando chegar saberei se temos algum compromisso. Em relação ao carro, não há problema, claro.

Não havia problema porque, ultimamente, Amadeo se divertia como uma criança dirigindo com as próprias mãos seu último capricho, um Rolls-Royce modelo Silver Ghost, considerado por alguns o melhor carro do mundo. Mandara que o trouxessem de Londres na mesma época da falência do Banco de Barcelona e precisou escondê-lo durante alguns meses, por prudência. Desde que havia decidido exibi-lo, as atribuições do motorista da família se limitavam a levar as damas para passear e resolver urgências imprevistas.

Após Conchita sair, Teresa começa a se vestir. A combinação, as calcinhas e o par de meias de seda estão sobre a banqueta, no closet. Como todos os dias, Antonia preparou-as com esmero. Teresa deixa o café intacto e observa as peças, desanimada. A camareira protesta, mas não adianta de nada. A única resposta da jovem senhora é dirigida aos céus.

— Está vendo? O dia está se abrindo. Não podia ser de outra maneira!

Vinte minutos mais tarde, Teresa bate à porta do budoar de sua sogra vestida com um conjunto de saia e blusa salmão combinando com um par de sapatos Columbia e saltos Luís XV. Está lindíssima.

Maria del Roser tem hoje um bom dia. A jovem entende assim que percebe a segurança da resposta.

— Ah, olá querida, é você. Conchita já me disse que não vai passear com a gente em Sant Jordi.

— Não posso. Talvez tenha de ir com seu filho a uma recepção ou ao salve-rainha vespertino. Ainda não sei quais são seus planos.

— Nem você nem ninguém. O único plano do meu filho parece ser o de desbaratar os nossos.

Teresa não responde. Conchita acaba de prender três voltas de pérolas no decote de dona Maria del Roser, que aprova a operação pelo espelho. Depois empoa o nariz, examina seu perfil, ajeita um cachinho rebelde e grisalho e solta um suspiro.

— Ai, isto não tem mais conserto — diz, não se sabe se se referindo a sua imagem ou a seu filho. — Sente-se filha. Tome um pouquinho de chá.

Maria del Roser em pessoa serve sua nora: uma boa quantidade de chá, três colheres de açúcar e um pouquinho de leite.

— Vai lhe cair bem. Você está com uma cara que dá pena ver.

Teresa tenta. Toma um gole. Franze os lábios. Coloca a xícara na mesa.

— Que vontade! — diz a matriarca. — Hoje acordei com a cabeça leve.

Teresa sorri e se alegra de verdade. Faz uns dois anos que sua sogra começou a sofrer perdas de memória. A princípio não parecia nada grave, simples distrações sem importância; de repente não lembrava onde largara as coisas ou o que devia fazer no dia seguinte, esquecia o nome de parentes que não via com frequência ou das criadas novas. Nada que não tivesse acontecido outras vezes, apesar de sempre ter tido uma mente muito atenta. Até que um dia ela se levantou indisposta e pediu a Conchita que chamasse o doutor Gambús.

— O doutor Gambús morreu, senhora. Não está lembrada? Vai fazer uns seis anos.

— Sério? — Franziu a testa, antes de reagir com uma virulência que não era comum nela. — Assim, sem avisar? Mas que deslealdade! Gostávamos tanto dele aqui em casa! E o pagávamos pontualmente! Você sabe para onde foi?

Conchita balbuciou, desconcertada:

— Para o... Para o céu... suponho.

— Não existem mais médicos como os de antigamente... — murmurava a senhora, consternada.

A melhor coisa do novo estado de dona Maria del Roser era que nada durava muito. Com a mesma rapidez com que lhe ocorriam as ideias mais disparatadas, esquecia-se delas.

— O que estávamos dizendo? — vivia perguntando.

Quando seu estado começou a piorar, havia dias em que não se lembrava do nome de seu filho nem seu papel na família ou confundia Teresa com algum serviçal.

— Por favor, menina, retire de uma vez essa bandeja. Não vê que já está aqui há um bom tempo? O que está fazendo aí quieta como uma palerma, com essa cara de idiota? Essas camareiras jovens e fofas só pensam em fisgar um noivo de boa família — murmurava entre os dentes.

Conchita a censurava.

— Senhora, pelo amor de Deus, é sua nora. Não fale assim com ela.

Então Maria del Roser olhava para Teresa com olhar distante e dizia o que ninguém queria ouvir:

— Naturalmente, o meu filho gosta, cada vez mais, das bem jovenzinhas. Mas devo reconhecer que essa é muito fina...

A princípio, continuava escrevendo seus artigos e recebendo os membros do Círculo das Quartas-Feiras. Em poucos meses, no entanto, sua atividade intelectual se apagou como o toco de uma vela, e ali onde brilhara uma mulher avançada para sua época apareceu uma menina risonha de 70 anos, a caminho do esquecimento absoluto. Foi então que os médicos deram um nome a seu mal: demência. Receitaram-lhe sono e tranquilidade. Teresa em pessoa se ocupou de que nada lhe faltasse. A primeira coisa que fez foi liberar Conchita de todas as suas obrigações domésticas e nomeá-la enfermeira em tempo integral. Também procurou encontrar tempo para visitar a sogra todos os dias, sempre com uma desculpa convincente, como mostrar um tecido ou lhe pedir um conselho para uma besteira qualquer. Tratava-a com o mesmo amor que teria se tivesse que cuidar da mãe, se o destino lhe tivesse permitido. Teresa sempre sentiu que ao fazer isso só estava correspondendo ao carinho recebido: dona Maria del Roser também a tratara desde o início como se fosse sua própria filha.

— Não pretendo sair até que você tenha tomado o chá — disse de repente a matriarca, imperativa como uma preceptora.

Acariciou sua face suavemente com a palma da mão.

— Não quero que lhe aconteça nada, Violeta — sussurrou. — Desta vez, vou cuidar muito bem de você.

Conchita corrigiu-a.

— Não é Violeta, senhora. É Teresa. Teresa! Sua nora.

— Ah, sim! Que tonta! Sei muito bem quem você é, Teresa. E estou muito contente por ser minha nora. Sempre temi que meu filho se casasse com uma dessas fulaninhas de que gosta tanto. Tivemos muita sorte com você.

Teresa sorriu, acariciando as mãos manchadas de Maria del Roser. Sentia uma saudade infinita de suas conversas intelectuais de poucos anos antes.

— De que estávamos falando? — perguntou a matriarca. — Ah, sim, do chá. Beba.

Teresa esvaziou a xícara e sentiu uma náusea ameaçá-la. Levantou-se apressadamente e correu até o banheiro.

Maria del Roser recolheu sua echarpe e calçou seus sapatos de meio salto. Do banheiro, apesar da indisposição, Teresa continuava ouvindo suas palavras.

— Você está bem, querida? — perguntou a sogra.

— Sim, sim — conseguiu responder ela —, não tenha pressa. E me conte tudo quando voltar.

Quando já estavam saindo, a senhora perguntou, distraída:

— Refresque minha memória, Conchita: é verdade que não temos netos?

— Não, senhora, não temos.

— Ora. — A senhora fez uma pausa pensativa e no mesmo instante mudou de assunto. — Os cavalos já estão preparados?

— Não, senhora. Os carros a motor não precisam deles.

— Ah. Ótimo. Felipe já está pronto?

— Julián, senhora. É o filho de Felipe, que se aposentou depois de servi-la por mais de trinta anos.

Um gesto de estranheza precedeu outro de pudor.

— Não há maneira de lembrar os nomes desses criados novos, Conchita. O importante é que saiamos antes que comece a chover.

Com afetada presteza, a senhora partiu para cumprir sua agenda do Dia do Livro, e Teresa vomitou tranquilamente na solidão do banheiro da sogra, até que, um pouco mais recuperada e tendo se livrado do maldito chá, desceu as escadas querendo tomar um pouco de ar e, de passagem, fazer uma visita a suas roseiras.

Quando chegou ao salão, teve a surpresa de encontrar lá, comodamente sentado em uma das poltronas de veludo amarelo, lendo o *La Vanguardia* como se não tivesse acontecido nada, dom Octavio Conde. Teresa deu um pulo ao vê-lo, porque não esperava receber visitas a essa hora.

— Não me disseram que você estava aqui — desculpou-se.

— É natural. Perguntei por seu marido e ao saber que não estava me convidaram para esperá-lo no salão. Na verdade menti, Teresa. Eu queria mesmo era ver você.

Dom Octavio se vestia com a elegância habitual. Usava um paletó transpassado que se adaptava a seu corpo como só acontece com as roupas caras e feitas sob medida. Os sapatos, reluzentes, eram cor de vinho, combinando com as luvas e com o lenço que aparecia na extremidade do bolso da lapela. Mas a melhor qualidade de dom Octavio era seu charme: aquele sorriso honesto, seus modos de outra época e as maneiras de homem do mundo, às quais as damas da cidade foram sempre tão sensíveis.

As últimas palavras do visitante haviam alterado as batidas do coração da senhora da casa.

— A mim? Por que motivo?

— Quero lhe perguntar uma coisa.

— E não poderia fazer isso diante de meu marido?

— Seu marido não entende dos assuntos que quero lhe expor. Não gostaria de se sentar?

Teresa enrubesceu. A surpresa e a precaução com que ouvira as palavras de dom Octavio a fizeram se esquecer de suas obrigações de anfitriã.

— Claro que sim. Me desculpe. Sente-se, por favor. — Tentou se corrigir. — Você já tomou o café da manhã? Gostaria de beber alguma coisa?

Dom Octavio recusou a oferta com naturalidade, sem parar de sorrir. Não deu a menor importância à distração de Teresa. Exatamente o contrário: ficou encantado. Apesar de ser solteiro, ao longo de seus 43 anos tivera a oportunidade de aprender o suficiente sobre as mulheres para reconhecer imediatamente os indícios de sincera perturbação. E não havia nada de que gostasse mais, por certo, do que da sincera perturbação das mulheres honradas. Seu amigo Amadeo era um homem de sorte, disse a si mesmo, enquanto as faces de Teresa recuperavam a palidez habitual e os olhos o escrutavam com atenta ingenuidade.

— Há poucos dias resolvi pôr em ordem os papéis de meu pai — começou dom Octavio. — Não os das contas da empresa, mas os mais pessoais, que, depois de tantos anos, ninguém tinha se atrevido ainda a olhar. E tive grandes surpresas. Entre elas, a de encontrar muitos documentos sobre as atividades dessa organização espírita de que com tanto orgulho ele fazia parte.

Teresa sentiu um grande alívio ao saber do rumo, nada comprometedor, que o enigma tomava. Endireitou-se um pouco na cadeira, abandonando parte da rigidez que havia mantido até aquele instante. Até se atreveu a assentir e a sorrir discretamente.

Ela não chegara a conhecer dom Eduardo Conde, embora as referências a sua energia e inteligência fossem constantes na família. Infelizmente, o fundador — ao lado de seus dois cunhados — daquele império, que começara como uma camisaria e acabou sendo a primeira grande loja de departamentos da Espanha, havia falecido em 27 de março de 1914, deixando no mundo um rastro que demoraria a se apagar. "Com ele desaparece um homem inteligente, honrado, caridoso e bom, que, sem mais armas que o trabalho incansável e a virtude que herdara de seus pais, soube engrandecer sua casa e dar timbres de grandeza a seu sobrenome imaculado. Sua morte nos deixa o vazio das grandes solidões", disseram a seu respeito no jornal.

— Vou levar muito tempo para catalogar tudo — continuou o convidado. — Há muita coisa: cartas, artigos, inclusive um breve diário onde registrou algumas das descobertas que mais o impressionaram. Algumas, decerto, ocorreram nesta casa, na biblioteca, durante algumas das reuniões auspiciadas por dona Maria del Roser, pela qual passou a fina flor do espiritismo catalão. Reconheço que até tropeçar em todos esses documentos, essas atividades ao meu pai nunca haviam me interessado. Mas, após ler suas anotações, e não vou lhe negar que levado pelo vazio que sua ausência ainda nos provoca, decidi tomar algum partido. Eu estava me perguntando como fazê-lo quando de repente me lembrei de você e me disse: "Como sou idiota. Teresa é uma digna continuadora da obra de nossos pais. Ela poderá me orientar."

Teresa ficou um pouco ruborizada.

— Continuadora? Eu não diria tanto. Estou apenas começando — disse. — Por ora, minha contribuição é modesta. Tenho muito a aprender. Não sei em que poderia orientá-lo. Ultimamente, a organização tem enfrentado um sem-fim de dificuldades. Nem sequer temos uma sede onde possamos nos reunir. Quem dera ainda pudéssemos usar a biblioteca aqui de casa, mas Amadeo não permitiria.

Os olhos de dom Octavio se iluminaram.

— Pois você acabou de dar uma resposta à questão que ainda não formulei. Eu ia lhe perguntar de que maneira posso contribuir para suas atividades. Agora já sei. A partir de hoje, vocês dispõem de uma sala para se reunir nos Grandes Almacenes El Siglo. Temos dois salões muito espaçosos, que reservamos para atividades culturais. Hoje mesmo vou propor a seu marido que exponha seus quadros em um deles. No que lhes diz respeito, só precisa me dizer em que dia desejam retomar as atividades e encontrarão o salão pronto e reservado. Não pode imaginar como fico feliz com tudo isso!

Teresa sorriu pela primeira vez desde que se levantara nesse dia. Ao fazê-lo, seu rosto exibiu uma beleza tão perfeita que conseguiu inquietar Octavio.

— Quando meus companheiros souberem, vão ficar muito felizes — acrescentou ela.

— Diga-lhes que eu também fico feliz. E que meu pai teria feito muito mais. Quando vocês querem começar?

— Muito em breve, imagino. Quando você precisa saber?

Outro gesto decidido, descontraído.

— Não há pressa, Teresa. Para você, minha casa está sempre aberta.

A perturbação deixou a anfitriã em silêncio. Octavio desfrutou o momento. Recordou o pouco que Amadeo lhe contara a respeito de sua prometida, semanas antes do casamento. Era uma menina de boa família, educada, bela e deliciosamente inocente, que agradava muito a dona Maria del Roser. Alguém com quem poderia caminhar de braços dados em todas as ocasiões e que poderia imaginar sem dificuldades como mãe de seus filhos. Antes de conhecer a noiva, nunca estranhou que seu amigo não demonstrasse paixão quando falava da futura esposa. No entanto, nunca o fizera com nenhuma das mulheres que lhe apresentara. Mas, agora que estava sentado a menos de cinquenta centímetros de Teresa, observando suas reações, seus temores, sua gratidão, tudo sublinhado pela delicadeza de seus gestos e um leve perfume de menina pequena, não compreendia como o amigo não havia colocado mais ênfase na descrição.

O último galanteio cavou uma vala de silêncio entre os dois. Menos mal que a meteorologia teve o bom senso de acudir para resgatá-los. Um pé-d'água repentino explodiu no pátio. Teresa se levantou de súbito.

— O que está acontecendo? — perguntou dom Octavio, sobressaltado por contágio.

— Minha sogra foi à feira de livros nas Ramblas.

— Temo que vá acabar vendo uma sopa de letras. — Octavio riu, balançando a cabeça. — Vou lhe dizer: abril não é um mês para se levar livros à rua. Este evento ficaria melhor em 7 de outubro.

Dom Octavio Conde gostava muito de ler, mas, acima de tudo, era um comerciante. E, como tal, fazia tempo que se posicionara contra a decisão do governo de Macià de transferir o Dia do Livro de 7 de outubro para 23 de abril com o objetivo de coincidir com as solenidades religiosas das festividades do santo padroeiro. Em sua opinião, as duas coisas não tinham nada a ver. No dia de são Jorge, cabia comprar flores e assistir a ofícios religiosos, e em 7 de outubro, quando toda a Espanha comemora o nascimento de Cervantes, cabia aos livreiros fazer sua colheita. Embora não lhe escapasse que celebrar Cervantes não estava entre as prioridades do novo governo da Generalitat catalã e, à falta de outro literato nativo mais oportuno, são Jorge tivera que carregar o morto. Metamorfoseada em celebração cívica, com seu toque reivindicatório tão ao gosto dos republicanos, a nova festa aconteceu pela primeira vez em 1931 e foi um completo desastre do ponto de vista comercial. No dia seguinte, os livreiros enviaram ao presidente uma carta para protestar pela mudança de datas, única causa, segundo eles, da queda estrondosa das vendas. Entre os motivos para manter o 7 de outubro, argumentaram que ficava mais próximo do início do mês e, portanto, do dia do pagamento da gente humilde "que nem sempre chega à última dezena do mês com dinheiro sobrando", e terminavam dizendo: "Como se fosse pouco, os acontecimentos políticos recentes e a festa de são Jorge, padroeiro da Catalunha, distraíram as pessoas ontem, que não deram atenção às livrarias e estandes provisórios de livros com a mesma avidez de outros anos. No entanto, devemos reconhecer que a coincidência com a festividade de nosso santo padroeiro foi positiva para a festa em seu aspecto externo, a céu aberto."

Teresa franzia a testa enquanto a força do aguaceiro aumentava.

— Está tudo fora de lugar — murmurou Conde. — O Dia do Livro em abril, meu pai no céu, o rei na França e você, casada com meu melhor amigo...

Teresa fingiu não ter ouvido o final da frase.

— Pois eu acho que a primavera combina bem com os livros — opinou. — Quando não chove, é claro.

— Ora. Aqui está o motivo pelo qual esta festa haverá de prosperar. É o que a gente quer, como você mesma e como sua sogra, conforme me disse. Aposto qualquer coisa como dentro de oitenta anos, quando de você ou de mim não restar nem recordação, as pessoas continuarão indo às ruas assim como hoje para tomar sol e comprar livros. Só é preciso dar um passeio para perceber isso. Você ainda não saiu para passear?

Teresa negou com a cabeça, sem energia.

— Então vá imediatamente! A cidade inteira parece uma grande feira de livros. As pessoas estão entusiasmadas, alegres, exuberantes. A única coisa que poupam é seu dinheiro. Esse Macià tem um bom olfato para as celebrações, é preciso reconhecer. E até acho que tem o direito de organizá-las, com tudo o que teve de enfrentar antes de chegar à presidência. — Fez uma pausa para recapitular e se acalmar. Acrescentou: — Amadeo ficaria escandalizado se me ouvisse, você não acha?

— Eu não sabia que você simpatizava com Macià, Octavio.

Octavio encolheu os ombros.

— Eu, como muitos outros, simpatizo com quem varre a casa. A diferença é que reconheço isso, quando a maioria de nossos amigos justificam a postura com complicadas teorias políticas.

Teresa observou, mais tranquila, que a chuva começava a amainar. Ela tentava se concentrar na conversa, embora as questões políticas a aborrecessem imensamente.

— Na verdade — acrescentou Conde —, me disseram que hoje Macià está resfriado, pobre homem. Vai perder os festejos.

Havia parado de chover quase por completo quando chegou lá de baixo o som de um enérgico sapateado. Teresa reconheceu no mesmo instante o jeito de andar de seu marido, que finalmente chegava. Como sempre, seu aspecto estaria bem-cuidado, impecável, pensou ela. A princípio se perguntava onde ele se enfeitava dessa maneira fora de seu closet ou quem o barbeava com tanto esmero. Depois, o caráter hermético de seu marido e certa consciência do perigo envolvido nesse assunto fizeram-na desistir de pedir explicações. Afinal, como sua irmã Tatín lhe dissera pouco antes do casamento, "uma mulher com sorte é aquela que não questiona nem é questionada. E um bom marido, aquele que paga as contas e não incomoda".

O aspecto de Amadeo confirmou seus pensamentos. Chegou como um dândi, com as luvas e o chapéu nas mãos. Não demonstrou nenhuma surpresa ao encontrá-los ali. Saudou sua mulher com um breve beijo na testa e apertou a mão do amigo. Teresa prendeu a respiração.

— Esqueci algum compromisso? — perguntou Amadeo, referindo-se à presença de Octavio.

— Absolutamente — respondeu este. — Eu fui muito ousado aparecendo sem avisar. Só consegui roubar o tempo de sua mulher.

— Está acontecendo alguma coisa?

— Vim lhe pedir que honre nosso novo salão de exposições com uma mostra de suas obras.

Amadeo não escondeu a satisfação.

— Passamos ao gabinete? — perguntou.

— Mandarei que lhes sirvam bebidas — ofereceu Teresa, solícita, afastando-se no mesmo instante dos negócios masculinos.

Ela não conseguiu evitar de pensar que era uma tonta. Como seu marido iria estranhar a presença de seu melhor amigo? Como podiam passar por sua cabeça ideias tão vis a respeito de pessoas tão nobres? Antes de permitir que chegasse à escada, a voz de Amadeo reclamou com a autoridade habitual:

— Vista algo mais sóbrio, querida. Quero que me acompanhe na visita que vou fazer à Generalitat. — E, virando-se para dom Octavio, explicou: — Este ano me nomearam jurado do concurso de bancas de flores. Maldito compromisso! Você sabia que distribuem 400 pesetas de prêmios? É preciso se preparar!

Teresa subiu e escolheu outro vestido. Gostava de acompanhar o marido às solenidades oficiais. Nelas, Amadeo se mostrava mais solícito que de costume, sorria para todo mundo e cultivava um lado dele mesmo que todos admiravam, sobretudo ela. Nesses atos apinhados, repletos de personalidades da cidade e de mentes cultas, Teresa se sentia brilhar com luz própria. De alguma maneira havia sido educada para isso, e não ignorava o poder de sedução que sua beleza exercia sobre os demais. E nem a inveja que tanto ela como Amadeo despertavam ao passar.

Mas existia outra razão para desfrutar essas noitadas: nelas encontrava sua irmã Tatín, cujos penteados Teresa procurava esperançosa em meio às insípidas cabeças presentes. O penteado da mais velha das meninas Brusés sempre se destacava na multidão. Não havia como se equivocar: sob os mais exagerados penachos, enfeites cafonas ou penduricalhos, sempre estava sua irmã. Após o abraço com cheiro de rosas, suas aloucadas palavras tinham o dom de fazê-la esquecer todos os problemas.

Nesse dia, a pequena Teresa precisava como nunca das palavras de Tatín. Sentia uma pressão terrível no peito, uma vontade de chorar que nada acalmava e um pressentimento não confirmado que lhe parecia aterrorizante. Sabia o que a irmã diria quando lhe apresentasse o rosário de suas angústias. "Os homens se cansam de tudo, Tessita. E são livres: para pensar e para agir. O seu é igual aos outros. Agradeça por ele ainda tirá-la de casa. E, se está sentindo falta de alguma coisa, procure um amante. Não há solução melhor."

Teresa ficava escandalizada com esses conselhos, que de maneira alguma pensava seguir, mas ouvia-os porque tinham sobre ela um efeito balsâmico. Depois de conversar com Tatín, suas maiores preocupações se dissolviam como o açúcar na água.

Enquanto se vestia de novo, desta vez com um modelo um pouco mais longo e de cor escura, Teresa desejou que Tatín estivesse na recepção oficial da Generalitat. Desejou que, como havia acontecido outras vezes, censurasse carinhosamente Amadeo por deixá-la tão sozinha. Desejou que ficasse com ela por muito tempo, não dando atenção a seus admiradores, e que lhe contasse alguma piada da alta sociedade, ou lhe revelasse os detalhes de suas últimas conquistas. Também desejou lhe dar a notícia que no momento só ela sabia — embora Maria del Roser a tivesse intuído naquela mesma manhã — e dizer que caso seu filho fosse menina gostaria de lhe dar seu nome. Não Maria Auxiliadora, mas Tatín. Tatín Lax Brusés. Nome de mulher independente.

Embora para isso precisasse contar com a aquiescência de seu marido. Como para todo o resto.

Moleskine de Violeta Lax

Abril de 2010

Inventário do conteúdo da caixa de biscoitos encontrada no quarto emparedado de Violeta

— Desenho infantil nas cores vermelha, preta, azul e verde. Representa uma mulher (usa uma saia longa). Dimensões: 28 x 20cm.

— Recorte do La Vanguardia, *correspondente à seção "Notícias locais" com a matéria sobre o enterro de dona Maria del Roser Golorons de Lax, publicada em 27 de dezembro de 1932.*

— Obituário publicado em La Vanguardia *em 27 de agosto de 1914: "A MENINA Violeta Lax y Golorons, natural de Barcelona, FALECEU, tendo recebido os santos sacramentos e a bênção apostólica (descanse em paz). Seus aflitos mãe e irmãos, dona Maria del Roser Golorons, viúva Lax, Amadeo e Juan; as empresas Indústrias Lax e Manufaturas Golorons e demais parentes partilham com seus amigos e conhecidos tão sensível perda e lhes suplicam que a tenham presente em suas orações e assistam à condução do corpo que acontecerá hoje, quinta-feira, às dez saindo da casa mortuária, passagem Domingo, 7, para a Paróquia da Concepción e de lá ao Cemitério del Este. Não se convida particularmente.*

— Catálogo ilustrado dos Grandes Almacenes El Siglo. Coleção de outono-inverno 1899-1900. 130 páginas.

— Páginas 9 e 11 do La Vanguardia *do dia 27 de dezembro de 1932, correspondentes à matéria sobre o incêndio do El Siglo, ocorrido dois dias antes.*

— Duas fotografias de outro jornal (não especificado). Em ambas se vê um amontoado de vigas deformadas que ocupa o interior de um edifício em ruínas, do qual só resta em pé uma parte da fachada. Através das janelas desnudas, parte das Ramblas é visível e, ao longe, a torre da catedral. A legenda desta segunda foto diz: "Aspecto da nave principal depois da desgraça."

— *Páginas 41 e 48 de* La Luz del Porvenir. Revista de estudos psicológicos e ciências afins. *Número 272, de junho de 1934. Contém o artigo "Na ausência e em memória de Maria del Roser Golorons. Texto em homenagem apresentado por Teresa Brusés de Lax no transcurso do último Congresso Espírita de Barcelona."*

— *Folder do V Congresso Espírita Mundial (Palácio de Proyecciones de Barcelona, de 1 a 10 de setembro de 1934), entre cujos expositores está Teresa Brusés de Lax.*

— *Vinte folders de exposições de Amadeo Lax, correspondentes a salas de diversas cidades espanholas e europeias (anos 1923 a 1940). Uma delas é a Sala de Exposiciones El Siglo e tem a data de dezembro de 1932.*

— *Fotografia de estúdio assinada por B. Moreno ("rua da Canuda, 8"), dos empregados da casa dos Lax. São seis mulheres e dois homens, de idades muito diferentes. Os quatro mais velhos estão sentados. O restante, em pé, atrás deles. As mulheres vestem uniforme escuro, com avental e touca. No dorso, escrito a lápis, se lê: "Ano 1910. Eutimia, Felipe, Vicenta, Antonia, Julián, Rosalía, Higinio e Carmela." A ordem dos nomes não corresponde à posição em que aparecem os retratados. Na lista de nomes falta o de Conchita, que também está na fotografia (em pé, corpo avantajado, ligeiramente mais alta, com um coque na parte superior da cabeça e um sorriso complacente).*

— *Fotografia de estúdio assinada por B. Moreno. Menino de pouca idade (uns 2 anos) com Concha vestida de uniforme. O menino é Amadeo Lax. No verso, anotado a lápis: "1900."*

— *Cartão-postal do Coliseu de Roma (preto e branco), datado em 5 de outubro de 1908, dirigido a "Concha Martínez Cruces. Passagem Domingo, 7. Barcelona. Espanha". O texto diz: "Querida Concha, veja como está Roma. Toda quebrada. Certamente você encontraria uma maneira de consertá-la. Enquanto você o procura, eu procuro uma maneira de me transformar em um grande pintor. Você vai ver como conseguirei, tal como você predisse. Um abraço de seu Amadeo."*

— *Cartão-postal da Torre Eiffel de Paris (colorido). Mesmos traços. Datado em 19 de novembro de 1928. "Estimada Concha, Amadeo pede que lhe escreva para dizer que estamos bem e que nossa viagem transcorre normalmente. Quer que confiemos uma na outra. Eu lhe disse que isso não vai ser difícil, pois você é a mulher a quem ele deve a vida. Com todo carinho, Teresa."*

— Cartão-postal de São Pedro de Roma (colorido). Mesmos traços. Datado em 7 de dezembro de 1928. "Querida Concha, chegamos a Roma depois de visitar Berlim, Milão e Bolonha. Amadeo sente por estas terras um enorme carinho. Diz que viveria na Itália sem hesitação. Não será assim, por ora: depois do Natal e antes do Ano-Novo, partiremos para a Grécia. Estamos bem e a viagem é maravilhosa. Com carinho, Teresa."

— Cartão-postal do Paternon (colorido). Mesmos traços. 31 de dezembro de 1928. "Apenas algumas palavras do coração da cultura ocidental para desejar a todos um próspero 1929. Com todo afeto de Amadeo e Teresa." A letra é de Teresa.

— Cartão-postal da Esfinge de Gizé (em preto e branco). 10 de janeiro de 1929. Mesmos traços. "Querida Conchita, Amadeo estava com muita vontade de conhecer Tutancâmon e aqui estamos. O calor é sufocante, mesmo nessa época. De minha parte, só desejo partir para a última etapa de nossa viagem. Começo a pensar em voltar para casa mais que em deixar me conquistar por paisagens desconhecidas. Amadeo diz que é o que se espera de uma mulher casada. Com todo o carinho de Teresa."

— Telegrama datado em 25 de fevereiro de 1930: "Chegamos amanhã. Envie um carro para nos pegar. Linha Marselha-Barcelona. Aeródromo del Prat. 11 horas. Amadeo."

Terça-feira, 27 de dezembro de 1932 Local La Vanguardia 41

TERRÍVEL INCÊNDIO EM BARCELONA
Fogo destrói os Grandes Almacenes El Siglo

Um incêndio colossal destruiu os Grandes Almacenes El Siglo S.A. O famoso estabelecimento que, situado em plenas Ramblas, era um exemplo da potencialidade mercantil catalã, foi, no domingo, atingido pelas chamas, que consumiram, em pouco mais de duas horas, o que havia sido construído graças a um gigantesco esforço de muitos anos e a um alto espírito empreendedor. A cidade viveu dias de sincera e legítima dor. As festividades de Natal foram seriamente afetadas pela grande catástrofe, que teve como palco o mais autêntico dos espaços públicos de Barcelona. A notícia se espalhou por toda a urbe com a velocidade típica dos eventos trágicos e, em todos os lares, se comentava, dolorosamente, a malfadada notícia. O ritmo normal da vida dos cidadãos foi alterado. O triste espetáculo das densas colunas de fumaça que se alçavam acima daquele edifício — que podia ser visto até mesmo dos arredores da cidade, onde também se tinha a percepção exata da grande perda que afligia Barcelona — jamais abandonará a memória da geração atual, que viu destruído, por um infeliz acidente, um centro comercial genuinamente barcelonês que levara o prestígio do comércio catalão para além de nossas fronteiras. El Siglo era, sem dúvida, nosso principal estabelecimento comercial e tinha profundas raízes na cidade. No entanto, foi necessário que uma catástrofe acontecesse para os barceloneses poderem compreender o tamanho amor que sentiam por ele; pudessem entender, afinal, que aquele bazar luxuoso, magnífico e moderno, o primeiro de toda a península e, sem exageros, um dos melhores do mundo, era como se fosse nosso.

O fogo foi voraz. Ao se alastrar, não deixou incólume nenhuma de suas dependências. Quando os obstinados e heroicos bombeiros conseguiram, finalmente, localizar as chamas e começaram a tentar evitar que se propagassem, os três edifícios que abrigavam os armazéns já haviam se transformado em uma imensa pira. A fúria destruidora do fogo não deixou apenas uma empresa poderosa em uma situação lamentável, mas transformou em fumaça e destroços um estabelecimento que era o ganha-pão de mais de mil famílias humildes.

O lugar da catástrofe

Pouco depois das dez e meia da manhã de domingo, algumas das pessoas que transitavam pelas Ramblas perceberam que pelas frestas das portas metálicas dos Grandes Almacenes El Siglo saía uma impressionante quantidade de fumaça. Os alarmes foram acionados. Os policiais e os guardas de trânsito que estavam a serviço nos arredores logo deram a notícia a seus chefes e aos quartéis do Corpo de Bombeiros. A fumaça aumentava e tentava sair pelos inúmeros balcões voltados para a Rambla de los Estudios. Os armazéns El Siglo ocupavam três setores do edifício, os de número 3, 5 e 7. No número 1, ficam os escritórios da Compañia General de Tabacos de Filipinas e, no andar térreo, está instalado o Banco Hispano Colonial. No lado oposto, o El Siglo divide parede com o prédio da Academia de Artes y Ciencias, cujo subsolo abriga o teatro Poliorama. A parte traseira do El Siglo fica na descida na rua Xuclá, uma via estreita com pouco mais de dois metros de largura onde ficavam quatro ou cinco grandes portas dos armazéns vitimados. Havia também uma entrada na praça de Buensuceso, que dava acesso à seção de artigos comestíveis.

É preciso levar em conta que El Siglo vendia todo tipo de artigos. Sua sede ocupava milhares de metros quadrados, tinha sete andares de altura, e cada um deles abrigava várias seções. A seção de brinquedos, por exemplo, uma das mais importantes da casa, ocupava úma imensa área do térreo, na face da rua Xuclá.

Os primeiros esforços de extinguir o fogo foram feitos pelos sete vigilantes que estariam de plantão nos armazéns nos dias festivos. Primeiro, tentaram acionar alguns dos extintores estrategicamente posicionados nas diversas seções, mas, desde os primeiros instantes, a fumaça era tanta que todas as tentativas foram frustradas e os vigilantes, obrigados a abandonar o edifício às pressas para não morrer asfixiados. Um deles, chamado José

Sánchez, ao lutar contra o fogo que se expandia velozmente, queimou as mãos e teve de ser levado ao ambulatório da rua Sepúlveda. A fumaça que saía pelas portas das Ramblas era tão espessa que tiveram de interromper o tráfego de carros e bondes pela rua lateral descendente. Pouco depois das onze, chegaram os primeiros socorros. Os bombeiros começaram a montar rapidamente máquinas e mangueiras. Cumprindo ordens de seus comandantes, chegaram destacamentos de todos os quartéis.

Entretanto, o fogo, como uma trilha de pólvora, tinha avançado vertiginosamente por todo o andar térreo do edifício e havia atingido com mais violência os dois setores vizinhos da Academia de Ciencias — e o que havia sido fumaça virou chama e calcinou tudo. É quase impossível descrever a velocidade com que o fogo se espalhou por todo o prédio. É bem verdade que móveis, cosméticos, tecidos, brinquedos e outros produtos vendidos no El Siglo eram altamente inflamáveis; como se tivesse sido açoitado por um vento imperceptível, tudo ardeu em pouco tempo, em questão de minutos. Ao meio-dia e meia, quando visto das Ramblas, o edifício incendiado exibia um aspecto impressionante. Todas as portas e balcões expeliam chamas. As molduras e as persianas ardiam como se fossem gravetos. A água lançada pelas mangueiras dos bombeiros crepitava nas chamas imponentes. Os fortes jatos mal afetavam o fogo. Toda a face do edifício que podia ser vista das Ramblas era uma imensa fogueira. O calor emanado pelo incêndio impedia qualquer aproximação. Um bombeiro que se aventurou a entrar no edifício logo no início dos trabalhos começou a se asfixiar e teve de ser levado ao ambulatório. Um guarda também ficou levemente ferido.

A fachada desaba

O fogo, avivado por uma brisa que soprava na direção sul, ganhou uma força extraordinária na face da rua Xuclá. Como naquele lado era impossível trabalhar, pois havia o risco de um desabamento, os bombeiros tiveram de ocupar os balcões e terraços vizinhos para de lá, então, direcionar as mangueiras. A voracidade do incêndio era tal que logo ficou evidente que um desabamento se tornava inevitável. De fato, uma hora depois desabava com estrépito um grande pedaço de cornija e, pouco depois, vários metros da fachada. Como aquilo já era esperado e a rua estava rigorosamente vazia, ninguém, felizmente, ficou ferido.

A uma e meia da tarde, os bombeiros, depois de esforços hercúleos, com a ajuda da polícia e de muitos civis, conseguiram interromper o avanço inclemente das chamas. Telhados e pisos do edifício foram destruídos. Só ficaram em pé as paredes mestras e a ala em que ficavam encravados os escritórios. Lá dentro o fogo continuava, mas já bastante controlado. Pelo lado próximo à praça de Buensuceso, as chamas continuavam coroando os remates da fachada, porém os sinais de que diminuíam eram evidentes. Nessa área do edifício, que era onde ficava a seção de comidas e bebidas, ocorreram inúmeras explosões, provocando grande alarme. Segundo os técnicos, foram provocadas por vidros de conserva, garrafas de álcool e outros produtos semelhantes.

As causas do incêndio

Até agora não ficou claro, mas algumas das pessoas que socorreram nos primeiros momentos garantem que o fogo foi provocado por um curto-circuito em uma das vitrines das Ramblas e de lá se espalhou pelo andares, passando, principalmente, pelas escadas internas. Por isso, no início os bombeiros tiveram muita dificuldade de trabalhar. As surpreendentes dimensões do incêndio de certa forma paralisaram esses homens abnegados. Mas logo se recuperaram, apesar de terem de lutar contra a falta de água e de extintores, que, embora não fossem nada desprezíveis, eram, claramente, insuficientes para enfrentar uma calamidade como essa, única até então em Barcelona.

A princípio, também acorreram ao local do sinistro agentes de segurança, policiais e guardas de trânsito que trabalhavam na região, os quais, além de colaborar com os bombeiros em seu árduo trabalho, se encarregaram de controlar o público que acudira em massa quando a notícia se espalhou por toda a cidade.

É indescritível o pânico que tomou conta dos moradores da rua Xuclá e vizinhança, cujas casas corriam o risco de ser devoradas pelas chamas a qualquer momento. Gritos de socorro, uivos de dor e um sem-fim de famílias abandonavam seus lares, apavoradas, carregando apenas o essencial. As chamas lançadas pelo El Siglo eram tão violentas que queimavam as persianas e os balcões das casas daquela pequena rua. Os andares térreos, que abrigavam estabelecimentos de vários tipos, também foram abandonados por seus ocupantes.

Os bombeiros escolheram essa rua para dar início aos trabalhos mais intensos porque o risco de o fogo se propagar pelas casas vizinhas era imenso. É terrível imaginar as dimensões que a catástrofe ganharia caso as chamas as atingissem, pois, então, certamente devorariam um extenso quarteirão onde viviam centenas de famílias. Cenas de terror semelhantes puderam ser vistas na praça e na rua Buensuceso, onde havia residências dispostas em forma de cunha no interior do terreno ocupado pelos Almacenes El Siglo. Alguns não conseguiram se conter e saíram carregando baús e peças de vestuário sem esperar qualquer aviso. Pelo lado da praça de Buensuceso, tropas da Força Aérea, alojadas no antigo quartel homônimo, cooperaram desde os primeiros instantes tanto nos trabalhos de extinção do fogo como na manutenção da ordem.

Todo o edifício arde como uma imensa pira

Apesar do trabalho dos bombeiros, que já investiam simultaneamente contra as três fachadas do edifício sinistrado, lançando sobre as chamas toda a água disponível, ao meio-dia o fogo atingira proporções inimagináveis. Da cobertura saíam chamas gigantescas envoltas em uma fumaça negra, muito espessa, que chegavam a centenas de metros de altura. Todo o edifício parecia uma pira colossal que expelia chamas por todas as frestas.

Além de cerca de 50 mil curiosos, logo depois de iniciado o incêndio apareceram dois membros da família proprietária do El Siglo, dom Eduardo e dom Javier Conde. Eles estavam desolados, sobretudo dom Javier, com quem tivemos a oportunidade de conversar durante alguns instantes.

— Mais que por nós mesmos — afirmou —, sinto pelos funcionários que ficarão desempregados. Alguns sofrerão tanto quanto nós. É preciso levar em consideração que alguns trabalham aqui há trinta, quarenta anos.

Dom Javier aproveitou a oportunidade para informar que desde a sexta-feira anterior estava ocupando a direção dos armazéns, substituindo o irmão mais velho, dom Octavio, que justamente no Natal partiu para os Estados Unidos no navio *Magallanes*. O insigne comerciante planeja estabelecer em breve, em Nova York, seus próprios negócios que, muito provavelmente, serão tão prósperos como os que marcaram sua trajetória até os dias de hoje.

As perdas

São imensas. No momento não é possível avaliá-las, embora talvez venham a atingir a quantia de 30 milhões de pesetas. Tanto o edifício quanto as vidas estavam segurados. As perdas teriam sido menores se o incêndio tivesse acontecido em outra época do ano, pois, tradicionalmente, para as festas de Natal, Ano-Novo e Reis se faz um grande estoque de artigos de todo tipo, especialmente bijuterias e brinquedos. Os proprietários ainda não sabem se irão reconstruir o edifício.

Os armazéns El Siglo foram fundados há cinquenta anos e jamais sofreram um incêndio, salvo pequenos focos rapidamente extinguidos. Afora isso, dispunham de um completo sistema de extintores e mangueiras, operado por bombeiros particulares, que nessa ocasião não puderam fazer nada.

Às cinco da tarde de domingo, o presidente da Generalitat, dom Francisco Maciá, voltou mais uma vez ao local do sinistro com o objetivo de se inteirar, pessoalmente, acerca dos trabalhos que continuariam sendo realizados até o fogo ser totalmente extinto. Ele permaneceu lá por cerca de uma hora.

A noite de domingo para segunda-feira

Os bombeiros, equipados com refletores voltados para o interior do edifício, passaram a noite combatendo pequenos focos que permaneciam ativos.

O chefe dos bombeiros, senhor Jordán, nos disse, finalmente, que, prevendo-se que durante a noite ocorreriam fenômenos de retração das colunas e outros corpos metálicos de sustentação, era extremamente perigoso entrar no edifício. Como, aparentemente, o perigo não ameaçava mais aquela área, às duas da manhã foi permitido que a população transitasse pela praça de Buensuceso. Milhares de pessoas desfilaram diante da fachada do El Siglo, admirando a imensa montanha de escombros em que se transformou a riqueza acumulada nos armazéns. Não obstante, no que se refere ao público, as precauções foram mantidas nas Ramblas e na rua Xuclá, onde o risco de novos desabamentos ainda não havia sido de todo afastado.

No transcurso do sinistro, ficaram feridos dois bombeiros e três moradores dos arredores que colaboraram com os trabalhos para extinguir o fogo. Os dois bombeiros feridos receberam a visita do senhor prefeito. Na farmácia da rua Carmen, 21, tiveram que ser atendidas quatro mulheres, todas moradoras da rua Xuclá, vítimas de acidentes de caráter nervoso.

Trágico epílogo

Desde a manhã de ontem, foi permitida a circulação de transeuntes pelas Ramblas e pela praça de Buensuceso, ao mesmo tempo que eram feitos os trabalhos necessários para evitar novos desabamentos. Às três e meia da tarde, voltou a visitar o local o presidente da Generalitat, senhor Macià, acompanhado de sua esposa, senhora Lamarca. Também estiveram lá o prefeito, doutor Aguadé, o deputado das Cortes dom Martín Esteve e alguns vereadores. Segundo nos afirmou o senhor Ribé, chefe da Guarda Municipal, tendo em vista que não há mais perigo, é muito provável que hoje o serviço de bondes seja restabelecido e se permita o trânsito de qualquer tipo de veículo pelas Ramblas.

A visita oficial ainda não havia terminado quando desabou, com grande estrépito, a escada central dos armazéns, que era toda de ferro fundido e inspirada nas de outros grandes estabelecimentos comerciais europeus. O barulho foi espantoso e causou grande alarme entre os curiosos que estavam parados diante do El Siglo, a uma distância estabelecida pelas forças de segurança. Não foi preciso lamentar perdas humanas.

XXI

Nascer, morrer e procurar algo com que se entreter nesse meio-tempo. Isso é a vida, simplificando um pouco.

Na casa da passagem Domingo, o primeiro parto levou mais de vinte anos para acontecer. Por fim, em 23 de outubro de 1920, Vicenta entrou em trabalho de parto no meio de um ataque de riso provocado pela leitura de uma copla satírica pelo seu marido. Julián era de natureza tão séria que, recitando versos satíricos, ficava hilariante. Sua mulher era sua fã mais entusiasta.

Yo, desde que me he casado,
tanto mis gustos cambié
que antes me gustaban todas.
Y ahora, le confieso a usted
que todas, todas me gustan.
Todas, menos mi mujer.

As seis horas de dores que antecederam o parto de Vicenta, que deu à luz por seus próprios meios, não foram tão divertidas. Todas as mulheres disponíveis tiveram que ajudar; foram muito solidárias e trouxeram ao mundo, juntas, uma menina pequena, morena e fruto de um relacionamento de pais não casados que foi chamada por seus pais de Laia. Foi uma grande novidade no porão e na casa, que, nos últimos tempos, só perdia inquilinos.

O terceiro andar estava desolado. O velho quarto dos meninos era agora um budoar que ninguém usava. O quarto de Violeta havia sido fechado a sete chaves. Amadeo abandonara seus aposentos de sempre e se mudara para a água-furtada, onde, a duras penas, as camareiras conseguiam entrar para fazer a limpeza. A alcova de Juan também continuava ali, mas desabitada, esperando convidados que naquela família eram cada vez mais impensáveis. A única coisa que preservara o mesmo aspecto de sempre era a biblioteca, onde, com muito menos frequência que no passado, continuavam sendo celebradas as reuniões do Círculo das Quartas-Feiras. O segundo andar, ocupado em sua maior parte pelos aposentos da senhora, conservava o aspecto de outrora. Maria del Roser não gostava muito de mudar de hábitos nem dos lugares onde ela os exercia, de maneira que continuava escrevendo em sua mesa de estilo inglês, fazendo ponto de cruz em sua cadeira de balanço perto da janela e arrumando-se em seu imenso closet ao lado do belo banheiro que, na época em que foi construído, era de uma sofisticação única. No outro lado do corredor ficavam os aposentos vazios que foram um dia ocupados por Rodolfo. Maria del Roser teve coragem suficiente para esvaziá-los, mas não para voltar a ocupá-los, de modo que continuam lá, aguardando que algo aconteça na família. Os quartos nobres do primeiro andar são os que menos acusam o êxodo familiar. Se ficássemos no salão, no gabinete ou no pátio, poderíamos nos iludir e acreditar que neste lugar o tempo não anda em nenhuma direção. A menos, é claro, que sejamos meticulosos e percebamos pequenas variações: a presença de quadros nas paredes ou a oscilação das espécies vegetais. A grande quantidade de tapetes de crochê espalhados pelo salão, se é que isso interessa a alguém, no momento continuam em seu lugar, rendendo muda homenagem à habilidosa bisavó que os teceu. Os tempos mudam, mas, por ora, os gostos daqueles que os habitam continuam intactos.

Dizíamos que naquele ano de 1920 repleto de mudanças Juan Lax Golorons se converteu no padre Juan. O sacerdote colocava um ponto final em um longo processo que começara seis anos antes, quando o brilhante segundo filho disse à mãe que havia decidido entrar para o seminário dos jesuítas. O anúncio estragou o desjejum e o dia inteiro de dona Maria del Roser, que esperava receber muitas visitas, destinadas a mantê-la ocupada até depois da hora do lanche.

— Você não está vindo me dar uma boa notícia — disse a mãe, quando Juan entrou no budoar com cara comprida. — Estou vendo na expressão de seus olhos.

— Está enganada. Quero que você participe da minha felicidade. — O silêncio surpreso de Maria del Roser animou-o a continuar. — Tomei uma decisão em relação ao meu futuro.

Nos últimos meses, a viúva Lax sofrera vendo seu filho menor tomado por um desassossego que não conseguiu explicar. Primeiro havia se descuidado dos estudos, depois abandonara o trabalho que ela mesma lhe proporcionara subornando seu primogênito. Começou a emagrecer, a ficar abatido, a se ausentar de casa, a beber. Não seria nada extraordinário se Amadeo, de espírito rebelde e inconformado, se comportasse daquela maneira, mas Juan? Havia, sim, motivos para se preocupar, e muito. Nas vezes em que havia conversado com ele, obtivera respostas ajuizadas e promessas de que tomaria jeito, mas, na realidade, não conseguiu grande coisa. O humor de Juan se tornou ciclotímico. Comportava-se com uma irresponsabilidade que nele era estranhíssima. De repente, começou a passar dias inteiros enterrado na cama, sem vontade nem de se levantar.

Além disso, a fatalidade quis que a nostalgia de Juan coincidisse com a agonia de Violeta, e que o drama da morte prematura da menina mascarasse totalmente os demais problemas familiares. Foram meses infernais nos quais Maria del Roser não fez nada na vida além de acompanhar sua pequena até o final, rezando por ela e abandonando todo o resto. A doença de Violeta foi a última ação compartilhada pelos membros da família. Tentaram enfrentá-la enviando a menina a hospitais suíços onde — afirmavam — curavam membros da realeza de males piores, mas só conseguiram prolongar ainda mais sua agonia. Uma vez morta, ninguém mais foi capaz de uni-los de novo. Com Violeta, não partira apenas a caçula da casa: se esvaíra a possibilidade de acreditar que as desgraças têm solução.

O padre Eudaldo foi uma presença constante nesses meses tristes, e foi a ele que Maria del Roser pediu socorro quando, liberada da terrível rotina da enfermidade, percebeu a situação de seu segundo filho. O homem de Deus correu para socorrê-la, sabendo que os assuntos da alma requerem, às vezes, intervenções tão urgentes quanto os do corpo, e passou mais de oito horas trancado com Juan em seu quarto, em uma conversa de sussurros tão imperceptíveis que do lado de fora era impossível ouvir alguma coisa.

No dia seguinte, o garoto foi à missa das oito e voltou para almoçar, mas não dirigiu palavra a seu irmão. Maria del Roser deu graças a Deus pela milagrosa intervenção de seu ministro. Estava feliz com o rumo das coisas até que Juan a deixou petrificada com a ideia do sacerdócio. Nesse dia, Maria del Roser maldisse as ovelhas desgarradas e as tentativas dos padres para recuperá-las. E, como lhe ocorria há muito tempo, maldisse também a ordem em que seus dois rebentos homens chegaram ao mundo. A história seria outra se Juan tivesse nascido primeiro.

— Mas, filho, como é possível? — protestou. — Você jamais se interessou muito pela religião...

— Deus me chamou, mamãe. Eu diria mais: me salvou.

— Salvou? De que, criatura?

— Isso não importa mais. O fato é que me salvou, e eu soube escutá-lo. O padre Eudaldo me ajudou a perceber.

— E o que vai acontecer com seu futuro brilhante? Está pensando em desperdiçá-lo?

— Exatamente o contrário. Levo meu futuro aonde eu possa ser útil.

Maria del Roser franziu os lábios. Seu filho, consciente de que não havia gostado de sua última observação, segurou suas mãos.

— Não estou dizendo isso por você, mamãe. A senhora sempre me apoiou. Mas há outras coisas que não têm remédio e nunca terão. Não finja que não percebe.

Maria del Roser sabia, sim, do mesmo modo que sabia que todas as referências veladas de Juan apontavam para Amadeo. No entanto, se recusava a aceitar que não houvesse remédio. Tantos anos depois, continuava sem compreender os conflitos em que seus dois filhos viviam envolvidos. E, naturalmente, continuava achando que toda a culpa era dela.

Não houve forma de fazer Juan desistir da ideia. Aos 20 anos, entrou no seminário. Dois anos mais tarde, já possuía os graus de ostiário, leitor, exorcista e acólito, que naquela época ainda eram professados. Continuou estudando direito e pouco depois foi estudar teologia em Madri. Ordenou-se presbítero em 30 de setembro de 1920, um dia em que a umidade e o calor prometiam ofuscar solenidades de qualquer tipo, inclusive as eclesiásticas. A cerimônia, muito bela, ocorreu na Catedral de Barcelona, presidida por monsenhor Juan José Laguarda, que oficiava sua última ordenação na cidade. No banco da família se sentaram, além de Maria del Roser, o padre Eudaldo e meia dúzia de parentes distantes. A maioria dos empregados da casa também esteve presente, porém ficou mais atrás. Para surpresa de todos, a matriarca se emocionou muito ao ver ser seu filho ajoelhado diante do bispo, enquanto este realizava os escrutínios, e, durante os anos restantes de sua vida, recordaria como um dos momentos mais emocionantes quando Sua Excelência impôs a Juan a estola e a casula, em meio a uma litania com aroma de incenso.

Amadeo não pôde assistir à ordenação do irmão. O ano de 1920 foi para ele transcendental. Visitou Nova York pela primeira vez, aceitou uma encomenda da Hispanic Society of America e vendeu duas dúzias de quadros a colecionadores de arte americanos que pagaram preços inesperados por eles. A atitude dos milionários despertou o interesse de alguns museus, e o nome de Amadeo Lax esteve durante alguns dias na boca de todos. E teria ficado mais tempo se sua preguiça em relação aos assuntos sociais não o tivesse impelido a voltar para casa.

Do ponto de vista pessoal, íntimo, aquela viagem aos Estados Unidos também foi decisiva. Ele teve, pela primeira vez, consciência de que, com mais de 30 anos, começava a ser um homem maduro e, portanto, devia investir em sua respeitabilidade. Como resultado, resolveu fazer certa arrumação em sua velha vida de cafajeste. Telegrafou para Trescents antes de embarcar em Nova York: "Faça com que desocupem com a máxima velocidade o apartamento da Rambla de Cataluña. Quando chegar, quero lhe dar um novo destino."

Quando percorria a coberta da primeira classe do *Marqués de Comillas*, o transatlântico de luxo em que fez a viagem de volta, Lax não podia prever como as circunstâncias reagiriam a suas intenções: em 27 de dezembro de 1920, apenas alguns dias após seu regresso do Novo Mundo, o Banco de Barcelona anunciou que estava suspendendo os saques. Era segunda-feira. Trescents apareceu às oito e meia da manhã com expressão apocalíptica. Encontrou Amadeo no salão. Dom Severo, seu velho barbeiro, fazia sua barba. Como o assunto parecia importante, o recebeu.

— O Banco de Barcelona está quebrando. Anunciaram esta manhã: não está em condições de honrar retiradas de nenhuma espécie. Formaram-se filas intermináveis diante dos guichês. Tentei me comunicar, em seu nome, com o senhor Estruch, mas me disseram que ele está doente e não atende ninguém. Parece que os acionistas e os clientes mais importantes vão se reunir com o prefeito. Sinceramente, acho que o senhor deveria estar presente.

Amadeo ergueu uma sobrancelha. Tinha um lado do rosto ensaboado e o outro semibarbeado. Dom Severo dava a impressão de ser surdo.

— Está bem, Trescents. Farei tudo o que achar conveniente. Você tem a documentação das perdas que essa inconveniência pode nos acarretar?

— Naturalmente, senhor. — O advogado ergueu uma das mãos e exibiu um punhado de documentos. — Aqui estão os papéis. Creio que deveria lhes dar atenção.

— E é muito grave?

— Preferiria que o senhor mesmo julgasse.

Amadeo não achou que a situação fosse tão grave após ter examinado as contas e constatado que sua vida não ia sofrer a mais ínfima mudança depois da quebra do banco mais importante da cidade. Mas seguiu os conselhos do advogado, como teria seguido as indicações de um médico. Participou da reunião, aproveitou-se de sua amizade com alguns banqueiros, telefonou para certos clientes, assinou comunicados pedindo ao governo de Maura uma ajuda urgente e assinou dúzias de documentos. Conseguiu salvar do incêndio uma pequena parte dos investimentos em moeda estrangeira que seu procurador tinha feito na instituição em crise.

Nos dias seguintes, naturalmente, falou-se muito das causas daquele desastre. Suas raízes pareciam estar nos suntuosos anos da guerra europeia, que dera lucros imensos aos industriais catalães.

— Havia muito dinheiro nas mãos de especuladores. A ganância sempre arrebenta o pote — sentenciou dom Octavio Conde, tão rico como ele, porém muito mais prudente.

Trescents se viu em uma situação desconfortável e chegou a oferecer seu cargo para se penitenciar, mas Amadeo não aceitou. Em nenhum lugar encontraria outro como ele.

— Você fez o que lhe pedi com o apartamento da Rambla de Cataluña? — perguntou, muito nervoso.

— Naturalmente, senhor.

— Algum contratempo?

Um segundo de silêncio resumiu o drama do administrador que sempre acaba fazendo o possível e o impossível para seu senhor.

— O que é natural nesses casos, senhor — disse o advogado.

— Bem. Não acho que precisemos vender o apartamento agora. Você concorda?

— Naturalmente, senhor. Além do mais, não é um bom momento para vender nada.

Amadeo acompanhou essas palavras balançando a cabeça, pegou um anúncio que havia recortado do jornal e mostrou-o a Trescents.

— O que você acha? — indagou.

No recorte se via um imponente Rolls-Royce modelo Silver Ghost.

— Uma maravilha.

— Encomende um. Quero que seja exatamente como o da fotografia.

Trescents guardou o recorte.

— Com toda essa confusão, não tive tempo de lhe perguntar como foi em Nova York.

— Maravilhoso. Não está me vendo? Os Estados Unidos têm isso. Você fica com vontade de quebrar tudo que não for novo e moderno.

"Novo e moderno", repetiu Trescents para si. "Os adjetivos mais ultrapassados que existem."

Quanto à questão de seu filho colocar a cabeça no lugar, esta era uma batalha que dona Maria del Roser travava há alguns anos. Precisamente desde uma manhã em que ouviu uma correria que parecia de coelhos na água-furtada; mandou Carmela subir armada com uma vassoura, e pouco tempo depois a camareira desceu agoniada falando de certa moça que trotava pelo estúdio do "senhorito" muito alegre e do jeito que a mãe a havia colocado no mundo.

Contrariando seus hábitos, naquela manhã Maria del Roser se intrometeu nos assuntos de seu herdeiro. Subiu as escadas elegantemente, entrou sem cerimônia naquele que outrora fora um quarto de despejo e foi obrigada a fechar os olhos para evitar — muito tarde — contemplar a indecência que estava acontecendo em meio ao caos de telas, cavaletes, cadeiras e trapos em que estava mergulhada a cama de seu filho.

Ainda sem olhar, disse:

— Senhorita, quero que interrompa imediatamente essa atividade e se vista. Preciso conversar com meu filho a sós.

Amadeo, que tinha apenas 20 anos, não deu um pio. Não teria se atrevido a exibir a sua mãe nem um pingo da ousadia que ostentava em suas cada vez mais frequentes escapadas noturnas. Diante de um recatado jovenzinho de olhar tímido, a desconhecida saiu de detrás do biombo e pegou sua bolsa de falsas pedras preciosas. Maria del Roser examinou suas inequívocas roupas antes de lhe dizer:

— O motorista a levará aonde quer que vá. Tenha um bom dia e obrigada por tudo.

A jovem — que devia ser só um pouco mais velha que Amadeo — nem sequer encontrou palavras para se despedir, impressionada com a maneira educada que a senhora da casa usara para despachá-la.

Maria del Roser fechou a porta, sentou-se na beira da cama do filho e falou com mais dureza que nunca.

— Espero que essa seja a última vez que se atreve a enfiar mulheres da vida sob meu próprio teto. Não há casas de encontro na cidade? Preciso lhe dizer que esta não é uma delas? Você está comprometendo o sobrenome de seu pai e o meu também. Não vou permitir que faça uma coisa dessas.

Amadeo, naturalmente, não concordava com a abordagem do problema, mas teve o bom gosto — e a prudência — de ficar calado.

— Por outro lado, me preocupa que você só ande atrás de rameiras. Ou será que tem medo das mulheres de sua condição social? Prefere essas conquistas fáceis proporcionadas pelas garotas ignorantes da periferia? Você se acha tão medíocre que em vez de aceitar as regras do jogo fica recorrendo a trapaças? Se continuar assim, meu filho, temo que uma doença venérea o deixe incapacitado para sempre antes do tempo ou que minha nora venha a ser uma mulher da rua. Ponha a cabeça no lugar de uma vez por todas, caramba! Você tem idade para isso e, sobretudo, posição. Pare de nos envergonhar.

Terminado seu monólogo, Maria del Roser saiu tão altiva como a rainha de Sabá, deixando a suas costas o silêncio que sucede as declarações de guerra.

A partir desse dia, não houve jovem em idade para casar de boa família a respeito de quem não conversasse com o filho.

— Você conhece a senhorita Garí? Me disseram que é uma pianista notável. Foi discípula de Enrique Granados!

Amadeo assentia sem convicção.

— É muito chata, mamãe. E ainda usa espartilho!

— Fiquei sabendo — mais uma tentativa — que a filha do banqueiro Benigne de la Riva se veste sempre de acordo com a última moda, toda solta e relaxada. E que estudou no liceu francês. Você quer que a convide para lanchar?

— Faça o que quiser, mamãe — respondia, indolente, Amadeo. — Acho que a conheço. É esférica como um elefante.

— Encontrei dia desses, no hipódromo, a senhorita Carles-Tolrà. Seu corpo é bonito e tem um rosto lindo, mas muito magra para meu gosto. Você a conhece?

— Sim. Octavio andou com ela durante um tempo. É uma gastadora doentia.

Quando a viúva Lax ficou sabendo que na casa dos Brusés havia quatro beldades em idade de casar, se apressou a se informar sobre o assunto. Escreveu para dona Matilde, a quem encontrara meia dúzia de vezes em reuniões beneficentes, gastou algumas linhas elogiando a retidão de sua casa e depois deixou no ar a possibilidade de que seu riquíssimo herdeiro, que o diabo fizera se interessar pela pintura, retratasse sua ninfas de cachinhos dourados. Dona Matilde, que acima de tudo era uma senhora, não demorou em fazer chegar a Amadeo um cartão revelando sua intenção de encomendar alguns retratos da família. Mas não seriam apenas os sugeridos: um de cada um de seus enteados homens, para dissimular. E o dela própria, para ter a oportunidade de examinar o candidato. E tudo isso, naturalmente, sem denunciar a atribulada mãe que lhe pedira o favor.

Maria del Roser ficou eternamente grata.

Amadeo não abriu mão do conforto de levar mulheres a sua casa, mas aprendeu a fazê-lo quando sua mãe estava ausente.

Entre seus 26 e 30 anos, os meses de verão foram ideais para essas leviandades. Pouco afeito a veraneios e veranistas, ficava em Barcelona sob o menor pretexto. Renunciou por vontade própria aos serviços de todos os criados e teve de dar longas explicações à mãe sobre como imaginava que iria se virar sem que ninguém preparasse sua comida ou passasse sua roupa.

Por fim, temendo que dona Maria del Roser desistisse de partir, aceitou permitir a entrada de um encarregado da manutenção, uma passadeira e uma camareira interinos contratados exclusivamente para atendê-lo durante a ausência dos empregados habituais.

Os primeiros anos foram os melhores. Amadeo vivia seu veraneio particular comportando-se como um marajá. A decisão mais importante do dia era escolher o restaurante onde almoçaria. De manhã, perambulava nu pela casa. Raramente pintava. Preferia fazê-lo à tarde, aproveitando as muitas horas de sol, isso pressupondo que não estivesse ocupado com a visita de alguma senhorita. À noite, ia ao teatro ou assistia às comédias do Paralelo, muitas vezes em companhia de seu amigo Octavio, cuja vontade de se divertir competia com a sua.

— Se nossos pais nos vissem agora, seríamos deserdados no ato — murmurava Amadeo, rindo, quando percebia que estavam cometendo muitos excessos.

Amadeo tinha toda razão. Se dom Rodolfo ainda estivesse vivo, lhe imporia um de seus castigos exemplares. O pai de dom Octavio nunca interviera muito, mas apenas porque pressentia que seu primogênito se emendaria sozinho e antes que fosse muito tarde.

Como se fossem um feitiço para parar o tempo, escolhemos essas últimas palavras de Amadeo, pronunciadas no salão, para dar início ao próximo ato. Poderíamos ter optado por outra noitada idêntica, entre as muitas que ocorreram com a presença dos dois dissolutos irmãos de alma. Porém outras não teriam o simbolismo dessas.

Podemos vê-los sentados nas poltronas de veludo amarelo. A lareira, como é natural, está apagada. A porta do pátio, completamente aberta. Corre o ano de 1913, no qual os dois amigos completaram 24 anos. Corre também uma brisa agradável, mas insuficiente para mitigar o calor do final de julho em Barcelona.

— O melhor que você pode fazer com uma mulher é moldá-la a seu bel-prazer — opina Amadeo, observando as molduras do teto enquanto deixa rolar seu discurso relaxado, ligeiramente afetado pelo álcool. — Pegá-la em seu estado natural, como se fosse um diamante bruto, arrancar primeiro tudo o que é excessivo e depois lhe dar a forma exata de seus desejos. É como amestrar cãezinhos de feira; são muito dóceis e maleáveis. E melhor para elas, porque alguma coisa lhes restará quando você a deixar no dia seguinte. Você concorda?

Os dois homens riem grosseiramente, embora ambos saibam que as palavras de Amadeo não são nenhuma brincadeira. O que acaba de resumir, como se fosse um grande sábio, é para ele uma maneira comum de agir: assiste a um espetáculo, fica atento à corista mais jovem ou à primeira bailarina mais terna e quando o pano desce visita-as em seu camarim. Antes de levá-las a algum lugar, lhes dá um bom banho, as leva a uma butique elegante onde são disfarçadas de dama fina e então as convida para jantar em uma sala reservada do Café Suizo, onde já estão habituados a todos os seus excessos e não se alteram diante de nada. Lá, suas acompanhantes bebem champanhe francês até perder o controle, riem como éguas e vivem por um momento o sonho de estar entrando em outro mundo. A noite termina para elas em alguma cama, própria ou alugada, na qual em geral acordam sozinhas. Sobre a mesinha de cabeceira, costumam encontrar uma gorjeta generosa. Na porta costuma esperá-las Felipe, pronto para devolvê-las ao lugar a que pertencem.

— Mas eu conheço mais de uma que não se deixaria moldar nem um pouco — replica Octavio. — As mulheres modernas são muito diferentes de suas antecessoras.

Amadeo afasta a ideia com um gesto decidido.

— Nesse aspecto, a modernidade está equivocada.

— Tampouco vejo por que algumas *canzonetistas* haveriam de mudar um milímetro. — Octavio sorri, embriagado pela beleza inacessível que contemplou esta noite.

Eles acabaram de chegar do teatro. Estiveram no Salón Doré admirando a Bella Olympia, que Octavio ainda não conhecia. Lógico: as obrigações impostas por seu pai ultimamente o afastaram das diversões noturnas. Agora ele leva vida de comerciante catalão. Ou seja, vai para a cama às onze e meia. Não tem tempo para as mulheres. Graças a Deus, tem um amigo que cuida de sua saúde e de suas necessidades, e se encarrega de mantê-lo a par das sensações da cidade. Não fosse por Amadeo, já teria se transformado em um velho de 20 e poucos anos. A Bella Olympia é uma dessas novidades de que todos falam e que se não fosse seu amigo não a teria conhecido. E se alegra muito de poder dar razão a todos os que elogiam os encantos da bela *cupletista* e, mais ainda, são loucos por ela. Desde hoje, Octavio é um de seus admiradores mais ardorosos.

Os dois jovens saboreiam a experiência, sem camisa, dando gargalhadas, enquanto terminam o terceiro brandy da noite. De repente, Amadeo resolve tirar um ás da manga.

— Essa Bella Olympia será a culpada de eu não me casar nunca — diz Octavio, dramatizando por diversão. — Para que, depois de ver esse corpo? Você acha que conseguirei encontrar em algum lugar outra igual? E que poderei me conformar depois de ter vislumbrado o paraíso?

Octavio aperta os olhos e pronuncia as palavras com a grandiloquência de um poeta parnasiano. Está embriagado e não pensa em fazer nada para evitar ficar muito mais bêbado dentro de algumas horas.

— Eu sabia que você ia gostar — concorda seu amigo. — O que você daria para prová-la?

Octavio solta um risinho.

— Provar quem? Essa deusa? Eu?

— Há algum problema? A ideia o deixa assustado?

— Foi você quem disse! Não tenho coragem. Não sirvo para entrar em um duelo. E fiquei sabendo que ela é sustentada por um industrial.

— Não creio que mulher alguma mereça um duelo — sentencia Amadeo, enquanto Octavio balança a cabeça, hesitando. — Um industrial, de onde você tirou isso?

— Toda a cidade sabe. E também dizem que foi ele quem a descobriu e a colocou lá em cima.

— Deve ser um homem muito influente — diz Amadeo, que está se divertindo com o jogo.

— E sortudo — assente Octavio, com ar de quem está comemorando uma derrota. — Ter só para você uma belezura agradecida! Quem me dera!

— Quanto você estaria disposto a pagar para ocupar o lugar dele?

— Você vai me dar de presente uma noite com Olympia? Que generosidade! Conhece seu mentor ou está disposto a entrar em um duelo por mim?

— Se você quer entrar em um duelo por ela, não vejo inconvenientes, mas vou avisá-lo: tenho ótima pontaria.

Octavio reage, mas o efeito do álcool prejudica seu raciocínio. Ele esfrega o rosto, franze as sobrancelhas. Nem assim consegue desvendar o mistério. Amadeo resolve ajudá-lo e abre as cartas.

— Eu sou o industrial das histórias que você ouviu.

Octavio arregala os olhos, abre a boca. Tem cara de paspalho, o que faz Amadeo rir.

— Você?

A resposta: uma gargalhada.

— Não é verdade! Você está gozando da minha cara.

Amadeo se levanta, tira um chaveiro do bolso do paletó e o entrega a seu amigo.

— Vá verificar. Rambla de Cataluña, número 26, terceiro andar. É onde Olympia mora. Bem, na verdade é minha casa, mas eu a emprestei a ela. O quarto fica no fundo. Diga que eu o mandei.

— Assim, sem mais nem menos? E se estiver dormindo?

— Acorde-a e diga que o atenda como se fosse eu.

Octavio sente o desejo acelerar as batidas de seu coração e provocar uma queimação insuportável no meio das pernas.

— O que está esperando? Vai ficar aí parado como se fosse um palerma?

— Não, não. Claro que não. Mas se você estiver brincando comigo juro que vou matá-lo.

Amadeo sorri, cheio de si.

— É melhor ir pensando em como vai me agradecer. O que ela faz no palco não é nada perto do que faz na cama. Pode ter certeza.

Octavio solta uma espécie de uivo e corre para vestir a camisa, o paletó, as botas.

— Como estou? — pergunta, penteando-se com os dedos. Cheira a álcool.

— Arrebatador.

— Queira que eu tenha boa sorte.

Ele desce a escada como se o diabo tivesse invadido seu corpo. Amadeo serve outro cálice. Apaga a luz. Vai ao pátio. Deita na espreguiçadeira, sob as estrelas. Sente uma euforia próxima à do meliante que cometeu um crime sem ser descoberto. Imagina a surpresa de Olympia quando for assaltada por seu amigo no meio da noite e a recepção dócil que lhe dispensará quando ouvir seu nome. Pensa em seu amigo desfrutando dela. Vaticina a censura dolorida com que Olympia o cumprimentará na noite seguinte. Saboreia a humilhação que talvez consiga ver em seus olhos. O medo de que as coisas sejam assim de agora em diante. Sente uma fisgada de excitação.

Adormece desejando que chegue a manhã, e com ela o relato de Octavio.

Os mosquitos se enfurecem. Atacam.

De: Violeta Lax
Data: 7 de abril de 2010
Para: Drina Walden
Assunto: URGENTE

Drina, você tem que me fazer um favor. Preciso de um telefone de contato dos atuais proprietários do *Retrato de dom Octavio Conde em seu gabinete do El Siglo*. Está lembrada? É um quadro do meu avô que faz parte da exposição dos retratistas. Nas fotos que foram publicadas há um mês pelo *USA Today*, aparecia logo atrás do prefeito no coquetel de abertura (o fato de não responder não significa que eu não olhe os links que você me manda). Por favor, não faça como eu e não demore para me responder.

Prometo que quando estiver um pouco mais tranquila vou escrever para contar o que está me mantendo tão ocupada. Por ora, só posso dizer que minhas prioridades estão muito longe de aparecer na CNN. Invente qualquer coisa se for melhor para evitar problemas, mas me libere de ter que me apresentar diante dos meios de comunicação, por favor. Neste momento, nada me agrada menos. E não fique chateada, ora.

Um beijo,

Vio

De: Drina Walden
Data: 7 de abril de 2010
Para: Violeta Lax
Assunto: RE: URGENTE

Sua falta de memória me surpreende, Violeta. O atual proprietário do retrato que você mencionou é um senhor barcelonês chamado Gabriel Portal — um parente distante do modelo, creio — que nos incomodou com suas restrições e suas exigências durante mais de um ano, até que quase desistimos dele. Estou anexando a ficha de que dispomos, onde você vai encontrar informações úteis. Por exemplo, que vive na zona alta de Barcelona, tem 74 anos e é uma verdadeira eminência.

A respeito da entrevista para a CNN, desconfio que você chegou um pouco atrasada. Faz quase duas semanas que tive que aguentar uma bronca monumental por deixá-los em maus lençóis com a história da entrevista. A coisa foi séria, com ameaças incluídas, e respingou até lá em cima. Acho que quando você voltar vai ter que explicar a mais de uma pessoa o que a manteve tão ocupada a ponto de não atender a uma das redes de televisão com mais espectadores do mundo.

Sinto muito, Violeta, mas desta vez não posso aplaudi-la. Tenho vivido dias difíceis. Creio que as coisas devem ser feitas de outra maneira.

Abraços,

Drina

De: Daniel Clelland
Data: 8 de abril de 2010
Para: Violeta Lax
Assunto: Terminei o romance

Olá, meu amor. Tenho uma grande notícia: terminei o romance! A esta informação sublime — que rufem os tambores! — acrescento outra: o mundo ainda existe! Depois de tantos meses vivendo em outro século, é estranho descobrir isso, mas é a mais pura verdade. Acho que sou capaz de me reintegrar ao universo sem correr o risco de sofrer grandes traumas.

Em suma, Violín: entreguei o livro, e minha editora já me mandou seus primeiros comentários. Achei que eram excessivamente entusiasmados. Afinal, sou um cara que gosta e aprende muito com os comentários alheios. Prefiro os piores. Mas o melhor de tudo é que agora, já, neste momento, sou, pela primeira vez em três anos, um homem sem compromissos.

E isso me fez lembrar que tenho uma vida a descobrir, filhos maravilhosos e uma esposa viajando pela Europa, da qual não tenho a menor notícia há algumas semanas.

Você está bem? Aconteceu alguma coisa que valha a pena ser contada? Seu silêncio se deve a algo além do seu respeito pelo meu trabalho? Sabe que daqui a dez dias é seu aniversário? Resolvi deixar as crianças na casa da minha mãe e pegar o primeiro avião que parta para Barcelona. Estou eufórico e preciso sair da toca. Depois, não gosto da ideia de você comemorar seus 40 anos tão sozinha e tão longe de casa.

Te amo,

D.

XXII

— Fale comigo! Eu fiz uma pergunta!

A voz altissonante de dom Rodolfo Lax assusta o adolescente sério que está em sua frente. Amadeo se esforça para parecer digno. Os nervos do pai estão em frangalhos. O papel de homem que aplica a justiça é imenso para ele, não consegue compreender por que Amadeo é tão sensível e, como se não bastasse, há alguns assuntos importantes esperando na sala de visitas. Os elegantes cavalheiros que vieram tratar deles começam a se impacientar.

Aparentemente, essa é uma conversa de homem para homem. No entanto, um deles não parece muito disposto a conversar a respeito de nada.

— Você vai me contar de uma vez por todas? Não tenho o dia inteiro, filho.

Amadeo sustenta o olhar do pai e ganha tempo. Por experiência, sabe que dom Rodolfo mal suporta o papel de árbitro de conflitos familiares. Cansado da pantomima, Rodolfo dá um soco na mesa. Resultado: um pote de Elixir Bertran — "para acidentes nervosos, por mais antigos que sejam" — cai no tapete e seu pestilento conteúdo é derramado. O incidente não alivia a tensão. Neste exato momento, batem à porta.

— Entre! — ordena Rodolfo, com tom de inquisidor.

— O padre Antonio Iñesta acabou de chegar — anuncia Eutimia, que há muito tempo não se assusta com nenhum berro.

Pai e filho trocam olhares repletos de intenções que só eles conhecem. Os espectadores, se é que existem, ficarão felizes em saber que o padre Iñesta é o reitor do internato de Sarrià.

— Diga que vou recebê-lo imediatamente — ordena dom Rodolfo. — E a mesma coisa aos outros senhores.

A governanta tem muitas horas de voo.

— Eu achei que estavam um pouco inquietos e lhes servi um desjejum. Empanturraram-se e agora seu humor está melhor. Não se preocupe, se perceber que vai demorar, preparo uns ovos fritos com batatas.

— Talvez eu também precise de um par de ovos, Eutimia. — Rodolfo fala olhando para o filho, enfatizando as palavras, e a governanta entende que aquilo não é com ela e sai com cuidado. Antes que a porta se feche completamente, o senhor acrescenta: — E talvez tenham que ser quatro se você não me disser de uma vez por todas alguma coisa que possa contar ao padre Iñesta.

— Não tenho nada a dizer, papai. Imagino que ele lhe apresentará sua versão. A única coisa que peço é que me conceda o benefício da dúvida.

— Isto aqui não é um tribunal, diabos! — vocifera Rodolfo, saindo do sério. — Pare de falar assim!

Amadeo para de falar assim e de qualquer outra forma. Ele observa o xarope pestilento empapar o tapete. O silêncio é puro fel quando Maria del Roser abre a porta e assoma a testa assustada.

— A sala de visitas parece uma fila de açougue, querido. Não vai receber ninguém?

— Pergunte a seu filho. Ele vai me deixar louco.

— E você vai deixá-lo surdo, pelo que pude ouvir. — Entra no gabinete, decidida, vai diretamente ao frasco do calmante, recolhe-o, deixa-o em cima da mesa, penteia com os dedos os cabelos do marido. — Vamos, ratinho, não se aflija. Não lhe cai bem.

Em um gesto premeditado, Maria del Roser aproxima os seios do rosto de dom Rodolfo. Pergunta-se que efeito terá sobre ele o novo perfume para roupas com que empapou todo o peitilho de seu traje de dia. Os inventores, uns perfumistas de nome francês, garantem que foi fabricado com flores japonesas e é o preferido da rainha Maria Cristina.

Dom Rodolfo inala. As flores japonesas apaziguam-no um pouco.

— Saia da minha vista — ordena a Amadeo, que sai depressa do gabinete.

O senhor da casa enfia o nariz entre os seios espartilhados de sua mulher. Fecha os olhos. Deixa as batidas de seu coração recuperarem o ritmo. No mesmo instante se sente muito melhor.

— Ai, Rorró, você é que é um remédio para os nervos. Deviam destilá-la e vendê-la nas farmácias.

Ela ri do elogio. Quando intui que Rodolfo está pronto, afrouxa o braço e o olha de certa distância. Tem olheiras, mas sua cor é boa. Suas palavras, no entanto, são amargas.

— Se você não fosse tão correta como uma mulher deve ser — diz —, eu lhe diria que não reconheço em Amadeo nada da minha pessoa.

Maria del Roser começa a massagear o cangote de leão-marinho de dom Rodolfo, com uma cadência tão oriental como o perfume de sua roupa. Até que ele mesmo lhe diz:

— Preciso continuar. Se deixar esses nobres senhores esperarem mais, vão acabar dizendo que sou inimigo da coroa.

Maria del Roser não pede explicações, mas ele não a poupa.

— Polavieja e Maristany vieram falar da visita de Alfonso XIII a nossas fábricas. Já que o cansam tanto lhe exibindo até a última indústria do país, exigi que também visitasse as nossas. Por favor, diga-lhes para entrar. E seja amável com o padre Iñesta. Os jesuítas não estão habituados a esperar.

Maria del Roser sai para atender o pedido, e Rodolfo continua enfrentando a inesperada desordem de suas audiências matinais. Por sorte, o assunto da agenda do monarca é resolvido logo e ainda tem tempo de receber dois candidatos em menos de 15 minutos: um jovem arquiteto de sobrenome Raspall, que quer que saiba de seu entusiasmo e de sua laboriosidade com vistas a projetos futuros, e um advogado pouco falador mas com excelentes referências, chamado Tomás Trescents. Gosta mais do segundo que do primeiro. E, neste momento, é de quem mais precisa. Por via das dúvidas, deixa seu cartão a mão.

O padre Iñesta é um homem grande. A abundância de pelos em tudo que é canto — sobretudo nas sobrancelhas, na testa e nas mãos — lhe confere um aspecto de grande primata. O mais impressionante em sua fisionomia são as orelhas. São tão imensas, roliças e vermelhas que Rodolfo pensa que se pudesse cortá-las e pedir à cozinheira que as pusesse para ferver dariam um caldo excelente. Assim, parado diante dele com a batina preta, o chapéu de quatro pontas e as mãos escondidas no manguito, lembra o Comendador do último ato de *Don Juan Tenorio*. Só falta convidá-lo a ir com ele ao inferno para completar o quadro. Em vez disso, se deixa cair na poltrona e começa a falar com uma voz aguda e nada espectral.

— Espero que compreenda, senhor Lax, que episódios como o que vivemos com seu filho Amadeo envergonham nossa instituição. Se o senhor não fosse quem é, nos veríamos obrigados a expulsar seu filho imediata e perpetuamente! No entanto, considerando o bom nome de sua família e a insistência de seu outro filho, o senhor Juan Lax, quanto a esse caso, aceitamos fazer uma exceção. Porém, o aluno deverá se comprometer em definitivo a seguir todos e cada um dos preceitos que regem nossa casa, em especial os de disciplina e obediência, e aceitar que durante um tempo deverá oferecer alguma compensação, à maneira de penitência, aos companheiros agredidos. Espero que não julgue essas medidas demasiadamente severas.

Dom Rodolfo Lax nega com a cabeça. Não porque julgue as medidas severas — em geral, qualquer corretivo lhe parece pouco quando é destinado a Amadeo —, mas porque não compreende nada do que está acontecendo.

— O senhor faria a gentileza de me explicar como foi o incidente? — pergunta.

— O próprio culpado não lhe contou? — inquire o sacerdote.

— Ele recusa-se a falar desde que chegou.

O padre Iñesta torce a boca. É um gesto forçado.

— O senhor deve obrigá-lo a lhe confessar — opina, antes de começar a relatar, com desânimo, o incidente: — Na segunda-feira, à primeira hora, durante a hora de estudos na sala comum, Amadeo agrediu dois companheiros e seu próprio irmão. Cravou o compasso no braço de um deles. O outro, um garoto meio adoentado que sofre de asma, foi agredido a socos e teve o lábio superior cortado e o nariz quebrado. Juan foi mais feliz, porque, depois de levar o primeiro soco no estômago, outros estudantes saíram em sua defesa. Vendo-se encurralado, Amadeo fugiu pela janela. Por sorte, ele resolveu caminhar até aqui, conforme soubemos depois. Quando o inspetor da classe chegou, já não foi possível encontrá-lo em lugar nenhum.

— Não sabe o quanto lamento — murmurou Rodolfo, envergonhado. — Os outros meninos estão bem?

— Sim, graças a Deus. Apenas um pouco alterados. Não tanto quanto seus pais, é verdade.

— Posso imaginar. Amadeo lhes enviará um bilhete de desculpas.

— Se me permite a sugestão, acho que o melhor seria que lhes pedisse desculpas pessoalmente. Um a um. Para que aprenda.

Rodolfo medita em silêncio, cofiando a barba, sobre a perda de tempo que todo esse acontecimento vai lhe causar.

— Prometo ao senhor que vou pensar e que Amadeo irá reparar sua falta — diz.

— Não tenho a menor dúvida.

— Em relação ao colégio, me permita lhe oferecer um donativo que possa compensar o acontecimento.

Rodolfo pega o talão de cheques com o símbolo do Banco de Barcelona, preenche uma folha com uma quantia exagerada, assina e a oferece ao padre reitor.

— Muito amável de sua parte. A comunidade tem sempre necessidades urgentes a atender. Menos mal que seu filho tenha no senhor um exemplo a seguir.

Dom Rodolfo acompanha o padre Iñesta à porta e coloca a sua disposição o automóvel da casa, com Julián ao volante, para levá-lo ao pensionato. O jesuíta aceita. Seria possível dizer que ele parece pertencer mais a este mundo, embora só seja pelo efeito da dádiva que acaba de aceitar.

Quando dom Rodolfo volta ao seu gabinete e vê a desordem da mesa, se sente perdido. Tem dificuldade de afastar da mente a repreensão do jesuíta e de se concentrar nos assuntos do dia. E mais ainda de não mandar chamar Amadeo e transferir para ele, de uma vez, toda a raiva acumulada.

Por sorte de seu filho, os negócios o inquietam. O próximo é uma compra de terrenos, e não uma qualquer.

— Ficam ao lado do templo em construção. Nas ruas Valencia, Mallorca e Rosellón, exatamente onde o senhor me disse — anuncia o frágil advogado, com mão trêmula.

Dom Rodolfo estuda o mapa da região e não consegue evitar um gemido de satisfação.

— São caros — comenta o advogado, à beira da aposentadoria ou do colapso.

— Se essa ideia de ajardinar os arredores do templo seguir em frente, em poucos anos seu preço será quadruplicado. E você sabe que quase ninguém se atreve a enfrentar Gaudí. Vamos comprá-los o quanto antes.

— Me disseram que estão tentando convencer o núncio do Vaticano a visitar o canteiro de obras, para ver como estão andando.

— Como as obras estão andando? Ora, não há mais de quatro pedras! — Dom Rodolfo ri. — Mas que venha, que venha, vamos mostrá-las. As bênçãos do Vaticano aumentam os preços!

As coisas estão indo bem, mas hoje Rodolfo não desfruta nada. Nem sequer o decote de sua Rorrita. O mau comportamento do filho mais velho ronda-o como se fosse uma mosca-varejeira.

Antes da hora do almoço, quando a salinha ficou por fim vazia, recebe um visitante que chegou sem se anunciar e pedindo desculpas.

— Desculpe-me por me apresentar assim, mas é meu filho quem me envia e trata-se de um assunto de grande interesse — diz dom Eduardo Conde, em pé diante da janela, com bengala e chapéu-coco, sorrindo por debaixo do bigode bem-penteado.

Ele vem participar da ilusão de óptica que o caso de Amadeo gerou. Mas sua postura é surpreendente. Se isto fosse um julgamento verdadeiro, seria testemunha de defesa.

— Não desejo tomar seu tempo, mas atender a um pedido de Octavio, que está desde domingo indignado com o que considera uma injustiça dos colegas e uma arbitrariedade dos padres jesuítas. Devo reconhecer que jamais teria acreditado que meu filho fosse tão partidário das causas justas e que não me desagrada que defenda seu melhor amigo. Isso o enobrece a meus olhos, e creio que o senhor deveria levar em conta suas palavras. De acordo com o que meu filho conta, a atitude de Amadeo não foi uma agressão e sim legítima defesa. Na noite que antecedeu a visita familiar, seus companheiros cometeram contra ele uma malfeitoria imperdoável, valendo-se de seu trabalho e de seu talento em benefício próprio. Roubaram dele, em suma, o fruto de seu esforço de meses. Amadeo não disse nada sobre isso, sempre segundo meu filho, porque teria sido ridículo fazê-lo diante de todos. Além disso, ele não podia provar nada e o mais provável era que os demais o desmentissem e o deixassem em uma situação ainda mais ridícula. Essa é a razão pela qual resolveu fazer justiça com as próprias mãos e em lugar de apresentar uma denúncia pública optou por um ajuste de contas particular. A paixão da idade poderia justificar sua atitude, imagino.

O dia de Rodolfo não melhora com essas palavras do honrado conhecido, por quem tem grande consideração, como o homem nobre e honesto que é.

— Roubando-o, o senhor disse? A que se refere?

— Segundo meu filho, Amadeo pinta todos os dias desde que chegou ao centro de ensino. E muito bem, decerto. Às vezes também escreve. Às escondidas, claro, porque os padres jesuítas não toleram nenhuma distração desse tipo, menos ainda fora das aulas. Seu filho guarda, ao que parece, suas composições e seus desenhos debaixo do colchão de seu catre. Não parece haver muita privacidade nessas celinhas onde dormem: os outros descobriram o esconderijo e os roubaram.

— Quem?

— Octavio não quis me entregar os nomes.

— Entendo. E o senhor sabe se meu filho está mancomunado com eles?

— Ele não me disse nada a respeito.

— E o que aconteceu com esses desenhos?

— Todos foram premiados no concurso do fim da semana passada. Os ganhadores recolheram, envaidecidos, seus troféus, o senhor se lembra? Todos deveriam, aparentemente, ter sido entregues a Amadeo, porque todos eram obras suas.

Rodolfo tenta se lembrar dos desenhos que enfeitavam os corredores do internato no domingo passado. Eram magníficos. Mesmo alguém com pouco olho para a arte seria capaz de perceber.

— E o senhor se lembra da brilhante composição poética sobre a vocação lida por Juan? — continua Eduardo.

Claro que lembra. Ficara muito orgulhoso de seu filho menor ter sido convidado a declamar uma obra de sua autoria diante de todo o colégio. Juan os habituara a essas demonstrações de brilhantismo, mas aquela vez lhe pareceu que havia se superado. Também recorda que Amadeo ficara taciturno durante toda a solenidade e que não disse nada quando sua mãe, ainda exultante diante daquela mistura de ideias elevadas com rimas harmoniosas, o admoestou carinhosamente:

— Vamos ver se você vai aprender com seu irmão, querido, e um dia nos surpreenda com versos igualmente belos. Eu sei que você também é muito capaz.

Rodolfo arregala os olhos.

— Octavio me contou que essa composição pela qual tanto aplaudimos Juan era obra de Amadeo. Ele mesmo o viu escrevê-la, noite após noite, na solidão de sua cela — acrescenta Eduardo Conde, com um par de rugas acinzentadas desenhadas na testa marmórea.

Rodolfo maldiz a hora em que foi à festa dominical do colégio. Se fosse por ele, nunca iria a essas horrendas exibições de orgulho familiar misturadas com falsa hospitalidade religiosa. Como se não bastasse suportar o martírio semanal, quanto mais tenta se aprofundar na confusão, menos sabe do comportamento de cada qual, incluído o seu próprio.

No desfile de testemunhas, falta alguém muito importante: Juan. No entanto, para que o interrogatório aconteça, terá de esperar as férias de verão. As normas do internato são categóricas no que se refere ao trânsito de alunos durante o período escolar e neste caso o beneficiam, proporcionando-lhe uma espécie de impunidade. Rodolfo não acha que essa questão deva ser tratada por telefone. Na próxima festa dominical do colégio, enviará Maria del Roser com a missão de perguntar pelo ocorrido, mas já adivinha que não obterá nenhum resultado.

Quando, por fim, a testemunha se senta na cadeira dos depoentes — a qual é grande para ele —, os fatos já estão muito longe e não interessam a quase ninguém.

— Eu não fiz nada — diz Juan.

— O poema que leu na festa... Era seu?

— Sim... — sussurra, com um fio de voz.

— Olhe para mim, Juan. O que estou lhe perguntando é importante. Você me dá sua palavra de honra? — pergunta o pai, inclemente, enfrentando o olhar do filho, muito pequeno para obedecer a todas as regras de um interrogatório excessivamente formal.

Um novo sussurro.

— Sim...

— E jura que não participou de nenhuma rebelião contra seu irmão?

— Não... Sim... Eu não... Bem... Qual era a pergunta?

— Participou ou não, diabo?

— Não.

A resposta é suspeita, de tão lacônica.

Quando Rodolfo desiste de Juan pela impossibilidade de chegar a algum lugar e lhe dá permissão para abandonar seu gabinete, Conchita precisa se esforçar muito para tranquilizar a testemunha, que treme durante um bom tempo por culpa da severidade do juiz e do efeito de suas próprias mentiras. Entre soluços, Conchita consegue entender algumas palavras entrecortadas, e estas a desconcertam.

— Se eu os denuncio, eles vão me pegar. Foi o que me disseram...

Conchita o abraça. Atreve-se a sugerir:

— Por que não pede perdão a seu irmão e se acertam de homem para homem, entre vocês?

Mas Juan fecha os olhos e finge que não está ouvindo.

Durante as férias de verão, os dois irmãos não se olham e se evitam o tempo inteiro. Juan teme se encontrar a sós com Amadeo. Teme seu olhar vítreo, seu silêncio carregado de reprovações. Passa os dias em uma vigilância assustada, que Conchita tenta cortar quando lhe pergunta:

— Vamos, Juan. Peça perdão a seu irmão. Ninguém além de nós ficará sabendo.

Juan nega com a cabeça, pensando na reação do pai se vier a saber que mentiu para ele.

— Eu não fiz nada.

O papel de mediadora de Conchita, apesar de seus esforços, não leva a lugar nenhum.

— Você pode imaginar como seu irmão se sentiu quando teve de pedir perdão aos pais de seus companheiros? Dom Rodolfo o obrigou a fazer isso, um a um, e em suas próprias casas! Você acha que é justo?

— Não se deve bater em ninguém — respondia Juan —, e ele bateu.

Como último recurso, a babá tenta conversar com a senhora.

— Os dois se equivocaram. Não é justo que apenas um pague pelo estrago.

Maria del Roser não pode fazer nada. Rodolfo está farto do tema e não quer reabrir o caso. Ela tenta ser justa quando diz:

— Amadeo nunca se adaptou a nenhum lugar. Não suporta ninguém.

Antes que as aulas comecem de novo, os senhores Lax resolvem, de comum acordo, proporcionar ao mais velho de seus filhos um professor particular que se encarregue de sua educação. Virá todos os dias e o submeterá a um rigoroso programa de ensino.

A solução satisfaz a todos. Juan volta para o internato na qualidade de herói de uma estranha batalha. Amadeo, mais que nunca, se refugia em si mesmo. Entre os irmãos, as palavras que não foram ditas abrem um abismo insuperável. Dona Maria del Roser deixa sua consciência descansar em paz. Dom Rodolfo esquece o assunto por completo. Caso encerrado.

Na manhã em que Juan está voltando ao pensionato dos padres jesuítas, Amadeo fica diante dele no alto da escada e solta:

— Jamais o perdoarei. Nem que passem mil anos.

Barcelona, 12 de fevereiro de 1930

Estimada senhora,

Meu desejo inicial ao começar esta carta é parabenizá-la por seu matrimônio, do qual tive notícia pelas colunas sociais. Entendi que foi um dos mais brilhantes realizados na cidade nos últimos anos, e ainda por cima no coro da catedral, que maravilha! Claro que, diante da beleza da noiva, não podia ser menos.

Peço-lhe que me desculpe o atrevimento de me dirigir à senhora, Teresa. Temo que esta carta não seja portadora de boas notícias. Talvez não me odeie muito se em meu desabafo lhe disser que estou morrendo e que estas palavras são a única maneira que tenho de libertar minha alma da angústia terrível que me acompanha há anos. Esta moléstia chegará a suas mãos quando eu já não estiver neste mundo. Sabê-lo me proporciona nestas horas finais a calma que não tenho há muito tempo. Peço-lhe perdão com humildade e — embora lhe pareça estranho — carinho.

Vou falar como a uma irmã, Teresa, pois é isso o que sinto que somos. Afinal, compartilhamos algo muito mais íntimo que aquilo que une duas mulheres nascidas sob o mesmo teto: o amor por um mesmo homem. Não se assuste. Sei muito bem que a senhora e eu, tanto nesta como em outras questões, não podemos nos comparar. Para ele, eu fui apenas mais um capricho de uma época de esbanjamento e juventude. Quando o conheci, a senhora ainda era uma menina. Desde a última vez que a vi, faz mais de nove anos. Nossos caminhos nunca se cruzaram. Não represento nenhuma ameaça para a senhora. Nem para ninguém.

Com pouco mais de 20 anos, Amadeo era um patrão deslumbrante. Tinha a postura dos homens invencíveis. Eu era uma tonta de 16, bonita e ambiciosa, sobre quem caiu de repente a desgraça de se ver pretendida ao mesmo tempo pelos dois filhos do amo. A senhora, que é mulher como eu e que talvez tenha passado por situações parecidas, saberá do perigo que esse excesso de oportunidades repre-

senta. Cometi o erro de achar que era superior aos demais. A vida de operária em uma fábrica de fiação e tecidos — a vida que meus pais sempre levaram — me pareceu muito pouco da noite para o dia. Juan me falava de amor, de sentimentos, de futuro, mas Amadeo me falou de fama, fortuna e riqueza. Decidi não renunciar as minhas ambições, não desperdiçar minha juventude vendo crescer as bobinas de tecido de algodão, não me submeter a ninguém, não optar pelo caminho mais convencional.

Foi essa minha desfaçatez de então o que fez com que Juan prestasse atenção em mim. Ele era distinto, humilde, encantador. Não parecia ser quem era, porém um operário a mais, só que mais esperto e mais preparado. Ele sentia pela gente um verdadeiro interesse, acreditava que a revolução dos operários devia ser realizada e que era obrigação dos patrões compreendê-la e facilitá-la para terminar de uma vez com uma vida de privações e miséria. Juan passeava sua juventude pelas fábricas — tinha 18 anos —, fazia perguntas aos operários, tanto aos veteranos como aos mais jovens, anotava as respostas em um caderno cheio de cifras, gráficos e letra miúda. Ouvia todo mundo, lhes dedicava seu tempo e atenção.

Também estava à frente de seu tempo, era um clarividente. A primeira vez que o vi fuçando pela fábrica notei como me olhava. Poucas semanas depois me declarou seu amor incondicional. Eu me mostrei fria com ele, com essa superioridade de quem é objeto de um amor apaixonado. Juan foi o primeiro homem que me confessou os sentimentos. O primeiro que ficou louco por mim. E de que maneira! Chegou a me conquistar com sua insistência, com suas palavras elegantes, com seus modos de revolucionário com estudos. Nosso romance foi inocente e breve, típico de dois jovens em igualdade de condições que ainda não sabem nada de nada, nem sequer de si mesmos. Quando ele me disse que era filho de dom Rodolfo Lax, ri, ri dele. Não acreditei. Era tão diferente dos rapazes que eu havia conhecido! E então apareceu Amadeo.

Nunca vi um homem mais distinto que Amadeo nem mais orgulhoso disso. Só nos fez uma visita, mas sua atitude deixou uma marca profunda em todos. Não tinha nada a ver com a autoridade natural do pai, tampouco com a ingenuidade proletária de seu irmão. Ele se considerava o amo e agia como tal. Não havia um resquício de dúvida acerca do que pensava a respeito dos trabalhadores. Estava muito acima de nossa existência miserável.

Naquela época, eu passava o dia cantarolando. Minhas canções, a maioria pícara, gozavam de certa popularidade entre meus companheiros. Mais de um havia me dito: "É uma pena que você desperdice seu talento nestes galpões úmidos. Merecia estar em um palco." À noite, sonhava em triunfar nos teatros, como haviam feito Pilar Alonso, La Fornarina, Raquel Meller ou tantas outras, e em viajar com muitos baús a muitos países e ser aclamada por muitos homens. Não sei aonde a vida teria me levado se Amadeo não tivesse atravessado meu caminho. Talvez tivesse me casado com Juan, e juntos tivéssemos muitos filhos. Nada teria me feito mais feliz do que ser mãe de muitas crianças. Talvez tivesse aberto uma mercearia, ou um ateliê de costura; sempre gostei de costurar. Teríamos levado uma vida decente e sem sobressaltos. E agora não estaria aqui, escrevendo-lhe, à beira da morte.

Mas Amadeo tinha outros planos para mim, sem que eu tenha conseguido saber por quê. Interessou-se de repente por aquela operária indisciplinada que cantava obscenidades em sua fábrica? De repente sentiu vontade de brincar comigo, como o gato que persegue o rato para se divertir? Ou seu interesse tinha algo a ver com os sentimentos sinceros de seu irmão mais novo? Infelizmente, nunca saberei.

Um dia ele me enviou seu procurador, um tal de senhor Trescents, um homem de ar tímido, que parecia uma toupeira de proporções humanas. Usando um vocabulário muito arrevesado, o homem me anunciou que um empresário de teatro estava disposto a me submeter a um teste para seu novo espetáculo, e que devia agradecer ao patrão pela oportunidade, visto que havia sido ele quem conversara a meu respeito com o amigo influente.

O teste foi no Doré, três dias depois, no meio da manhã. O carro do patrão me pegou na fábrica e me levou ao teatro. Todos na Fios e Tecidos me desejaram boa sorte. Meus pais me abraçaram, emocionados, com os olhos cheios de lágrimas. "Você se sairá muito bem", me disseram.

Eu havia passado a noite fazendo gargarejos com clara de ovo. De manhã, afinei a voz como sabia que faziam os grandes intérpretes. No carro dos Lax, me senti mais insignificante e suja do que nunca. A audição foi uma pantomima absurda. Na plateia estavam sentados Amadeo e um senhor gordo e velho cujo nome não recordo. Pediram que lhes mostrasse as pernas. Mostrei, com uma perturbação que meus sonhos de grandeza trataram de silenciar.

— Agora os peitos — disse o velho gordo, ao me ver tão disposta.

Custou-me muito abrir a blusa e fazer o que mandavam. Eles me convenceram dizendo que uma artista só o é por suas aptidões, mas, sobretudo, que devia ser agradável à vista, e que eles não conheciam uma maneira melhor de confirmar este segundo aspecto do que comprová-lo em pessoa e com a maior das profilaxias. Creio que foi essa a palavra que usaram: profilaxias. Aproveitadores safados.

Mostrei meus peitos, claro. E não continuei me despindo porque se apiedaram de mim e deixaram que me abotoasse de novo.

— Não querem que cante uma copla? — perguntei, idiota de mim.

— Se estiver com vontade... — disse o velho.

Cantei "Batallón de modistillas", a canção favorita da fábrica. Cada vez que a ouviam, todos ficavam loucos. É assim:

Los pollos elegantes
piensan, no es guasa,
seguirnos a las chicas
a retaguardia.
Mas yo pienso decirles,
con gran valor,
que delante estarían
mucho mejor.

Fui contratada sem esperarem que terminasse a canção.

— Você vai estrear no espetáculo desta noite — disse-me o velho. — E receberá 10 pesetas diárias. O que você acha?

O que eu poderia achar? Eu tinha apenas 16 anos! Na fábrica me pagavam 10 pesetas por semana. Que garota na minha condição não teria aceitado sem pensar?

Depois Amadeo me convidou para almoçar no Café Suizo. Disse que era para comemorar. Antes me levou a uma costureira da rua Consejo de Ciento, de onde saí transformada em uma sofisticada boneca de seda natural. Fomos comer. Eu me sentia em um sonho.

— Você terá de viver em algum lugar mais perto do teatro — disse-me, enquanto despejava champanhe em meu copo sem parar — e, naturalmente, deixar de ver todos os seus namorados do passado. Agora seu compromisso é com o público.

— Namorados? — respondi, risonha, traindo Juan a torto e a direito. — Nunca tive nenhum!

Ele ficou tão feliz com minha resposta que me beijou. O beijo pareceu um ataque.

— Você precisa de um nome artístico — disse. — Montserrat Espelleta não é muito chamativo. É melhor algo mais universal. Já pensou em algum?

Não havia pensado em nada, mas ele pensara por mim.

— Já sei — disse. — Você será Olympia. Conhece o quadro de Manet?

Neguei com a cabeça.

— Encaixa em você como uma luva. Gosta?

Me parecia estranho.

— A Bella Olympia — recitou. — É isso! É quem você será, de agora em diante. Minha criação!

Amadeo alugou um quarto para mim no Cuatro Naciones. Ele me deixou lá para que descansasse e passou no fim da tarde para me pegar e me levar ao teatro. Nos bastidores, me beijou e me desejou boa sorte. Ele me aplaudiu na primeira fila. Minha estreia foi um sucesso, e muito depressa a cidade ficou conhecendo meu nome. Aumentaram meu salário poucas semanas depois. Amadeo sempre estava lá. Tinha sua própria poltrona no Doré e raramente faltava à sessão. Depois, me convidava para jantar. Parecia honesto, e suas maneiras eram as de um cavalheiro. Como era de se esperar, caí rendida a seus pés. Não precisou me exigir nada. Eu mesma abri as portas do meu dormitório para ele. Adorei-o como nunca pensei que poderia fazer com ninguém.

A vida de uma artista não era fácil naqueles anos. Barcelona fervia de animação. O dinheiro corria como água, e por todas as partes abundavam homens à procura de diversão. A maior parte de meu repertório era de canções maliciosas, dessas que em outro tempo teriam chamado de "teatro íntimo" e que nos últimos anos saíram um pouco de moda. Fui uma tardia restauradora dessa deliciosa tradição. Embora cantar coplas cheias de malícia tivesse, naqueles anos loucos, lá seu perigo: muitos espectadores achavam que você era aquilo que não tinha vontade de ser. Eu era grata por ter um homem por perto, disposto a me defender e a cuidar de mim. Com minha inexperiência, sem ele não teria durado mais de um mês naquela selva.

No começo, Amadeo desempenhou seu papel com muito prazer. Comprou para mim um apartamento maravilhoso na Rambla de Cataluña, onde me visitava com frequência. Às vezes, não voltava para a própria casa durante vários dias. Quando estávamos juntos, vivíamos em uma efervescência de felicidade e luxo.

Ele inclusive me retratou, coberta apenas com um xale de Tonquin, tal como ia ao palco para cantar "Los Cuernos de don Paquito". E retratou a si mesmo na primeira fila, me admirando — admirando sua obra —, fiel à verdade desses dias. Essa doce situação se prolongou durante um ano, o único de autêntica felicidade em toda a minha vida. Doze meses: o tempo que demorou para se cansar de mim. Eu deveria ter previsto, se fosse mais experiente. Mais cedo ou mais tarde, os homens se cansam de seus brinquedos e os trocam por outros. Ou pior: dividem os brinquedos.

O primeiro foi um amigo de Amadeo todo tímido que sempre me tratou com respeito. Eu não podia suportar me entregar a outros, mas não adiantou de nada protestar, nem chorar, nem suplicar que não me obrigasse a me humilhar dessa forma. Ele tinha prazer de se vangloriar de mim dessa maneira tão mesquinha. A princípio me enviava seus conhecidos mais íntimos e antigos companheiros de estudos. Depois ampliou o círculo a outros tipos de relação. Clientes, banqueiros... Inclusive me enviou o velho empresário do teatro. O homem chegou com ares de dono. Fui tão desagradável com ele que no dia seguinte rescindiu meu contrato. Amadeo me censurou com dureza, me recordou que não tinha o direito de desdenhar de nenhum de seus amigos, ameaçou me deixar. Depois, tomou partido da situação: fez com que me contratassem no Arnau por 20 pesetas ao dia. Nunca me pediu nem um cêntimo do salário, mas um dia fiquei sabendo que cobrava de alguns de meus visitantes para lhes entregar as chaves de minha casa. E a preço de ouro, claro. Passar uma noite com a Bella Olympia era um capricho caro, mas que, naqueles anos de abundância, para minha desgraça, mais de um imbecil podia se permitir.

Eu tinha apenas 20 anos e muito mais dinheiro do que podia gastar, mas para mim a vida já estava indo ladeira abaixo. Levava uma vida de excessos, frequentava os melhores restaurantes, gozava de muita popularidade, vivia em um dos melhores lugares de Barcelona, todos os homens interessantes me cobiçavam. Nos bastidores dessa vida de esplendor, no entanto, existia outra realidade: a do consumo exagerado de álcool e de cocaína, a de uma humilhação tão constante que até tinha parado de doer. Não recordo qual foi a última vez que Amadeo se enfiou em minha cama. Ele falou da neutralidade da Espanha na guerra. Os industriais catalães rezavam para o conflito não terminar nunca, é tudo que me lembro. Naquele último encontro, conheci um outro Amadeo. Foi rude comigo, desagradável. Me machucou desde o primeiro abraço. Fedia a álcool. Com o último estertor de prazer, os insultos impudentes das outras vezes se misturaram com as lágrimas. Agarrado a meu corpo, chorou com o desespero de um menino, mas com a força de um homem, enquanto repetia sem parar:

— Me perdoe, me perdoe, me perdoe...

Lembro-me de ter sentido medo ao olhá-lo nos olhos. Ainda hoje não sei o que vi neles, mas era algo terrível: um desassossego impossível de apaziguar.

Pode parecer estranho, mas naquela noite intuí seu fastio, sua falta de interesse por mim. E também algo mais profundo: sua fraqueza. Foi a única vez que vislumbrei a verdadeira fisionomia daquele que foi meu protetor e minha desgraça. Não era o homem seguro que eu havia admirado, mas um ser débil que fazia da falsidade sua única defesa. Um enfermo de si mesmo.

Quando, meses mais tarde, recebi a visita de seu procurador, em um primeiro momento o confundi com outra das minhas visitas. Chamou minha atenção sua timidez. Seus olhos se moviam pela minha indumentária — e pelo que ela escondia — sem saber onde pousar. Sua voz tremia. Só um tempo depois reconheci o homem frágil. Como na outra vez, seus olhinhos míopes e seu terno cinza apareciam para anunciar um grande cataclismo em minha vida. Nesta ocasião, vinha me expulsar de minha casa. O pobre homem passou momentos terríveis até que conseguiu me dar a notícia. Não resisti nem discuti. Deu-me o prazo de uma semana. Não tive dificuldade de arrancar 15 dias.

Aluguei um apartamento da rua Ganduxer. Me permiti o luxo de durante algum tempo me comportar como se os homens não existissem. Não consegui abandonar o álcool nem a cocaína, mas reduzi o consumo e passei a comprar ambos da melhor qualidade. Vivi bem durante algum tempo. Não era tola, ganhava um bom dinheiro, e todos os empresários de teatro de Barcelona me conheciam muito bem. Os anos de bonança ainda permaneciam, e meu repertório continuava agradando. Cheguei a acreditar que poderia me defender sozinha. Mas um dia, sem aviso prévio, tudo se voltou contra mim. Suponho que merecia. Quem chega ao topo tão rápido, merece cair com a mesma velocidade.

Não sei o que aconteceu. A chegada do cinema, o fim do teatro de variedades, a mudança dos gostos, a crise econômica, a modernidade que a Exposição Universal trouxe com ela, sei lá. O fato é que os teatros começaram a fechar ou a se adaptar à moda do cinematógrafo. A princípio, convivemos com a nova invenção, mas a tela acabou varrendo todos. Só aqueles que souberam subir no trem da modernidade conseguiram contornar o temporal. Quando o trabalho escasseou, tive de voltar a me vender. E terminaram as esperanças e as vitórias. O dinheiro se dissolveu depressa. Num dia ruim, descobri que minha entreperna estava coberta de cancros. A sífilis havia se anunciado.

Passaram-se alguns anos desde aquele dia, e minha vida foi reduzida à miséria. De meus pais, não sei nada há muito tempo. Prefiro que não saibam o que aconteceu comigo. Não me restam amigos: os que apareceram atraídos pelo luxo se foram com ele. Naturalmente, nunca mais soube de Amadeo nem quis voltar a saber. Encomendei meu corpo e alma às irmãs arrependidas, e graças a elas consegui chegar até aqui com alguma dignidade. Esta mesma carta que está em suas mãos estou ditando da cama à sóror Elisa, que, chegado o momento, se encarregará também de fazê-la chegar a seu destino.

No entanto, houve uma pessoa maravilhosa nesse desenlace, e disso quero lhe dar notícias antes de me calar para sempre. Aconteceu poucas semanas atrás. Sóror Elisa me perguntou se havia alguém com quem tivesse necessidade de me reconciliar antes de me apresentar perante Deus. Então me atrevi a pronunciar, tantos anos depois, o nome de Juan Lax. Ao fazê-lo, senti que o melhor de minha vida desfilava diante de meus olhos. Recordei que Amadeo, em meio à loucura de meus anos de êxito, me contou que seu irmão havia ingressado no seminário dos jesuítas. Também cheguei a ter notícias de sua ordenação, graças à maneira lacônica do procurador da família de responder a minhas perguntas.

— O padre Juan — pronunciaram meus lábios, sem saber de que canto da memória havia surgido aquele nome.

De mais longe ainda chegou ele para se sentar na beira da minha cama, transformado em um sereno homem de Deus. Agarrou minhas mãos, beijou minha testa, me deu um consolo infinito. Rezou por mim e me ajudou a rezar, a rezar por mim. Disse que voltaria para me dar a unção dos enfermos. Seu rosto sereno é a melhor recordação que posso levar deste mundo.

Antes que partisse, lhe pedi perdão por tê-lo ferido. Ele disse que não era a mim que tinha que perdoar, posto que eu não havia cometido mais faltas do que a ingenuidade e a juventude. Perguntei-lhe a quem ele ia entregar seu perdão. "Nunca poderei entregar meu perdão a quem brincou com nossas vidas desta forma", respondeu, em um sussurro firme. Ia lhe perguntar de quem falava quando acrescentou: "Este rancor deverá me arrastar ao inferno, mas lá o esperarei o tempo que for necessário."

Depois se acalmou, e o sossego de antes voltou a seus olhos.

Desde que saiu de meu quarto, aguardo a última hora e reflito sobre o que aconteceu. Não me parece justo levar para o túmulo tudo o que sei. Embora minhas palavras lancem sobre você tantas verdades terríveis, me inspira o desejo de que tire algum partido de minha desdita. Não seja, como eu, vítima de sua própria inocência. E confie em seu cunhado Juan se precisar. Estou certa de que ele estaria com você de todo o coração se fosse necessário.

Afetuosamente,

MONTSERRAT ESPELLETA

***Autorretrato*, 1963**

Óleo sobre tela, 90 x 70cm
MNAC. Coleção Amadeo Lax

Amadeo Lax pintou ao longo de sua vida 12 autorretratos, sendo este o último e, sem dúvida, o mais pessoal. Chamam a atenção os diferentes graus de acabamento, desde o esboço da parte inferior — apenas umas pinceladas negras paralelas — à execução mais cuidadosa da cabeça. O contraste entre a escuridão e a luz — que só ilumina o rosto e as mãos — foi visto como uma antecipação do autorretrato — fotográfico — de Maplethorpe, a quem poderia ter servido de inspiração. As diferenças entre as duas obras, no entanto, são notáveis. O autorretrato de Lax mostra um rosto e mãos crispadas, quase monstruosas. O quadro evidencia como a obra de Lax foi ficando mais espontânea ao longo dos anos, até atingir a liberdade de seus trabalhos finais, dos quais esta tela é um bom exemplo. Se tivesse seguido esta linha de trabalho, as obras seguintes do pintor teriam se distanciado — e muito — de sua produção anterior.

Lax pintou esta desapiedada visão de si mesmo — quase uma caricatura cruel — nos tempos em que vivia sozinho e afastado do mundo em sua mansão barcelonesa. Naturalmente, não quis comprazer nenhum cliente nem seguir os ditames de moda alguma, à margem das quais vivia completamente. O realismo deixou espaço para uma sinceridade lancinante. Alguns críticos o consideraram "o olhar mais duro que um criador jamais lançou sobre si mesmo".

De *Amadeo Lax no MNAC*
Edições Oreneta, Barcelona, 2004

XXIII

Para não variar, na bela manhã de maio em que a senhora Teresa Brusés entrou em trabalho de parto, o senhor Lax não estava em casa.

O primeiro sintoma, que sua falta de experiência não permitiu que reconhecesse, foi uma fisgada nos rins. Parecia que estava sendo perfurada por uma lâmina de aço. Contou a Antonia, mas esta, ainda virgem, não pôde ajudá-la. Ninguém se apressou. A rotina não foi alterada. Mas, então, a notícia chegou aos ouvidos de Conchita. Ou melhor: a experiente babá só precisou ver o rosto de sua jovem senhora para entender que a coisa era séria e colocar todo mundo em movimento. Chamaram a parteira, prepararam toalhas, a água foi aquecida e colocada em grandes baldes onde esfriou em pouco tempo, trocaram os lençóis do quarto principal — o que havia sido de Maria del Roser, onde Teresa já tentara parir —, esmeraram-se em passar toda a roupa de cama e mesa, como se em vez de um parto fosse acontecer uma recepção, e arrumaram as peças do enxoval do bebê com cuidado, para tê-las bem à mão quando a hora chegasse.

Teresa caminhava, nervosa, pelo corredor, inquietando todos que a viam. Dizia que não podia se sentar, que preferia andar; e com os pés descalços, pois estavam tão inchados que não conseguia nem calçar os chinelos. Não deu atenção a Antonia quando esta lhe recomendou que fosse se sentar em uma poltrona perto da janela. Tampouco a Conchita, que se preocupava vendo-a perambular, inchada, em meio ao rangido das madeiras do corredor. De vez em quando parava, com uma das mãos apoiada na parede e a outra no ventre, fechava os olhos com muita força e soltava gemidos abafados. Nas duas horas que esse passeio durou, não perguntou uma única vez pelo senhor.

Ali, poucos podiam suspeitar que a pessoa de quem Teresa sentia mais falta naquela hora era sua sogra. Maria del Roser Golorons havia sido uma mãe para ela nos anos em que tivera a sorte de viver debaixo de seu teto. Sempre doce, inteligente, íntegra, paciente e generosa, sua breve passagem pela existência tinha deixado um rastro que não podia ser apagado. Muitas das palavras que dissera, em relação aos assuntos mais importantes mas também aos mais corriqueiros da existência, ficariam gravadas em sua cabeça para sempre. Graças a ela, nunca havia se sentido uma estranha na casa do marido. Maria del Roser tivera paciência com sua ignorância e a orientara a respeito de tudo, desde como tratar os serviçais até como alimentar a estufa do salão. Também lhe dera conselhos muito úteis sobre como interpretar as reações de Amadeo, que a princípio a deixavam muito deprimida. Graças a ela aprendeu que seu marido era uma pessoa taciturna, que de vez em quando precisava ficar recluso em seu estúdio da água-furtada e outras vezes precisava fugir de uma vida que às vezes lhe pesava como uma carga. Não devia estranhar, pois fazia tudo isso desde sempre. Maria del Roser o justificava: Amadeo, como os grandes homens, amava o silêncio, e, assim como eles, mal exibia suas emoções. Teria sorte se ao longo de sua vida conseguisse perceber alguma debilidade em seu caráter seco. Para Teresa, foi um grande alívio ouvir essas palavras da boca de quem melhor conhecia seu marido.

Mas, quando ficava a sós com ele, seus temores reapareciam. Já durante a lua de mel, muitas vezes, temeu tê-lo decepcionado. Vivia tão sério, tão inexpressivo, sempre tão comedido em seus gestos e tão educado em suas palavras que chegou a achar que era incapaz de despertar seu interesse ou qualquer paixão, por menor que fosse. Durante aqueles meses da viagem pela Europa e pela Ásia, cheios de emoções e descobertas, Teresa demorava de propósito no banheiro daquelas suítes dos mais luxuosos hotéis, só para esperar que seu marido adormecesse. Então se deitava ao seu lado, com o coração acelerado, e o contemplava em silêncio, deleitando-se como se estivesse diante da imagem de um deus clássico. Às vezes, ele se debatia em sonhos, e sua mão pousava na coxa, no quadril ou no púbis de sua jovem esposa. Teresa se assustava, contemplando aquele corpo alheio com os olhos fora de órbita, imaginava mil coisas que poderia fazer, caso se atrevesse, mas nunca conseguia levar nada a cabo. Só desejá-lo loucamente. Desejá-lo e sentir-se muito mal diante do sacrifício que lhe impunha. No entanto, apenas ela se fazia essas censuras, porque da boca de Amadeo nunca saiu a menor reprovação. Durante toda a viagem ele não demonstrou nenhuma irritação. Exatamente o contrário: foi educado como um pretendente sem possibilidades, aceitou todos os seus caprichos e lhe comprou uma porção de presentes. Quando chegaram a Roma, Teresa estava extremamente inquieta. "Será que ele não gosta de mim?", se perguntava, sem parar de se censurar pela sua falta de coragem, sua incapacidade de agir, seu pavor em relação àquele encontro íntimo ainda não consumado.

Na manhã do primeiro dia em Roma, quando Amadeo fazia planos para levá-la à Capela Sistina, sentiu, de repente, a necessidade de lhe fazer uma pergunta que a atormentava desde a véspera.

— É verdade que um matrimônio que não se consuma pode ser anulado?

Amadeo mordiscava uma torrada e apertou os olhos, distraído.

— Creio que sim — respondeu.

Teresa passou o dia atormentada. Então seu marido poderia expulsá-la acusando-a de não cumprir com suas obrigações matrimoniais? O fato de ainda não o ter feito demonstrava que era uma pessoa muito melhor do que ela, dizia a si mesma. E se via como uma idiota, uma interesseira, que se deixava ir de cidade em cidade e recebia todo tipo de atenção sem cumprir, em troca, sua parte do acordo.

Amadeo ficou petrificado quando, nesse mesmo dia, foi comprar um belíssimo lenço de seda natural para sua bela mulher e ela afirmou, categoricamente:

— Não quero nada! Eu não mereço!

Naquela noite, Teresa fez um esforço. Deitou-se na cama assim que chegou ao hotel e fechou os olhos. Ao vê-la, Amadeo achou que estava indisposta. Perguntou o que estava sentindo.

— Você tem tido muita paciência comigo. Consuma-me!

Amadeo, claro, achou graça. A atitude de Teresa, tão teatral, lembrava o sacrifício dos mártires. Ela ficou muito envergonhada. Quando Amadeo se deitou ao seu lado, com um jornal nas mãos e um roupão de seda sobre o pijama, só lhe disse:

— Assim não. Não quero fazer amor com uma heroína clássica.

E beijou sua testa. Pouco depois, Teresa sonhou que morria virgem. Ficou tão assustada que assim que acordou jurou que ia evitar aquilo.

Quanto o desejara, e desde muito antes de reencontrá-lo! Amadeo esteve presente em todas as fantasias da garota que tinha pressa em deixar de ser menina. Seu porte de cavalheiro, seu sorriso enigmático e sua tristeza. Teresa o adorava como só se adora aquilo que jamais poderá lhe pertencer. Ao chegar à adolescência, essa idade absurda e insegura em que a pessoa não se sente à vontade em lugar nenhum, seu amor se tornou mais trágico e mais indecoroso. Teresa mal se atrevia a imaginar o que desejava do fundo de seu ser. Em suas fantasias, seu pintor adquiria o aspecto de uma escultura clássica. Um desses nus pecaminosos que as freiras não a deixavam ver, e que, no entanto, ela sabia que eram obra de grandes artistas de outros tempos. Imaginava um Amadeo de pele marmórea, coxas elásticas de musculatura entrevista e cachos rebeldes, exibindo sem pudor aquilo que nem em seus pensamentos se atrevia a nomear. Sentia cócegas de desejo no estômago e imediatamente sentia vergonha de si mesma e começava a rezar pais-nossos depressa, misturados com intenções de se emendar.

Na verdade, nunca se emendou. Seu amor desfalecido adquiriu ares de tragédia. Tinha 17 anos e chorava à toa, a qualquer hora, sentindo-se muito infeliz. Escrevia poemas terríveis que deixavam seus irmãos horripilados. Padecia de um mal nada concreto e difícil de combater. Não havia médico que lhe desse um nome nem, muito menos, remédio (e a levaram a mais de um). Como sabemos, foi a desenvoltura de Tatín que conseguiu, finalmente, colocar o problema nos trilhos. E o olhar que Amadeo Lax lhe dirigiu, quando os dois estavam cercados pelo aroma de arroz com leite que flutuava na sala, teve efeitos milagrosos. O restante não foi difícil. Amadeo aceitou o convite para ir ao seu baile de debutante. Na festa, ele se desculpou várias vezes por estar monopolizando as atenções da homenageada, mas não a deixou nem por um momento. Diante dos olhares dos angustiados rivais, que o viam como um inimigo imbatível, Amadeo e Teresa dançaram todas as músicas que a orquestra tocou e depois foram ao jardim desfrutar o ar fresco e escandalizar os presentes. Teresa se sentia flutuar de felicidade. Amadeo examinava aquela menina delicada de beleza incrível e a imaginou, desde o primeiro instante, repleta de joias, agarrada a seu braço, deslumbrando em recepções, banquetes e bailes de gala. Nunca lhe acontecera nada parecido com nenhuma das mulheres que havia conhecido.

Quando teve a oportunidade de conversar com ela a sós, Maria del Roser a preveniu do que ela chamava de "os caprichos masculinos" de seu filho. Uma mulher — disse — não deve permitir que um homem que gosta de aparecer a menosprezc. É absurdo exigir de alguém que seja sua sombra, que esteja sempre agarrada a seu braço, acompanhando cada um de seus passos, como se fosse uma idiota ou não tivesse capacidade de decidir seu próprio destino. Ela podia ter suas próprias ideias, seus próprios objetivos de vida e até cultivar seus próprios amigos, sem por isso deixar de ser a companheira encantadora que os homens gostam de exibir em público. Graças a essas palavras, Teresa começou a confiar em si mesma e em sua capacidade. Atreveu-se a acompanhar Maria del Roser às sessões espíritas, interessou-se pelos estudos, conheceu muita gente e aprendeu muitas coisas com elas. Naturalmente, Amadeo não via com bons olhos aquele comportamento nem acreditava que aquelas supostas ciências fossem mais que engodos e perda de tempo, mas consentiu que sua esposa se distraísse com aquelas mesmas coisas que mantinham sua mãe sempre ocupada, como se o fato de a senhora passar horas escrevendo arengas e chamando espíritos fosse mais uma das tradições da casa.

Porém, de todos os conselhos que Maria del Roser deu a sua jovem nora, os mais úteis também foram os menos originais. Como não queria que ela chegasse às dores do parto na mais absoluta ignorância, a sogra dedicou toda uma tarde ao assunto.

— Quero que você saiba que os bebês não saem pelo umbigo.

Teresa, surpresa, arregalou os olhos. Maria del Roser, dogmática, continuou:

— Os bebês saem do meio das pernas, por uma passagem muito estreita que se chama canal de parto.

Era pouco comum naquela época que as senhoras sérias falassem em casa daquelas sujeiras. Por algum estranho motivo, que tinha a ver com a ignorância e um absurdo senso de pudor, era preferível que as principiantes sentissem as dores de parto em uma ignorância absoluta, e de repente elas levavam um susto, ao perceber que seu corpo se abria por onde menos esperavam para deixar o filho sair. Maria del Roser não havia esquecido o pavor que sentira durante o parto de Amadeo. Após semanas observando o umbigo, convencida de que de um momento a outro se abriria como uma flor, achou que estava morrendo quando, em meio a um sofrimento atroz, viu o filho sair por outro lugar, em um rio de sangue; atribuiu aquilo a um erro fatal da mãe natureza e achou que estava morrendo.

Quando já recuperada e com o filho nos braços, foi pedir explicações a sua mãe e obteve apenas uma resposta indiferente.

— Não achei que fosse necessário. É um assunto extremamente desagradável! Além do mais, todas as mulheres sabem dar à luz.

Perplexa diante de uma resposta tão inesperada, Maria del Roser prometeu a si ali mesmo que, se um dia tivesse uma filha, não a deixaria chegar tão crua a um momento tão crucial da vida. Como a providência lhe roubara Violeta antes que pudesse cumprir a promessa, foi orientar Teresa quando achou necessário.

Ou seja, na manhã em que, depois de oito meses de casamento, Teresa desceu para tomar o café da manhã pálida e dizendo que estava um pouco enjoada, Maria del Roser começou a lhe dar as orientações que teria gostado de receber e lhe revelou aqueles detalhes tão fundamentais a respeito das funções do umbigo e da entreperna. Como havia previsto, a primeira lição deixou a aluna extremamente inquieta.

— E dói? — perguntou, ainda mais pálida.

— Sim, filhinha, muito. E, por alguns instantes, as dores serão tão grandes que você vai achar que não conseguirá suportá-las. Mas vão embora tão depressa como vieram, e a recompensa vale a pena.

Teresa não parecia muito convencida. Nunca havia sentido qualquer instinto materno. Os bebês não lhe inspiravam nada de especial, nem podia imaginar como seria ter um próprio. Mas se animava pensando que seria de Amadeo. Isso a ajudava a dar algum sentido às palavras de sua sogra: sofreria para trazê-lo ao mundo, mas teria valido a pena.

Logo se viu que Teresa tinha certos problemas físicos. Sofreu cinco abortos, todos nas primeiras semanas de gestação e sem mais consequências além da tristeza que durante alguns dias se instalava em seus olhos. Uma tristeza que não conseguia definir, por algo que nunca desejara, mas que, de repente, fazia parte dela. Foi examinada por médicos muito respeitados, no entanto nem eles encontraram explicações. Houve outros fracassos. Após o quinto, Maria del Roser deixou de ser a lúcida instrutora em quem tanto havia confiado. Algo começava a se nublar em sua mente, e a passos largos. Quando ficou grávida pela sexta vez, já perdera qualquer esperança de dar um filho a seu marido. Mas desta vez a gravidez prosperou. Tudo correu bem, salvo uma coisa: Maria del Roser não estaria lá para conhecer o primeiro neto. E, mais que isso, não estaria lá para ajudá-la a trazê-lo ao mundo.

Mas voltemos à bela manhã em que os trabalhos de parto tiveram início. Teresa abre os olhos e se depara, de repente, com o olhar estupefato de uma mulher gorda, baixinha, de rosto redondo, faces flácidas e pés minúsculos. Ela fala de maneira atropelada e caminha com passos curtos e ligeiros, como se fosse um soldadinho de brinquedo.

— Bom dia. Não lhe pergunto se é a senhora quem está em trabalho de parto porque é evidente — diz com uma voz aguda, sublinhando bem as últimas sílabas das palavras, com uma pronúncia que tanto podia ser aragonesa como um vício derivado da convivência com um surdo. — Sou Elisa, a parteira, e, a partir deste momento, a senhora tem de fazer tudo o que eu lhe disser. Dispa-se completamente, vista uma camisola folgada e deite-se na cama com as pernas abertas. É este o quarto? Com licença.

A parteira entra no quarto, e Teresa vai atrás dela, dócil como um animalzinho doméstico. Durante algumas horas todo mundo segue seu exemplo: enchem baldes, retiram a roupa suja ou abrem e fecham janelas, seguindo as instruções da mulher miúda e firme que fala com pronúncia militar e tomou o poder na casa.

Teresa só contraria uma das ordens que recebe.

— Tire isso — ordena Elisa, apontando a corrente com o pingente que está em seu pescoço.

Havia reparado neles porque Teresa procurou-os instintivamente debaixo da roupa e ficou apertando-os, dentro do punho fechado, ao ritmo das contrações, que eram cada vez mais frequentes e mais prolongadas e começavam a privá-la até dos intervalos de descanso. Seu corpo se enrijeceu, como se quisesse se defender daquela dor profunda contra a qual nada podia fazer. E, em um raro instante de paz, agarrou o anel pendurado na corrente de ouro que leva no pescoço desde a noite de 24 de dezembro de 1932, há exatamente cinco meses.

A vida às vezes nos oferece belas coincidências. A da corrente de ouro e da aliança com um nome gravado — Francisco Canals Ambrós, de quem tanto ouvira falar — é uma delas. Foi aqui, neste leito, que sua sogra obrigou-a a prometer que nunca a tiraria do pescoço. E é aqui, neste ponto de inflexão envolto em sofrimento, que ela se aferra ao pingente e às delicadas palavras que vieram com ele. Nesta cama morreu Maria del Roser, e nesta cama nascerá seu primeiro neto, que talvez assim se impregne um pouco dessa herança invisível que não tem a ver apenas com o sangue. Teresa deseja que todo o amor que a mulher que já não está aqui para niná-lo depositou em seu filho tenha ficado em algum lugar.

Não consegue gritar. Nunca conseguiu. Nem mesmo nos piores momentos de sua vida. Recebeu uma educação baseada na discrição e no comedimento. Não conseguiria gritar mesmo que quisesse, mas é o que a parteira lhe pede.

— Grite — diz. — Verá como é libertador.

Teresa responde com um som gutural, prolongado, algo como um mugido. Aperta os lençóis, se arqueia, sua, tenta respirar e logo sente falta de ar. Sabe que Tatín está viajando. É inútil incomodá-la. Conhecerá seu sobrinho — que pode ser sobrinha, pensa — assim que voltar. Queria ver rostos conhecidos a seu redor, mas não sabe que tipo de consolo eles poderiam lhe proporcionar. Não sente falta de Amadeo. Mesmo que estivesse em casa, não o deixaria se aproximar. Morre de vergonha só de pensar que pudesse vê-la assim, toda retorcida de dor e com as pernas abertas diante de uma senhora que inspeciona suas profundidades esperando um acontecimento.

No corredor, tensas, estão Antonia, Concha e Vicenta. E também Laia, que observa tudo com olhos assustados e uma careta de nojo. Quando Elisa vê que o corredor está ficando lotado de curiosas — é sempre assim —, decide acabar com o espetáculo. Expulsa todos com rispidez e fecha a porta. Serão avisadas quando a criança tiver nascido, diz.

Poderíamos, pois temos liberdade para isso, escolher o lado que está vedado aos curiosos. No entanto, acreditamos que um parto não seja um espetáculo que a esta altura possa agradar nem surpreender a ninguém, de maneira que escolhemos, com vênia, o extremo oposto. Não ficaremos aqui onde os empregados roem as unhas e se perguntam a que horas o senhor voltará e se há alguma maneira de avisá-lo que seu primogênito está chegando ao mundo. Iremos mais além, ao final do corredor, aos quartos que dão ao pátio e foram de Teresa desde o dia em que se converteu em senhora da casa.

Atrás dessa porta de duplo batente, pintada com um branco senhorial, com maçaneta dourada, os recém-casados desapareceram naquela noite de 4 de novembro de 1928 em que todos os serviçais ficaram cochichando sobre a consumação da união que havia sido celebrada. Nós, os inertes, compreendemos bem essa curiosidade e essas intromissões, porque sofremos de ambas, e nos saciamos revoluteando no ar, brilhando como partículas de poeira tocadas pela luz, entrando em todos os esconderijos e em todos os segredos. Como os daquela noite de novidades em que, precisamente atrás dessas portas — e essa é a notícia —, não aconteceu nada.

É como se estivesse acontecendo agora. Por isso podemos vê-lo:

Amadeo tira o casaco. Parece cansado. Não é estranho, tratando-se do dia de seu casamento. Teresa dedica seus primeiros momentos no quarto a reconhecer o terreno e a mostrar sua satisfação. O leito foi aberto. Os aquecedores de cama acabam de ser retirados, e uma rosa branca descansa em cada um dos travesseiros. Na mesa de canto, ao lado das cortininhas atrás das quais se adivinha a noite interna do pátio, repousa uma bandeja com um lanche frugal, caso os noivos precisem repor suas forças em algum momento da noite. Tudo foi preparado com esmero por Conchita, com a colaboração entusiasmada de todos os empregados.

Teresa observa o marido sem dizer palavra. Suas mãos estão geladas, e um tremor de pânico percorre seu corpo. Percebe que ele tira o paletó e começa a desabotoar a camisa. Teresa corre para se esconder no banheiro e passa o trinco. No cabide, ao lado da porta, aguardam as peças que deve vestir, tal como ela havia pedido. É um delicado jogo de seda e cetim de cor branca. O penhoar tem mangas de renda e pedras preciosas e um decote que achou recatado na casa da costureira, mas agora lhe parece excessivo. A camisola gruda em seu corpo como uma segunda pele, realça seus seios com um decote em bico rodeado de delicadas rendas. Em um ataque de sofisticação, a costureira dotou as duas peças de uma generosa cauda, como fosse exibi-las em um salão de baile.

Teresa se despe com cuidado. Hesita muito antes de tirar a roupa de baixo — a camisola, as calcinhas —, mas decide que essas peças não podem ser usadas ao mesmo tempo. A camisola nupcial foi desenhada para ser exibida sozinha, problema que agora atormenta suas ideias. E fica ainda mais preocupada quando a veste e se olha no espelho. Jamais se viu tão desprovida de roupa. Seus peitos podem ser entrevistos por completo! Assustada, procura o roupão. Abotoa-o de cima a baixo (a costureira pregou um total de 66 minúsculos botões forrados com um tecido leve que resistem mais que entram em outras tantas casas), o que leva um tempo considerável. Depois lava o rosto, as mãos, os pés, se penteia, urina, se penteia de novo e se perfuma. Antes de sair, gruda a orelha na porta. Não ouve nada. E se Amadeo tiver adormecido? Seria uma sorte imensa! Escuta de novo. De fato: sua inquietação só é respondida pelo silêncio. Corre o trinco. Abre a porta lentamente e sai.

Amadeo não adormeceu. Espera na cama, olhando para as janelas com expressão distraída. Está completamente despido. Essa simples descoberta faz a noiva sentir um calafrio de pânico, seguido por uma reação brusca que faz seu marido rir: tranca-se de novo no banheiro e corre o trinco. Atordoada, volta depressa esgrimindo uma explicação:

— Sempre esqueço alguma coisa.

Desaba na cama sem tirar o roupão, com as mãos no decote, tentando fechá-lo para torná-lo menos evidente. Está rígida como uma múmia egípcia. Amadeo a observa de viés. Ela também o examina com os olhos. Há no quarto uma tensão prestes a explodir. Teresa franze os lábios com força, seus olhos, distantes, examinam o lustre do teto, seu abdômen sobe e desce em movimentos sincopados, aperta as pernas, uma contra a outra, até que seus joelhos começam a tremer. Quando Amadeo apaga o cigarro no cinzeiro da mesinha de cabeceira, Teresa fecha os olhos e para de respirar. Parece um réu minutos antes da execução. Ele se vira para ela meio de lado e observa o espetáculo. Poderia seguir em frente, se quisesse. Tem todo o direito. Poderia desabotoar os botões ou rasgá-los para alcançar o que legitimamente lhe pertence. É evidente que Teresa não oporia nenhuma resistência além desse medo terrível que a atazana, porque saberia que estaria fazendo o que se deve. Em outras épocas, diz ele a si mesmo, não teria hesitado. Teria pulado sobre o corpo jovem e trêmulo de sua esposa para receber seu troféu, como tantos recém-casados de seu tempo fizeram e farão. No entanto, Amadeo se aproxima já dos 40 anos e, embora o desejo e o vigor não tenham arrefecido, diminuíram, sim, a impaciência e a pressa. Pela primeira vez em sua vida, prefere esperar. Talvez porque, pela primeira vez em sua vida, não se trata de ter um prazer ocasional, mas de conquistar a companheira fiel do resto de seus dias. Essa é a razão pela qual decide tratar Teresa com um respeito que jamais tivera por nenhuma mulher.

A noiva abre os olhos e descobre seu adorado Amadeo, que a olha, sorrindo. Seu rosto passa do espanto à tristeza.

— Sinto muito. Estou decepcionando você, não é mesmo? Não é que não o queira, quero com toda a minha alma. É que não sei... não sei como...

— Vire-se, me olhe de frente — sussurra ele.

Teresa se acomoda. As caudas do conjunto de noiva se rebelam contra seus movimentos, se enredam em suas pernas. Parece uma sereia. Fica de costas, com a mão sob a cabeça. Amadeo apaga a luz, observa o perfil sinuoso de sua mulher, se diverte com a situação. Teresa tem um corpo de sonho, que deseja possuir. No entanto, não será hoje. Sente o desejo arder entre as pernas, mas se contém.

— Me perdoe. — Teresa começa a chorar. — Me perdoe, por favor. Estou com muito medo.

Amadeo a silencia com um beijo na testa, e ela o recebe com um estremecimento.

— Eu lhe perdoo tudo — diz Amadeo, admirando o brilho de seus olhos. — A única coisa que não poderia perdoar seria a deslealdade. Lembre-se bem disso. E descanse. Amanhã será outro dia.

Teresa se acalma ao ouvir essas palavras. Fecha os olhos, e o cansaço de um dia repleto de tensão desaba sobre ela. Amadeo sai por um segundo do quarto, entra no gabinete, telefona, volta ao aposento. Constata que Teresa dorme, cobre-a, se veste de novo, embora com roupas menos formais que aquelas que o martirizaram durante todo o dia e sai, disposto a encontrar um remédio para seu mal.

Mas voltemos a examinar fatos mais bem-sucedidos do que esse que acabamos de mencionar.

Quando o senhor volta para casa dirigindo seu Rolls-Royce, o pior já passou. Conchita o espera para contar que seu filho acabou de nascer, mas isso parece não afetar seus nervos de aço. Ele sobe a escada, tão ereto como sempre, com seu porte que impressiona todos os criados, e ao chegar lá em cima se surpreende ao encontrar uma nuvem de curiosas diante da porta do quarto que havia sido de sua mãe. Conchita lhe explica:

— É menino. Tudo correu muito bem.

Se perguntassem a Teresa, talvez neste momento não concordasse. É como se o recém-nascido tivesse arrebatado todas as suas forças. Está fraca, com os membros frouxos, e sente que se se levantasse as pernas não a sustentariam. Elisa refrescou seu rosto com uma toalha úmida e agora se esmera em ajeitar um pouco a cama. Ela disse que precisa fechar os olhos e descansar.

Momentos antes, mostrou-lhe seu filho, todo enrugado, com uma pele macia ligeiramente arroxeada. Ficou perplexa e à beira das lágrimas. Como pôde se formar dentro dela algo tão perfeito? Em seguida, reconhece que as palavras de Maria del Roser eram, como tantas outras coisas, acertadas: o resultado fez valer a pena o enorme sofrimento que experimentou hoje. Pergunta à parteira quando poderá ninar seu filho, e a mulher é taxativa:

— Quando tiver forças para isso, querida.

Teresa fecha os olhos e se entrega. Descansa docemente. Seu corpo está dolorido, machucado, mas nada que possa ser comparado a tudo o que passou. O repouso lhe fará bem. Cochila, mas sabe que Elisa instalou junto ao seu leito um berço todo enfeitado com laços e rendas. Ignora se o bebê está ali, porque há pouco viu a parteira levá-lo nos braços para fora, talvez para mostrá-lo às impacientes criadas. Teresa não sabe quanto tempo se passou quando volta a abrir os olhos e vê Amadeo, elegante como sempre, parado ao lado do berço, olhando para seu interior. Observa durante muito tempo, sem dizer palavra, assim como faria um entomólogo diante de um inseto raríssimo, jamais catalogado. Tem a impressão de que, sem chegar a sorrir, seu rosto exibiu uma expressão de felicidade.

No berço, Modesto também dorme, esgotado pelo excesso de esforço e o incômodo de chegar ao mundo, alheio a tudo o que nós, seres fora do tempo, já sabemos a seu respeito.

De: Violeta Lax
Data: 11 de abril de 2010
Para: Valérie Rahal
Assunto: Você está aí?

Querida mamãe, sou uma idiota. Acho que minha confissão sobre o meu amor de juventude foi muito áspera. Reconheço que me diverti imaginando sua cara. No entanto, diante do seu silêncio, começo a achar que você teve uma síncope. Sinto muito se me excedi, de verdade. Se preferir, não voltarei a tocar nesse assunto.

Ainda preciso contar a você sobre a visita das italianas. Como a agenda de compromissos que as instituições prepararam não era muito pesada, tivemos algum tempo para passear e nos conhecer. Você sabe que nesta época do ano Barcelona é maravilhosa, e tivemos, além disso, a sorte do clima combinar com sua vontade de conhecer um pouco a cidade. A calma de Fiorella Otrante diante dos jornalistas me surpreendeu. Parecia uma pessoa habituada a dar entrevistas coletivas. Seduziu-os com sua naturalidade um pouco rural e a emoção que suas palavras sempre revelam quando fala da mãe. Seus olhos brilhavam quando disse que tinha um orgulho imenso de cumprir a última vontade da falecida, porque se tratava de um sonho jamais revelado, mas que havia nutrido ao longo da vida. Você pode imaginar como os jornalistas reagiram diante de uma frase tão misteriosa. Perguntaram a que sonho se referia, mas ela se limitou a dizer que não podia falar nada, porque, na verdade, sua mãe nunca quis falar dos anos anteriores a sua chegada ao lago de Como, e se desculpou com um sorriso doce.

Foram dois dias muito intensos. Silvana e eu assentamos as bases do que — creio — pode vir a ser uma bela amizade. Contei a ela muitas coisas de Amadeo Lax, da casa, do futuro museu que, graças ao legado de sua avó, por fim vai se tornar realidade. Demorei um pouco a falar da aparição do corpo de Teresa e das investigações que mudaram, nas últimas semanas, por completo minha história familiar. Tentei ser prudente na hora de identificar culpados. Creio que usei a palavra "suposto", como nos jornais, quando falei do possível papel de vovô nos acontecimentos. Falei que toda a verdade jamais seria revelada, porque havia ficado sepultada no velho quarto de vassouras e, diferente do corpo de vovó, não era fácil desenterrá-la.

Fiorella estava calada há um bom tempo quando perguntou:

— Em que ano acreditam que esse terrível assassinato aconteceu?

— Segundo a polícia, entre 1935 e 1940 — respondi. — Eu acho que em 1936.

Continuamos a passear com aparente normalidade, ou era isso o que eu achava. Não reparei que o mutismo de Fiorella era radical. Resolvi levá-las para comer no Cal Pinxo, na Barceloneta. O sol estava esplêndido, e nos indicaram uma mesa no terraço, com vista para o mar. Pedimos um cava, o espumante espanhol, bem frio. Brindamos ao futuro Museu Amadeo Lax. Eu disse que gostaria de dirigi-lo. Fiorella tomou várias taças antes que a comida chegasse. Pelo brilho triste de seus olhos, deduzi que ela é uma dessas pessoas que ficam melancólicas quando bebem. Sorria sem dizer palavra, olhando o mar com uma tristeza que era estranha nela. De repente se virou para a filha e disse:

— Não é verdade que eu não saiba nada a respeito da vida de sua avó em Barcelona. Uma vez, só uma vez, ela me falou disso. Estava bêbada, como eu agora. Me pediu que não contasse a ninguém. Eu acreditava que compreendia seus motivos, mas, na verdade, até hoje não havia entendido nada.

Silvana olhou para a mãe com estranheza. Eu me senti desconfortável e disse que precisava ir ao banheiro. Fiorella segurou minha mão.

— Não vá, Violeta. Isso também lhe diz respeito.

Serviu outra taça. Desta vez me olhou e disse:

— Minha mãe deixou Barcelona em 19 de julho de 1936, poucas horas depois da explosão da Guerra Civil, a bordo de um cargueiro alemão com uma identidade falsa. Tinha 16 anos e estava morta de medo, por causa dos tiros e dos disparos de canhão que eram ouvidos por todas as partes e também por algo que havia visto nas últimas horas. Algo horrível, me disse, embora nunca tenha me confessado o quê. Ela contou que a cidade demorou muito a se perder completamente de vista, falou da tristeza que sentiu naqueles momentos ao pensar em seus pais, do terror que sentia por ter fugido com um homem que, já sabia, nunca a trataria bem.

— Vovó disse isso? — perguntou Silvana. — Como poderia saber uma coisa dessas?

Fiorella encolheu os ombros.

— Porque ela era apenas uma das criadas da casa. Uma criada jovem e bonita, a quem o senhor havia se apegado e resolveu transformar em sua companheira de viagem no momento mais desesperado de sua vida.

Silvana arregalou um par de olhos atônitos.

— Uma criada?

Preciso reconhecer que aquela informação também me pegou de surpresa.

— Sua avó sempre soube que ele a deixaria. De fato, sempre acharam que a guerra duraria pouco, que em questão de semanas tudo estaria resolvido. Mas não foi o que aconteceu, e depois da Guerra Civil Espanhola veio a Mundial, e as coisas se complicaram. Seu avô teve de ficar mais do que havia previsto. Em Nesso, sempre esteve de passagem. Não creio que tenha ocorrido a ele alguma vez viver com ela.

— Isso que você está dizendo é terrível — comentou Silvana. — Mas eles não se amavam?

— Sua avó estava convencida de que Lax nunca a amou. Foi apenas um antídoto para sua solidão. Uma solução temporária. E ela... — Fez uma pausa, bebeu um generoso gole de cava. — Na verdade, não tenho a menor ideia. Nunca a vi sofrer por sua partida nem evocá-lo com tristeza, embora seja possível que isso fosse apenas uma pose, claro. Tudo o que fez por sua memória foi manter em bom estado o estúdio do lago. Investiu em seu futuro.

Achei que as inesperadas confidências de Fiorella começavam a jogar um pouco de luz sobre o mistério dos quadros.

— Isso poderia explicar — aventurei-me — seu interesse em devolver as pinturas, que são a essência dela própria, ao lugar ao qual pertenciam. Embora, se o museu, por fim, for construído na velha casa, elas vão ter um papel muito mais importante do que ela pôde prever.

Fiorella ia me responder, mas Silvana, visivelmente alterada, fez uma pergunta mais urgente:

— E por que vovó nunca voltou a Barcelona?

— Seus pais morreram pouco depois de sua partida, tentando defender a mansão dos senhores Lax. A notícia demorou muito a chegar e liquidou seu último motivo para voltar a um lugar no qual não tinha mais nada. Além do mais, naquela época eu já estava no mundo e Lax já havia partido, deixando a casa de Nesso em seu nome. Levávamos uma boa vida no lago. Na verdade, ele não se comportou mal com ela; lhe pagou os favores recebidos.

— Como pode dizer uma coisa dessas, mamãe? Não se comportou mal? Abandonou tanto a ela quanto a você.

— Ele passou com ela muito mais tempo do que era de se esperar. Foi generoso. Sua avó me contou que, na aldeia, levavam uma vida muito discreta e quase não saíam. Quando o faziam, os vizinhos achavam que eram pai e filha, e eles nunca desmentiram um equívoco que os beneficiava. Os dois temiam que a justiça acabasse encontrando-os e os obrigasse a voltar. Eu sempre achei que esses temores se deviam à idade de sua avó e ao fato de não serem casados, mas, depois do que Violeta nos contou, suspeito que não se tratava disso, mas de algo muito mais sério e terrível. Um verdadeiro crime, em que os dois estavam envolvidos.

— Você está achando que vovó pode ter sido cúmplice de um assassinato? Pelo amor de Deus, mamãe, que absurdo! Você acha mesmo que vovó seria capaz de algo assim?

— Cada um de nós somos muitas pessoas, filha — respondeu Fiorella. — E a cada qual mostramos uma única dessas múltiplas caras. Não sabemos como vovó era aos 16 anos. A única coisa que posso lhe assegurar, porque isso ela própria me disse, é que tinha muito medo. E, é claro, nenhuma experiência.

Silvana negou com a cabeça, incrédula. Fiorella olhou nos meus olhos. Tive a impressão de que estava prestes a começar a chorar.

— E, a respeito do que você disse da devolução dos quadros, faz muito tempo que penso nisso. Foi amante de Lax durante anos, em segredo. O fato de seus retratos lascivos estarem agora ao lado daquelas poses elegantes de Teresa Brusés, ou de tantos outros, é um ato de justiça que, suponho, ficou imaginando em seus últimos tempos. Por isso, organizou-os minuciosamente. Por fim vai ocupar o lugar que achava que lhe cabia e à vista de todos.

Não quero terminar este e-mail sem lhe explicar o que de algum modo revelei mais acima: me convidaram para ficar em Barcelona e dirigir o futuro museu Amadeo Lax. É um sonho acalentado durante muito tempo, mas, agora que se torna realidade, não sei que decisão tomar. Por um lado, gosto da ideia de mudar de ares, me instalar nesta cidade de clima agradável, me afastar das urgências, da pressa e das responsabilidades de Chicago e adotar a pressa, as urgências e as responsabilidades de Barcelona. Gosto da ideia, que preciso comentar com Daniel, mas alguma coisa turva minhas fantasias. Pode ser que você me chame de louca ouvindo minha confissão ou talvez até já tenha imaginado tudo.

Admiro vovô desde que me lembro. Não apenas seu talento como pintor mas também o ser humano. Sua coragem e sua força emocional sempre me comoveram. Como você sabe, escrevi dúzias de conferências elogiando sua persistência em pintar Teresa mesmo depois de ela tê-lo abandonado. Achei que esse era um gesto inequívoco, obsessivo, de um homem apaixonado que sempre esperou pelo milagre da volta da mulher amada. Sempre estive convencida de que vovô morreu esperando por ela e que os quadros foram a única maneira que encontrou para retê-la na memória enquanto isso não acontecia.

Não resta mais nada dessas ideias românticas. Vovô não foi o homem forte que sempre admirei, mas um ser imoral, capaz de baixezas repulsivas. Um homicida, ou talvez um criminoso, que sua consciência não impediu de seguir em frente, viver com outra mulher, continuar com a vida, pintar o que nunca antes havia pintado. Esses quadros maravilhosos de Nesso são a prova de como foi capaz de se recuperar, de abrir novas trilhas em sua carreira, de desenvolvê-las com eficácia e originalidade. Imagino vovô concentrado em seu trabalho em seu estúdio do lago italiano, e essa simples ideia me provoca repulsa. Como conseguiu? Como foi capaz de recomeçar?

Não sei se quero dirigir um museu dedicado a um homem desses, mamãe. Nem sequer sei se se deve homenagear a memória desse homem. Sim, já sei: em cada homem vivem muitos homens, como disse Fiorella. O artista brilhante não tem por que ser um homem exemplar. Não se deve ser tão meticulosa; quando se trata de criação, não se deve permitir que os sentimentos intervenham na contemplação objetiva das obras. Pronunciei muitas vezes palavras como essas, mas nunca se referiam a vovô. Não faço mais que ficar pensando em tudo isso, e não consigo me decidir. É tentador ficar aqui, mas não o é nem um pouco ficar com ele, com a memória amplificada do ser humano lamentável que foi Amadeo Lax.

Continuarei pensando e prometo chegar a alguma conclusão, mais cedo ou mais tarde.

Um beijo forte,

Vio

P.S.: Daniel está fazendo as malas. Diz que quer estar aqui para comemorar meu aniversário. Ele terminou o romance e está exultante. Ou seja, meu tempo está acabando. Se eu quiser fazer as pazes com meu passado, isso terá que ser antes que meu presente irrompa em minha vida de assalto.

De: Valérie Rahal
Data: 12 de abril de 2010
Para: Violeta Lax
Assunto: Estou aqui

Não, filha, não tema. Não tive uma síncope com suas palavras, mas devo reconhecer que fiquei bastante surpresa. Me ocorre uma porção de perguntas, que lhe faria se você não fosse minha filha, mas nesse caso acho que será melhor ficar calada. Fico conformada em pensar que tudo isso faz parte de outra época de sua vida e em dar graças aos céus por seu marido ter reagido e resolvido ir ao seu encontro. Creio que sua companhia lhe fará bem e que nesses dias longe dos filhos, em uma cidade tão bela, vocês terão tempo para conversar sobre muitas coisas. Não se ofenda, mas tenho a sensação, e não é a primeira vez, de que nisso você é um pouco parecida com seu pai. Quando não tem alguém a seu lado para controlá-la e lhe dar segurança, tende, de uma maneira perigosa, a se dispersar sentimentalmente. Seus companheiros, mais do que isso, devem ser uma sentinela, sempre alerta para o caso de a tentação afastá-la deles. Creio que Daniel ainda não tenha se dado conta disso, embora você devesse tê-lo advertido.

Talvez essas não sejam as palavras que você gostaria de ouvir depois de sua explosiva confissão, eu sei. Vou me justificar dizendo que pertenço a outra geração, uma geração que fez muitos esforços até conseguir entender o mundo para aceitar que este interfira em sua vida. Além disso, sou sua mãe, e há coisas que as mães não querem entender, mesmo quando são capazes. No entanto, quero que você me conte o final dessa história tão importante para você. Você não falava daquilo que os narradores não devem fazer se pretendem conquistar o respeito do público? Pois omitir o final deve ser uma dessas coisas. É o que eu penso.

Te amo,

Mamãe

XXIV

Ninguém sabe onde está o final desta história nem se existe. Talvez possamos começar a procurá-lo na manhã do Natal de 1932, quando soa a campainha do número 7 da passagem Domingo e aparece, muito bem-vestido e recém-barbeado, dom Octavio Conde, perguntando pela senhora Teresa. Ele é recebido por Antonia — para quem essas visitas do amigo da família já começam a virar rotina —, que o convida a ir para o salão, pega seu casaco e seu chapéu e lhe oferece algo para beber. Ele recusa.

A essas horas a casa está muito tranquila. Dona Maria del Roser foi à missa das nove na Igreja de Belén e planeja passar a manhã fazendo compras natalinas no El Siglo, em companhia de Conchita. Amadeo saiu com as primeiras luzes da aurora para ir à aldeia vizinha de Tiana, onde alguns dias atrás ficou de conversar com um nobre endinheirado que quer encomendar um mural para a sala de jantar de sua residência.

Naturalmente, dom Octavio está a par dessas ausências.

— Você lhe disse que estou em casa? — pergunta Teresa, lívida.

— Sim, senhora.

Teresa não dissimula a contrariedade provocada pelo imprevisto. Suas pulsações se aceleraram tanto que teme que sua camareira consiga ouvi-las.

— Diga que estou indisposta e não posso recebê-lo — resolve.

Quando Antonia sai para dar o recado, Teresa se senta diante da penteadeira e se contempla no espelho. Está horrível. A magreza acentuou seu queixo e as maçãs do rosto. Tem o pescoço percorrido por feias nervuras e um par de bolsas debaixo dos olhos. Passou as primeiras semanas da gravidez — está no quarto mês — sentindo, da manhã à noite, náuseas que a impedem de reter qualquer coisa no estômago. A isso é preciso somar a debilidade provocada pelos diversos abortos que sofrera antes que, finalmente, a semente de Amadeo crescesse em seu ventre, e essa angústia íntima que sente diante da presença de Octavio e também em sua ausência. Dos três males, o último é o mais recente e também o mais incômodo.

A voz de Antonia a resgata de seu ensimesmamento.

— Ele diz que quer se despedir — anuncia a camareira.

"Se despedir?", assusta-se Teresa, relembrando uma conversa que teve com Octavio alguns dias atrás após a reunião semanal do grupo espírita. Segurou suas mãos e lhe disse que estava pensando em partir para longe e começar uma nova vida. Acrescentou que, ultimamente, sentia, sem parar, que não conseguiria ser feliz nem permitir que o fossem alguns dos seres que mais amava no mundo. Ela tentou não dar importância àquelas palavras que a deixavam profundamente inquieta, mas ele insistiu: "A decisão está tomada", disse. "A única coisa que me resta decidir é o momento mais oportuno para levá-la a cabo." Ela sentiu um nó apertando sua garganta. E mais ainda quando acrescentou: "No entanto, será logo, sem dúvida." "E não há maneira de impedir uma coisa dessas?", perguntou, com um fio de voz. "Temo que não. Para isso, a vida deveria ter distribuído as cartas de outra forma. Da maneira como o jogo se apresenta, o melhor é sair da mesa", respondeu Octavio, com um sorriso encantador e um brilho revelador nos olhos.

Só de pensar que Octavio desapareceria de sua vida, as forças faltaram a Teresa.

— Digo-lhe para ir embora, senhora? — insistiu Antonia, parada na porta.

Teresa negou com a cabeça. Por dentro se perguntava se devia ouvir seu desejo ou seus princípios.

— Diga que estou indo agora mesmo — respondeu, abalada.

Quando entra no salão, vê Octavio concentrado em olhar os rescaldos da lareira. Está pensativo.

— Aqui estou — anuncia, e sua voz sai rouca e quebrada.

Não lhe estende a mão. Trocam uma saudação gélida e a distância, como se fossem duas pessoas que se detestam. Ou duas pessoas que não seguem as convenções porque o que mais desejariam no mundo é não ter de segui-las.

Com uma indicação de Teresa, os dois se sentam. A princípio, afastados, com uma poltrona no meio. Depois, talvez cansado de representar uma pantomima exaustiva, ele se levanta e ocupa um assento que está mais perto dela. Demora um momento contemplando esses olhos de um azul inverossímil, onde já há algum tempo se empenha em ver uma paixão que suas palavras nunca confirmaram. Teresa, por sua vez, faz esforços para se controlar, reprimir o pranto que ameaça explodir, não se denunciar. Sobretudo isto: não se denunciar. Por nada deste mundo se perdoaria trair Amadeo assim. Embora, para si mesma, não deseje nada mais do que poder confessar a Octavio tudo o que sente por ele.

— De maneira que você se vai — diz.

— É isso.

Teresa deixa o silêncio crescer. É um silêncio repleto de palavras não ditas. Agora, o que menos importa são as palavras.

— E quando parte?

— Amanhã de manhã. Reservei no *Magallanes* uma cabine dupla na primeira classe.

Teresa acusa que entendeu a informação. Uma cabine dupla. Octavio ainda tem esperança de não partir sozinho. Veio para isso, para lhe dizer. Para fazê-la ficar angustiada. Só que nunca o diria com palavras. Gosta muito de Amadeo e tem por ela muita consideração para se atrever a insistir, sequer a tentar. Ademais, ela nunca manifestou seus sentimentos. É possível que seus gestos, seus olhares, o tremor de sua voz a tenham denunciado? Ou então duas pessoas que se querem se comunicam de mil maneiras, e não apenas através de palavras?

— Não sabe o quanto sinto sua partida — consegue dizer.

Pronuncia essas palavras brincando com o laço de sua saia. De repente, teme ter sido explícita demais e acrescenta:

— Amadeo também lamentará. Ele já sabe?

— Ainda não. Eu mesmo vou lhe contar. Embora duvide que lamente.

— Não diga isso. Amadeo o estima muito.

Ela vai acrescentar alguma coisa, mas desiste. Tenta dissimular o desespero que a queima por dentro. Observa, com a cabeça baixa, as botas de

Octavio. Limpas, elegantes como todo ele. Não pode acreditar que amanhã não estarão aqui. Que não vai vê-lo mais.

— Também vim lhe trazer isto. — Ele quebra o silêncio. — Para que se lembre de mim.

Entrega-lhe um livro, não muito grande, forrado de couro.

— Não era necessário, Octavio — diz ela, pegando o exemplar e lendo em voz alta: — *Espírita*, Teófilo Gautier.

— Trata de espiritismo. Achei que você iria gostar. Ficaria feliz se o lesse com atenção. Que pensasse. Não agora, naturalmente. Quando se sentir mais livre. Eu sempre estarei...

— Um pouco de café? — oferece Teresa, oportuna, vendo que Antonia está vindo pelo corredor com a bandeja.

Teresa sustenta o livro em seu colo, como se o embalasse. A poucos centímetros da lombada, nas profundezas de seu corpo jovem e lindo, cresce por fim o primeiro filho de Amadeo. É essa presença, que sente como a coisa mais real de sua vida, que condiciona todos os seus atos, suas palavras, suas decisões. Não faz nada sem pensar em cada minuto no futuro desse novo ser, cuja vida se amarra a sua.

Antonia serve as xícaras com a infusão e depois se retira. Pelas janelas brilha um sol impertinente.

— Me diga apenas que o lerá com atenção. Como se eu mesmo o tivesse escrito.

Teresa abre o livro. Observa o ex-líbris da biblioteca de Octavio. Ali estão os símbolos que melhor o definem: a laboriosidade, a prudência, a sabedoria e a honestidade. E suas iniciais: O C. G. O.

— Estará sempre por perto — promete

Terminam depressa o café, e Octavio anuncia que precisa ir. Teresa respira, aliviada. Sua presença a incomoda e até certo ponto a compromete, embora a última coisa que queira seja que vá embora.

— Suponho que nada conseguirá levá-lo a mudar de opinião.

— Nada que possa acontecer.

Ela acompanha-o até a porta. A camareira devolve a Octavio seu casaco e seu chapéu.

— Quando chegar a Nova York, lhe darei meu novo endereço. Quero dizer — corrige-se, vendo que Antonia está perto —, a você e a seu marido.

A despedida, que Antonia e Laia observam, sem perder nenhum detalhe, é a mais fria de todas e também a mais dilacerante para ambos. Embora, naturalmente, nenhum dos dois o demonstre. Por fim, as odiosas convenções se impõem aos desejos.

Teresa sobe as escadas fora de si e se refugia em sua sala, onde chorará durante mais de uma hora. Depois se lembrará do livro, o abrirá e lerá, entre ataques de pranto, as frases assinaladas. Não perceberá a mensagem secreta. Ainda.

Amadeo chega antes do almoço. Irrita-se imediatamente com o ambiente frio de sua casa. Teresa passeia seu desalento em seus aposentos. Sua mãe, que ultimamente não é capaz de se lembrar de nada, não desce para comer. O almoço é servido para dois no salão, e os cônjuges se sentam à mesa em meio a um silêncio fúnebre. Teresa mal prova a comida, e ele também acaba perdendo o apetite, diante da atitude desconsolada da mulher. É como se sentar à mesa com uma alma penada. Quando, cansado, lhe pergunta o que diabos está acontecendo, obtém uma resposta esquiva.

— Nada. Estou cansada.

Hoje o gabinete é o refúgio de um homem raivoso e desnorteado. Ali lhe servem o café, e, enquanto o mexe, seus olhos se perdem no turbilhão negro que seus pensamentos lhe recordam. Não demora nem cinco minutos para ouvir tímidas batidas à porta. Depois de dar licença, aparece Antonia, enxugando as mãos no avental do uniforme, igual ao de outros tempos, embora, seguindo os ditames da moda, tenha sido encurtado, estreitado e aligeirado. Está de acordo: aquelas saias longas de outrora só serviam para varrer o lixo.

— Posso? — pergunta a mulher.

— Entre e feche a porta.

A figura de Antonia lembra um pássaro assustado. Caminha encolhida, com os ombros retorcidos e uma corcunda inexistente marcada nas costas ossudas. Mantém a cabeça para a frente, coisa que, nestes momentos, lhe confere, definitivamente, o aspecto de uma ave de rapina.

— Estava demorando — censura Amadeo.

— Desculpe, senhor. Estava atarefada na cozinha.

— É possível saber por que sua senhora está assim?

A camareira não titubeia. Sua voz ecoa com a segurança do delator experiente, desprovido de culpa.

— Hoje de manhã ela recebeu uma visita inesperada — diz.

— Uma visita? De quem?

— De dom Octavio, senhor. Ficou aqui cerca de meia hora. Desde que partiu, a senhora só faz chorar.

Amadeo observa, com a testa cheia de rugas, a bebida na xícara, tão negra como seu ânimo e suas intenções.

— De que falaram?

— Não sei, senhor. Murmuravam sem parar, muito baixinho. E se calavam quando eu estava presente.

Amadeo leva a xícara aos lábios e sorve com cuidado. Seus movimentos são pausados, mas seus pensamentos correm a toda velocidade.

— Trouxe outros presentes?

— Só um, senhor. Diferente dos outros.

Antonia coloca, triunfal, as mãos no bolso dianteiro de seu avental e retira de suas profundezas, como se o resgatasse do além, o livro de capa dura forrado com couro marrom.

— Peguei-o no quarto da senhora quando ela desceu para almoçar. Deve estar procurando-o, porque não se separou dele nem um instante — declara, triunfal.

Amadeo está informado, graças a Antonia, de todos os obséquios que foram recebidos na casa nos últimos meses, e sabe que sua mulher os havia recusado, um a um. Em uma ocasião chegou um carro cheio de rosas amarelas — as favoritas de Teresa —, em outras foram doces, ou buquês de flores e até uma caixa com um gatinho persa. Todos eles voltaram por onde tinham vindo depois de Teresa ter lido o cartão que os acompanhava com expressão enigmática.

Esse tráfego mal havia começado quando Antonia começou a prestar seus serviços por vontade própria.

— Talvez o senhor gostasse de saber o que acontece nesta casa durante sua ausência — anunciou. — São coisas muito graves, conforme pude ver com meus próprios olhos.

Amadeo lhe perguntou o que queria em troca de semelhante traição. A velha gananciosa só ambicionava dinheiro. Vendia sua senhora, que havia criado, por um punhado de notas, como um Judas doméstico e marcado pela varíola. Amadeo sentiu repugnância, mas dissimulou-a porque o serviço que lhe oferecia era muito conveniente. Na verdade, a oferta lhe dava uma profunda satisfação: a traição de Teresa a ele tinha um simulacro de castigo na traição da camareira a Teresa.

O presente de hoje, é verdade, tem pouco em comum com as flores, os doces e os felinos. Amadeo contempla o livro. É um romance francês que parece bastante leve — leitura de mulheres crédulas, sem dúvida —, em cuja capa tropeça com o ex-líbris de seu amigo de infância, inspirado exatamente na simbologia que ele usara em seu retrato, há poucos anos. Agora maldiz esses símbolos e o homem que os inspirou, e se pudesse os trocaria por outros que se ajustassem melhor à realidade. A serpente, por exemplo. Quando começa a virar as páginas do livro, Amadeo repara nos trechos marcados. Tem a intuição — cimentada na própria experiência e porque conhece o remetente — de que podem conter um código oculto e resolve estudá-los meticulosamente.

Manda Antonia se retirar. Ela flexiona um joelho, em um gesto que pretende ser uma reverência e termina parecendo uma fraqueza de pernas. De novo a sós em seu gabinete, Amadeo estuda a possível mensagem. Descobre os pontos sob as letras, a numeração destacada de algumas páginas, pega papel e pena, anota, recompõe. Decifra. Está tomado pelos demônios.

Quando a mensagem aparece nua e crua diante de seus olhos, golpeia a mesa com o punho fechado. Levanta-se, urgido por uma pressa repentina, e vai até a estante de livros que fica ao lado do retrato de sua mãe. Afasta os três volumes de uma antiga Bíblia ilustrada e enfia o braço no buraco que foi aberto. Tira de lá uma pistola Little Tom de Alois Tomiska, com capacidade para seis cartuchos e calibre de 59 milímetros, e a introduz no cós de suas calças, bem preso com um dos suspensórios. Não esquece o livro. Desce a escada, decidido. Antonia o ajuda a vestir o paletó e lhe entrega o chapéu, ao mesmo tempo que o informa que a senhora Maria del Roser e Conchita ainda não chegaram das compras. Quando sobe no Rolls-Royce e faz o motor roncar, Amadeo descobre o olhar negro e penetrante de Laia observando-o da cozinha. Será uma das últimas vezes em que a filha da cozinheira irá olhar para seu senhor com essa ingenuidade de quem intui os segredos terríveis que o mundo dos adultos esconde, mas nada sabe a respeito.

São vinte para as quatro quando o carro conduzido pelo senhor da casa ronca na passagem Domingo, à procura do trânsito do Paseo de Gracia, que em um dia tão importante como hoje é intenso, mas um pouco diferente — salvo pela morfologia dos veículos e a sobrevivência dos coches a cavalo — de como estará de agora em diante, com a veloz passagem das décadas.

A tarde é fria. Antonia se apressa a acender a lareira e a manter vivo o rescaldo da estufa. Ainda é cedo para pensar em aquecer as camas, mas não para oferecer uma infusão à senhora. Encontra-a recostada no divã, olhando para a rua com uma tristeza que parece incurável. Ao vê-la, Teresa enxuga as lágrimas de ambas as faces e pergunta:

— Você sabe onde está o livro que dom Octavio me trouxe hoje de manhã? Deixei-o aqui e agora não consigo encontrá-lo.

A camareira responde com uma negativa esquiva, incomodada, e pergunta à senhora se lhe apetece tomar um chá.

— Não quero nada, obrigada.

A camareira se detém a poucos passos e a observa, inclinando a cabeça. Suas respirações débeis são a única música da cena. A de Teresa, um pouco mais agitada. A de Antonia, calma e profunda.

— Você deveria se controlar, Tessita — diz-lhe, com uma voz melíflua. — Seu marido vai acabar perdendo a paciência.

Teresa encolhe os ombros.

— Não me importa mais o que pense — responde.

— Não diga isso. Você vai ter um filho.

Essa simples ideia faz as lágrimas voltarem, incontroláveis. Puxa da manga um lencinho verde-água, que combina perfeitamente com os babados de sua bata de grávida, e enxuga com ele as lágrimas. Seus olhos resplandecem de tristeza.

— Você deve achar que sou uma tonta, não é mesmo? Uma garotinha que não sabe o que quer — acrescenta.

— Eu jamais pensaria isso de você, Tessita. Penso que você não teve a sorte que merecia, nada mais.

— O que está querendo dizer?

— Com seu marido. Ele é muito velho para você. E desatento. Mais cedo ou mais tarde, a oportunidade sorri para quem ronda uma mulher abandonada.

— Você acha que dom Octavio não passa de um oportunista?

Antonia afasta a ideia com um gesto.

— Não o conheço o bastante para julgá-lo.

— Do que está me censurando? — pergunta Teresa com uma ingenuidade encantadora. — Não deveria ter lhe dado ouvidos? Nem sequer quando não podia imaginar nada disso?

— Do que posso lhe reprovar, minha menina? Não a vi nem uma única vez se comportar de maneira imprópria.

— Mas eu o desejei! E o desejo também é pecado. E traição. Eu também estou em falta com Amadeo!

Teresa chora com uma amargura que Antonia não consegue suportar. Ela se agacha ao seu lado e a abraça, como quando era uma menina e berrava porque sua irmã mais velha não queria que usasse seus chapéus. É um abraço estranho, incômodo e cheio de ossos, que a janela crepuscular emoldura, como se fosse uma obra de arte.

— Os sentimentos são muito estranhos, Antonia. Eu adoro meu marido. Adoro-o como nada neste mundo, você sabe. Eu amo Amadeo desde que era menina, e minha admiração por ele era ainda maior. Mas ultimamente só sinto pena dele.

— Pena?

— Você se surpreende, não é mesmo? Eu sei como é difícil acreditar. Qualquer pessoa que o conheça acha que é um homem forte e seguro de si, um artista reconhecido internacionalmente. Eu sei que há muito mais. Fraqueza, contradições, angústia, dor. E também outras mulheres, coisa que preferia não saber jamais.

Antonia gosta dessas intimidades. Sempre gostou de meter o nariz nas intimidades alheias.

— Mas isso é normal... — sussurra.

— Sem dúvida. Eu sei que os homens de sua posição têm amantes — responde Teresa, com um tom de desgosto —, mas você acredita que os homens de sua posição choram como crianças em cima de sua esposa depois de possuí-la? Que repetem sem parar "não me abandone nunca, não me abandone nunca", soluçando? Que um segundo depois enxugam as lágrimas e desaparecem durante três, cinco, sete dias sem dar explicações? A princípio, eu ficava assustada. Pensei que poderia curá-lo, redimi-lo, que meu amor o curaria. Desisti.

Lá de baixo chega o som abafado do motor do Citroën. Dona Maria del Roser volta exausta de suas compras. Julián — a quem ela chama de Felipe — ajuda as damas a descerem do carro. Conchita oferece o braço à matriarca para que se segure ao subir a escada. Dona Maria del Roser vai diretamente aos seus aposentos. Está se sentindo indisposta — a velha babá menciona uma indigestão de croquetes — e precisa descansar. Antonia a ajuda a se enfiar na cama e lhe serve chá com biscoitos. Sem provar nada, dona Maria del Roser se entrega a um cochilo doce, do qual logo despertará para completar o penúltimo ato desta história que evocamos tantas vezes: a procura da chave, a recordação de Violeta, o batalhão de criadas e Teresa superando suas dores, servindo a sua sogra durante aqueles que, apesar de ainda não poder saber, serão seus últimos momentos neste mundo.

De tudo isso, só é preciso sublinhar o intervalo em que Teresa entra no quarto de sua sogra, a pedido desta, e se assusta com o olhar lúcido de Maria del Roser, tão semelhante ao que tinha quando a conheceu. Seguindo ordens, senta-se ao lado do leito e ouve umas palavras que surgem da boca da matriarca como se de repente nada nublasse sua consciência.

— Enfie a mão no decote da minha camisola — pede-lhe. — Vai encontrar uma corrente de ouro da qual pende um anel. Pegue-os. A partir de agora, são seus. Quero que nunca os tire. Chegaram a mim depois da morte de um bom amigo, a quem eu mesma os tinha dado de presente. Vai encontrar um nome gravado e saberá de quem estou falando. Esse ser, onde quer que esteja, velará por você quando eu não puder mais ajudá-la.

Teresa contém a vontade de chorar. O quarto está às escuras. Maria del Roser parece tranquila, embora suas mãos tremam, frágeis, com a aparência de pombas adormecidas.

— A senhora não vai morrer. Só está com uma indigestão — contradiz o que acaba de ouvir, assustada.

Mas a sogra não a escuta.

— Coloque a corrente no pescoço — insiste. — Quero ver como fica em você.

Apesar de suas reservas, Teresa faz o que a sogra deseja.

— Prometa que nunca vai tirá-lo.

— Prometo.

Ao ouvir essa palavra, Maria del Roser suspira e fecha os olhos. Suas mãos estão frias. Teresa abraça-a com as suas. A sogra respira pausadamente. Quando Teresa acredita que ela adormeceu, sai, de seus lábios, um sussurro abafado.

— Já chegaram. Vieram me buscar.

Teresa compreende que voltou a delirar.

— Não está faltando ninguém — acrescenta a mulher, sorrindo.

Ela não parece sofrer nem um pouco. Suas fantasias parecem agradáveis.

— Que bom que você está aqui, Violeta — sussurra de repente. — Senti muito sua falta.

Seu descanso parece perturbado por uma exaltação estranha, alegre, inexplicável. De seus lábios começam a emergir longas frases incompreensíveis. Aparentemente, respostas de alguma conversa inexistente na qual Maria del Roser coloca um interlocutor invisível a par do que aconteceu nos últimos vinte anos.

— Ratinho, amor da minha vida... — São suas últimas palavras inteligíveis, antes de adormecer.

Teresa vela seu repouso um pouco mais. Depois se levanta lentamente e sai, pedindo às criadas que a vigiem durante a noite inteira. As camareiras se revezam para cumprir a ordem. De tempos em tempos, uma delas entra no dormitório de Maria del Roser, constata que continua tranquila e sai com cuidado para não a acordar.

Quando Conchita entra ao amanhecer para ajudar sua senhora em seus procedimentos diários, encontra-a morta e fria, com um sorriso de beatitude nos lábios.

Parece que foi há uma eternidade que soubemos o que aconteceu naquele movimentado Natal de 1932 em que Amadeo chegou em casa tarde da noite, silencioso, com um olhar tão severo que teria estremecido todos se alguém tivesse se detido para olhá-lo. Voltemos a esse momento para encontrar a peça do quebra-cabeça que ainda falta.

O senhor da casa chegou. Não traz de volta a pistola mas sim o livro de Gautier, que deixa deitado sobre o veludo amarelo de um sofá do salão. Depois se refugia em sua água-furtada, tira os sapatos, desaba no catre, com o olhar perdido nas vigas do teto. É assim que Teresa o encontra, quando sobe para informá-lo do que está acontecendo na casa. Ele a escuta imperturbável, com uma expressão de desprezo congelada no rosto. Teresa está tão angustiada com a saúde de sua sogra que nem sequer se dá conta de que algo perturba seu marido. Ou talvez tenha notado, mas para ela tanto faz. Não o teme mais. Só se apieda.

Quando sua mulher sai, Amadeo retoma a obsessiva lembrança das palavras que ouviu esta tarde. É como se no mundo não existisse nada além disso, um punhado de palavras pronunciadas por seu amigo Octavio e essa inquietação e essa raiva que nunca mais o abandonarão. Ele sabe que o modo como essas palavras malditas o atormentam agora é apenas uma antecipação do que farão pelo resto dos anos que ainda viverá.

Fecha os olhos. Odeia. Com todas as suas forças. Odeia Teresa, pelas dúvidas que começou a semear em seu coração há alguns meses e que nas últimas semanas, graças aos informes da camareira, foram confirmadas. Odeia a palidez de sua jovem esposa, as lágrimas que não foram provocadas por ele. Odeia a maneira desolada como o olha desde que ela também começou a viver cheia de dúvidas e a se fazer perguntas. Odeia supor que ela gostaria de estar em outro lugar, em outros braços, longe dele. Odeia a honestidade de Octavio, essa segunda pele que nunca conseguiu arrancar dele; o sincero abatimento com que essa tarde respondeu a seu interrogatório, sua argumentação desarmada e suave, rendida diante de um inimigo que — como reconheceu — demonstrou ser mais forte que ele. Odeia a superioridade do adversário e o papel ridículo que fez; é o que sente ao se apresentar diante dele.

Evoca a cena pela enésima vez. Foi ao encontro do amigo e o encontrou onde esperava que estivesse: em seu gabinete do segundo andar, o escritório de paredes forradas de madeiras nobres que fora e, de certo modo, continuava sendo de dom Eduardo, pois o retrato do fundador presidia a parede principal e vigiava por cima do ombro todos os movimentos do filho.

Amadeo entrou sem bater. Octavio se sobressaltou, mas não disse nada. Talvez uma breve saudação.

— Não estava pensando em vir se despedir de mim? — perguntou Amadeo, estupefato.

— Claro. Jamais partiria sem lhe dizer adeus — responde Octavio, com sinceridade.

— Sei que já se despediu de Teresa — replica, e sua voz soa a reprovação. — Está arrasada.

Amadeo treme. Tenta dissimular escondendo as mãos, porém seu lábio inferior o denuncia. Seus olhos, fixos no amigo, brilham com uma luz estranha. Octavio tenta encontrar uma explicação para tudo isso, mas não consegue. Quando Amadeo deposita na mesa o romance de Gautier, sente, por um instante, que seus sentidos se nublam. Não compreende como pode ter chegado a suas mãos. Há algo que Amadeo sabe e ele ignora?

— Ela te ama — espeta Amadeo.

É a última confissão que teria esperado ouvir neste momento. Octavio abre o bar e serve duas generosas doses de uísque. Entrega um copo ao convidado e bebe a metade do seu em um gole.

— Ela te ama, a maldita — insiste Amadeo, desabando na cadeira.

— Ela lhe disse isso?

— Não precisava. Eu sei.

— Eu acho que você está enganado, Amadeo. Sinceramente — replica Octavio, absolutamente convencido de suas palavras.

Amadeo o interrompe:

— Nada disso era necessário. A traição, o namoro, o plano de fuga urdido em segredo... Você poderia ter me contado, sempre compartilhamos tudo, e eu teria lhe deixado o caminho aberto. Essa humilhação é insuportável, e não acho que seja uma boa retribuição, depois de tantos anos.

Para Octavio, o Amadeo que está diante de seus olhos é um homem quase desconhecido. Apenas uma vez percebeu uma debilidade nele como esta de hoje: aquela noite há muitos anos no internato de Sarrià, quando planejou se vingar dos garotos que roubaram seus desenhos. Naquela noite aprendeu uma coisa muito importante a respeito de seu amigo: que ele era capaz de tudo. Quando se sente traído, perde a consciência. Octavio está a ponto de confirmar aquilo pela segunda vez em sua vida.

Amadeo puxa a pistola que está em suas costas e a apoia na têmpora.

— Vim deixar o caminho livre — declara, apoiando o dedo no gatilho.

Octavio se assusta. Avança sobre ele, mas Amadeo dá um passo para trás.

— Pelo amor de Deus, Amadeo. Largue essa arma imediatamente!

Ele agarra sua mão, lutam. Octavio consegue afastar o cano da têmpora do amigo, embora Amadeo resista, se estapeiam com violência, e soa um disparo. Octavio consegue tomar a pistola sem que ninguém fique ferido. O tiro atingiu a parede, a pouco menos de um palmo do retrato de seu pai. Octavio abre a porta do gabinete. Encontra uma dúzia de empregados reunidos diante dela, com rostos preocupados. Tranquiliza-os com um gesto, embora sua expressão não seja muito convincente. Depois volta a entrar, enche os copos, guarda a pistola na gaveta e tenta apaziguar os ânimos.

— Amadeo, se acalme, por favor — diz, também tentando se recompor. — Nunca pretendi ser desleal com você, mas exatamente o contrário. Meus sentimentos me traíram, e reconheço que me comportei como uma criança. Talvez não devesse ter feito nada disso, mas lhe garanto que foi uma brincadeira ingênua que não deu certo. Teresa sempre me rejeitou. Nunca arranquei de seus lábios nem a mais miserável aquiescência. No entanto, meus sentimentos em relação a ela e a você são tão profundos que só me resta ir embora. Suplico que me perdoe. E não lhe peço que perdoe Teresa, porque ela é inocente.

Amadeo parece enjoado, fraco como um fantoche meio vazio. Senta-se de novo e bebe em silêncio. Quando esvazia o copo, se serve mais e continua bebendo. A explicação não o convence, mas compreende que é tudo o que pode esperar dessa conversa que nunca deveria ter acontecido.

Não pronuncia nem uma palavra mais. Abre a porta e percorre com passo seguro o segundo andar, até a grande escada modernista de mármore e aço. É tarde, mas os armazéns continuam animados.

Em uma última olhada, já em plena descida, avista seu amigo sentado na poltrona enchendo o copo até a borda enquanto o falecido dom Eduardo o contempla com indiferente altivez do quadro da parede.

Antes de sair à rua, repara no minúsculo trem que dá voltas em uma das vitrines, carregando falsos brinquedos.

Não sabe que essa imagem já é uma recordação. Uma daquelas que está condenada a acompanhá-lo para sempre.

De: Violeta Lax
Data: 14 de abril de 2010
Para: Valérie Rahal
Assunto: O final manipulado

Mamãe querida,

Temo ter deixado de lado o assunto pendente. A história mais inesquecível da minha vida me deu o troco. Já tive o final que mereço. Julgue você mesma.

Margot foi transferida há uma semana para a Unidade de Tratamento Intensivo, onde só pode receber visitas da família. Anteontem de manhã fui até lá. Assim que me viu, uma enfermeira muito jovem e muito sorridente me perguntou se eu era "algo dela". Como achei que iriam me olhar de uma maneira estranha se dissesse "sou seu passado", me limitei a ficar no presente e falei: "Amiga." "Lamento, mas não pode entrar", disse ela, gentil. Achei que ela era muito sorridente para trabalhar em um lugar onde morre tanta gente. Eu já estava saindo quando acrescentou: "Se quiser, pode falar com sua filha."

Sua filha? Me senti tão deslocada que meu primeiro impulso foi ir embora. Fugir (que estranho!). Mas não fui porque nesse exato momento a mencionada apareceu no corredor, cabisbaixa, caminhando em nossa direção. Levantou os olhos do chão e me olhou com curiosidade. Calculei que devia ter 20 e poucos anos. É loira, muito alta. A primeira coisa que pensei é que não se parece nem um pouco com Margot. A enfermeira improvisou uma apresentação imprecisa e precipitada: "É amiga de Margot. Já disse a ela que não pode entrar. Quer conversar com a família.* Depois se virou para mim e anunciou: "Essa é Isabel. Vou sair para que possam conversar", e se foi.

Fiquei sem palavras. À surpresa se somou certa sensação de familiaridade. Vi essa menina em algum lugar. "Nós nos conhecemos?", perguntei. Ela, que deve estar habituada a esse tipo de coisa, disse: "Eu não a conheço, mas deve se lembrar do meu rosto de vê-lo na televisão. Sou atriz." "É improvável. Vivo nos Estados Unidos", respondi. Ela deu de ombros. Eu fiquei em silêncio. Era uma conversa muito estúpida, você não acha? Puro humor absurdo à beira da morte.

"Quem digo a ela que quer vê-la?", me perguntou de repente. Parecia cansada. Os dias passados no hospital, suponho. Hesitei de novo. Meu silêncio a deixou inquieta. Endureceu a expressão.

"Você a conhece pessoalmente ou é uma admiradora", me perguntou, na defensiva. Suponho que não seria a primeira vez que uma fã de sua mãe chegava muito perto. E acrescentou, ainda mais rígida: "Você é uma jornalista?"

"Não. Não. Só que não nos vemos há muitos anos", falei, antes de acrescentar, talvez para justificar minha reação: "Tantos que nem sequer sabia que tinha uma filha."

"Ora", sorriu, "mas ela tem, como você está vendo".

"Posso perguntar a sua idade?"

"Claro. Vinte e um."

Ou seja, nasceu em 1989. Eu vivi com Margot de 1995 a 1997, e ela nunca me disse que tinha uma filha. Não sabia o que pensar até que ela disse:

"Mas não sou filha dela e sim de Patricia, sua mulher, e de um simpático doador de esperma. Sueco, segundo minha mãe sempre me disse. Você não sabia? Falei disso em várias entrevistas."

Reconheci que não sabia nada.

"Eu a conheci em 2000, quando se envolveu com minha mãe", acrescentou.

"Ela está consciente?", perguntei, apontando para algum lugar indeterminado no setor que me era vedado.

"Cada vez menos. Tem momentos de lucidez, mas agora são poucos."

"E sua mãe? Poderia falar com ela?", perguntei, suponho que sentindo falta de alguém da minha idade.

Negou com a cabeça, teatral.

"Temo que vai ter que se contentar comigo. Mamãe morreu no ano passado, da mesma doença que Margot. Tristes casualidades do destino, você não acha? Como se câncer fosse contagioso. Suponho que eu vou ser a próxima, porque dizem que isso é genético."

A despreocupação e o desembaraço com que Isabel falava daquele drama me pareciam chocantes.

"Você não pretende me dizer quem é?", provocou.

"Claro que sim. Meu nome é Violeta Lax. Você acha que posso voltar em outro momento?"

"Tente. Mas quando enfiaram minha mãe aqui, não durou nem dois jornais. Se veio dizer a ela alguma coisa importante, acho que chegou um pouco tarde. Embora possa escrever um bilhete para ela, se quiser, e eu o lerei se tiver oportunidade."

Não é que fosse muito agradável a ideia de que aquela criatura atrevida e sem complexos fizesse o papel de porta-voz dos meus sentimentos mais íntimos, mas não havia outra opção. Procurei um cartão e naquele pequeno espaço escrevi: "Ainda que tarde demais, quero pedir perdão por ter partido sem dizer adeus. Um beijo. Vio."

Entreguei o cartão a Isabel, e ela leu minhas palavras ali mesmo, sem nenhum constrangimento. Depois me olhou entrefechando os olhos.

"Não é você a da canção?", me perguntou.

Meu silêncio a fez deduzir que sim. Levou uma das mãos à testa, levantou as sobrancelhas, arregalou os olhos. Como se tivesse acabado de lhe dar uma notícia incrível.

"Que coisa forte! É uma bomba, de verdade! E que coragem a sua aparecer por aqui."

Eu não suportaria aquela conversa nem mais um minuto. Pedi que anotasse seu telefone e que me permitisse ligar no dia seguinte. Ela não viu inconveniência. Despediu-se com um risinho amistoso:

"Adeus, Vio. Adeus, Violeta."

Creio que aquela canção de 1998, regravada agora no álbum mais recente da sua autora, soava para ela com tanta força como para mim:

Palabras de despedida
para tu marcha, Violeta,
niña, ensoñación, poeta,
ilusión a la deriva.
Fuiste la estrella que pasa,
te marchaste de mi casa
sin decir um triste adiós
y el beso de despedida
fue um pedazo de tu vida
que nos robaste a lãs dos.
No deshagas tus maletas,
no te devuelvas la calma.
Contigo dejo mi alma
Adiós Vio, Adiós Violeta.

Liguei hoje de manhã. Sua voz me pegou desprevenida.

"Você já soube, não?"

"Soube o quê?"

"Porra, Violeta. Margot morreu. Todos os jornais da manhã deram a notícia."

"Não tenho televisão, sinto muito", me justifiquei.

Sua voz era fanhosa. Tive que segurar minha vontade de chorar.

"Sinto muito", disse. "Mais do que você pensa."

"Ouça, se quiser podemos marcar e conversar um dia desses. Talvez depois do enterro. Você vai, não?"

Não fui capaz de responder. Não tenho a menor vontade de ir. Um cemitério não é um bom lugar para reencontros. Principalmente quando é você o morto.

"Bem, tanto faz", resolveu. "Ouça, hoje estou meio sem tempo. A morte dá muito trabalho, quer saber? Se quiser, a gente se vê outro dia e conversamos tranquilamente."

Assenti, mas sabia muito bem — e creio que ela também — que não voltaríamos a nos encontrar. Já ia balbuciar uma despedida quando acrescentou:

"Li seu bilhete para ela."

Meu coração parou.

"E o que ela disse?"

"Nada. Ficou em silêncio. Partiu sem dizer adeus. Você está em paz, suponho."

Nem mesmo nesse momento fui capaz de saber se ela falava seriamente ou não. Antes de desligar, disse:

"Sorriu. Não sorria há muitos dias. Acho que você a fez feliz, Violeta."

Amanhã vou comprar todos os jornais.

XXV

Um compromisso social inevitável, mas que achava agradável, obrigou a senhora Teresa a visitar Barcelona na noite de 17 de julho de 1936: acompanhar Amadeo à estreia de uma nova comédia de dom Pedro Muñoz Seca, intitulada *La tonta del rizo*. Após o espetáculo, que havia ocorrido no Poliorama, foram jantar com o célebre autor, que mantinha uma descontraída amizade com Amadeo desde que se conheceram, em Madri, alguns anos antes. Foi uma noite simpática, amenizada pelas piadas e pela generosidade de dom Pedro, que tanto agradavam a Teresa. Os dois respectivos cônjuges, menos engenhosos, deram à reunião um contraponto de insipidez.

Depois das duas da madrugada, o casal Lax entra no pátio de automóveis. O senhor está dirigindo seu último capricho: um Mercedes Benz 500K conversível vermelho ao qual dá mais atenção que a qualquer ser humano. Teresa está a seu lado, inexpressiva como uma esfinge, incomodada pelo vento que despenteia seus cachinhos, apesar de protegê-los com um lenço florido. Tem uma expressão sombria causada pela preocupação de ver as ruas tão agitadas e as pessoas tão dispostas a se manifestarem contra qualquer coisa. Não que os barceloneses se surpreendam com as agitações ou não tenham certa familiaridade com agitadores. É, possivelmente, o cheiro de pólvora e mau presságio que paira no ar.

Teresa não está feliz. Não era sua intenção voltar para casa antes que terminassem as incômodas obras de reforma do pátio. Detesta a sujeira onipresente dos pedreiros, pois não há forma de limpá-la nem de evitá-la. E detesta ainda mais ter se afastado de seu paraíso estival de Caldes d'Estrach, um lugar que virou seu refúgio, sua tábua de salvação, sua terapia contra os sensabores da vida do restante do ano e, finalmente, o único lugar onde consegue se esquecer de tudo e ser realmente feliz. Sente que o mar e os pinheiros têm um efeito balsâmico. Gosta de dar longos passeios pela orla, como fez tantas vezes com Maria del Roser, nas poucas férias que compartilharam. E gosta de ter Tatín por perto, pois nunca deixa de visitá-la e às vezes fica por longas temporadas. "Sou o único membro da família que tem, em sua casa, direito a prato, cobertor, escarradeira e castiçal", costuma brincar sua irmã mais velha, que sempre chega a Caldes muito bem acompanhada. Este ano, por exemplo, apareceu com um senhor russo de uma estirpe tão antiga que nem sequer se atreve a mencioná-la em voz alta. Como todos os ricos, sabe muito bem que nestes dias de agitação e confusão os inimigos podem estar em qualquer lugar.

Porém, o que mais deixa Teresa tranquila no verão — embora o simples fato de admitir isso a mate de dor — é a ausência do marido, cuja aversão à propriedade de Caldes permaneceu a mesma com o passar dos anos.

Teresa desce do carro depois de uma despedida monossilábica, sobe a escada com uma elegância cansada e vai diretamente para seus aposentos. Só de pensar no que vai encontrar lhe dá uma preguiça enorme. Todos os criados estão em Caldes, onde são mais úteis. A única exceção é Laia, que ficou em Barcelona para cuidar de Amadeo. Quando chega lá em cima, temendo o pior, e com nojo da poeira branca que cobre tudo, Teresa tem uma agradável surpresa. Seus aposentos estão impecáveis, quase todos os lençóis que protegem os móveis foram retirados — embora só por esta noite —, o quarto foi ventilado e a cama, aberta. Sobre o tamborete do closet descansam seu conjunto de seda e seus chinelos enfeitados. Por um momento, vendo o esmero com que tudo foi feito, acha até que Antonia continua ao seu lado, e se pergunta se valoriza o suficiente essa jovem que até dois dias atrás não passava de uma garota intrometida.

Quando ela está tirando a roupa de noite, vem a sua mente um episódio que aconteceu há poucos anos. Laia não devia ter mais de 10 anos. Teresa e sua sogra haviam entrado no Citroën com a intenção de ir à Paróquia da Concepción para assistir à missa. Devia ser domingo, e ela estava de novo grávida sem que soubesse. Assim que entraram no Paseo de Gracia, sentiu um enjoo muito forte e teve de pedir a Julián que voltasse para casa imediatamente. Subiu a escada tapando a boca com as mãos, esforçando-se para não vomitar em qualquer lugar, e, quando abriu a porta de seu budoar, a caminho do banheiro, encontrou a filha do motorista enfiada em seu closet, experimentando seus sapatos e se olhando no espelho. Ao ser surpreendida, a menina ficou lívida de susto.

Quando conseguiu reagir, Laia deixou os sapatos onde os encontrara, apagou a luz e saiu com o coração galopando. Durante alguns dias esperou uma reprimenda, mas nada. Ao contrário, toda vez que cruzava com a senhora Teresa pela casa, seus olhos a observavam com um ar de divertida cumplicidade. O que mais a surpreendeu foi receber no dia de seu aniversário uma caixa de cartolina envolta em um papel vermelho e se deparar com belíssimos sapatos de salto alto. Os primeiros de sua vida.

Teresa se sente aliviada quando termina de tirar toda a roupa — com exceção do culote — e pega a camisola na banqueta. Deixa o roupão aos pés da cama. Faz muito calor e não pensa em receber ninguém. Também não tem sono. Senta-se no divã e fica contemplando a rua deserta pela janela. O ar está parado. No entanto, seus pensamentos vão de um lado a outro. Pensa nos acontecimentos desta noite.

A comédia era trivial, mas muito divertida. Agradou-lhe mais que a última que viram do mesmo autor, a sátira ao comunismo intitulada *La OCA*, que fez Amadeo rir tanto que quase teve uma congestão. Há um tipo de riso por contraste que Teresa considera ofensivo. É o riso de quem olha o mundo de cima. Há outros, no entanto, que se olham no espelho e explodem só de se ver. É esse que ela prefere, e talvez por isso sua comédia favorita entre todas as do amigo continua sendo, de longe, *La venganza de don Mendo*. Como riu quando a viu pela primeira vez, vários anos após sua estreia! Não acha nem um pouco estranho que volta e meia seja reapresentada. Ela não se cansa de vê-la. E acha que, no trato, dom Pedro Muñoz Seca é como seu teatro: um homem ingênuo e inteligente, que tem o dom, muito raro, de fazer com que todos esqueçam seus problemas. Ao longo da vida, Teresa pensa que só conheceu uma pessoa assim: sua querida Tatín.

Um pensamento leva a outro, e ela se lembra da tarde em que se atreveu a abrir o coração para sua irmã como jamais fizera. Foi aqui mesmo, no budoar, desfalecida porque estava havia quatro dias sem comer. A mais velha das irmãs Brusés apareceu sem avisar e subiu a escada como se estivesse chegando para invadir um território. Assim que abriu a porta do quarto da irmã, olhou-a, franziu os lábios, cruzou os braços e a admoestou:

— É possível saber o que você faz aí a esta hora sem se vestir. Está horrível. Você está passando mal?

A mundana Tatín só precisou ouvir quatro frases para compreender a gravidade do mal que afligia Teresa. Examinou o livro de Teófilo Gautier, que a irmã lhe mostrou com respeito, confessando que o lera tantas vezes que quase o sabia de cor. Teresa falava do significado que o livro tinha para ela e acariciava com a ponta dos dedos os símbolos desenhados no ex-líbris de Octavio como se fossem o próprio Octavio. Naquela tarde, a irmã caçula fez confissões que nunca havia pensado fazer a ninguém. Estava doente de dúvidas e de indecisão. E tonta de um amor repentino.

— Todas as noites, antes de dormir, imagino que estou com Octavio em Nova York e que somos felizes. Só assim consigo um pouco de sossego — disse.

Tatín, cujo espírito prático nunca lhe permitira sucumbir a um romantismo doentio, afastou o problema indo direto ao ponto:

— E por que você não vai com ele?

Teresa olhou para ela como se tivesse dito um sacrilégio. A irmã insistiu:

— Pare de ficar aí, desfalecida, sua cabeça de vento, e parta com esse homem que não a deixa comer nem dormir!

Teresa arregalou os olhos, assustada.

— Mas não posso abandonar Amadeo!

— Ora! Não seria a primeira. O adultério é tão velho quanto o mundo.

Teresa ficou vermelha. Não era capaz de pensar nesses termos a respeito de si mesma. Menos ainda de Amadeo. Tatín, vendo que a irmã jamais aceitaria tal solução, sugeriu outra, igualmente pragmática porém — por pouco tempo — mais correta, do ponto de vista legal.

— Você também pode se divorciar. É muito melhor do que ser infeliz pelo resto da vida. Seu marido é um egocêntrico que só pensa em suas amantes, seus carros e seus quadros. Como os tempos mudaram! Agora as mulheres podem até votar!

Teresa a ouvia com expressão triste.

— Além disso, eu a acompanharia. Sou apaixonada por Nova York! Faz tempo que quero comprar um pequeno apartamento lá. Uma vez instaladas, não teremos dificuldade de encontrar Octavio. Tenho bons amigos nos Estados Unidos, e eles ficariam encantados em nos ajudar. Tem de existir um motivo para Octavio não ter escrito. Ele é um cavalheiro, e nós sabemos disso.

Tatín falava com tamanha segurança que Teresa sentiu, pela primeira vez, que sua desgraça tinha remédio. Depois daquela conversa, começou a ver sua vida de outra maneira. Não como uma carga pesada que a prende a um homem e a um lugar que não sente mais como seus, mas como um punhado de caminhos que levam a outras tantas possibilidades e entre os quais pode escolher o que mais lhe convier. Recorda as palavras de Maria del Roser: "Nós, mulheres, somos livres para construir nosso futuro e escapar de nossos exploradores", disse uma vez. O que diria se soubesse que o explorador de quem quer se livrar é o próprio filho dela?

As evocações de Teresa adquirem um ar mais fúnebre quando pensa em Amadeo, em seu idolatrado Amadeo. Pergunta-se se sempre foi assim ou se foi ela quem o mudou. "Você é muito boazinha, Tessita. Ganhou um homem de presente e em apenas um ano o transformou em um inútil", disse-lhe certa vez Tatín. Nos últimos tempos, Amadeo se comporta de modo diferente. Proibiu-a de frequentar as reuniões do Círculo Espírita — "esse bando de lunáticos" — e não lhe permite sair, a menos que Conchita a acompanhe. Às vezes a observa com uma frieza que lhe causa pânico. Outras, lhe dá presentes e diz que quer que tudo volte a ser como antes. Ele a mantém desconcertada. E ilhada, isso é o pior. Das pessoas que foram importantes para ela, só resta Tatín.

Antonia se despediu no começo de 1933, demonstrando que havia pensado muito antes de tomar a decisão bem-tomada e que não tinha a menor vontade de dar explicações. Lamentou muito sua perda, no entanto foi apenas mais uma a somar às grandes ausências de sua vida. A de Octavio, a de Maria del Roser, a do Amadeo que ela amava...

Embora Tatín — é necessário reconhecer — valesse por todos eles. Ela era capaz de fazer coisas incríveis. Como quando foi conversar com Amadeo a respeito de sua triste situação.

— Sua mulher está se apagando como uma vela — informou-lhe. — Creio que você deveria fazer alguma coisa para evitar seu sofrimento.

A conversa aconteceu no gabinete e foi marcada pela tensão dos participantes e por certo ar solene. Fiel ao papel de cabeça da família que assumira há anos, Tatín expôs os fatos, considerando todos os aspectos — inclusive o do caráter sonhador da jovem —, e Amadeo esperou que terminasse para dizer, com ar imperturbável:

— Sua irmã tem o que procurou, cunhada.

Quando saiu da audiência, Tatín Brusés estava convencida de que Teresa devia abandonar o marido o quanto antes. E foi o que lhe disse, e a partir desse momento começaram a tramar juntas uma estratégia que incluísse três ingredientes fundamentais: honestidade, senso de oportunidade e rapidez. Neste verão de 1936 no qual, depois de uma breve divagação, voltamos a nos encontrar, conversaram muito a respeito, sentadas sob os pinheiros da propriedade de Caldes. Já pensaram em todos os detalhes. Tatín reservou uma cabine para as duas e o pequeno Modesto em um vapor que sairá de Barcelona no próximo dia 10 de setembro. E claro que em segredo, porque ninguém pode saber desses planos. Agora falta apenas escolher o melhor momento para comunicar a decisão a Amadeo.

Sentada no divã ao lado da janela, nesta úmida e quente noite barcelonesa, Teresa decide que o momento será amanhã, após o desjejum.

Na manhã seguinte, a alvorada foi ensolarada, sufocante e cheirava a pólvora. Há muita agitação nas ruas desde a primeira hora e, de todos os lugares, chegam gritos abafados. De madrugada, Teresa viu três homens jovens assaltarem um vigilante para roubar suas armas e temeu que depois entrassem em sua casa. Tal como as coisas estão, tudo é possível.

Amadeo também está preocupado, desinformado por culpa da falta de jornais — hoje não circularam —, tentando manter sob controle uma situação que ninguém é capaz de controlar. No meio da manhã, alguns homens esmurraram a porta e foi necessário afugentá-los a cano de pistola, diante do olhar temeroso de Laia. Está se sentindo como o senhor de um castelo feudal em plena insurreição dos miseráveis. Embora saiba que sozinho não será capaz de resistir por muito tempo. Por fim, por volta do meio-dia, consegue sair. Quando volta, depois de conversar com seu sempre bem-informado amigo Albert Despujol, suas ideias estão mais claras e seu espírito mais tranquilo. Se as coisas não melhorarem em uma ou duas semanas, como todos esperam, o mais adequado será se refugiar na Itália. "Aqui estamos correndo um perigo muito sério, Lax", disse-lhe Despujol. "Se ficarmos, esses bárbaros comunistas nos eliminarão sem dó nem piedade."

Esta manhã, Laia serviu o desjejum aos senhores separadamente. Não pôde colocar na bandeja de Teresa a rosa amarela de sempre. A roseira, assim como o restante das plantas do pátio, foi arrancada, e em seu lugar se estende agora um piso de madeira escura, coroado por uma cúpula de cristal e cercado de paredes granuladas. Dos operários, no novo espaço só restam agora as ferramentas, que prometeram recolher esta tarde. Quando o fizerem, Laia terá de se virar sozinha com a limpeza de tudo. Quando a família voltar para casa após as férias, ela terá a impressão de que os aposentos tiveram um filho.

Teresa desce as escadas sem pressa, vestindo somente um conjunto de camisola e roupão, de seda salmão, e usando nos pés delicados chinelos com borlas de seda. A jovem a observa tão embevecida como quando era criança.

— Você pode telefonar para seu pai e pedir que venha me pegar às cinco, por favor? — pergunta-lhe, antes de entrar no salão.

Laia resolve cumprir a ordem mais tarde. Porém, quando vai acatá-la, não será mais necessário.

Sentada em uma das poltronas ao lado da lareira, Teresa contempla, desolada, o velho pátio. A porta policromada está no lugar de sempre, no entanto, mais além, se abre uma terra desconhecida, que não tem nada a ver com aquela tranquilidade ensolarada repleta de verde de que tanto gostava. Agora as paredes estão nuas, enrugadas, aguardando a chegada dos pintores. Nem sequer a base azulejada consegue lhes dar um ar menos fúnebre. De algum lugar distante chegam explosões. Teresa se pergunta se não deveria partir já. Nesse instante, ouve, às suas costas, a voz de Amadeo.

— Bom dia, querida — diz. — Você aprovou as mudanças?

Teresa se vira para olhá-lo. Amadeo está vestido impecavelmente, com seu paletó transpassado, e leva na mão seu chapéu de palha e uma caixa de papelão coroada com um laço. Ela assente, com timidez.

— Eu lhe trouxe um presente — anuncia ele.

A gentileza desarma Teresa. Seu coração bate a mil por hora. Intui que a hora da verdade se aproxima.

— Por quê? — pergunta.

— É preciso de um motivo? Você não pedia explicações na nossa lua de mel, quando eu lhe comprava todos aqueles caprichos.

Teresa sorri com tristeza. Como sua viagem de lua de mel está distante! E como ela, agora, tem pouco em comum com aquela menina inocente e morta de medo que idolatrava o marido acima de todas as coisas.

Voltam ao salão para que ela abra o presente. Sentam-se nas velhas poltronas de veludo amarelo.

— É preciso trocar essa tapeçaria. Está horrível — comenta ela, como se pensasse em cuidar do problema.

Um está diante do outro. Teresa deposita a caixa em seus joelhos, desfaz o laço, levanta a tampa. Aparece uma pequena cabecinha, que a observa com deslumbrantes olhos amendoados. É um filhote de gato persa. De pelo branco e longo. Usa uma coleira com uma placa onde se lê: "*Dickens*".

Teresa examina a placa e pergunta:

— *Dickens?*

— Sempre lhe agradou, não é mesmo? Deve ser um animal bem vitoriano. Pensei que você gostaria que já viesse batizado.

Teresa tira o animal da caixa e o acaricia em seu colo. O gatinho revira os olhos e ronrona de satisfação.

— Modesto vai adorar — sussurra ela, lembrando que seu filho começou, de repente, a revelar interesse pelo mundo animal.

Amadeo observa-a em silêncio, inclinando um pouco a cabeça. Teresa teme esse olhar, porque sabe o que significa. Amadeo, que a desprezava, passou a precisar dela com desespero. É a antessala de uma de suas explosões. Antes amedrontavam-na, agora não as suporta.

— Quero que as coisas voltem a ser como foram. Você estava sempre tão feliz. Olhava para mim como ninguém. — Amadeo estende o braço e procura com um dedo um contato inocente, brincalhão.

Mas ela afasta a mão com um gesto brusco.

— Nada mais poderá ser como antes, Amadeo.

Disse, teve coragem. Seu coração não lhe dá sossego, e suas têmporas pulsam com uma dor nervosa. Sente que, com essas palavras, atravessou o umbral. Ele a observa sem entender o que vê nem o que ouve. O bichinho desce de um salto do colo da dona, trota, sem jeito, pelas lajotas, dá um pulo e sobe em outra das poltronas, como se quisesse assistir a um espetáculo prestes a começar. Teresa tem dificuldade de respirar. Sua boca está seca. Arma-se de uma coragem que nunca teve e diz:

— Quero que nos divorciemos.

Agora é ele quem sente estar em outro mundo. O do desprezo e da rejeição. O da traição e da farsa. Nega com a cabeça. Tudo é muito claro. Isso que Teresa diz simplesmente não vai acontecer. Nem sequer precisa pensar, avaliar a proposta. Não. Teresa não vai abandoná-lo. Não está em seus planos permitir que tal coisa aconteça. Nunca sentiu tanta segurança: ela não levará a melhor. Mesmo que tenha de proibi-la de ver qualquer pessoa, inclusive a víbora de sua cunhada

Para resumir, diz apenas:

— Nem pensar.

Ela treme. Suas mãos estão geladas. Teresa fica com medo.

— Não posso continuar vivendo com você, Amadeo. Não gosto mais de você como antes. Sinto que nossa relação é uma farsa. Um edifício com uma bela fachada, mas com todas as vigas apodrecidas, a ponto de desabar. Você não merece uma coisa dessas.

— Você é uma imbecil — ele levanta a voz, de repente, assustando-a —, uma ingênua. Continua pensando em Octavio, não é verdade? Você acha que não percebo?

Teresa não teme a verdade. É exatamente o contrário. Sempre a defendeu. A verdade é sempre melhor que a mentira, por mais dolorosa que seja. Mas essa regra de ouro não é aplicável a Amadeo. Ela sabe muito bem que ele é um ser vulnerável, uma pessoa para quem a verdade pode ter um efeito letal.

— Isso não importa agora, Amadeo.

— Claro que importa! Você acha que ele está esperando por você no outro lado do Atlântico? Que vocês vão poder começar uma nova vida, assim, sem mais nem menos, em um lugar onde ninguém os conhece? Você nunca se perguntou, pobre idiota, porque Octavio nunca lhe escreveu? Nem sequer para lhe dar seu novo endereço? A única coisa que lhe ocorre é suspirar por ele, como uma garotinha maluca.

Teresa vacila. Ela se sente ferida e ridícula. Não ignora que Amadeo é capaz de qualquer coisa quando age movido pelo ódio. Observa-o de outra dimensão e sente por ele uma pena indescritível. Amadeo está com o rosto alterado, as veias do pescoço e das têmporas estão ressaltadas, seus berros chamaram a atenção de Laia, que ameaçou subir as escadas, mas imediatamente voltou a descer. Teresa ouve sem mexer nem um músculo, sentada no veludo amarelo, observando a obra concluída do pátio mais além da cristaleira e da lareira vazia, esperando que a tormenta amaine.

Ela não sabia que Amadeo guardava uma bala mortal na recâmara. É a segurança de sua postura que o leva a usá-la contra Teresa. É seu último recurso. A vingança do derrotado.

— O que aconteceria se você soubesse que Octavio não está na América?

Ela balança a cabeça. Não quer ouvir. Finge indiferença. Ele segura sua cabeça com força, as mãos em seu rosto. Teresa sente as palmas quentes, suadas. Seus olhares se encaram, se desafiam. A voz dele soa enrugada quando diz:

— Octavio está morto, desgraçada. Morto!

A presa mordeu a isca. O grande predador está feliz. Por fim vê a frágil criatura que acordou hoje com a intenção de transformá-lo em cacos se descompor. Por fim a vê enrubescer, chorar, suplicar. É como se não a ouvisse. Como se só desfrutasse o espetáculo de sua derrota. Em silêncio, como se assiste às grandes vitórias. Só volta de seus pensamentos quando Teresa, desfeita em pranto, bate em seu peito, gritando:

— O que você está querendo dizer? Me diga, o que você está querendo dizer?

Então Amadeo fala da noite de Natal de 1932. Sua visita a Octavio. A conversa que mantiveram em seu gabinete. Conta que, quando o deixou, estava bêbado e servindo o quarto copo de uísque. Havia três garrafas fechadas no bar e aposta que foram derrubadas antes da hora em que o estabelecimento fechou as portas. Octavio mandou os guardas embora para que pudesse ficar sozinho; disse que se encarregaria de acionar os sistemas de alarme. Deu folga aos bombeiros que trabalhavam no edifício. A última pessoa que o viu foi, precisamente, um deles. Chamava-se José Sánchez. Disse que seu chefe estava tão bêbado que quase não conseguia se manter de pé. Por um momento, o funcionário pensou em contrariar as ordens recebidas e ficar no estabelecimento, mas era véspera de Natal e a vontade de ficar com a família foi mais forte, por isso correu o trinco e foi para casa. No dia seguinte, sua mulher acordou-o para lhe dizer que El Siglo estava ardendo. A primeira coisa que lhe veio à cabeça foi Octavio. Quando saiu, dormia, desabado em cima da mesa. Quando conseguiu chegar às Ramblas, atravessar a multidão e perguntar por ele, ninguém sabia nada do que havia acontecido durante a noite. Todos disseram que havia partido naquela mesma manhã para a América. O pobre homem ajudou a extinguir o incêndio, e por pouco não perde a vida tentando chegar ao escritório do segundo andar. Tiveram que hospitalizá-lo com graves queimaduras no corpo inteiro. Sobreviveu, e soube que entre os escombros não encontraram restos humanos. De qualquer maneira, procurá-los naquela montanha de ferro retorcido teria sido uma tarefa impossível. Por fim, o bombeiro se convenceu de que Octavio não estava no edifício. Supõe-se que o pobre homem tinha coisas mais urgentes em que pensar, agora que tinha ficado sem trabalho. E não se falou mais do assunto. É preciso reconhecer que o bondoso Conde foi discreto até na hora de morrer. Um grande sujeito.

— Nada disso é verdade — ruge Teresa, fora de si. — Como pode estar morto? Teria havido um funeral. Os jornais teriam publicado a notícia.

— Teriam publicado, é claro — responde Amadeo, repentinamente sereno —, se tivessem ficado sabendo.

— E como você soube e eles não? Está querendo ser mais esperto que as forças de segurança?

— Quem me contou foi José Sánchez em troca de uma gorjeta insignificante. Mas, além disso, você se esquece de que eu estive lá, querida. E dei a Octavio motivos para beber. Imagino que quando adormeceu estava tão bêbado que não se deu conta de nada. Ou talvez tenha se matado antes, quem sabe. Foi para isso que lhe entreguei minha pistola. Não posso ter certeza. A única coisa que sei é que ele não pegou o navio.

— Você sabe? Então foi verificar?

— Isso mesmo. — Sorri, satisfeito. — Mandei um emissário recebê-lo quando chegasse a Nova York, com a desculpa de ajudá-lo com a bagagem. O pobre homem me telegrafou, achando tudo muito estranho, para dizer que nenhum senhor Conde tinha viajado no *Magallanes*, que sua cabine esteve vazia durante todo o trajeto. Disseram que na primeira classe essas coisas acontecem, porque os ricos são muito distraídos. O que você acha? Não é sensacional?

Teresa não consegue responder. Tenta apenas, mas em vão, organizar suas ideias. Procura encontrar uma maneira de escapar desta situação. Amadeo a encurrala, saboreando sua vingança.

— O que você vai fazer agora? Continua querendo ir para Nova York?

Não sabe de onde conseguiu tirar forças para responder, com a voz clara, apesar dos pesares.

— Para Nova York, não. Mas quero ir embora.

Como se essa frase tivesse acendido um pavio, Amadeo arde. Teresa sente pânico. O horror que acompanha a intuição de que o final se aproxima. Ele se levanta e dá um pontapé tão forte no filhote peludo que o animal se estatela contra o frontispício da lareira e cai fulminado. Teresa treme de horror, se levanta com a intenção de ir para o quarto, mas Amadeo a agarra pelos cabelos e a puxa para si. Seu olhar é de louco. O suor escorre em gotas por sua testa. Segura-a pelos ombros, sacode seu corpo. Pronuncia palavras carregadas de ranços, insultos infames que jamais haviam saído de sua boca. Ele se agita como um boneco de palha. Quanto mais grita, mais tem vontade de gritar. Quanto mais perde as estribeiras, mais tem vontade de se exceder. Até que suas mãos envolvem o pescoço pálido de Teresa. E apertam.

Quando já é tarde demais, Amadeo se arrepende. Sente um assovio pungente em seu ouvido. Afasta as mãos da garganta roxa de Teresa. O corpo de sua mulher desaba no chão, como uma boneca quebrada. Amadeo se ajoelha ao seu lado. Pronuncia seu nome pela última vez. Várias vezes, entre soluços. Encolhe-se em cima dela, com a cabeça entre seus seios, até que o corpo de Teresa começa a esfriar. Então, lúcido, compreende que precisa fazer alguma coisa.

Enxuga as lágrimas. Levanta. Vê a cena como se não tivesse nada a ver com ele.

Neste instante, descobre Laia observando-o com horror, parada na porta. Ela também está chorando.

A tarde de 17 de julho de 1936 transcorre, entre os muros, com muito alvoroço. Quando pedreiros chegam para recolher as ferramentas, encontram o recém-concluído gabinete ligeiramente mudado. A porta do quartinho que envernizaram com tanto cuidado foi fechada a chave, e a maçaneta, arrancada pela raiz de seu lugar. Além disso, o senhor da casa surpreende-os pedindo que façam um trabalho urgente, pelo qual lhes oferece o dobro do pagamento habitual. Começam a realizá-lo imediatamente, sem questionar: cobrem com uma grossa camada de gesso a parede principal do antigo pátio e também — coisa estranha — a porta que faz limite com este. Ao terminarem, ninguém diria que existe uma cavidade atrás da parede. E, naturalmente, não sabem nada a respeito de seu conteúdo.

Enquanto os operários trabalham, Amadeo anda para cima e para baixo, transtornado. Dá medo vê-lo tão fora de si, com os nervos aflorados, às vezes chorando, às vezes tomado por uma atividade compulsiva. Ele anda pela casa reunindo objetos, colocando-os sem nenhum cuidado dentro de um baú que havia pertencido a sua mãe, guardando documentos, joias, dinheiro vivo.

Por volta das sete, sai de casa. Prefere pegar um táxi a usar um dos automóveis, muito chamativos. Volta meia hora depois, mostra a Laia uns papéis recém-obtidos, e diz, triunfal:

— Passaportes espanhóis e vistos alemães. Embarcaremos amanhã em um cargueiro que sai bem cedo. Você virá comigo. Eu disse às autoridades que você é minha filha.

— Vamos para onde?

— Para a Itália. Você não poderá usar o uniforme. Vá ao closet de Teresa e pegue o que quiser.

Laia obedece. Nunca poderia ter imaginado que realizar um sonho tantas vezes acalentado lhe provocaria uma dor tão profunda. No closet de Teresa os aromas perpetuam a senhora, e continuarão perpetuando quando saírem de lá, até que abandonem essas roupas que jamais deveria vestir. Paralisada pelo espanto, Laia olha os vestidos que tantas vezes admirou, e não sabe por qual se decidir.

Enquanto isso, mais furioso que nunca, Amadeo executa o último ato de sua vida na casa. Voltará algum dia, dentro de alguns anos, mas nada tornará a ser como antes dessa noite. Desceu a caixa de tintas, a paleta e os pincéis. Espalha diante de seus olhos violetas, ocres, azuis e anis que parecem um reflexo de seu estado de espírito. Com eles, trepado na escada que os operários não levaram, pinta seu primeiro afresco. Não será o dos milionários de Tiana. Será este, em sua própria casa, no velho pátio, recém-transformado em tumba. E não será um de inspiração floral, uma natureza morta ou uma fantasia mitológica. Será ela. Sua obsessão. Sua Teresa. Uma beleza impossível de olhos esquivos, iguais aos da manhã em que quis deixá-lo. Teresa olhando para além de sua vida, para além do horizonte que Amadeo traçou para ela. Sua Teresa, a única mulher que quis fazer feliz. Perdida sem volta, embora já cativa destes muros.

Quando Amadeo abandona a casa, acompanhado da criada disfarçada de senhora, a pintura ainda não secou totalmente. O rangido seco com que os portões da entrada principal são fechados ressoa como um eco pelos quartos, teimoso e persistente, feliz por ter ficado sozinho e à vontade.

De: Violeta Lax
Data: 16 de abril de 2010
Para: Valérie Rahal
Assunto: Decisões

Querida mamãe,

Ontem conversei durante horas com Daniel. O lugar era idílico (sei que você gosta de saber dos detalhes do ambiente): o terraço ao lado do mar de um restaurante chamado Aqua, onde comemoramos meu aniversário. Fiquei muito feliz por ele ter vindo (com certeza isso também lhe agrada), porque teria sido triste comemorar longe dele minhas quatro décadas de vida.

Resolvi aceitar o convite para dirigir o novo Museu Amadeo Lax. Em parte, devo isso a você e a suas palavras. Você tem razão: posso admirar o Lax pintor e abominar o Lax ser humano sem que nenhuma dessas coisas interfira em meu trabalho. E também posso trabalhar para a verdade vir à tona. Revelar a verdadeira personalidade de Teresa Brusés, por exemplo. Escrever algo a seu respeito e sobre sua vida ao lado de um artista tão talentoso e tão complexo como vovô.

Nesse sentido, ontem mesmo conheci o senhor Gabriel Portal. Ele é sobrinho-tataraneto (ou coisa parecida) de Octavio Conde, o suposto amante de Teresa, aquele com quem, como sempre disseram, fugiu para Nova York em 1936. Parece difícil aceitar que essa afirmação tivesse sido baseada em equívocos, piadas ou suposições, mas essa é a verdade. Suponho que a coincidência da data com a explosão da Guerra Civil contribuiu para que nunca se fizesse uma investigação séria. A única pessoa que tentou desvendar o mistério foi esse aristocrata tardio que tive o prazer de conhecer. Ele está escrevendo há muitos anos uma história muito bem-pesquisada de sua família. Quando perguntei a ele o que havia acontecido com Octavio Conde, encolheu os ombros e disse: "Sumiu."

Tudo o que conseguiu saber a respeito de seu parente, segundo me contou, foi que reservou uma cabine no vapor *Magallanes*, que fazia a rota entre Barcelona e Nova York, para o dia 25 de dezembro de 1932. Porém, por mais que tenha tentado, não conseguiu encontrar pistas suas em nenhuma das escalas do navio. Nem nas ilhas Canárias, nem em Cuba nem em Nova York. Durante anos achou que havia mudado de nome para passar despercebido e assim poder levar uma vida discreta ao lado de sua amante. Embora, se aceitarmos que a amante não viajou com ele, essa teoria também não faz sentido. Tampouco o encontrou em nenhum dos cemitérios — mais de vinte — que investigou. Não há uma única explicação plausível para esse enigma. Dom Gabriel levantou várias hipóteses: "Ou nunca foi embora, e viveu aqui com um nome falso, ou fugiu para outro país, talvez a Itália de Mussolini, onde, naquela época, muitos empresários ricos de Barcelona se refugiaram. Ou morreu na Guerra Civil..."

Por fim, concluiu:

"É uma equação impossível. São muitas as incógnitas."

Bem, meu périplo por Barcelona está chegando ao fim. Ontem levei Daniel para conhecer a casa da família. Os pedreiros estão dando forma ao novo Museu Amadeo Lax. Meu escritório vai ficar no porão, onde outrora ficavam os quartos dos empregados. As cozinhas, bastante conservadas, integrarão a exposição. Tudo estará concluído até o final do ano. A inauguração foi marcada para 22 de janeiro, coincidindo com a data do aniversário de vovô. Essa é a data que vai marcar meu regresso a Barcelona, e o de toda a minha família. Pensar nisso me faz feliz, e Daniel está encantado.

Então amanhã vou fazer as malas e voltar. Tenho que compensar Drina de alguma maneira por todos os problemas que causei durante essas semanas e também aguentar a bronca dos meus superiores do Art Institute. Acho que eles vão ficar surpresos quando apresentar meu pedido de demissão. Por outro lado, consegui convencer papai a vir à inauguração e gostaria que você também estivesse presente, se não tiver nada melhor para fazer. Eu ficaria feliz em ver os dois.

Para concluir, hoje de manhã visitei o túmulo de Teresa. Comprei um enorme buquê de rosas vermelhas e percorri as ruas ensolaradas do cemitério com a intenção de me despedir dela. Antes de chegar ao seu nicho, achei injusto que seus restos descansassem atrás de uma anônima lápide de cimento e decidi encomendar uma de mármore, com seu nome. No entanto, tive uma grande surpresa: ao chegar, descobri que o túmulo não está como antes. Não é mais anônimo. Há uma belíssima lápide, de granito preto e, sobre ela, em letras prateadas, se lê:

TERESA BRUSÉS BESSA
(1907-1936)
SEU FILHO E SUA NETA NÃO A ESQUECERÃO JAMAIS

Havia um buquê de margaridas brancas murchinhas sobre a pequena plataforma. Retirei-as e deixei minhas rosas no lugar. Não foi você quem me contou que as margaridas brancas são as flores preferidas de papai?

Também fui me despedir do famoso santinho popular. Seu túmulo estava tão coberto de flores, ex-votos e oferendas de todo tipo como na outra vez. Fiquei admirando a famosa fenda que corta a lápide em diagonal, esperando vislumbrar a luz do além do outro lado, mas não aconteceu nada. Agora que estou pensando, acho que prometi contar a você se meu desejo fosse atendido, não é mesmo? Pois bem: pedi que me ajudasse a sair de Chicago. Não aguentaria aquilo nem mais um dia.

Surpresa?

Para pagar seus eficientes serviços, decidi deixar para Francesc Canals Ambrós a corrente e a aliança com seu nome. Não tenho a menor ideia de como chegaram ao pescoço de Teresa nem qual era o significado que tinham para ela, mas me pareceu justo que ficassem com ele.

Bem, melhor ficar por aqui. Gosto tanto de digitar neste teclado novo que chego a pensar que exerce algum mal sobre mim. Começo a escrever e parece que as histórias não vão terminar nunca.

Só um aviso, para que você não se assuste: estou voltando para casa com um pé engessado. Morro de vergonha da origem da lesão. Ao descer a escada, depois da visita de Daniel, tropecei no pâmpano do primeiro degrau, enfim, um tropeção vergonhoso, e luxei os ligamentos. Sou desajeitada, eu sei, mas quem, diabos, teve a ideia de colocar esse enfeite exagerado exatamente ali, no meio do caminho?

Coxamente sua, a prolífica, barcelonesa e renovada

VIOLÍN

Barcelona, 30 de novembro de 1940

Querido Amadeo,

Tenho sérias dúvidas de que esta carta chegue a suas mãos. Como não tenho nenhum outro endereço seu, pensei em enviá-la ao do hotel de Roma onde você estava na última vez que tive notícias suas, com a esperança de que alguém a encaminhe. Escrevi à prima Alexia para perguntar se ela sabia como encontrá-lo, mas não tive sorte. Ela me disse, isso sim, que Modesto está bem. Já muito mais velho (7 anos!) e, aparentemente, disposto a seguir os passos do pai: diz que tem uma ótima mão para o desenho. E que também gosta muito de inventar histórias.

Por aqui ocorreram grandes mudanças. Escrevo para colocá-lo a par dos acontecimentos. Todos os móveis foram roubados, assim como os carros, os lustres, os tapetes, o piano, o gramofone e tudo de valor que restava nos quartos. E isso apesar de termos defendido tudo como leões. O bom é que conseguimos salvar a casa dos incêndios que devoraram outras mansões do bairro e que chegaram a ser uma ameaça muito séria. E, ainda não sei como, também salvamos os quadros, escondendo-os no velho quarto do telefone. Não ocorreu a nenhum desses bárbaros olhar lá, ou talvez não se interessem por obras de arte.

Também conseguimos preservar o quarto de Violeta. Foi ideia do esperto do Higinio. Você se lembra dele? Antes da guerra, cuidava da manutenção da casa, mas prosperou muito desde então. Um dia chegou dizendo que os devotos de algumas paróquias estavam tapando capelas e altares para evitar que os anticlericais os destruíssem. Em algum lugar conseguiu tijolos e cimento e levantou com suas próprias mãos uma taipa que depois todos nós ajudamos a pintar. Nesse momento, ainda estamos aqui os mesmos daquele último verão: Julián, Vicenta, Aurora e eu. Carmela não, porque, seguindo suas instruções, ela partiu para Avignon com o pequeno Modesto, para deixá-lo na casa de sua prima. Nunca mais voltou nem tivemos notícias dela. O mais provável é que tenha retornado a sua aldeia, onde creio que viviam seus pais, muito mais velhos.

Mas eu estava falando do quarto de Violeta. Antes que a parede bloqueasse a porta, eu quis enfiar no aposento algumas recordações: o livro com capa de couro que Teresa sempre carregava, um missal que sua mãe me deu de presente quando aprendi a ler e minha caixa de lembranças. Sei que não passam de velharias, mas me pareceu que, guardando-as, estava preservando a memória de Violeta, a memória de sua querida mãe e alguns retalhos da história da família, que foi minha durante grande parte de minha vida.

Você, sem dúvida, sentirá falta do nome da pobre Laia no relato acima. Tinha apenas 16 anos quando a guerra explodiu. Irá se lembrar, sem dúvida, de que ficou com você em Barcelona. Pois bem: ela não estava aqui quando voltamos de Caldes, vivos por um milagre, no final de julho de 1936. Seus pais sempre nutriram a esperança de que estivesse viva em algum lugar, ou que, talvez, tivesse se juntado a algum grupo de revolucionários. Eu nunca lhes disse nada, mas sempre tive a certeza de que alguém a matou sabendo que estava sozinha em casa e não conseguiria se defender. Foi o que aconteceu com outras criadas, jovens e vistosas como ela. O fato é que nunca voltamos a vê-la. Julián e Vicenta morreram sem ter notícias da filha, e eu digo que a esta altura os três devem estar juntos no céu.

Depois ficou muito mais comum as pessoas desaparecerem e reaparecerem sem dar explicações. Higinio, por exemplo, foi embora com eles, os milicianos, após ser convencido de que a luta operária oferecia um futuro melhor e que era necessário combater aqueles que pretendiam submetê-los por toda a vida. Nesses dias mataram muitos homens importantes, e você não pode imaginar quantas vezes dei graças a Deus por ter lhe permitido escapar deste inferno. O estranho foi Higinio voltar alguns meses depois, quando a guerra já estava terminando, e estava transformado em um dos vitoriosos. Ele nunca nos disse quando e onde havia trocado de lado, e nós nunca perguntamos. A verdade é que não me importava, porque a alegria de vê-lo chegar vivo foi enorme e porque as pessoas boas são boas, pensem o que pensarem. Higinio entrou em Barcelona com as tropas nacionalistas, e na primeira oportunidade voltou a nossa casa querendo saber da gente. Aurora e eu o recebemos da melhor maneira possível, e dividimos com ele o pouco que tínhamos para comer. Contamos que Vicenta havia sido morta no meio da rua, por estar carregando uma bandeira catalã e gritando palavras de ordem separatistas. Ele nos abraçou e falou que a partir daquele momento iria nos proteger. E não é que protegeu? Foi o anjo da guarda nosso e também da casa. Conseguiu trabalho para a gente como costureiras e passadeiras. Toda semana aparecia com sacos de roupa, levava as peças prontas e nos pagava em dinheiro. Jamais perguntamos de quem eram aquelas encomendas, mas chegaram a ser tão frequentes, e suas visitas tão constantes, que pudemos viver com certa folga, embora trabalhando muito. Com a força do convívio, brotou entre Higinio e Aurora um grande carinho. Casaram-se há dois meses, e tive o orgulho de ser sua madrinha. Agora que minha saúde piorou muito, eles cuidam de mim como se fossem meus filhos. Foi Deus quem os mandou para me ajudar. Foi uma sorte imensa.

Higinio não foi o único a regressar. Antonia também voltou. Embora tema que neste caso a surpresa não foi tão agradável. Vinha transformada em uma miliciana cheia de poderes. Precisava ver como gritava. Acho que os outros pensavam que era uma freira renegada, e ela não os desmentia. Chegou se dando ares de importância e ameaçando: ou aderíamos a sua causa ou nos mataria e queimaria a casa com a gente dentro. Sentiu um grande desgosto ao ver que aqui já não havia mais nada que pudesse ser roubado, porque os que vieram antes tinham levado tudo. Nem panelas deixaram na cozinha. Julián a encarou, e um de seus acompanhantes feriu-o no estômago com uma baioneta. Foi enterrado três dias depois. Quem esteve presente no enterro foi seu irmão Juan. Chegou de repente, vestido de civil e tão magro que estava irreconhecível. Durante os primeiros tempos, a perseguição contra os jesuítas havia sido muito dura, e ele tinha conseguido fugir se escondendo nas casas de alguns fiéis corajosos. Mas as coisas tinham mudado, e ele não se sentia a salvo em nenhum lugar. Tentamos ajudá-lo, mas no dia seguinte dois sacerdotes vieram buscá-lo e o levaram com eles. Pretendiam embarcar para algum país sul-americano, segundo disseram. Espero que tenham conseguido.

Em meio às tropas republicanas que, durante três meses, fizeram da casa seu quartel-general, também encontramos rostos conhecidos. Alguns diziam que trabalharam nas fábricas Lax e olhavam tudo com um respeito cheio de admiração. Traziam sacolas com matérias-primas, e eu os servia como cozinheira. À noite, cantavam e bebiam no velho pátio, e sempre terminavam brindando a Teresa, que os olhava do retrato da parede. Um dia foram embora e nunca mais voltaram. Em seu lugar só nos restou aquele silêncio incrivelmente triste, que as sirenes interrompiam dia e noite. Houve madrugadas, sobretudo do maldito 1938, em que não conseguimos dormir mais de uma hora seguida. A cidade inteira vivia aterrorizada, as bombas vinham do céu e do mar, algumas vezes tão perto que podíamos ouvir os gritos dos feridos e o pranto das crianças. Uma delas atingiu um bonde cheio de passageiros que circulava pela praça de Catalunya. Os cadáveres se amontoavam nas ruas principais. As sirenes interrompiam a todo momento as buscas por sobreviventes no meio das ruínas. Todos fugiam, apavorados, abandonando os moribundos. Dizem que os aviões eram italianos. Eu pensava em você quando diziam isso e me perguntava o que a Itália tinha contra a gente. Por que, para se salvar, Barcelona teve de sofrer tanto? As bombas, o luto, os roubos, o incêndio, a guerra, a pobreza, a humilhação e as lágrimas, tantas lágrimas.

Agora a cidade volta a ser o que era, mas dividida em dois grupos. Os vitoriosos alardeiam sua vitória. Os vencidos baixam a cabeça. Não sei a que bando pertenço. Só sei que venho de outro tempo. De um tempo muito distante, que desapareceu para sempre. Um tempo em que todos, ricos e pobres, foram vencidos.

Você não pode imaginar minha surpresa ao encontrar o retrato de Teresa na parede que antes foi do pátio. É tão idêntico a ela, sua expressão está moldada com tanta veracidade, que ainda não consigo olhá-lo sem sentir um calafrio. Você gostará de saber que não sofreu nenhum dano, embora nosso trabalho tenha sido custoso. Não tivemos a oportunidade de falar sobre isso, mas ainda não consigo acreditar no que aconteceu. Não compreendo que Teresa tenha partido dessa maneira, abandonando aquilo que era mais precioso para ela: você e seu filho. Você precisaria ter visto a expressão da irmã dela quando lhe contei, depois de falar com você. Não pareceu achar estranho. Ela disse: "Isso devia ter acontecido há muito tempo." Depois pareceu confusa. Desabou na poltrona do jardim e passou a tarde inteira sem falar com ninguém. Naquela mesma noite foi embora. Julián lhe disse que não o fizesse, que estava tudo muito caótico para uma mulher andar sozinha por aí, dirigindo o próprio carro. Mas ela não lhe deu ouvidos. Estava armada e se sentia segura. Nesse momento, ninguém podia imaginar a gravidade do que estava acontecendo. Soubemos que foi assaltada na entrada de Barcelona. Roubaram seu carro e as joias. Se não tivesse puxado a arma, talvez não tivesse lhe acontecido nada. Mas os ameaçou com a pistola, e foram mais rápidos que ela.

Enfim, Amadeo. Só me resta lhe dizer que temos feito tudo o que está ao nosso alcance nestes momentos tão difíceis. Certamente é apenas uma questão de tempo para tudo voltar a ser como antes para você. Há aqui muita gente que espera seu regresso e, na cidade, as pessoas de sua condição voltam a levar a vida de sempre. Eu também o espero, naturalmente, mas temo que não viverei para voltar a vê-lo. Se, por sorte, seus olhos chegarem a pousar sobre estas letras, quero que saiba que o amei durante toda a minha vida como se fosse meu filho. Toda a minha vida. Exatamente como lhe prometi naquele dia há 41 anos.

Que Deus o abençoe, querido.

CONCHITA

XXVI

Ah, o tempo, esse argumento universal. Aniquila os seres humanos. Consome as pedras. Enrouquece os romancistas. Entedia os fantasmas.

Exultantes de alegria, assistimos, inertes, à inauguração do museu. Há muitos desconhecidos dispostos a falar e uma nuvem de curiosos invade tudo. Não restam mais segredos atrás das paredes renovadas, e os quartos foram alargados para se transformar nestas salas espaçosas, impessoais, que cedem aos quadros todo o protagonismo.

Perambulamos entre telas e visitantes, felizes como crianças vendo Violeta no meio das autoridades. Ela escuta, fala, brilha. Por fim está no lugar que lhe cabe. A seu lado, Fiorella Otrante estreia um vestido de renda preta, e seus olhos ficam úmidos ao ouvir as palavras de gratidão dos políticos. O corpo de sua mãe, jovem para sempre e para sempre belo nos quadros expostos na sala principal, deixa todos admirados. Estas telas são a estrela da coleção ao lado dos retratos de Teresa, agrupados pela primeira vez por determinação da diretora, que sabe que esta união é um ato de justiça. Modesto também está aqui, segurando a mão de uma jovem loira. Um pouco afastados, Valérie e seu professor de inglês. Silvana observa, satisfeita. Os gêmeos Iago e Rachel, formais e exaustos, aliás, como todos, de ouvir discursos — nós, os fantasmas, como as crianças, detestamos os monólogos —, olham para o pai perguntando com os olhos quanto ainda falta para aquilo terminar. Daniel sorri e os tranquiliza sem dizer palavra. Para a ocasião, Arcadio se disfarçou de homem elegante. Usa um blazer escuro, que combina perfeitamente com suas calças cinza; a gravata parece fazer par com os sapatos. Para ele, esta solenidade de esplendor e tédio é a culminação de uma longa luta, à qual dedicou a vida e, em alguns momentos, a saúde. Quando atravessar a fronteira que ainda nos separa, encontraremos uma maneira de lhe mostrar nossa gratidão.

Do pátio, devolvida a seu lugar, o olhar ausente de Teresa vigia os mortais. Pobres criaturas, incapazes de perpetuar a si mesmas, parece pensar. É frágil a memória de nossos sucessores, sussurramos em coro, agradecendo que algo, mesmo que seja uma coisa ínfima e fantasiosa como o argumento de um romance, dê conta de nossos passos pelo mundo.

E agora o mais simples seria deixar o tempo correr no sentido dos ponteiros do relógio. Mas as águas do futuro são muito mansas, e nós estamos habituados às emoções fortes. Precisamos transgredir o calendário. Recuar. Inventariar tudo detalhada e minuciosamente, enquanto idealizamos um entretenimento a nossa altura. Vamos chamá-lo de "O jogo de devolver tudo a seu lugar". Preparados, pronto...

Após o ato inaugural extremamente elegante, durante 263 dias os pedreiros ocupam todos os espaços com ruídos, andaimes e idiomas estranhos. Quando partem, deixam o quarto de Violeta preparado e de novo escondido, todos os seus segredos bem-preservados para a longa caminhada que os aguarda; os trajes e os sapatos começam a recuperar a cada dia um pouquinho do brilho que o tempo lhes arrebatou. Teresa volta ao seu túmulo que, uma vez lacrado e invisível, custodia o lugar onde foi o pátio, enquanto as feridas do tempo vão desaparecendo das paredes e a umidade volta a ocupar os muros cada vez mais jovens. Depois seguem-se 13 mil dias de solidão, uma solidão só interrompida de vez em quando por alguma visita impertinente, que nos distrai de nosso vagar sem rumo. Não nos referimos a Arcadio; nós o conhecemos e o achamos simpático, gostamos de fazer apostas a respeito de suas vestes, lamentamos seu desalinho no vestir tanto quanto lhe agradecemos de verdade seu afinco tão impróprio de seres humanos. Arcadio é um dos nossos. Não. Quem nos incomoda são esses políticos gordos que celebram festas e não sabem nada. Divertimo-nos destruindo seus planos, embora nossas possibilidades, ao contrário do que as pessoas acreditam, são, nesse sentido, muito limitadas.

E de repente nos vemos no velório de Amadeo Lax e nós, os espíritos, estamos em festa, felizes por receber um novo membro, mas o morto começa subitamente a se sentir melhor, abre os olhos, se levanta, intimidado, e começa a andar pelo salão da lareira, que está empoeirado e vazio, semelhante a como ele mesmo acredita se sentir hoje. Não é de estranhar que seja assim, sabendo que tem quase trinta anos de reclusão pela frente.

Respira mal, tosse, resfolega. Sua pele amarelece. Pouco a pouco melhora, volta e meia fecha os olhos, sente-se cansado, fraco, deseja a morte que não está em nenhuma parte, se aborrece. Porque assim é a vida do solitário Lax do regresso: encerrado na água-furtada, cansado de recordar o que foi e de esperar o final. Pensa pouco, porque descobriu que fazê-lo o deixa transtornado. Aprende a viver órfão de memórias. O final desta penosa espera é uma decisão: voltará a pintar e será para sempre. Ele procura os pincéis e a paleta nos surrados baús onde os escondeu e retoma suas obsessões, pela primeira vez em muito tempo. Craveja sua primeira tela, pinta seu primeiro quadro desta vida em sentido contrário, embargado por um terror que não compreende até que contempla a tela e descobre um autorretrato cadavérico e monstruoso. Foi nisto que se converteu. Não pode haver futuro para um homem assim, diz a si mesmo.

Mas, apesar de tudo, logo se recupera um pouco, e suas forças vão retornando, assim como a pintura. Pergunta-se como é possível viver sem pintar. As recordações se esfumam, mas são suficientes para borrar telas e mais telas. Teresa é onipresente nesta etapa de tardia maturidade. Só ele sabe como pagou caro por seu crime. Não importa ter prescrito segundo a lei dos homens, porque ele é julgado por Deus e o castigo eterno é exemplar. E Amadeo é ainda mais severo que Deus. Nunca se perdoará.

Seguem-se 352 meses sem mudanças. Dez mil dias. Vinte e nove anos. Não importa a unidade que utilizemos para computar o tempo, porque este é sempre implacável. Nesse período, Amadeo mal sai de casa, aceita com docilidade os cuidados que lhe dispensa uma empregada do lar muito jovem e silenciosa, com a qual mal tem outra relação além de gastronômica. Não é como os empregados de outrora. Esta tem sua própria casa e todos os dias chega pela manhã e vai embora à tarde. Amadeo quase nunca janta, porque a simples ideia de descer quatro andares para abrir a geladeira o entristece. Permanece na água-furtada, ao abrigo da estufa no inverno e sob o milagre do ar-condicionado no verão, a única modernidade — ao lado do escasso mobiliário — que consentiu introduzir em sua vida. Quando Arcadio se apresenta, manda a garota limpar um pouco o velho gabinete e coloca nele duas poltronas que parecem antigas, mas são falsas, como tantas outras coisas em sua vida. É ali, sob o olhar de Teresa, que tem a primeira reunião com o voluntarioso e simpático estudante de belas-artes. Também recebe todas as tardes Trescents — que é um velho nostálgico e queixoso — e mantém com ele longas conversas marcadas por decisões que sempre quis evitar. Nesse mesmo lugar, lê um dia uma carta vinda do Peru, encabeçada pelo selo da Congregação de São Inácio de Loyola. Nela o informam que o padre Juan morreu de malária em um lugar da Amazônia chamado Aucaya. Depois de um breve relato das circunstâncias, lhes dão os pêsames e o encomendam a Deus. A carta é datada de 1963, mas os fatos mencionados parecem anteriores. Não se especifica quanto.

De um dia para o outro, alguns operários de macacão azul levam os poucos móveis que restavam na casa. Um abatido Amadeo Lax recolhe seus poucos pertences e guarda-os em uma pequena maleta. À medida que desce a escada, seus passos deixam uma película de poeira imaculada cobrindo tudo. A angústia volta aos seus olhos quando se vê de novo no pátio de carruagens e reconhece as marcas dos incêndios, as paredes rachadas, as cozinhas vazias e, em um canto, uma pobre roda abandonada, único vestígio de seus exagerados prazeres de outras épocas. Lê ali mesmo uma longa carta saída das mãos de sua querida Conchita. O tremor das páginas é a única coisa que delata sua emoção. Depois devolve a carta ao envelope, fecha-o com cuidado e o observa durante um longo tempo. "Destinatário desconhecido. Devolver ao remetente", lê no verso. O destinatário é ele, e o endereço, o do Grand Hotel de Roma. Deixa o envelope no chão e o camufla no meio do lixo que invade tudo — folhas secas, papéis, restos de comida, animais mortos —, de maneira que só um canto fica visível, como por milagre. Observa-o com estranheza, dá uma olhada ao redor, suspira, sai com cuidado e se perde na manhã luminosa. Quando voltarmos a vê-lo, terão se passado nove anos e estará muito mais parecido consigo mesmo.

Nesse período, acontece um cataclismo que leva tudo que encontra pela frente. Regressam rostos conhecidos ocupando todos os espaços com vozes e palavras de ordem belicosas. Há assaltos, e no pátio de carruagens ardem fogueiras alimentadas pelos livros da biblioteca. Também há saques e violações de mortos. Chegam estranhos que deixam as poltronas de veludo amarelo surrado em seu lugar. Outros devolvem os tapetes, e o piano de madeira cubana, os lustres, o gramofone, os vestidos e as escrivaninhas. Um grupo de desaforados armados chega em cima dos carros de luxo do senhor Lax e deixa um por um em seu lugar. Restam os criados assustados pelo barulho das bombas e as notícias terríveis de matanças e rebeliões. Pouco a pouco, também isso se dilui, os serviçais saem e todos ficamos esperando aquela violenta batida de porta de Amadeo.

Uma batida que começa a se anunciar como um eco distante, um rangido terrível que percorre os aposentos, que prediz uma mudança de tempo, o fim e o começo de muitas coisas, até que por fim explode, terrível como um trovão, na metade do coração das pedras.

E poderíamos ir mais além, dançando sem fim.

Reviver Teresa, rejuvenescer Laia até devolvê-la ao claustro materno, reinstaurar o sol no pátio e replantar as roseiras e as heras, permitir o regresso de Antonia e a ressurreição de Maria del Roser, ir ao casamento outra vez, devolver a menina dos Brusés a sua família de loucos, alimentar a esperança de que os irmãos se reconciliem, trazer dom Rodolfo de seu claustro das monjas peregrinas, encomendar vidros do perfume que Rorró passava no decote para enlouquecer seu marido, ver reluzir os móveis e as cortinas e celebrar o esplendor do veludo amarelo das poltronas do salão e, por fim, para terminar de uma vez, enviar cada pequena peça a seu lugar, desmembrar as paredes pedra a pedra e deixar este lugar oco e despovoado, como na primeira vez em que dom Rodolfo Lax Grey, homem capaz de ver o futuro, se deteve exatamente aqui, entrefechou os olhos e sonhou como seria sua casa.

Este romance foi escrito em Mataró, Madri, Turrégano e Como entre abril de 2009 e novembro de 2010.

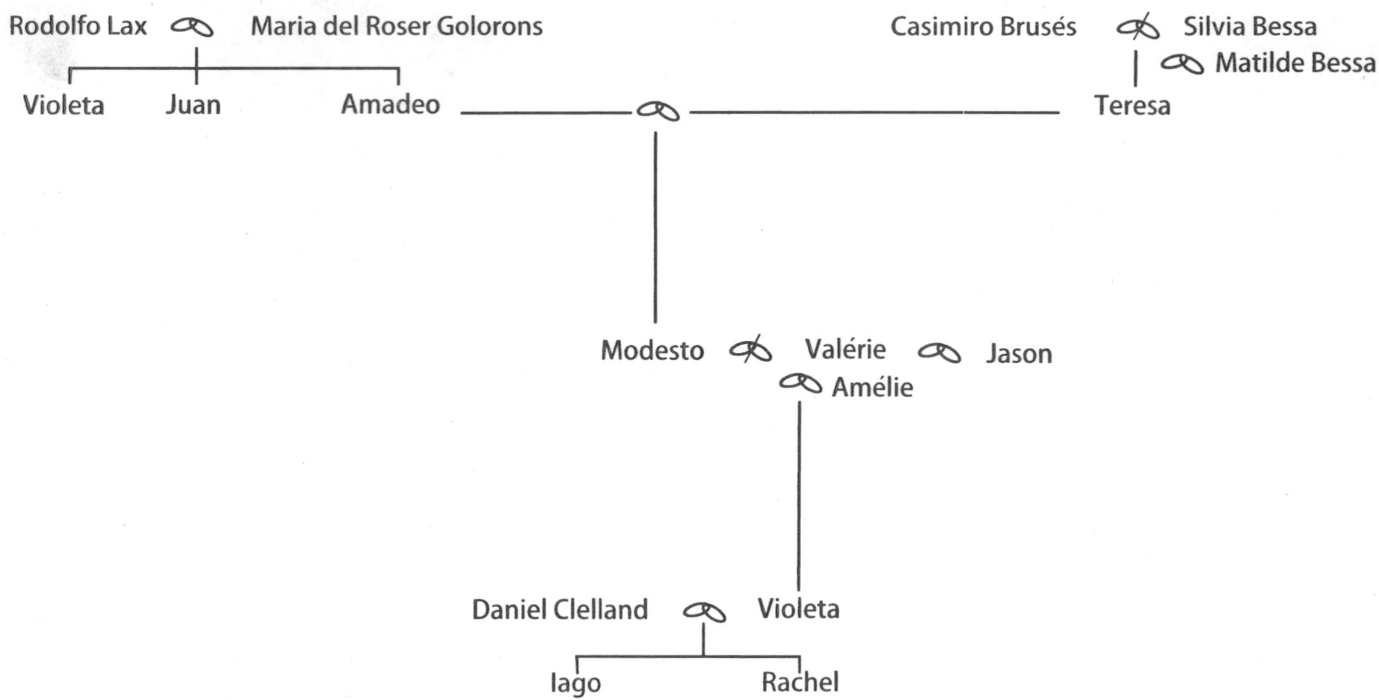
Rodolfo Lax
Maria del Roser Golorons
Violeta
Juan
Amadeo
Casimiro Brusés
Silvia Bessa
Matilde Bessa
Teresa
Modesto
Valérie
Jason
Amélie
Daniel Clelland
Violeta
Iago
Rachel

Dramatis Personae

(Os nomes sublinhados são de pessoas reais)

Albert Despujol, Josep Maria (1886-1952): barão de Terrades, político monarquista, industrial e prefeito de Barcelona durante o franquismo. Em 1909, casou com Maria del Carmen Muntadas i Estruch, herdeira do proprietário da empresa têxtil La España Industrial, da qual foi diretor. Fugiu da Barcelona republicana em 1936, refugiando-se na Itália, para depois se incorporar, em Sevilha, ao Alzamiento Nacional, movimento antirrepublicano.

Aldo: marido de Silvana Gentile, médico de Nesso.

Alèxia: prima de segundo grau de Amadeo Lax. Criou Modesto Lax desde seus 4 anos até a idade adulta.

Alfonso XIII (Madri, 1886-Roma, 1941): rei da Espanha desde o nascimento até a proclamação da Segunda República em 1931. Filho de Alfonso XII e sua segunda esposa, María Cristina de Habsburgo-Lorena (rainha regente até 1902, ano em que seu filho atingiu a maioridade). Casou aos 20 anos com Victoria Eugenia de Battenberg. Exilou-se depois das eleições de abril de 1931.

Amélie: assistente pessoal de Modesto Lax de Brusés, pai de Violeta, e, mais tarde, segunda esposa deste.

Antonia: babá de Teresa Brusés e de suas irmãs e, a partir de 1928, camareira e passadeira da casa dos Lax.

Aurora: camareira da casa dos Lax. Mais tarde, esposa de Higinio.

Bassegoda, Ramón: a família Bassegoda foi uma linhagem de arquitetos, políticos e acadêmicos do começo do século XIX, que, com o tempo, se transformou em preservadora da obra de Gaudí. O personagem é baseado livremente em alguns membros da família.

Bastardas, Albert (1871-1944): advogado e político barcelonês, membro do Partido Republicano Autonomista, pelo qual em 1908 foi nomeado vice-prefeito do município de Barcelona. Exilou-se depois de o ditador Primo de Rivera ter dissolvido a Mancomunitat de Catalunya, de cuja fundação participou ativamente. Voltou a Barcelona com a proclamação da Segunda República e em 1932 foi deputado do Parlament catalão. Exilou-se quando acabou a Guerra Civil, em 1939.

Bessa, Matilde (1855-1913): segunda mulher de dom Casimiro Brusés, tia de Silvia.

Bessa, Silvia (1874-1903): primeira mulher de Casimiro Brusés. Mãe de seus sete filhos, entre eles Luisa, María, Silvita, Tatín e Teresa.

Brusés, Casimiro (1868-1905): pai de Teresa Brusés. Comerciante de tabaco e lã. Morto no naufrágio do transatlântico *Príncipe de Asturias*. Na ficção, este acontecimento se situa alguns anos antes de quando ocorreu na realidade, em 5 de março de 1916. Morreram 457 pessoas.

Brusés, Luisa: irmã de Teresa Brusés. A quarta em ordem cronológica.

Brusés, Maria: irmã de Teresa Brusés. A quinta em ordem cronológica.

Brusés, Silvita: irmã de Teresa Brusés. A sexta em ordem cronológica.

Brusés, Tatín (1897-1936): irmã de Teresa Brusés. A terceira em ordem cronológica.

Brusés Bessa, Teresa (1907-1936): a filha caçula de Casimiro Brusés e Silvia Bessa. Esposa e musa de Amadeo Lax.

Canals Ambrós, Francesc (1877-1899): conhecido popularmente como Santet del Poblenou, está enterrado no Cementiri de l'Est de Barcelona, onde é objeto de um culto popular que atrai multidões. Trabalhou, aparentemente, nos Grandes Almacenes El Siglo.

Carmela: camareira da casa dos Lax a partir de 1890.

Clelland, Daniel (1965): marido de Violeta Lax Rahal. Escritor.

Conde Jiménez, Eduardo (1838-1914): nascido em Madri, emigrou muito jovem para Havana, onde teve início sua carreira comercial. Depois de viajar por todo o mundo e adquirir uma notável formação financeira, conheceu aquele que seria seu sócio, Pablo Puerto, e também o pai de sua futura esposa, Dionisio Gómez, que, naquele momento, era um dos empresários mais famosos do mundo. Após se casar com Cecilia Gómez del Olmo, a família se transfere para a Espanha e escolhe

Barcelona para fundar, em 1881, uma camisaria que, sob o nome de Conde, Puerto y compañia, teve sua primeira sede na Rambla de Santa Mónica. Mais tarde, o negócio aumenta e se transfere para a Rambla de los Estudios, onde, a partir de 1921, passará a se denominar Grandes Almacenes El Siglo. Interessado pela cultura, foi um grande protetor das artes e, em muitos aspectos, um homem à frente de seu tempo. Suas inclinações espíritas, no entanto, pertencem apenas à ficção. Teve vários filhos, alguns dos quais deram continuidade ao negócio familiar.

Conde Gómez del Olmo, Octavio (1899-1932): filho de Eduardo Conde Giménez e Cecilia Gómez del Olmo. Diretor, na ficção, dos Grandes Almacenes El Siglo.

De la Cuadra, Emilio (1859-1930): empresário valenciano, fundador da Compañía General Española de Coches Automóviles E. de la Cuadra, Sociedad en Comandita. Trabalhou no desenvolvimento de veículos com motores elétricos. Após o fracasso de um de seus ônibus, destinado ao hotel Colón de Barcelona, pediu para reingressar no Exército, chegando a general de brigada. Os componentes e os restos de seu trabalho foram comprados por um de seus principais credores (J. Castro), dando lugar à marca Castro. O engenheiro suíço Mark Birkigh deu continuidade à Castro e criou, posteriormente, junto de Damián Mateu, a famosa marca Hispano-Suiza.

Domingo Soler, Amalia (1835-1909): de origem humilde, foi uma das pioneiras do espiritismo na Espanha, fundadora da revista *La luz del porvenir* e defensora dos direitos da mulher e da liberdade de culto. Nos anos 1870, protagonizou nos meios de comunicação uma vigorosa polêmica com o religioso Vicente de Manterola, que afirmou que os espíritas eram inspirados por Satanás. Apenas em 1880 escreveu 125 artigos. Participou ativamente do I Congresso Espírita celebrado em Barcelona, em setembro de 1888.

Estruch, Josep: de família abastada, filho de um senador progressista, era gerente do Banco de Barcelona quando, em 1920, a instituição quebrou. A junta governamental o responsabilizou pela falência.

Eutimia: governanta da casa dos Lax de 1880 a 1919.

Espelleta Torres, Montserrat (1895-1930): operária da Fios Lax desde os 9 anos até que, aos 16, estreia no mundo dos espetáculos.

Transformada em Bella Olympia, se apresenta, na Barcelona anterior à Exposição de 1929, nos palcos do Salón Doré e do Arnau.

Gambús, Dr. (1856-1924): médico da família Lax.

Gentile, Silvana (1971): filha de Fiorella Otrante. Esposa de Aldo e mãe de dois filhos.

Golorons, Maria del Roser (1866-1932): herdeira do império têxtil da cidade de Mataró Manufaturas Golorons, casa com Rodolfo em 1890. É mãe de Amadeo, Juan e Violeta.

Golorons, Irmãos: ricos industriais têxteis de Mataró, com casa na rua de La Riera, a principal da cidade — e uma propriedade de veraneio em Argentona. Pai e tio, respectivamente, de Maria del Roser Golorons.

Güell, Eusebi (1846-1918): industrial e político catalão, genro do marquês de Comillas. Fez fortuna em Cuba e ao voltar criou diversas indústrias. Seu nome é conhecido universalmente por ter sido mecenas do arquiteto Antoni Gaudí.

Higinio: encarregado da manutenção da casa dos Lax de 1922 a 1936. Mais tarde, militar e marido de Aurora.

Jason: segundo marido de Valérie Rahal — de quem foi professor de inglês — e padrasto de Violeta.

Juanita: cozinheira da casa dos Lax. Esposa de Felipe, o cocheiro, e mãe de Julián, que seguiu, profissionalmente, os passos do pai.

Laguarda i Fenollera, Monsenhor (1866-1913): bispo de Barcelona a partir de 1909, nomeado pelo papa Pio X. Segundo alguns cronistas contemporâneos, era um homem comprometido politicamente, de língua ferina e com fama de santo.

Lax Frey, Rodolfo (1860-1909): nascido em Vic, vende muito cedo sua herança e se muda para Barcelona, onde será um dos responsáveis pelo crescimento e pela pujança da cidade. Casa com Maria del Roser Golorons em 1890 e é pai de Amadeo, Juan e Violeta.

Lax Brusés, Modesto (1933): filho de Teresa Brusés e Amadeo Lax. Professor de teatro da Universidade de Avignon, especialista em Bertolt Brecht.

Lax Golorons, Amadeo (1889-1974): primogênito de Maria del Roser Golorons e Rodolfo Lax. Pintor novecentista mundialmente renomado. Pai de Modesto.

Lax Golorons, Juan (1894-1963?): segundo filho de Maria del Roser Golorons e Rodolfo Lax.

Lax Golorons, Violeta (1898-1914): filha mais nova de Maria del Roser Golorons e Rodolfo Lax.

Lax Rahal, Violeta: filha de Modesto Lax e Valérie Rahal. Especializada na obra de Amadeo Lax.

Lopéz Bru, Claudio (1853-1925): segundo marquês de Comillas, filho de Antonio López López e dono de uma das maiores fortunas de sua época. Foi proprietário da Compañía Transatlántica Española, da Compañía General de Tabacos de Filipinas e da Ferrocarriles del Norte. Morreu sem filhos.

Macià, Francesc (1859-1933): militar e político republicano, independentista catalão e presidente da Generalitat da Catalunha de 1931 a 1933. Fundador dos partidos Estat Català e Esquerra Republicana de Catalunya. Conheceu o exílio durante a ditadura de Primo de Rivera, à qual se opôs completamente. Proclamou a República Catalã, como parte de uma Espanha federativa, em 14 de abril de 1931. Quando esse projeto fracassou, negociou e foi autor do primeiro Estatuto de Autonomia para a Catalunha.

Mallais, Margot (1962-2010): cantora e compositora, muito famosa na década de 1990 na Espanha e na França.

Martínez Cruzes, Concha (1870-1941): ama de leite, babá, dama de companhia na casa dos Lax de 1890 até sua morte.

Maura, Antonio (Palma de Mallorca, 1853 — Torrelodones, 1925): político espanhol. Presidente do Conselho de Ministros em cinco ocasiões entre 1903 e 1921.

Montull, Felipe: chofer da casa dos Lax a partir de 1899 até 1903. Pai de Julián, marido de Vicenta.

Montull, Julián: chofer da casa dos Lax de 1900 até a explosão da Guerra Civil.

Montull Serrano, Laia (1920-2010): filha de Vicenta Serrano e Julián Montull. Camareira da casa dos Lax.

Muñoz Seca, Pedro (1879-1936): escritor e dramaturgo espanhol com grande êxito em sua época, cuja obra mais conhecida é *La venganza de dom Mendo*. De ideologia conversadora, escreveu uma série de comédias criticando o governo da Segunda República. A explosão da Guerra Civil o surpreendeu em Barcelona, onde assistia à estreia de sua comédia *La tonta del rizo*. Foi detido em plena praça de Catalunya, transferido para Madri e fuzilado dias depois por forças republicanas, na matança de Paracuellos del Jarama.

OLYMPIA (ver ESPELLETA TORRES, MONTSERRAT).

OTRANTE, FIORELLA (1938): herdeira italiana, filha de Eulalia Montull e mãe de Silvana Gentile.

PAREDES, SARGENTO: sargento da força policial conhecida como Mossos d'Esquadra.

PÉREZ, ARCADIO (1947): secretário particular de Amadeo Lax a partir de 1968. Amigo da família.

PLANDOLIT, JOSÉ RAFAEL: empresário barcelonês, sócio de Manuel Girona no Banco de Barcelona.

PRIMO DE RIVERA, MIGUEL (1870-1930): militar, político e ditador espanhol. Segundo marquês de Estella, sétimo de Sobremonte e grande de Espanha. Foi capitão-geral em Valência, Madri e Barcelona. Com a aprovação de Alfonso XIII e o apoio da Igreja, do Exército e das forças conservadoras, encabeçou o Diretório Militar, que concentrou todos os poderes do Estado. Acabou desautorizado pelo rei e pelos altos comandantes militares, apresentando sua demissão em 1930 e exilando-se em Paris.

PUIG I CADAFALCH, JOSEP (1867-1956): arquiteto, historiador de arte e político nascido em Mataró, cidade em que foi arquiteto municipal durante cinco anos. É considerado o último arquiteto modernista e o primeiro novecentista. Além de autor de edifícios emblemáticos, foi secretário do município de Barcelona, presidente da Mancomunitat de Catalunya em 1917 e deputado provincial (de 1913 a 1924).

RAHAL, VALÉRIE: mãe de Violeta Lax e esposa de Jason.

ROSALÍA: passadeira da casa dos Lax de 1890 a 1925.

SANLLEHY ALRICH, DOMINGO (1847-1911): prefeito de Barcelona de 1906 a 1909. Marquês de Caldes de Montbui. Envolveu-se na fundação de escolas laicas e iniciou a reforma da região antiga de Barcelona.

SAMÀ, SALVADOR DE (1861-1933): político liberal, grande de Espanha e senador vitalício. Foi prefeito de Barcelona duas vezes: em 1905-1906 e em 1910-1911. Tinha um palácio de inspiração oriental no Paseo de Gracia esquina com Gran Vía. Era o proprietário dos terrenos onde se assenta o Parque Güell, que vendeu a Eusebi Güell em 1899.

Selvas, Ricard: arquiteto encarregado do projeto da Biblioteca Amadeo Lax.

Serrano, Vicenta (1889-1937): cozinheira da casa dos Lax a partir de 1910, quando chega para substituir Juanita, até a explosão da Guerra Civil.

Torres-Solanot, Visconde de (1840-1921): Antonio Torres-Solanot y Casas. Participou ativamente da revolução de 1868, como secretário da junta revolucionária de Huesca. Em 1871, abraça o espiritismo e funda a revista *El progresso espiritista.* A partir de 1872, preside a Sociedad Espiritista espanhola. Publica vários livros e estudos sobre espiritismo. Inaugura na Espanha as primeiras escolas laicas junto de Fabian Palasí Martín. Morreu solteiro.

Urgell, Modest (1839-1919): pintor e humorista catalão, conhecido por suas paisagens rurais catalãs e suas imagens de cemitérios, muito celebradas no final do século XIX. A partir de 1894, foi professor de paisagismo em Llotja. Gozou de grande popularidade e êxito comercial. Fez incursões no mundo do teatro, como empresário, cenógrafo e diretor.

Viñas, Francesc (1863-1933): tenor nascido em Moià. Estreou em Mataró em 1888 e no mesmo ano no Grand Teatre del Liceu de Barcelona e no ano seguinte no Scala de Milão. Depois trabalhou em alguns dos teatros mais famosos da Europa e dos Estados Unidos. Especializou-se em obras de Wagner. Pouco antes de se aposentar, em 1918, se tornou muito popular por ter se atrevido a cantar Wagner em catalão.

Victoria, Eugenia (1887-1969): neta da rainha Vitória, da Inglaterra. Rainha consorte da Espanha por seu casamento com Alfonso XIII.

Vives, Miguel (1842-1906): fundou a Sociedad Espírita del Vallés, da qual surgiu a Sociedad Espírita de Catalunya. Chamado de Apóstolo do Bem por sua grande qualidade humana.

Walden, Drina: assistente de Violeta Lax.

NOTA DA AUTORA E AGRADECIMENTOS

Acho conveniente esclarecer que *Quartos fechados* é, apesar de sua documentada ambientação histórica, uma obra de ficção. Amadeo Lax e sua família são personagens fictícios, como, da mesma maneira, tudo o que é atribuído no romance à Generalitat da Catalunha e ao Museu Nacional d'Art de Catalunya (MNAC), assim como todas as publicações que descrevem a obra de Lax ou o destino de sua herança. Contudo, os museus citados existem, e são lugares de interesse inegável que abrigam acervos do período tratado nestas páginas. Da mesma maneira, Octavio Conde também é um personagem fictício, embora seu entorno familiar tenha realmente existido: a família Conde fundou, no final do século XIX, os Grandes Almacenes El Siglo, uma empresa pioneira em seu ramo, precursora dos demais grandes centros comerciais de nosso país e uma verdadeira instituição para os barceloneses. Chegou a ter 1.500 empregados. Os armazéns foram incendiados na manhã de Natal em 1932. A causa do incêndio, segundo a versão oficial, foi um curto-circuito produzido por um pequeno trem de brinquedo que estava exposto em uma das vitrines. Não houve vítimas fatais. O estabelecimento foi reconstruído em tempo recorde em uma nova sede na rua Pelai, mas a iminente Guerra Civil, a posterior Segunda Guerra Mundial e as profundas mudanças sociais que haviam se operado impediram que recuperasse o esplendor de outros tempos.

Também é histórico o trágico naufrágio do vapor *Príncipe de Asturias*, no qual perde a vida Casimiro Brusés, embora, na realidade, tenha ocorrido um pouco mais tarde do que me permiti situá-lo na ficção, em 6 de março de 1916.

A sociedade espírita que se reúne às quartas-feiras à tarde na biblioteca da casa dos Lax não existiu na realidade, ao contrário de outras com características muito semelhantes, como a Sociedad Espírita Fraternidad Humana, que teve sua sede em Sabadell e foi presidida por Miguel Vives. Curiosamente, esta sociedade, inspirada em outras de características muito semelhantes dos Estados Unidos e da Inglaterra, também se reunia às quartas-feiras. O espiritismo foi uma corrente espiritual e de pensamento que deixou uma profunda marca na sociedade espanhola do fim do século XIX. Contou com muitos adeptos, e foram fundadas sociedades em inúmeras cidades, entre as quais as capitais andaluzas foram pioneiras. Em 1882, se assentam os alicerces daquela que mais tarde seria a Federación Espiritista Española e, em 1888, se realiza, em Barcelona, o I Congresso Internacional Espírita. Também surgiu um grande número de revistas, entre as quais ocupou lugar de destaque *La luz del porvenir*, dirigida por Amalia Domingo Soler. No restante do mundo, a corrente contou com adeptos de renome, como os escritores Arthur Conan Doyle e Victor Hugo. A este último, por certo, pertencem as palavras que surgem da escrita automática de Francisco Canals no capítulo XV. As duras campanhas de desprestígio empreendidas pela Igreja católica prejudicaram a imagem pública desses intelectuais já antes da Segunda República, mas foi o franquismo que os varreu do mapa de forma definitiva. Permaneceram na clandestinidade durante cinco décadas e em janeiro de 1984 voltaram a celebrar um congresso na cidade barcelonesa de Terrassa.

Francesc Canals Ambrós, conhecido como "el Santet del Poblenou", é venerado como um santo no Cementiri de l'Est da cidade de Barcelona, embora nunca tenha sido canonizado. Seu túmulo, repleto de ex-votos e flores, é o lugar mais visitado do cemitério há décadas.

A matéria do incêndio dos Grandes Almacenes El Siglo foi extraída quase em sua totalidade da reportagem publicada pelo jornal *La Vanguardia* do dia 27 de dezembro de 1932. Só me permiti encurtá-la um pouco, acrescentar o efeito dramático do desabamento da escada — que aconteceu, mas não na presença de testemunhas — e a aparição do único membro fictício da família Conde, Octavio. Quanto ao resto, não pude resistir à tentação de homenagear o cronista anônimo que forneceu à sociedade de seu tempo essa pormenorizada visão do caos e da destruição.

A viagem de Alfonso XIII em 1908, salvo o resfriado e o desmaio que o leva ao interior da casa dos Lax, foi integralmente resgatada das crônicas. Por elas, soube que, se o rei não teve uma indisposição durante suas visitas catalãs, não foi, sem dúvida, por falta de motivos. As atividades de Alfonso XIII nessas visitas eram tão intensas, e suas viagens a cidades das províncias tão numerosas, que na época ele foi apelidado de "el *Cametes*" ("o Perninhas").

O Convento de Montesión, situado atualmente em Espulgues de Llobregat, é conhecido por sua existência nômade. Procedente de um antigo monastério situado na atual rua de Montsió, ocupou durante séculos terrenos próximos da Via Laietana. Em 1866 se decide salvá-lo e transferi-lo, pedra por pedra, até a Rambla de Catalunya, onde foram reconstruídos o monastério e o claustro. O convento, já transformado na Igreja de San Ramon de Penyafort, sobreviveu à Semana Trágica e até à Guerra Civil, mas, depois desta, as monjas adquiriram um novo terreno em Espulgues e se transferiram para lá com suas pedras nas costas. No entanto, desta vez só puderam levar o claustro, uma vez que o município não autorizou a transferência da sede da paróquia.

Vicenta canta fragmentos de "La pulga" — uma copla estreada na Espanha por Pilar Cohen e mais tarde popularizada por Bella Chelito —, e Olympia canta "Batallón de modistillas", de Álvaro Retana y Aquino, que cantou *As troianas* em 1915. O rípio wagneriano pronunciado por Emilio de la Cuadra no capítulo XIII é de César González Ruano, tomado de uma *auca*, espécie de história em quadrinhos, que escreveu para seu amigo Ignacio Agustí e que este cita em suas memórias. Os versos satíricos de Julián no capítulo XXI são de autoria anônima e foram publicados na seção humorística do jornal que os Grandes Almacenes El Siglo publicavam quinzenalmente em 1887. O lamento sobre Barcelona escrito por Conchita em sua crônica da Guerra Civil foi tomado emprestado de outro lamento, do poeta Joan Maragall, escrito pouco depois da Semana Trágica.

Não teria sido possível escrever estas páginas sem algumas leituras com as quais estou em dívida: os livros *Cendra i ànima*, *La matinada* e *Entre Ariel i Caliban*, pertencentes às *Memorias* do dramaturgo, romancista e poeta Josep Maria de Sagarra; o livro de memórias *Per camins de França*, de Gaziel, pseudônimo do jornalista Augustí Calvet i Pascal; *Abans que el temps ho esborri*, de Francesc Xavier Baladia; *Episodis de la burguesia catalana*, de Francesc Cabana; *Edificis viatgers de Barcelona*, de Lluís Permanyer; *Cartas europeas. Crónicas en El Sol, 1920-1928*, de Josep Maria de Sagrara e Josep Pla; *Escrits sobre art*, de Joaquín Torres García; *Un senyor de Barcelona*, de Josep Pla; *Història crítica de la burgesia a Catalunya*, de Antoni Jutglar; *Ganas de hablar*, de Ignacio Agustí; *Quan Barcelona portava barret*, de Sempronio; o catálogo do museu da exposição *L'encís de la dona. Ramon Casas al Liceu i a Montserrat*; e as seguintes publicações periódicas: *La Vanguardia*, *El Siglo. Órgano de los grandes almacenes*, *Diario de Barcelona*, *El diluvio*, *La ilustració catalana* e *La luz del porvenir: Revista de estudios psicológicos y ciencias afines*.

Da mesma maneira, quero agradecer a algumas pessoas por sua generosidade e colaboração na hora de me informar sobre determinados aspectos desta história: Eduard Paredes, Carles Arola, Salvador D. Aznar Cervantes, Adela Farré, María Luisa Yzaguirre, Mònica Montaña, Javier Rodríguez Álvarez, Valeria Martínez Franco e o pessoal da Biblioteca da Catalunha e, especialmente, a Luis Conde. Também a Alicia Soria, pela primeira inspiração. A Ángeles Escudero, Francesc Miralles, Sandra Bruna, Claudia Torres e Deni Olmedo, por serem os primeiros leitores de toda e cada uma das versões deste romance. A minhas editoras, Míriam Vall e Pema Maymó, por se entusiasmarem com seu trabalho. E a todos aqueles que ainda são capazes de se emocionar com um punhado de palavras.

Este livro foi composto na tipologia Adobe Caslon Pro,
em corpo 11/15,1, e impresso em papel off-white,
no Sistema Cameron da Divisão Gráfica
da Distribuidora Record.